I0780722

ALTRI LIBRI DI TINA

Vampiri Scanguards

Desiderio Mortale (Storia breve #½)

La Graziosa Mortale di Samson (#1)

L'Indomita di Amaury (#2)

L'Anima Gemella di Gabriel (#3)

Il Rifugio di Yvette (#4)

La Salvezza di Zane (#5)

L'Amore Infinito di Quinn (#6)

La Fame di Oliver (#7)

La Scelta di Thomas (#8)

Morso Silenzioso (#8 ½)

L'Identità di Cain (#9)

Il Ritorno di Luther (#10)

La Missione di Blake (#11)

Riunione Fatidica (#11 ½)

Il Desiderio di John (#12)

La Tempesta di Ryder (#13)

La Conquista di Damian (#14)

La Sfida di Grayson (#15)

L'Amore Proibito di Isabelle (#16)

La Passione di Cooper (#17)

Il Coraggio di Vanessa (#18)

Guardiani Furtivi

Amante Smascherato (#1)

Maestro Liberato (#2)

Guerriero Svelato (#3)

Guardiano Ribelle (#4)

Immortale Disfatto (#5)

Protettore Ineguagliato (#6)

Demone Scatenato (#7)

Vampiri di Venezia

Vampiri di Venezia – Novella Uno (#1)

Tresca Finale (#2)

Tesoro Peccaminoso (#3)

Pericolo Sensuale (#4)

Fuori dall'Olimpo

Un Tocco Greco (#1)

Un Profumo Greco (#2)

Un Sapore Greco (#3)

Un Silenzio Greco (#4)

Il Club di Scapoli

L'Escort Legittima (#1)

L'Amante Legittima (#2)

La Moglie Legittima (#3)

Una Notte di Follia (#4)

Un Lungo Abbraccio (#5)

Un Tocco Ardente (#6)

Nome in Codice Stargate

Ace in Fuga (#1)

Fox allo Scoperto (#2)

Yankee al Vento (#3)

Tiger in Agguato (#4)

Hawk a Caccia (#5)

Time Quest

Ribaltare il Destino (#1)

L'Araldo del Destino (#2)

Thriller

Testimone Oculare

LA GRAZIOSA MORTALE DI SAMSON

E DESIDERIO MORTALE (UNA NOVELLA PREQUEL)

TINA FOLSOM

LA GRAZIOSA MORTALE DI SAMSON

VAMPIRI SCANGUARDS - LIBRO 1

1

«Lascia che ti succhi il cazzo».

La vampira tirò giù i pantaloni di Samson. Liberò il suo cazzo flaccido dalla costrizione dei jeans e lo risucchiò nella sua splendida bocca. Osservò le labbra rosse di lei stringersi attorno a lui, lavorandolo freneticamente. Su e giù, profondo e duro, caldo e bagnato.

Gli accarezzò le palle e le strinse con un ritmo perfetto, aveva un talento evidente. Lui le affondò le mani nei capelli e mosse i fianchi avanti e indietro, invitandola ad aumentare l'attrito.

«Più forte».

La sua richiesta fu accolta con entusiasmo, i suoi suoni della suzione rimbalzavano sulle pareti della stanza scarsamente illuminata.

Samson lasciò che il suo sguardo scivolasse sul corpo di lei, vestito in modo succinto: curve sensuali, culo da urlo, persino un bel viso: tutto ciò che avrebbe potuto desiderare in una partner sessuale. Desiderosa di prenderlo in bocca, e senza dubbio, anche di ingoiare. Una cosa che lui apprezzava particolarmente. Nonostante la lingua seducente di lei gli scivolasse su e giù dal cazzo, nonostante il forte movimento di suzione, nonostante l'entusiasmo che mostrasse, non arrivò alcuna erezione. Con Samson, la sua pazienza era mal riposta. Non vi era nessun movimento.

La testa di lei oscillava avanti e indietro, i lunghi capelli castani sfioravano la pelle nuda di Samson, impigliandosi nei peli pubici, eppure il suo corpo non reagiva, come se stesse facendo un pompino a qualcun altro e lui stesse semplicemente guardando un vecchio porno noioso.

Infine, Samson la spinse via, umiliato, frustrato, insoddisfatto. Se i vampiri potessero arrossire dall'imbarazzo, il suo viso sarebbe stato rosso come le labbra dipinte della vampira. Per fortuna, l'arrossire era riservato agli umani.

Frettolosamente, si rimise l'inutile aggeggio maschile nei pantaloni. Ancor più velocemente, si chiuse la zip. Alla velocità di un vampiro, fuggì dalla compagnia di lei.

Una settimana dopo quell'episodio imbarazzante, il suo amico Amaury gli fece una proposta.

«Dagli una possibilità, Samson», insistette. «È un tipo di cui ci si può fidare. Non dirà una parola a nessuno».

Il suo amico di vecchia data non poteva dire sul serio. «Uno strizzacervelli? Vuoi che vada da uno *strizzacervelli*?»

«Mi ha aiutato in passato. Cos'hai da perdere?»

La sua dignità. Il suo orgoglio.

«Credo che se garantisci per lui, posso fare un tentativo».

E così, cedette.

«E non giudicarlo dall'aspetto fisico».

Lo studio dello psichiatra sembrava la pessima battuta finale di una barzelletta ancora peggiore.

Quando Samson entrò per la prima volta nell'oscuro seminterrato dove lavorava lo psichiatra, volle immediatamente scappare. Ma la segretaria lo aveva già notato. Con un sorriso smielato e la schiena dritta, mise in bella mostra il suo prosperoso seno.

Fantastico, uno strizzacervelli che lavora in una segreta sotterranea e una Barbie come guardiana!

«Signor Woodford, si accomodi. Il dottor Drake la sta aspettando», disse lei, sbattendo le ciglia e inclinando leggermente la testa di lato, attirando lo sguardo di Samson verso il collo, alludendo al fatto che avrebbe accettato volentieri un suo morso. Un morso che gli avrebbe concesso durante un incontro sessuale. Un morso che lui avrebbe dovuto negarle, non perché fosse una vampira, ma perché non era il suo tipo. Sì, decisamente non il suo tipo.

Una volta entrato nell'ufficio di Drake, capì subito che era stato un errore. Al posto di un divano, c'era una bara. Uno dei pannelli laterali in legno era stato rimosso per permettere a una persona viva di sdraiarsi comodamente, come su una chaise longue.

Quel tipo doveva essere un pazzo. Nessun vampiro rispettabile, al giorno d'oggi, si sarebbe mai fatto vedere in una bara! I vampiri di San Francisco si stavano integrando nella società, adattandosi allo stile di vita umano. Le bare erano ormai obsolete: i materassi Tempur-Pedic erano la nuova tendenza.

L'uomo allampanato girò intorno alla scrivania e gli tese la mano in segno di saluto.

«Se pensa che mi sdraierò in quella bara, si sbaglia di grosso», ringhiò Samson.

«Vedo che ci aspetta un bel lavoro». Impassibile di fronte al commento scortese, il dottore indicò una poltrona dall'aspetto confortevole.

Con riluttanza, Samson si sedette.

Il dottor Drake si lasciò cadere sulla sedia di fronte. Non disse una parola. Sul suo volto, nessun muscolo si mosse. Nessun arto si contrasse. Non stava facendo nulla, oltre a fissarlo. A disagio sotto lo sguardo indagatore dello strizzacervelli, Samson serrò le mani sui braccioli della poltrona. Le sue spalle si irrigidirono, la gola si strinse, il sangue pompava febbrilmente nelle sue vene, gonfiandole come un palloncino di elio pronto a esplodere.

«Possiamo iniziare? Suppongo di pagarla all'ora». Meglio prendere il vampiro dalle zanne.

Il sorriso del dottor Drake era distaccato, il suo atteggiamento imperturbabile, quando disse, con aria tranquilla: «Abbiamo iniziato il momento stesso in cui è entrato, ma questo, ne sono certo, già lo sapeva».

Il rimprovero implicito bruciò. «In effetti».

«Da quanto tempo soffre di questi problemi di rabbia?»

Non si aspettava quella domanda. Fu come un pugno sferrato da una vecchietta innocua: inaspettato, immotivato e fuori luogo. Un attacco diretto alla sua psiche già malconcia.

«Problemi di rabbia? Non ho problemi di rabbia. Sono qui per... Il problema è... Ehm, il mio problema ha a che fare con...» Dio, da quando non riusciva più a pronunciare la parola *sesso* senza sentirsi imbarazzato? Non aveva mai avuto difficoltà a esprimersi quando si trattava di sesso. Il suo vocabolario comprendeva molte parolacce che, di solito, usava senza problemi quando la situazione lo richiedeva.

«Ehm... Uhm». Il dottore annuì, come se avesse intuito qualcosa che Samson non aveva capito. «Lei pensa che si tratti di un problema sessuale. Interessante».

Quell'uomo era in grado di leggere nel pensiero? Samson sapeva che alcuni vampiri avevano delle doti particolari. Una memoria fotografica come la sua, la capacità di percepire emozioni o ricordi, come sapevano fare alcuni dei suoi amici. Ma questi talenti erano diffusi o solo casi eccezionali?

«Legge nel pensiero?»

Drake scosse la testa. «No. Ma il suo problema non è così raro. È piuttosto facile da capire. Mostra segni di rabbia e frustrazione estrema». Si schiarì la gola e si sporse in avanti per enfatizzare ciò che stava per dire. «Signor Woodford, sono perfettamente consapevole di chi lei sia. Gestisce una delle aziende di maggior successo nel mondo dei vampiri, se non *la* più proficua. È ricco sfondato e mi creda, non influirà sulla cifra che le chiederò».

«Certo che no», lo interruppe Samson. Quel ciarlatano gli avrebbe fatto pagare tanto quanto pensava di potergli spillare.

«Eppure, allo stesso tempo, è da un po' che non si fa vedere in pubblico, mentre invece dovrebbe essere in giro a corteggiare belle donne. Suppongo che la rottura con la signorina Hampstead...»

«Non sono qui per parlare di lei», sbottò Samson.

Non avrebbe mai, per nessuna ragione, pronunciato il suo nome. Non faceva parte della sua vita, non più, e il solo nominarla gli faceva prudere le zanne, desiderose di un morso feroce. Si scrocchiò le nocche e si domandò se il collo di lei, spezzandosi, avrebbe fatto il medesimo suono.

«No, non è venuto a parlare di lei. Eppure, si tratta di lei, vero? Ci può essere una sola causa dietro a tutto ciò. Lo sappiamo entrambi. Quindi, la domanda è: si fiderà della mia capacità di aiutarla?»

Samson decise di continuare a negare. Fino a quel momento aveva funzionato. «Aiutarmi in cosa?»

«A superare la rabbia».

«Gliel'ho già detto, non si tratta di un problema di rabbia».

«Oh, credo proprio di sì. Qualunque cosa lei abbia fatto, qualunque cosa abbia detto, l'ha fatta arrabbiare a tal punto da bloccare ogni suo desiderio sessuale. Come se volesse evitare una sola cosa».

«Quale?»

«Permettersi di essere vulnerabile».

«Non sono vulnerabile. Non lo sono mai stato. Non da quando sono diventato un vampiro». Essere vulnerabile significava essere debole.

«Non nel senso fisico del termine. Siamo tutti consapevoli della sua forza e del suo potere. Sto parlando delle sue emozioni. Le proviamo tutti. Tutti noi abbiamo difficoltà a gestire le emozioni. Alcuni più di altri. Mi creda, la mia agenda è piena di nostri simili che hanno bisogno di aiuto per affrontare le proprie emozioni».

Lo strizzacervelli lo fissò, di nuovo, con uno sguardo esperto.

No, non poteva permettere a Drake di avvicinarsi così tanto. Le emozioni erano pericolose. Erano in grado di distruggere qualcuno, metterlo a nudo, esporlo.

Samson si alzò bruscamente dalla poltrona. «Non funzionerà».

«Da quando abbiamo iniziato a integrarci con gli umani», continuò Drake, imperterrito, alzandosi in piedi, «il mio lavoro è quadruplicato. Adattarsi al modo in cui gli umani vivono le loro vite ha avuto un impatto su molti di noi. Oggigiorno, dobbiamo affrontare problemi emotivi che abbiamo tenuto sepolti per secoli. Nel senso letterale della parola. Non è solo. Posso aiutarla».

Samson scosse la testa. Nessuno poteva aiutarlo. «Mi mandi il conto. Arrivederci».

Se ne andò infuriato.

Beh, il sesso era sopravvalutato, dopotutto. Doveva solo convincersi di questo. Alcune notti riusciva a credere alle sue stesse bugie, ma solo alcune notti. La verità era che gli piaceva fare sesso, sesso sudato, passionale, selvaggio. Ma nessuna delle vampire riusciva più ad eccitarlo. Per quanto si sforzasse, non riusciva più ad avere un'erezione.

Non aveva mai sentito parlare di una cosa del genere che accadesse a un vampiro. La virilità sessuale era parte integrante dell'essere vampiri, tanto quanto la sete di sangue o la paura del sole. Solo gli umani diventavano impotenti. Se la voce si fosse sparsa, avrebbe perso il rispetto dei suoi colleghi vampiri. E, di conseguenza, avrebbe perso il suo potere, la sua influenza, il suo prestigio.

Quella prospettiva lo terrorizzava più di ogni altra cosa, tanto da spingerlo a cedere e tornare nel seminterrato, dallo strizzacervelli e dalla sua segretaria Barbie.

Samson si scrollò di dosso i ricordi degli ultimi nove mesi.

Attraversò con passo deciso il suo elegante salotto fino al mobile bar e si versò un bicchiere del suo gruppo sanguigno preferito. Lo mandò giù tutto d'un fiato, come un umano avrebbe fatto con uno shot di tequila, ma senza sale e limone. Il liquido denso gli rivestì la gola e gli placò la sete, smorzando allo stesso tempo la voglia di altri piaceri. Bene; nessun altro piacere sarebbe stato soddisfatto quella notte.

Come, d'altronde, era accaduto le ultime duecentosettantasei notti.

Non che stesse tenendo il conto.

Il senso di piacere insoddisfatto gli fece desiderare di potersi ubriacare per dimenticarsi dei problemi, ma l'alcol non aveva alcun effetto sul corpo di un vampiro. Cosa non avrebbe dato per un po' di torpore, in quel momento. Ma era più lucido che mai, nonostante il fatto che quella sera avrebbe compiuto duecentotrentasette anni. E finché qualcuno non gli avesse conficcato un paletto nel cuore, sarebbe rimasto esattamente com'era ora: giovane, sano... impotente.

Il suono stridente del telefono squarciò il silenzio della sua casa. Samson guardò l'orologio sulla parete. Mancava poco alle nove. Per un attimo considerò l'idea di non rispondere, ma l'abitudine lo spinse a tirare su la cornetta.

«Pronto?»

«Ehi, festeggiato. Come te la cavi?»

Pessima scelta di parole.

«Sì, Ricky?»

«Volevo solo farti gli auguri di buon compleanno e sapere cosa fai stasera».

Perché Ricky dovesse continuare con questa farsa, Samson davvero non lo capiva. Non si rendeva conto che era bravo a mentire quanto una suora a fare la lap dance?

«A che ora arrivano tutti?» chiese Samson, che non era dell'umore giusto per scherzare.

«Cosa intendi?» Nemmeno adottare un tono innocente era il punto forte di Ricky.

«A che ora avete intenzione di sorprendermi con una festa di compleanno?» Dopotutto, avevano fatto esattamente la stessa cosa l'anno prima.

«Come fai a saperlo? Non importa. I ragazzi volevano che mi assicurassi che ci fossi. Quindi non uscire di casa. E se l'altra *sorpresa* dovesse arrivare prima di noi, trattienila lì».

Sorpresa? Beh, non era perfetto?

«Quando vi deciderete a capire che non mi piacciono le spogliarelliste?»

Non mi sono mai piaciute e non mi piaceranno mai.

Ricky rise. «Non importa. Questa è speciale. Non è solo una spogliarellista. Fa anche gli *extra*».

L'ultima parola fece sollevare un sopracciglio a Samson, ma non il suo cazzo.

«Penso che potrebbe far qualcosa per te, sai cosa intendo. È brava, quindi dalle una possibilità, d'accordo? È per il tuo bene. Non puoi continuare così. Holly ha detto...»

«Holly? L'hai detto a Holly, cazzo? Sei impazzito? È la più grande pettegola dell'oltretomba! Te l'ho detto in confidenza. Come ti sei permesso?»

Samson sentì spuntare le zanne, una reazione automatica che non poteva, non riusciva, non voleva fermare. Qualsiasi umano, vedendo le punte affilate dei canini protendersi dalla bocca, sarebbe scappato a gambe levate. Ma Ricky non era umano e non si spaventava facilmente.

«Attento a come parli della mia ragazza, Samson. Holly non è una pettegola. E poi, è stata lei a raccomandare quella spogliarellista. È un'amica di Holly».

Eh beh, allora! Perfetto! Un'amica di Holly. Certo, funzionerà sicuramente! Perché i suoi amici non ci avevano pensato prima?

«Disdici!»

«Mi dispiace, troppo tardi. Ci vediamo dopo».

Prima che Samson potesse dar sfogo alle acide parole che aveva sulla punta della lingua, Ricky aveva già chiuso la chiamata.

Con la cornetta in mano, Samson si sentì indifeso, inerme, patetico.

Fantastico! Ora che Holly era a conoscenza del suo piccolo problema, presto l'intero mondo sotterraneo di San Francisco ne sarebbe venuto a conoscenza. Sarebbe diventato lo zimbello di ogni festa, il bersaglio di ogni battuta sui vampiri.

Quanto tempo le sarebbe servito per divulgare la notizia: un giorno, un'ora, cinque minuti? Quanto tempo sarebbe passato prima che iniziassero a sghignazzare alle sue spalle? Quanto tempo sarebbe passato prima che tutti, compresi i loro pipistrelli da compagnia, ne fossero informati?

Perché non pubblicare lui stesso un annuncio di una pagina intera sul *SF Vampire Chronicle* per risparmiarle la fatica?

Samson Woodford, affascinante vampiro scapolo e libertino, non riesce più ad avere un'erezione!

2

———

L'aria condizionata soffiava gelida su di lei, tenendola sveglia. Ma, nonostante gli occhi le bruciassero, Delilah continuò a controllare le righe delle transazioni, cercando eventuali irregolarità.

«Caffè?»

La voce di John Reardon la fece voltare. Erano soli nell'ampio ufficio open space. John era appoggiato al bordo di una delle scrivanie e sollevò la tazza di caffè alle labbra. Era alto e, per essere un contabile, non era male. Noioso, insipido, ma non brutto.

«No, grazie; vorrei riuscire a dormire stanotte. È da qualche notte che soffro di insonnia. Probabilmente sono ancora abituata al fuso orario di New York».

«Sì, so cosa intendi. Non dormire nel tuo letto è quello che ti scombussola, giusto?»

«Per lo meno mi hanno sistemata in un appartamento aziendale piuttosto che in hotel. Non vengo disturbata dal personale delle pulizie».

Era vero, alloggiava in un comodo appartamento di proprietà dell'azienda che era venuta a revisionare, ma, da quando era arrivata qualche giorno prima, aveva avuto difficoltà a dormire.

Delilah si strofinò gli occhi e guardò l'orologio. Erano le nove passate. «Mi spiace, John. Sono sicura che tu sia pronto per tornare a casa».

«E tu? Sei pronta a chiudere baracche e burattini per oggi?»

Quando Delilah annuì, un lampo di sollievo animò lo sguardo di John. Gli bastarono due secondi per infilarsi la giacca e afferrare la valigetta. Non poteva biasimarlo. Aveva una famiglia a casa che lo stava aspettando.

Delilah spense il computer, si alzò e prese la giacca dallo schienale della sedia.

«Ho bisogno di mangiare qualcosa. Puoi indicarmi la strada per Chinatown? Mi perdo facilmente al buio».

«Certo», disse John.

Al di fuori dell'edificio, Delilah seguì le sue indicazioni e si precipitò nel primo ristorante cinese che trovò. Il locale era praticamente vuoto. La cameriera cercò di accompagnarla a un tavolo, ma Delilah le fece un cenno per indicare che avrebbe solo preso cibo da asporto.

«Solo da portar via, per piacere».

La cameriera le porse il menù. Delilah lo lesse rapidamente, cercando di non lasciare che le dita si soffermassero troppo a lungo sulla copertina di plastica appiccicosa.

«Prendo il manzo alla mongola con riso integrale, per cortesia».

«Per il riso integrale ci vogliono dieci minuti».

«Non c'è problema. Aspetto».

Delilah sprofondò in una delle sedie di plastica rosse vicino alla porta. Si trattava del suo primo viaggio d'affari a San Francisco. Era stata fortunata: la sua reputazione come eccellente contabile forense le aveva permesso di ottenere questo incarico importante, mentre la maggior parte delle volte lavorava solo lungo la East Coast.

Stanca, sbadigliò. Aveva bisogno di dormire bene quella notte, ma provava angoscia al solo pensiero di andare a letto. Al suo arrivo a San Francisco, i suoi vecchi incubi si erano ripresentati.

Erano sempre gli stessi. La vecchia casa colonica francese in cui avevano vissuto più di vent'anni prima, quando suo padre aveva accettato un incarico di due anni come professore all'estero. I campi di lavanda che circondavano la proprietà. La culla. Il silenzio. E poi i volti dei suoi genitori. Le lacrime che rigavano il viso di sua madre.

Ma da quando era arrivata a San Francisco, questi sogni ricorrenti si erano trasformati in altri, più incomprensibili.

La casa in stile vittoriano aveva un aspetto sinistro sotto la pioggia battente. Dalla finestra proveniva una luce fioca, per il resto, tutto era avvolto nell'oscurità. Correva sempre più velocemente. Verso la casa, verso la salvezza. Non osava guardarsi alle spalle. Lui era ancora lì, ancora sulle sue tracce. Una mano la afferrò sulla spalla. Poi, all'improvviso, pugni che sbattevano contro una pesante porta di legno. La sua? Qualcosa cedette. Lei inciampò e cadde. Ritrovandosi nel calore, nella morbidezza, nella sicurezza. A casa.

«Manzo alla mongola, riso integrale». La voce della donna squarciò il ricordo del sogno.

Delilah pagò il conto e prese il cibo. Si fermò sulla soglia.

Dannazione!

Aveva iniziato a piovere, non proprio a dirotto, più come un acquazzone leggero. Aveva dimenticato l'ombrello nel suo appartamento. Anche l'impermeabile. Non aveva altra scelta che affrontare la pioggia. Non doveva essere lontana dall'appartamento.

Restando vicina agli edifici, Delilah iniziò a correre lungo il marciapiede ripido, poi svoltò nella strada successiva, e ancora in un'altra un isolato più avanti. Si guardò attorno, ma la pioggia si faceva sempre più intensa: le gocce si stavano trasformando in secchiate e le secchiate in cascate. Non riconosceva più nulla. Aveva forse sbagliato strada?

I suoi vestiti erano già zuppi. Dove diavolo era finita?

Svoltò l'angolo, ritrovandosi in una piccola strada secondaria. Non le sembrava affatto familiare, ma non era quello il problema più grande, né lo era la pioggia incessante.

Il problema era l'uomo che veniva verso di lei.

Anche se non riusciva a vederlo bene, avrebbe scommesso il fondo pensione che non era lì per offrirle un ombrello.

La figura imponente dell'uomo si stagliava contro la luce fioca di un lampione alle sue spalle. Si stava avvicinando e, all'improvviso, un debole fascio di luce proveniente da una finestra gli illuminò un lato del volto. Il suo sguardo le fece gelare il sangue più della pioggia fredda. Una cicatrice gli increspava la pelle. Non ispirava fiducia.

Anche se non riusciva a vederlo bene, avrebbe scommesso il fondo pensione che non era lì per offrirle un ombrello. Prima che riuscisse a fare due passi, una mano le afferrò la spalla, strattonandola indietro. Il colpo improvviso le fece schizzare il battito cardiaco alle stelle. Scivolò sul marciapiede bagnato, le gambe le cedettero come quelle di un giocatore di poker con una pessima mano. Lottò per mantenere l'equilibrio e lasciò cadere il cibo nel tentativo di attutire la caduta.

La mano dell'uomo affondò ancora di più nella sua spalla. Urlò, cercò di divincolarsi, ma scivolò e cadde sul marciapiede. Si girò di scatto, vedendolo chinarsi verso di lei. Per la prima volta, riuscì a vedere il suo viso, abbastanza chiaramente da poterlo identificare, se mai ne avesse avuto l'occasione. Era di carnagione chiara e sulla quarantina. La sua violenza e l'intenzione di scatenarla su di lei avevano trasformato il suo volto in una maschera orribile.

Delilah non poteva permettere che la trascinasse in qualche angolo buio. La prima regola di sopravvivenza era chiara: mai lasciare che l'aggressore trasporti la vittima in un luogo isolato. Doveva respingerlo lì, dove almeno c'era una possibilità di attirare l'attenzione di qualcuno di passaggio.

Sì, come no!

Con quella pioggia, le strade erano deserte.

La sollevò, afferrandola per il colletto della giacca, dopo aver allentato la dolorosa presa sulla spalla. Rapidamente, con la schiena rivolta verso di lui, Delilah mosse le braccia all'indietro e scivolò fuori dalla giacca, lasciandogliela in mano. Ora aveva una possibilità di lottare.

Lui rimase sorpreso, e lei usò saggiamente quei pochi secondi di vantaggio. Ai tempi dell'università era stata una velocista, forse ce l'avrebbe fatta, anche se il terreno scivoloso non aiutava... e neppure i tacchi alti.

La vanità l'avrebbe uccisa un giorno o l'altro.

Corse verso la strada successiva. Lui era subito dietro di lei. Ed era veloce, più veloce di quanto lei si aspettasse. Il respiro di Delilah si fece affannoso. I polmoni richiedevano più ossigeno.

Scrutando l'area davanti a sé, prese una decisione in una frazione di secondo e si precipitò nella strada alla sua destra. Un'occhiata disperata alle sue spalle le confermò che l'aggressore la stava ancora inseguendo.

Scrutando la strada, notò varie residenze in stile vittoriano sul lato opposto. Tutte erano al buio, tranne una. Le sembrava stranamente familiare. Dalla finestra del soggiorno, filtrava una luce.

Quella era la sua occasione, forse l'unica.

Si diresse verso la vecchia casa vittoriana, salì di corsa i pochi gradini e si mise a battere furiosamente alla porta.

«Aiuto! Aiutatemi!»

Si guardò freneticamente alle spalle, continuando a colpire la porta con i pugni. Il suo aggressore era ormai a meno di mezzo isolato e si avvicinava in fretta. Se l'avesse raggiunta, avrebbe riversato tutta la sua furia su di lei, e non c'era nessun altro posto dove scappare.

3

———————

I colpi alla porta non cessavano, per quanto Samson cercasse di ignorarli. Forse urlare contro i suoi amici li avrebbe convinti che voleva essere lasciato in pace.

«Vi ho detto di annullare tutto!» Sbottò, spalancando la porta.

Una figura minuta, con i capelli bagnati e i vestiti fradici gli cadde tra le braccia.

«Aiutami, ti prego!» La voce femminile aveva un'urgenza che non ammetteva esitazioni.

Istintivamente, la tirò dentro e sbatté la porta alle sue spalle.

«Grazie». Il sussurro era intriso di autentico sollievo.

La donna sollevò la testa e lo guardò. Occhi grandi e verdi, ciglia lunghe e folte, labbra rosse e carnose. La camicetta bianca le aderiva al corpo e, senza ombra di dubbio, avrebbe potuto vincere qualsiasi concorso di Miss Maglietta Bagnata. Non che Samson ne avesse mai visto uno del vivo. Chiaramente ci aveva rimesso. Il reggiseno di pizzo nero metteva in risalto il seno prominente: coppa 34C, se avesse dovuto indovinare.

Non era difficile capire di chi si trattasse: la spogliarellista!

Ed era entrata in scena come una vera professionista faceva sul palcoscenico: voilà, la damigella in pericolo. Un diversivo rispetto alla solita poliziotta o infermiera, ma in ogni caso, non avrebbe funzionato.

L'ultima volta che i suoi amici lo avevano sorpreso con una spogliarellista, l'agente Nasty aveva provato a perquisirlo, togliendogli i vestiti, lasciandolo del tutto indifferente. Neppure il flirt con un po' di bondage era riuscito a risvegliare il suo cazzo dal suo sonno profondo. Cosa faceva pensare a Ricky che questa damigella in pericolo potesse ottenere risultati migliori?

Era indubbiamente carina, sensuale e innocente al contempo. Forse avrebbe potuto stare al gioco per qualche minuto, per vedere se si sarebbe smosso qualcosa. Senza farsi troppe illusioni, ovviamente.

«Cos'è successo?»

Profumava di pioggia estiva e di qualcos'altro, che non riusciva a identificare.

«Un tizio mi ha aggredita». Si fermò per riprendere fiato. «Devo chiamare la polizia».

Tremava e sembrava credibile. La donna aveva ovviamente frequentato dei corsi di recitazione.

Un bel tocco di classe.

«Beh, perché non ti scaldi un po' e ti togli quei vestiti bagnati?»

Di sicuro, quello era il copione che aveva in mente. Esisteva forse miglior motivo per spogliarsi se non per levarsi i vestiti bagnati?

Le apparì una ruga in mezzo alle sopracciglia. «Solo una telefonata, per favore. Mi cambierò a casa, grazie».

Ah, voleva fare la timida allora. La timidezza gli piaceva.

Le fece cenno di entrare in soggiorno, dove un piccolo fuoco scoppiettava nel camino. Lei si piazzò di fronte al camino e allungò le mani verso il calore. I vestiti bagnati le aderivano al corpo, mettendo in risalto le sue curve sensuali. Proporzioni perfette. Non troppo magra, ma abbastanza in carne da permettergli di avere qualcosa a cui aggrapparsi.

«Devi avere freddo con quei vestiti bagnati addosso», le sussurrò alle spalle.

Le spalle di lei si irrigidirono, la sua tensione era evidente. Non si era accorta che Samson si era avvicinato a lei? Lui le strinse le spalle con le mani, lei gridò e si girò di scatto. Lui riconobbe il bagliore nei suoi occhi come un misto di rabbia e paura. Era impossibile che avesse frequentato solo qualche lezione di recitazione all'università: a giudicare dalla sua performance, si era laureata a pieni voti in un'accademia professionale.

«Devo andare».

Adesso le cose si facevano interessanti. Stava facendo la preziosa.

Ricky aveva ragione: era brava. Forse, solo forse, poteva smuovere qualcosa dentro di lui. Come qualsiasi vampiro, Samson adorava andare a caccia. Ed era già da un po' che non ci andava. Ogni donna gli era praticamente stata servita su un piatto d'argento e, per quanto molte fossero state intriganti, nessuna lo aveva colpito.

«Non così in fretta. Credo che ti stia dimenticando perché sei qui. Vediamo cos'hai da offrire».

La donna gli lanciò un altro sguardo spaventato e si diresse verso la porta. Samson fu più veloce e le bloccò la via di fuga. Ora si stava divertendo. In effetti, non si divertiva così tanto da parecchio tempo. Qualunque cifra Ricky l'avesse pagata, quella donna ne valeva la pena fino all'ultimo centesimo.

La donna respirava affannosamente, continuando a fingere di essere spaventata. Era esattamente come gli piacevano le vittime: in preda al panico, pietrificate e ansimanti. La tirò più vicina a sé.

«No, lasciami andare!» supplicò lei.

«Non vuoi andartene».

Inspirò il suo odore. Sì, profumava di pioggia estiva, ma anche di qualcos'altro, qualcosa di diverso. Questa piccola volpe stava forse usando un profumo esotico? Aveva un odore delizioso e invitante. Un lieve aroma di lavanda gli riempì le narici.

Con occhi terrorizzati, lei lo guardò dal basso, continuando a divincolarsi tra le sue braccia.

«Sono sicuro che Ricky ti ha pagata bene, e se non l'ha fatto, ti darò una generosa mancia». Il denaro non era un problema. Se poteva fare qualcosa per lui, sarebbe stato più che generoso.

«Pagata?» La sua voce si trasformò in uno strillo acuto, il suo panico enfatizzato dagli occhi spalancati. Occhi bellissimi, di un verde che brillava con cento sfaccettature diverse, dal verde muschio al turchese-acqua.

Quel mascalzone non l'aveva ancora pagata? Beh, poteva occuparsene più tardi, in quel momento voleva altro. Un piccolo assaggio di quelle labbra seducenti e di quella lingua ribelle.

Lei aveva risvegliato il suo interesse.

Samson abbassò la testa e premette le labbra sulle sue. Delilah cercò di divincolarsi dall'abbraccio, ma il tentativo fu a dir poco vano. Le vampire erano forti quanto la loro controparte maschile, ma l'esemplare tra le sue braccia aveva ovviamente deciso di non usare la sua potenza contro di lui.

Le sue labbra erano morbide, deliziosamente morbide. Samson le fece scivolare una mano dietro il collo per tenerla ferma, mentre usava la lingua per tentare di aprirle la bocca. Voleva assaporarla, sentirle quella lingua, ma lei teneva le labbra saldamente chiuse, apparentemente decisa a non cedere troppo presto.

Più lei si dimenava, cercando di liberarsi dalla sua presa, più lui sentiva il suo corpo strofinarsi contro quello di lei, e più la desiderava. Samson continuò l'assalto appassionato alle labbra di lei, accarezzandole le labbra con la lingua umida. La strinse più forte contro di sé, facendo scivolare l'altra mano lungo la sua schiena fino a stringere il suo grazioso sedere. Invece dei vestiti bagnati, sentì solo il calore sotto di essi. Un calore che poteva scottare persino lui, un vampiro che aveva già provato di tutto e di più.

I suoi seni erano schiacciati contro il suo petto, e il battito accelerato del cuore di lei vibrava attraverso il suo corpo. Samson apprezzava quella morbidezza inusuale. E poi si accorse di qualcos'altro. Si sentì reagire a lei. Improvvisamente, il sangue gli affluì all'inguine e gli indurì il cazzo. I pantaloni si strinsero in maniera scomoda. Ma non aveva nessuna intenzione di lamentarsi.

Quando si sentì il cazzo, sempre più duro, premerle contro lo stomaco, emise un gemito di piacere. Sicuramente, anche lei doveva essersene accorta. Non aveva avuto un'erezione da così tanto tempo, e rendersi conto che il suo vecchio corpo funzionava ancora era un regalo di compleanno che non si aspettava. Con la mano sul suo sedere, la tenne stretta contro di sé e spinse il bacino contro di lei con più urgenza, facendole capire che aveva realizzato l'impossibile.

L'avrebbe ricompensata abbondantemente.

Perché il suo strizzacervelli non ci aveva pensato?

Tutto ciò di cui aveva bisogno era una donna che fingesse di *non* volerlo, e il suo istinto di caccia si sarebbe riattivato. Era pura e semplice psicologia inversa. Doveva licenziare Drake. In tutti quei mesi, quel ciarlatano non aveva proposto nulla di utile.

All'improvviso, le labbra di lei si aprirono, e Samson non esitò a infilare la lingua nella sua bocca con avidità.

Oh Dio, sì!

La sua bocca, il suo sapore... semplicemente divini. La lingua di Samson si spinse in profondità, fondendosi con quella di lei. Il corpo di lui si irrigidì mentre esplorava la deliziosa bocca di lei, giocando con la sua lingua, stuzzicandola per farsi concedere di più. Andò più a fondo. Oh Dio, era deliziosa.

Con la mano sul collo, la accarezzava con foga, mentre non riusciva a smettere di stringere il suo sedere tondo, premendola più forte contro di lui. A quel punto, il cazzo gli era diventato duro come una pietra ed era pronto a scoppiare.

Non l'avrebbe mai lasciata andare via prima di essersela scopata per bene. Voleva seppellirsi dentro di lei il più a lungo possibile e trovare il piacere che gli era sfuggito durante gli ultimi nove mesi.

Samson inghiottì ancora di più il suo sapore, assorbì di più del suo profumo, e all'improvviso tutti i suoi sensi si riattivarono.

Merda, cosa diavolo stava facendo?

Merda!

Merda! Non stava baciando una vampira.

Si trattava di un'umana! Avrebbe dovuto accorgersene nel momento in cui gli era caduta tra le braccia, ma si era talmente incazzato con i suoi amici che aveva agito come un toro che vedeva rosso. Gli avevano procurato una spogliarellista umana! Avrebbero dovuto avvertirlo! Avrebbe potuto farle del male se non fosse stato attento. O, peggio, rivelarsi accidentalmente per quello che era. Idioti!

Un dolore acuto e improvviso gli trafisse il piede. Samson allentò immediatamente la presa dalla spogliarellista e trasalì. Con tutta la sua forza, lei aveva conficcato il tacco alto nel suo costoso mocassino italiano.

E che cazzo?

Cosa le era preso?

Non c'era alcuna ragione per quella violenza improvvisa. Non stava facendo nulla che non fosse stata pagata per fare. Ricky aveva chiaramente detto che fosse disposta a fare anche degli «extra». E il bacio costituiva un *extra*. Niente di più, niente di meno.

Samson la fissò, incredulo. Lei lo fulminò con lo sguardo. E come se non bastasse, gli diede uno schiaffo sulla guancia.

Bam!

Una risata soffocata alle sue spalle lo fece voltare di scatto.

Eccoli lì: tutti i suoi amici, che lo osservavano mentre veniva colpito da una donna. Questa scena sarebbe passata alla storia. La notte in cui Samson era stato schiaffeggiato da un'umana.

Che altro avevano pianificato per la sua totale umiliazione?

«Che diavolo stai facendo, Samson?» gridò Ricky.

«Cosa pensi che stia facendo? Mi sto divertendo con la spogliarellista che mi avete preso per il mio compleanno». Qual era il problema di Ricky? In fin dei conti, era stata una sua stupida idea.

«Spogliarellista?» urlò la donna. «Io non sono una *spogliarellista*!»

Ricky scosse la testa e i ragazzi, dietro di lui, non riuscirono a reprimere un ghigno sciocco, come se fossero stati un gruppo di studenti universitari e non vampiri adulti.

«Sei cieco, amico? È questa la spogliarellista». Ricky indicò con un cenno del capo la donna che indossava una corta uniforme da infermiera e il reggicalze, in mezzo ai suoi amici.

Gli occhi di Samson rimbalzarono dall'infermiera alla donzella in pericolo, per posarsi, infine, su Ricky.

«Quella», disse Ricky, indicando la donna furiosa accanto a Samson, «è una donna davvero incazzata. Direi che le devi delle scuse enormi. Io inizierei a strisciare ai suoi piedi proprio in questo momento».

Ottimo consiglio.

«Buon compleanno», disse Amaury, il suo amico di più vecchia data. Se stava cercando di calmare la situazione, avrebbe dovuto impegnarsi di più.

«E congratulazioni», aggiunse Thomas sogghignando, ma non si stava congratulando con Samson per il suo compleanno. I suoi occhi erano fissi sull'inguine di Samson. Nulla sfuggiva agli occhi acuti di Thomas, mai, soprattutto quando si trattava di un corpo maschile.

Samson capì immediatamente, ma ciò non rese la situazione più confortevole. Prima o poi avrebbe dovuto affrontare la donna che aveva baciato così appassionatamente, e non era qualcosa che desiderava fare in quel momento. Soprattutto non con quell'erezione prepotente che si intravedeva sotto i suoi pantaloni. Un'erezione che non voleva proprio andarsene, non finché aveva ancora il suo sapore sulla lingua.

Lei gli passò accanto per uscire dalla stanza. Ma Samson non poteva lasciarla andare. Le doveva più di un semplice *mi dispiace*. Lei aveva guarito ciò che il suo strizzacervelli non era riuscito a risolvere, neppure dopo mesi di sedute settimanali. Doveva fare qualcosa, qualsiasi cosa.

«Ehi, fermati».

Lei continuò a camminare, come se non l'avesse sentito. I ragazzi si fecero da parte per lasciarla passare.

«Ti prego. Mi dispiace. Non lo sapevo. Pensavo che fossi la... Mi dispiace. Penserai che sia un selvaggio. Per favore, permettimi di offrirti dei vestiti asciutti, qualcosa per scaldarti. Ti farò accompagnare a casa dal mio autista».

Lei si fermò, esitante.

«Per favore».

Non gli importava che i suoi amici lo guardassero implorare. Si sarebbe preoccupato di loro più tardi. Stranamente, tutto ciò che voleva adesso era che lei non fosse arrabbiata con lui. Non capiva nemmeno perché gli importasse. In fondo, era solo un'umana.

4

Delilah lanciò un'occhiata cauta allo sconosciuto che l'aveva baciata.

L'idea di togliersi i vestiti bagnati era allettante, così come lo era la prospettiva di avere qualcuno che la riaccompagnasse a casa. Dopotutto, quel tizio che l'aveva inseguita poteva essere ancora là fuori, e lei non sarebbe stata in una situazione migliore rispetto a quella precedentemente.

Ma era veramente più al sicuro lì?

In fondo, lo sconosciuto nella cui casa era entrata in cerca di aiuto l'aveva praticamente aggredita. Con un bacio. Un bacio così affamato e ardente, così passionale e irresistibile, che non era riuscita a trattenersi dal ricambiare.

E questo cosa diceva di lei?

Non le era mai successo con nessuno. Nessun uomo l'aveva mai eccitata così tanto.

Allo stesso modo, ciò non giustificava le azioni di lui.

Ma vi erano forse delle circostanze attenuanti? Si sarebbe comportato allo stesso modo se non l'avesse scambiata per una spogliarellista?

Delilah lanciò un'occhiata alla vera spogliarellista, con la sua uniforme da infermiera, poi tornò a guardare i suoi stessi vestiti. La sua camicetta bianca era completamente fradicia, rendendola trasparente, e il suo ultimo acquisto di Victoria's Secret, decisamente succinto, traspariva chiaramente. Maledisse in silenzio la sua passione per la biancheria intima nera. Non c'era da stupirsi che l'avesse scambiata per una spogliarellista, specialmente considerando che ne stava aspettando una.

«Vestiti asciutti, hai detto?» Le parole uscirono prima che potesse fermarle.

Un accenno di sorriso curvò gli angoli della bocca del padrone di casa verso l'alto. «Posso trovarti una felpa e dei pantaloni comodi. Puoi asciugarti in bagno». In quel momento, sembrava quasi innocente. «Torno subito».

Salì di corsa le scale, con le gambe forti che coprivano due gradini alla volta, i glutei sodi che si muovevano sotto il tessuto aderente. Tutto muscoli, niente grasso.

«Io sono Ricky», disse improvvisamente uno dei suoi amici. «Mi dispiace, credo sia stata tutta colpa mia. Ho detto a Samson che sarebbe arrivata una spogliarellista. Di solito è un vero gentiluomo. Per favore, non giudicarlo per questa, ehm, situazione».

Era alto e di bell'aspetto, con un viso giovanile pieno di lentiggini e una folta chioma di capelli rossi.

«Assolutamente», intervenne l'uomo accanto a lui. «Io sono Amaury».

Amaury?

Che nome strano per un uomo. Lui le tese la mano. Delilah esitò, ma alla fine la strinse. «È stato molto stressato ultimamente. Ti prego di perdonarlo».

Era grande e massiccio, con i capelli scuri che gli ricadevano fino alle spalle. Non era un hippie, però. Sembrava ben curato e i suoi capelli lunghi suggerivano che non appartenesse a questa epoca. Piuttosto, sembrava uscito da un romanzo storico, magari in sella a un cavallo per salvare la sua amata. I suoi occhi azzurri erano penetranti, e il sorriso disarmante si allargava dalle labbra fino a illuminargli l'intero viso.

Tutti gli amici di Samson cercarono di trovare delle scuse per giustificare il suo comportamento. Un uomo con amici così leali non poteva essere del tutto cattivo. Ovviamente, anche Charles Manson probabilmente aveva avuto amici, e non per questo era una brava persona. Lo stesso discorso valeva per Jack lo Squartatore. Le vennero in mente anche Ted Bundy e il Killer dello Zodiaco.

«È davvero un ragazzo fantastico», disse un altro. «Thomas. Piacere di conoscerla, signora».

Signora? Che formalità.

Il suo sorriso caloroso era in netto contrasto con il suo abbigliamento: Thomas era vestito completamente di pelle, con il casco da motociclista stretto sotto un braccio.

C'era un quarto ragazzo in fondo. Sembrava un po' timido e la salutò con un cenno del capo, senza dire nulla. Indossava lo stesso abbigliamento da motociclista di Thomas.

«Lui è Milo», disse Thomas mettendogli un braccio intorno alle spalle in maniera possessiva.

«Piacere di conoscervi tutti. Io sono Delilah».

Spostò il peso del corpo da un piede all'altro, sentendosi a disagio per il fatto che quegli uomini potessero vedere il suo reggiseno.

«Delilah? Come Sansone e Dalila?» chiese Ricky con un sorrisetto.

I ragazzi ridacchiarono. Delilah vide con la coda dell'occhio Amaury che dava una gomitata a Ricky sulle costole, evidentemente per farlo tacere.

«Sì, mi chiamo Delilah».

Come avevano chiamato il suo soccorritore dopo che lei l'aveva schiaffeggiato? Aveva capito bene il nome? Si chiamava davvero Samson?

«È un bel nome». Il complimento di Amaury sembrava un vano tentativo di riempire il silenzio imbarazzante con qualsiasi cosa, pur di spezzarlo.

«Samson, eccoti qui», disse improvvisamente Thomas, guardando verso le scale.

Delilah sollevò lo sguardo e vide Samson scendere i gradini. Non riusciva a distogliergli gli occhi da lui.

Non avrebbe dovuto fissarlo, ma non riusciva a fermarsi, nemmeno se la sua vita fosse dipesa da questo.

Era alto, ben oltre il metro e ottanta, e faceva un'impressione notevole con i suoi pantaloni neri e il dolcevita grigio attillato. I suoi fianchi erano stretti, le spalle larghe, e sembrava tutt'altro che estraneo a una palestra. I suoi capelli scuri erano più lunghi di quanto fosse di moda, conferendogli una bellezza senza tempo. I suoi occhi color nocciola catturavano completamente la sua attenzione.

Scese le scale come se fosse il padrone del mondo, emanando un assoluto senso di fiducia in sé stesso. Ad ogni passo, Delilah si sentiva sempre più attratta da lui: più lui si avvicinava, meno lei era in grado di svicolarsi dalle esche che lui le lanciava per attirarla. Tutto questo senza che lui proferisse una sola parola.

Samson. Il nome gli si addiceva. Questo uomo incredibilmente attraente l'aveva baciata? Come le era venuto in mente di respingerlo? Stava forse perdendo la testa? Non vi era altra spiegazione plausibile.

Solo il ricordo di quelle cosce forti premute contro di lei fece salire la temperatura del suo corpo. Ancora qualche secondo e avrebbe avuto la febbre talmente alta da dover richiedere l'attenzione di un medico. O, meglio, l'attenzione di Samson. Preferibilmente la seconda, dato che un dottore non poteva fare nulla per ciò che aveva: un violento attacco di desiderio.

Samson si fermò proprio di fronte a lei, incrociando il suo sguardo.

Delilah si rese improvvisamente conto di averlo fissato per tutto il tempo che aveva impiegato a scendere le scale. Era sicura che lui l'avesse notato. Incapace di distogliere lo sguardo, inspirò il suo profumo puramente maschile.

Le porse una pila di vestiti e, per un breve istante, la sua mano sfiorò accidentalmente quella di Delilah.

«C'è un bagno per gli ospiti in fondo al corridoio. Gli asciugamani puliti sono nell'armadio della biancheria», disse, con un tono dolce e gentile.

«Grazie». Delilah sentì la sua voce tremare, probabilmente facendola sembrare un'adolescente emozionata.

Si incamminò lungo il corridoio per trovare il bagno. Prima di entrare, si girò a guardare oltre la spalla e trovò Samson che la fissava. Quegli occhi color nocciola l'avevano seguita.

SAMSON SI VOLTÒ verso i suoi amici.

«Non so perché continuo a frequentarvi», disse Samson, afferrando il cellulare dal tavolo.

«Perché non hai altri amici». Come al solito, Ricky doveva sempre dire l'ovvio.

La chiamata ebbe risposta immediata.

«Carl, per favore, porta l'auto tra quindici minuti».

«Certamente, signore».

«Grazie». Poi si girò di nuovo verso il gruppo di amici.

«Allora, sembra che le cose stiano migliorando», osservò Thomas, sorridendo da un orecchio all'altro.

«È umana!»

E la cosa più sensuale che abbia mai toccato.

«Non siamo ciechi. Quindi, visto che non l'abbiamo mandata *noi*, chi diavolo è?» chiese Ricky.

«Come diavolo faccio a saperlo? Stava per sfondare la mia porta chiedendo aiuto».

«Posso interpretare quella parte, se è questo che ti eccita», intervenne la spogliarellista.

Samson dubitava delle sue capacità interpretative e la ignorò. «Bene, tutti in cucina, lasciatemi solo con lei per qualche minuto».

«Con me?» chiese la spogliarellista.

Neanche per sogno. Samson aggrottò la fronte. «Con la donna umana».

La spogliarellista fece una smorfia, poi si girò sui tacchi.

Samson la osservò allontanarsi insieme ai suoi amici, che sparirono attraverso la sala da pranzo in direzione della cucina, situata sul retro della casa. Il palmo della mano di Amaury si era già posato sul culo della spogliarellista. Il suo amico non aveva ancora incontrato una donna che non gli piacesse.

Samson si avvicinò al bar e versò due bicchieri di brandy. Si era abituato al suo sapore e apprezzava il calore che gli provocava al petto. A parte questo, l'alcol gli attraversava il corpo senza far alcun effetto. Saper gestire le bevande umane era utile ogni volta che si trovava in situazioni sociali con loro.

I vampiri si integravano liberamente con le loro controparti umane, che ignoravano le loro differenze. Alcune persone erano semplicemente considerate più eccentriche di altre. San Francisco era il luogo ideale per la loro specie. Praticamente tutti erano un po' strani, e nessuno se ne preoccupava davvero.

Samson sorseggiò il suo brandy.

Accidenti, come si sentiva bene! Il suo apparato idraulico aveva ripreso a funzionare, anzi, meglio di prima. Il suo cazzo era duro come la pietra quando aveva premuto il corpo contro quello di Delilah e l'aveva baciata. Non sapeva come fosse successo, e non gli importava, ma sapeva di essere tornato in pista.

Sentì una porta aprirsi e si voltò. Delilah uscì dal bagno, indossando una delle sue felpe e un paio di pantaloni della tuta. Entrambi erano troppo grandi per lei, ma aveva arrotolato le maniche più volte per farle adattare. Accidenti, era proprio carina. Si era asciugata i lunghi capelli scuri con un asciugamano.

«Prego, vieni. Siediti qui. Scaldati».

Lei avanzò lentamente nella stanza, i suoi movimenti esitanti, chiaramente osservandolo per capire se fosse sicuro avvicinarsi. «Grazie».

«Brandy?»

Le porse un bicchiere. Lei allungò la mano e lo accettò, poi si sedette sulla poltrona più vicina al fuoco e bevve un sorso.

«Chiedo scusa, non mi sono ancora presentato. Sono Samson Woodford».

Lei alzò lo sguardo verso di lui, e Samson si rese conto di essere ancora in piedi. Si sedette di fronte a lei.

«Delilah, Delilah Sheridan».

Delilah? Un nome bellissimo per una donna bellissima. Una bellissima donna *umana*.

Intoccabile.

Sarebbe stata la sua rovina, proprio come la biblica Dalila era stata la rovina di Sansone? Un'altra buona ragione per non toccarla mai più.

«Devo scusarmi. Sono stato scortese, e non ci sono scuse per questo».

Imperdonabile, certo, ma comunque eccitante. Voleva sentire di nuovo quelle sensazioni: il calore, l'eccitazione, il suo corpo. Anche in quel momento, vestita con abiti informi di diverse taglie più grandi, lei era più attraente di qualsiasi vampira che avesse mai visto. Il profumo di lei gli stuzzicava i sensi, minacciando di sopraffare nuovamente le sue buone maniere.

«È stato un malinteso. I tuoi amici mi hanno spiegato la situazione».

Le guance di Delilah erano più rosee ora, probabilmente per il calore del fuoco e il brandy che stava sorseggiando. Se solo avesse potuto leccare le gocce di brandy dalle sue labbra, forse il suo corpo si sarebbe calmato.

«Come va il piede? Mi dispiace tanto».

«Guarirà. Non preoccuparti».

Se me lo baci, guarirà subito.

«Grazie per avermi aiutata».

«Figurati. Ancora, ti chiedo scusa per essermi comportato come un completo idiota». Samson si passò una mano tra i capelli.

«Dove sono i tuoi amici?»

Aveva forse paura di rimanere sola con lui? Non poteva biasimarla. Rimanere da sola con l'uomo che l'aveva aggredita, baciata appassionatamente e premuto contro di lei la propria erezione non poteva certo ispirare fiducia. Poteva vedere che il suo cazzo stava iniziando a pulsare di nuovo, preparandosi per lei?

Samson si spostò sulla sedia e accavallò le gambe.

«Li ho mandati in cucina per dare inizio alla festa. Ti assicuro che ti sentiranno se sentirai il bisogno di chiedere aiuto. Non ce n'è uno tra loro che non correrebbe in soccorso di una donna che ha bisogno di protezione».

«Oh».

Lo sguardo sorpreso di Delilah lo fece riflettere, così come il rossore che si intensificava sulle sue guance. Forse, in fin dei conti, non si sentiva così minacciata da lui.

«Mi dispiace di aver interrotto la tua festa di compleanno. È meglio che vada».

Fece un movimento per alzarsi, ma lui la fermò. «Ho chiamato il mio autista. Sarà qui tra pochi minuti per accompagnarti a casa».

«Non è davvero necessario. Posso prendere un taxi».

«Ti prego, permettimelo. È il minimo che possa fare dopo quello che ti ho fatto passare».

Lei gli regalò un sorriso meraviglioso. «Grazie. È molto generoso da parte tua».

«Puoi dirmi cos'è successo là fuori?» Inclinò la testa verso la finestra, guardando l'oscurità.

«Un tizio mi ha inseguita in un vicolo. Sono scivolata, lui mi ha afferrata, e allora sono scappata, ma mi ha seguita. Era così vicino a me quando hai aperto la porta».

Samson sollevò le sopracciglia. Non aveva visto nessuno, ma era stato concentrato sulla persona che stava bussando furiosamente alla sua porta. «Sei sicura che non stesse semplicemente cercando di aiutarti a rialzarti quando sei scivolata?»

Delilah scosse la testa. «Ne sono sicura. Ho visto la sua faccia, non era amichevole. Mi stava inseguendo».

Aveva forse esagerato? Magari l'intero incidente era stato del tutto innocente.

«Puoi descrivermelo?»

«L'ho visto solo per un breve istante, ma era grosso, di carnagione chiara, forse sulla quarantina. Aveva una cicatrice sulla guancia».

«Pensi che saresti in grado di riconoscerlo se lo vedessi di nuovo?»

Lei annuì con sicurezza. «Sicuramente».

Una ciocca di capelli umidi si era incollata alla sua guancia, e lui dovette fare appello a tutta la sua forza di volontà per non allungare una mano e spostargliela dal viso. Delilah non avrebbe apprezzato ulteriori gesti fisici da parte sua, neppure quel tocco delicato che Samson, in quel momento, desiderava più di ogni altra cosa.

La tenerezza non era certo una qualità per cui i vampiri fossero noti, tantomeno Samson. Lussuria, passione, sì, ma tenerezza?

Un rumore proveniente dalla porta d'ingresso lo fece guardare verso l'ingresso. Un momento dopo, Carl si annunciò sulla soglia del soggiorno.

«Signore, mi scusi l'interruzione: la macchina è pronta, quando vuole».

Delilah si alzò rapidamente e Samson si rammaricò di non aver detto a Carl di prendersela comoda. Aveva apprezzato la compagnia di quella donna e avrebbe voluto godersela ancora per un po'. Godersela? Ma che diavolo stava pensando? Era meglio che lei se ne andasse subito, prima che lui potesse far qualcosa di veramente stupido.

«Vado a prendere i miei vestiti. Li ho lasciati in bagno».

«Non preoccuparti; te li farò recapitare domani dopo averli fatti lavare e stirare».

Tenere i suoi vestiti ancora un po' gli avrebbe permesso di inspirare di nuovo il suo profumo.

«Ma non è...»

«Necessario?» Lui sorrise. «Ti prego, permettimelo».

Quando lei annuì, lui si rivolse a Carl. «Carl, per favore, accompagna la signorina Sheridan a casa. Ti darà il suo indirizzo. E assicurati di scortarla fino alla porta e di aspettare che sia al sicuro dentro. Non voglio che le accada nulla».

«Sì, signore».

«Grazie mille». Delilah allungò la mano. «E buon compleanno».

Samson sorrise e le strinse la mano. Lentamente la portò alle labbra e la baciò leggermente senza distogliere lo sguardo dal suo. «Grazie *a te*».

Con un sorriso sulle labbra, Delilah si voltò per seguire Carl verso l'uscita. Samson la seguì con lo sguardo finché non scomparve dalla stanza.

5

———

Rispetto a Delilah, la spogliarellista era invitante quanto una passeggiata sotto il sole cocente. Ma aveva dei bisogni, e dovevano essere soddisfatti.

Samson entrò con passo deciso in cucina e vide Amaury che leccava un liquido rosso dal seno della spogliarellista. Sangue. La sua uniforme da infermiera era aperta sul davanti.

I vampiri generalmente non si nutrivano di altri vampiri, anche se faceva parte dell'atto sessuale. Tuttavia, non significava che non amassero fingere. Evidentemente, il suo amico aveva versato del sangue preso dalle scorte di Samson sulla donna e ora si stava divertendo a leccarlo via.

«Smettila di monopolizzarla. Adesso tocca a me», si lamentò Ricky, spingendo via Amaury.

Amaury fece un sorriso diabolico, ma lasciò spazio a Ricky. «Condividiamo?» La proposta di Amaury fu accolta con entusiasmo.

Con un grugnito, Ricky fece scivolare la lingua sul seno della spogliarellista. Leccò le ultime gocce di sangue, poi chiuse le labbra intorno al suo capezzolo. La donna gettò la testa all'indietro e gemette rumorosamente.

«Sì, tesoro». Non che i due ragazzi avessero bisogno dell'incoraggiamento della spogliarellista.

Milo e Thomas osservavano la scena con scarso interesse.

«Eppure ero certo che si trattasse del *mio* compleanno», intervenne Samson.

Ricky e Amaury lasciarono immediatamente andare il seno della spogliarellista. Tutti gli occhi erano puntati su Samson.

«E quindi?» chiese Ricky.

«Che c'è?»

«Vuoi provare?» Ricky accompagnò la domanda con un movimento inequivocabile dei fianchi.

«Suppongo che dovrò fare un tentativo». Samson fece un cenno verso la spogliarellista.

«Vieni, tesoro, dammi una leccata», offrì lei, ma lui scosse la testa.

«Di sopra, per una performance privata».

Dopo nove mesi di astinenza, preferiva un po' di privacy per il suo primo atto sessuale.

«Certo, tesoro», disse lei.

Samson seguì la spogliarellista al piano di sopra. Non le chiese il nome. Non aveva importanza. Tutto ciò di cui aveva bisogno era un corpo disponibile in cui affondare. Dannazione, quanto gli era mancato il sesso! Finalmente avrebbe soddisfatto i suoi desideri carnali e sarebbe tornato normale.

Maledizione, quella donna umana lo aveva eccitato come nessun'altra! Poteva resuscitare i morti, e lo aveva fatto. A tutti gli effetti, durante gli ultimi nove mesi, il suo cazzo era morto. Ma non più. Dopo stasera, tutto sarebbe tornato alla normalità.

Quando chiuse la porta della camera da letto, la donna si girò verso di lui e iniziò uno spogliarello seducente. Niente che non avesse già visto in passato. Indumento dopo indumento, si tolse l'uniforme bianca da infermiera. Prima la camicetta cadde sul pavimento, poi la gonna corta. Con movimenti esperti, liberò le calze dal reggicalze e le abbassò, una alla volta.

Si posò le mani sulle tette, stringendole per enfatizzarne le dimensioni.

Una alla volta, tirò fuori i suoi enormi meloni dalle minuscole mezze-coppe del reggiseno.

Aprì le gambe per dargli una buona visione della figa attraverso le mutandine. Depilata. Non era particolarmente nel suo stile, ma sarebbe andata bene lo stesso. Le fece cenno di girarsi per darle un'occhiata al culo. Il perizoma non nascondeva nulla. Lentamente, si liberò delle stringhe che fungevano da mutandine e finalmente si trovò di fronte a lui, nuda.

Samson lanciò un'occhiata al suo letto a baldacchino. No, non se la sarebbe fatta nel suo letto. Piegata sulla chaise longue sarebbe andato più che bene. L'avrebbe girata, presa da dietro e scopata fino a lasciarla senza fiato. In quel modo, non avrebbe dovuto guardarla in viso e avrebbe potuto fingere che fosse un'altra persona.

Un viso bellissimo gli balenò nella mente. Delilah. Poteva fingere che fosse Delilah.

Giusto, questo era il piano.

Un piano perfetto.

La spogliarellista non si sarebbe opposta. Dopo tutto, era stata pagata proprio per quello. Avrebbe fatto tutto ciò che lui voleva.

Eccellente.

C'era solo un problema con il suo piano brillante.

Il suo cazzo era completamente flaccido.

Morto.

Assolutamente morto, cazzo!

Non un singolo globulo di sangue si mosse per rianimarlo, nemmeno uno.

Si era raggrinzito come una prugna secca.

Cosa diavolo stava succedendo? Funzionava perfettamente fino a pochi minuti prima, e ora, con una donna nuda davanti pronta per essere scopata, non riusciva a eccitarsi!

Neanche un centimetro di crescita, neanche mezzo centimetro.

Nessun movimento, niente di niente.

«Cosa stai aspettando, ragazzone?» lo stuzzicò lei, sbattendo le ciglia incrostate di mascara.

Samson la fulminò con lo sguardo. Lo stava prendendo in giro?

Fece due passi verso di lui e gli mise la mano sulla cerniera dei pantaloni. Gli angoli della bocca le si abbassarono. «Oh».

Con la velocità di un fulmine, le afferrò il polso e le scostò la mano. Successivamente, la spinse via.

«Cazzo!»

Pochi istanti dopo, si precipitò al piano di sotto. Le voci dei suoi amici gli giunsero dalla cucina.

«Beh, quello è stato o un orgasmo da urlo...» disse Ricky.

«...o niente di niente», aggiunse Amaury.

«Niente di niente», disse Thomas.

«Oh, accidenti». Era Milo a parlare questa volta. «Povero disgraziato!»

Samson entrò in cucina come una tempesta e fissò Milo con occhi stretti.

«Cazzo!» Con la forza di un martello pneumatico, sbatté il pugno sul bancone, frantumando il piano di granito. Si spaccò in diversi pezzi.

«Amaury, dagli del sangue, subito», ordinò Ricky con calma.

«Già fatto... Ecco, Samson, bevi. Ne hai bisogno».

Samson strappò il bicchiere dalle mani di Amaury e lo tracannò tutto d'un fiato, poi fulminò Ricky con lo sguardo.

«Faresti meglio a chiarire a quella spogliarellista che se pronuncia una sola parola su questo con chiunque, le spezzerò il suo bel collo in due. È chiaro?»

Ricky annuì. «Non c'è nemmeno bisogno di dirlo. Ragazzi, andiamocene!» Fece loro cenno di uscire dalla cucina.

Samson li sentì bisbigliare in corridoio, mentre aspettavano che la spogliarellista scendesse.

«Ma lui ce l'aveva duro quando quella donna era qui. L'ho visto. Anzi, era impossibile non notarlo», disse Thomas, a voce abbastanza alta da essere captata dall'udito sensibile di Samson.

«Immagino che avrebbe funzionato con lei. Peccato che sia una mortale», sussurrò Amaury. Poi il suo tono cambiò. «Ehi, tesoro, visto che ti abbiamo ingaggiata per tutta la notte, che ne dici di venire a casa mia? Ho qualcosa che potresti infilare tra quelle tettone...»

La risposta della spogliarellista fu una risatina.

Pochi secondi dopo, erano andati via. La casa tornò silenziosa.

Amaury aveva ragione. Con lei avrebbe funzionato. Samson ne era sicuro. Ma allora perché non gli era venuto duro con la spogliarellista? Aveva un bel corpo, sarebbe stata disposta.

Ma non era Delilah. Accidenti, le sue labbra erano state così deliziose e quella lingua timida, che alla fine era riuscito a far uscire ... Che bacio, e che corpo morbido e flessibile, con le curve perfette. Sapeva che non era stato unilaterale. Aveva percepito la sua eccitazione.

Cazzo, la voleva. Doveva averla.

Samson compose un numero.

«Studio del dottor Drake. Come posso aiutarla?» La segretaria Barbie fece le fusa come una gattina.

«Samson Woodford. Ho bisogno di vedere il dottor Drake».

«Non abbiamo disponibilità stasera. Che ne dice di domani all'una di notte?» propose lei, con un tono molto più freddo. Non aveva mai mostrato interesse per lei in tutte le volte che era andato nello studio, e alla fine lei aveva smesso di sprecare il suo fascino su di lui. Meglio così. Samson non sopportava né lei né il suo sorriso smielato.

«Penso che lei possa fare di meglio. Considerando le tariffe assurde che mi fate pagare, non mi interessa quale appuntamento deve annullare». Questa era una vera emergenza.

«Un momento, per favore». Lo mise in attesa e ci fu un breve silenzio prima che tornasse in linea. «Può vederla tra mezz'ora».

«Lo immaginavo».

Samson riattaccò, afferrò il cappotto dall'attaccapanni e si diresse verso la porta. Avrebbe camminato fino a Pacific Heights. L'aria della notte gli avrebbe schiarito le idee. Ne aveva sicuramente bisogno.

Attraversò la notte con passo deciso, il colletto del cappotto sollevato e le mani infilate nelle tasche. La pioggia si era attenuata.

Samson non riusciva a capire perché quella donna umana lo avesse colpito così profondamente. Certo, aveva un bel corpo ed era carina, ma lui era abituato a frequentare donne bellissime. Essendo uno degli scapoli più ambiti della città, aveva sempre avuto l'imbarazzo della scelta tra il meglio del meglio.

Aveva frequentato molte donne bellissime. Forse «frequentato» non era la parola giusta: aveva fatto sesso con molte belle donne, ogni volta che ne aveva avuto voglia. C'era sempre stato un flusso costante di femmine disponibili, tutte vampire, ovviamente, per soddisfare i suoi desideri carnali, nella speranza che potesse scegliere una di loro come compagna.

E poi ne aveva scelta una... ed era iniziato tutto il suo calvario.

Una sera, a un ballo di beneficenza, aveva notato una donna arrivata da poco in città. Aveva già sentito parlare di lei e, nel momento in cui aveva posato gli occhi sulla nuova arrivata, una donna alta e dai capelli rossi tra la folla, aveva perso la testa per lei in preda alla lussuria.

Si diceva che Ilona Hampstead fosse arrivata da Chicago e che avesse ottime conoscenze nel mondo dei vampiri. Era la quintessenza della mondanità e aveva deciso di stabilirsi a San Francisco.

Lei si era fatta desiderare e l'istinto di caccia di Samson aveva preso subito il sopravvento. Gli ci era voluto più di un mese per portarsela a letto. Nel frattempo, aveva continuato a scoparsi ogni vampira disponibile per gestire la frustrazione. Finalmente, aveva ottenuto il suo trofeo e non si era fatto scrupoli ad esibirla a tutti gli eventi mondani.

Le pagine delle riviste erano piene di foto che li ritraevano ad ogni evento. Al contrario delle credenze popolari, i vampiri comparivano in foto. In effetti, molti di loro erano piuttosto fotogenici.

Nonostante il suo bisogno di privacy, Samson aveva goduto dell'attenzione e dell'ammirazione dei suoi colleghi vampiri per aver conquistato una bellezza come Ilona. Anche se era una donna che, come lui stesso diceva, richiedeva molta «manutenzione», aveva il suo fascino. Lei si aspettava esclusività e lui non aveva obiettato.

Nel corso dei mesi successivi, Ilona era entrata a far parte della sua vita e lui, in qualche modo, si era innamorato di lei. Era stato solo per troppo tempo, e l'idea di avere una compagna costante, di cui potersi fidare, lo aveva attratto. I suoi amici gli avevano assicurato di pensare che fossero perfetti insieme, tutti tranne Amaury, che aveva tenuto per sé le sue opinioni.

La loro vita sessuale era eccellente, avevano la stessa cerchia di amici, lo stesso rango in società. Erano la coppia perfetta.

Era stata solo questione di tempo prima che cominciassero a circolare voci su un imminente legame di sangue e l'idea di stringere un legame permanente con lei lo aveva eccitato. Mancava qualcosa nella sua vita e lei sarebbe stata in grado riempire quel vuoto. Così aveva preso la fatidica decisione.

Samson scacciò i ricordi della notte in cui, all'improvviso, il suo mondo gli era crollato addosso. Il passato non faceva più parte della sua vita. Ora contava solo il presente.

Si chiese se il fatto che Delilah fosse umana avesse a che fare con il modo in cui aveva reagito a lei. Certo, in passato aveva fatto sesso con donne umane, quando era ancora più selvaggio e indomabile, ma nessuna di loro lo aveva mai realmente colpito. In effetti, che aveva smesso del tutto di avere rapporti con umane.

Il sesso con le umane presentava più pericoli di quanto ne valesse la pena. Amaury non condivideva la sua opinione al riguardo. Ma Samson sentiva di dover sempre trattenersi e di non poter mai davvero liberare la sua forza e potenza senza rischiare di ferirle. Le vampire, invece, erano più facili da gestire: potevano tenere il passo con la forza e la ferocia dei loro partner sessuali e non si spezzavano facilmente.

Samson sapeva che era una follia inseguire una donna umana, ma era disperato. Aveva bisogno di sesso e ne aveva bisogno subito, altrimenti si sarebbe trasformato in una bestia pericolosa, i cui sbalzi d'umore sarebbero stati incontrollabili. Sarebbe diventato un pericolo non solo per sé stesso, ma anche per chi gli stava intorno.

Meno di mezz'ora dopo aver lasciato casa sua,, raggiunse lo studio del suo strizzacervelli e vi entrò come una furia.

«La ringrazio per avermi ricevuto con così poco preavviso».

Il dottor Drake sollevò un sopracciglio. «Cosa c'è di così importante da non poter aspettare fino a domani?»

«È successo qualcosa».

Samson lo guardò e gli occhi dello psichiatra tremolarono. «Oh. Mi dica chi è lei e cosa ha fatto».

«È proprio questo il punto. Non ne ho idea». Samson si sdraiò, distendendosi, in tutta la sua lunghezza, sul morbido cuscino.

Mentre Samson rievocava l'accaduto con Delilah nei minimi dettagli, Drake lo ascoltò attentamente.

«Cosa significa?» chiese Samson con impazienza.

«Interessante. E ha detto che la spogliarellista l'ha lasciato indifferente dopo che quella donna l'ha eccitata?»

«Come se fossi entrato in un congelatore».

«Interessante». Drake unì le dita davanti al viso, appoggiando i gomiti sui braccioli della sedia. «Durante la seduta della scorsa settimana, ha parlato della mancanza di qualcosa. Può spiegarsi meglio?»

«Adesso?»

«Penso che sia importante in relazione a questo evento».

Samson sospirò. «D'accordo. È solo che... non riesco a capire cosa sia successo. Avvertivo un senso di vuoto, indipendentemente da cosa facessi, da quanto mi realizzassi nella vita. Mi sembrava sempre di non essere completo, come se mi mancasse una parte importante di me».

«In che senso?»

«C'era questo desiderio profondo di qualcosa che mi completasse una volta per tutte. Credevo che il legame di sangue avrebbe riempito quel vuoto. Doveva farlo».

«Il legame di sangue con la signorina Hampstead? Ne dubito».

«Cosa glielo fa pensare, dottore?»

«Il legame di sangue è solo la formalizzazione di qualcosa che esiste già. Il legame esiste prima. Il rituale serve solo a sancirlo ufficialmente. Il rituale non può completarla se non ha già trovato questa completezza nella sua compagna».

«Non capisco. Il rituale crea il legame. Questo è quello che mi hanno sempre insegnato».

Drake scosse la testa. «Un malinteso comune tra la nostra specie».

«Non ho percepito questo tipo di legame con Ilona, non come lo descrive lei. Pensavo che sarebbe stato evidente più tardi, dopo il rituale».

«Mi creda, non è l'unico a crederlo. Ma se non aveva già percepito questa connessione profonda con la sua compagna, vuol dire che non era destinato a stringere un legame di sangue con lei. Non è qualcosa che si può forzare. In ogni caso, ora capisco meglio perché ha reagito così quando le cose con Ilona sono andate a rotoli. Ora tutto ha senso».

Drake si alzò e si diresse verso di lui.

«Si sente a suo agio?»

Samson si guardò attorno e, improvvisamente, si rese conto di dove si trovasse... nella bara.

«Ma che...?»

Balzò in piedi, mettendo distanza tra lui e il mobile incriminato. In tutte le sue sedute non si era mai sdraiato nella bara, insistendo sempre per sedersi sulla poltrona o a camminare impazientemente per la stanza. Stava impazzendo, stava decisamente perdendo la testa. Non solo non capiva le spiegazioni criptiche di Drake, ma in quel momento, niente aveva un senso nella sua vita.

«Ehm».

«Cosa c'è? Dannazione, che c'è?» Samson aveva bisogno di una risposta. Per cosa stava pagando quel ciarlatano, altrimenti?

«Credo di sapere cosa le potrebbe essere successo. Essendo stato messo di fronte a un'umana vulnerabile, si è concesso, a sua volta, di essere di nuovo vulnerabile e ha abbattuto il suo strato protettivo. E non appena si è ritrovato con la vampira, quel muro si è rialzato e il suo cazzo si è abbassato».

Come se avesse avuto bisogno di un'immagine mentale del suo cazzo moscio. «Grazie per l'illustrazione nitida. Suppongo che lei mi stia facendo pagare per quest'intuizione?»

«Hmm, una mortale. Voglio dire, potrebbe funzionare. È del tutto possibile. Molti della nostra specie fanno sesso con donne umane. Certo, sarebbe pericoloso, per lei, almeno, ma se lei sta attento... Beh, sì, potrebbe funzionare».

Samson lo guardò, sbalordito. Ma cosa stava farneticando quel ciarlatano? Stava parlando tra sé e sé? «Dannazione, dottore, che cazzo devo fare adesso?»

«Ascolti, e per una volta faccia quello che le suggerisco. Solo una volta. Trovi quella donna e faccia sesso con lei. Se la tolga dalla testa. Glielo prometto: una volta che l'avrà avuta, il suo corpo si ricorderà com'era un tempo e tornerà alla normalità. Si fidi di me».

«Ma è una mortale. Non capisce?»

«Capisco perfettamente le implicazioni, mi creda. Capisco il pericolo che correrà la donna. Dovrà fare attenzione a non rivelare la sua identità di vampiro. Ma confido nel fatto che lei abbia abbastanza auto-controllo per farcela».

«E se non ce l'avessi? Dopo un'astinenza così lunga, come posso essere sicuro di riuscire a controllarmi?»

Drake scrollò le spalle. «È solo una mortale, un'umana. Prenda ciò che le serve da lei e volti pagina. Deve fare sesso con lei il prima possibile, questa finestra di opportunità potrebbe richiudersi. Non capisce? È come se fosse stata mandata da lei per aiutarla. Lo faccia e la smetta di preoccuparsi delle conseguenze. Ehi, magari la signorina potrebbe perfino divertirsi, considerando la sua reputazione...» Drake ebbe la faccia tosta di ridacchiare.

Samson rifletté sulle parole di Drake. Sapeva di cosa era capace a letto. Era sempre stato all'altezza della sua reputazione. Sarebbe stato attento, avrebbe cercato di essere gentile. Era il minimo che potesse fare, darle una notte di piacere estremo, lasciarle un bel ricordo.

E se il suo dottore pensava che fosse così semplice, forse lo era davvero. Per una volta, dovette ammettere di essere d'accordo con lo strizzacervelli. Dannazione, non desiderava altro che scoparla fino allo sfinimento.

E ora aveva la raccomandazione del medico per farlo.

6

———

Delilah era accoccolata sotto il caldo piumone quando sentì un rumore.

Al buio, non riusciva a vedere nulla. Ma sentì un peso gravare sul materasso. Mani la cercavano, la toccavano, la esploravano.

Avrebbe dovuto reagire, combattere contro l'intruso, ma per qualche motivo inspiegabile non lo fece.

Poi un corpo la immobilizzò; cosce possenti la imprigionarono. Una mano le scostò i capelli dal collo. Labbra calde la baciarono il quel punto, una lingua la leccò, un respiro caldo la accarezzò. Era una sensazione piacevole e lei si lasciò andare più profondamente a quella sensualità.

Finché all'improvviso... *No!*

Denti affilati come rasoi le si conficcarono nel suo collo, perforandole la pelle. Un liquido caldo le colò lungo il collo. Riconobbe l'odore metallico. Sangue!

La sensazione non era dolorosa. Era...

Un suono forte e ripetitivo interruppe il suo ultimo pensiero.

Bip! Bip! Bip!

Si alzò di scatto. Si era già fatto giorno. La sveglia stava suonando.

Alzò la mano verso il collo, dove aveva percepito il morso, ma la sua pelle era liscia, perfetta, come sempre. Nessuna ferita. Niente sangue. Solo un altro sogno.

Almeno era riuscita a dormire.

Uno sguardo all'orologio le disse che doveva sbrigarsi.

Aveva finalmente individuato diverse transazioni sospette nei file esaminati al suo ritorno a casa, quando l'agitazione le aveva impedito di dormire. Si era collegata al cloud, dove li aveva salvati in precedenza. Quel giorno, doveva confermare i suoi sospetti accedendo alla documentazione cartacea originale in ufficio. Aveva il forte presentimento di essere vicina a scoprire qualcosa.

Dopo una doccia veloce, Delilah si vestì in fretta e lanciò un'occhiata ai vestiti che indossava la sera prima. I vestiti di Samson. Almeno, avrebbe avuto un motivo per rivederlo. Poteva restituirglieli. Forse l'avrebbe invitata ad entrare in casa. Avrebbe cercato di passare da lui quella sera, dopo il lavoro, sperando di trovarlo a casa. A casa da solo.

Un'occhiata fuori dalla finestra le rivelò che pioveva ancora leggermente; avrebbe fatto meglio a portare l'ombrello al lavoro quel giorno. Mentre lo cercava nel guardaroba del corridoio, sentì bussare alla porta.

«Chi è?»

«Gregory, dal piano di sotto. Una consegna per lei».

Le piaceva il fatto che l'edificio avesse un servizio di portineria. La faceva sentire più al sicuro, soprattutto dopo l'aggressione della sera precedente.

Delilah aprì la porta, ma non riuscì nemmeno a vedere il volto di Gregory, nascosto dietro due dozzine di rose rosse che teneva in mano.

«Buongiorno, signorina Sheridan». Il profumo intenso la investì quasi travolgendola. Erano bellissime, di un rosso vivo come il sangue.

«Wow! È sicuro che siano per me?» Non conosceva nessuno lì. Inoltre, non era il suo compleanno, né il giorno di San Valentino o qualche altra occasione speciale.

«Sì, il signore che le ha portate ha fatto il suo nome. E mi ha dato questo». Le porse una gruccia con dei vestiti avvolti nella plastica. I suoi vestiti.

Samson era di sotto? Il cuore le batté all'impazzata e le iniziarono a sudare le mani.

«Credo ci sia un biglietto coi fiori». Gregory posò il vaso con i fiori sul tavolino dell'ingresso, poi si girò per andarsene.

«Grazie».

Dopo aver chiuso la porta e appeso i vestiti nell'armadio, Delilah cercò il biglietto.

Il biglietto era scritto a mano, con una calligrafia ordinata e d'altri tempi.

Le mie più sincere scuse per la scorsa notte. Mi faresti l'onore di permettermi di accompagnarti a teatro questa sera? Posso passare a prenderti alle 19:00? Samson Woodford

P.S. Il mio assistente Oliver sta attendendo la tua risposta al piano di sotto.

Le farfalle che sentì nello stomaco iniziarono a danzare. Dovette sedersi.

Le stava chiedendo di uscire.

Un appuntamento.

Un appuntamento!

Oh Dio, era agitata. Le farfalle nello stomaco si stavano scatenando in una festa sfrenata. Le ci vollero alcuni istanti per calmarsi.

Pochi minuti dopo, incontrò il giovane che la aspettava pazientemente nell'atrio dell'edificio.

«Signorina Sheridan?»

«È lei l'assistente del signor Woodford? Oliver?» Era vestito con un elegante completo formale, proprio come l'autista di Samson la sera prima, sebbene fosse almeno venticinque anni più giovane di Carl.

«Sì, signorina. Mi ha chiesto di attendere la sua risposta».

Il cuore di Delilah fece una capriola. «Per favore, dica al signor Woodford che sarei felice di accompagnarlo stasera».

«Ne sarà molto contento».

Lei annuì e si diresse verso le porte a doppio battente per andare al lavoro.

«Ehm, signorina Sheridan?»

Si voltò, curiosa di sapere cos'altro volesse. «Sì?»

«Il signor Woodford mi ha anche chiesto di offrirle un passaggio, ovunque debba andare».

«Oh, non è necessario. Sto solo andando al lavoro. Non è lontano da qui. Grazie».

«La prego, mi consenta. La limousine è qui fuori».

Con galanteria, le aprì la porta e la accompagnò alla macchina. Perché Samson la stava coccolando così tanto? O forse stava di nuovo sognando? Non poteva essere vero.

Delilah diede a Oliver l'indirizzo dell'ufficio e si sistemò sul sedile in attesa di un viaggio tranquillo. I rumori della città non penetravano nell'auto. Era quasi come un piccolo rifugio protetto. Che lusso. Da qualche parte, prima o poi, avrebbe dovuto pagare per questo lusso, nel senso cosmico del termine.

Niente era gratuito.

Non nel suo mondo.

ANCHE se fuori era già giorno, Samson era ancora sveglio. Era stanco, ma non voleva ancora dormire. Doveva sapere se Delilah avrebbe accettato il suo invito a teatro.

Dopo essere tornato a casa dallo studio del dottor Drake, aveva trascorso il resto della notte a rivedere i rapporti provenienti dalle diverse filiali della sua azienda, la Scanguards.

Dopo essere stato trasformato in vampiro all'inizio del XIX secolo, aveva capito molto in fretta che anche un vampiro aveva bisogno di denaro per vivere e di qualcosa per occupare il tempo. D'impulso, aveva iniziato a offrirsi per proteggere i viaggiatori durante la notte. Si era presto reso conto che la sicurezza era un'attività redditizia. Inoltre, significava avere sempre a disposizione una grande quantità di malviventi e criminali di cui potersi nutrire, proteggendo al contempo un viaggiatore benestante o una spedizione costosa.

In seguito, aveva trasformato la sua impresa individuale in una società, assumendo altri vampiri con la sua stessa mentalità. Come vampiro, era riuscito a ottenere il successo che gli era sfuggito da umano. Era ironico che, come vampiro, fosse riuscito a proteggere quelle stesse vite che molti dei suoi simili desideravano distruggere. Era il modo di Samson di preservare la sua umanità.

Ora la sua azienda, diffusa a livello nazionale, forniva guardie di sicurezza e guardie del corpo a grandi aziende, celebrità, dignitari stranieri e altre persone. Pur mantenendo la sede centrale dell'azienda a New York, aveva deciso di trasferirsi a San Francisco, per condurre uno stile di vita più tranquillo e normale. Per quanto normale potesse essere la vita di un vampiro.

Molti dei suoi dipendenti erano vampiri, che lavoravano per lo più come guardie notturne o guardie del corpo. Aveva formato anche diversi manager umani, che rappresentavano il volto diurno della Scanguards e interagivano con il pubblico. Molti dei suoi dipendenti umani non conoscevano, né avevano mai visto, Samson. E Samson, a sua volta, non avrebbe riconosciuto molti dei suoi dipendenti umani se li avesse incontrati per strada. A lui piaceva così.

Non si occupava della gestione quotidiana dell'azienda, ma si teneva aggiornato tutti i rapporti importanti delle varie filiali.

Ricky, Amaury e Thomas lavoravano tutti per lui. Ricky si occupava del reclutamento dei vampiri, Amaury gestiva gli immobili e Thomas era il responsabile dell'IT. La loro amicizia non interferiva con il lavoro... beh, la maggior parte delle volte. Milo aveva iniziato a frequentare il gruppo da quando lui e Thomas erano diventati una coppia, quasi nove mesi prima.

Le tende oscuranti nella lussuosa camera da letto di Samson erano chiuse mentre lui sedeva sul suo letto a baldacchino, sfogliando i rapporti e lanciando occhiate al cellulare ogni pochi secondi. Aveva mandato il suo assistente, Oliver, a casa di Delilah da oltre mezz'ora e non aveva ancora ricevuto un messaggio di risposta.

Oliver era umano e, durante il giorno, fungeva da occhi e orecchie di Samson. Era uno dei pochissimi umani a sapere che Samson era un vampiro. Samson lo aveva salvato da una vita di crimini e il suo protetto lo ripagava con lealtà e dedizione.

Carl, che era un vampiro, era il suo autista, maggiordomo e assistente personale di notte. I dipendenti personali di Samson guadagnavano più di molti manager di grandi aziende. Non che fosse straordinariamente generoso, ma conosceva molto bene la natura degli umani e quella dei vampiri. Se il personale veniva pagato molto bene e trattato ancora meglio, sarebbe rimasto fedele. E per lui la lealtà era fondamentale.

Perché Oliver ci stava mettendo così tanto? Forse Delilah non si era ancora svegliata? Guardò l'orologio antico sul camino. Erano passate le otto, e stava iniziando a sentirsi stanco.

Un ronzio lo avvisò dell'arrivo di un messaggio sul cellulare. Lo guardò.

Ha risposto di sì.

Sì! Sì! Sì!

Samson non riuscì a ricordare l'ultima volta che era stato così emozionato all'idea di vedere una donna. O entusiasta per qualsiasi cosa, a dire il vero. Si sarebbe assicurato che fosse tutto perfetto.

Poteva già immaginare cosa avrebbe fatto con lei, il modo in cui l'avrebbe toccata, come si sarebbe immerso in lei fino a sentirsi completamente svuotato.

Quello sarebbe stato il suo vero regalo di compleanno, anche se un po' in ritardo.

7

———

«Ma hai i dati lì davanti», disse John, indicando lo schermo del computer.

Delilah scosse la testa, infastidita dalla riluttanza di John a fornirle ciò di cui aveva bisogno.

«Sì, quelli elettronici, ma quei documenti non bastano. Mi servono i documenti cartacei a supporto di queste transazioni», insistette, alzando lo sguardo verso John, che incombeva sopra la sua scrivania con un atteggiamento che interpretò come intimidatorio. Non avrebbe funzionato con lei.

Notò delle gocce di sudore che iniziavano ad accumularsi sulla fronte di John.

«Non li teniamo qui. Sono tutti in un deposito giù a Oyster Point».

«Dov'è Oyster Point?»

«A South San Francisco».

«Bene, allora non dovrebbe essere un grosso problema. Fai in modo che li portino qui questo pomeriggio».

Sapeva dove si trovava South San Francisco. Ci era passata mentre veniva dall'aeroporto. Non ci sarebbero voluti più di venti minuti per arrivarci.

«Li richiederò, ma non posso garantire che li mandino nel pomeriggio. È un fornitore esterno che gestisce questo servizio, e non ho alcun controllo sulla velocità con cui lavorano».

«Va bene. Falli arrivare qui. Se non arrivano oggi pomeriggio, li voglio qui domattina, prima di tutto. Domani è venerdì, e davvero non voglio passare tutto il fine settimana in ufficio. Suppongo che nemmeno tu lo voglia».

Gli lanciò un altro sguardo determinato. Se doveva minacciarlo di lavorare nel fine settimana per ottenere ciò di cui aveva bisogno, lo avrebbe fatto. Ciò non significava che avesse davvero intenzione di lavorare durante il fine settimana. Sperava di visitare dei posti locali tra sabato e domenica. Il piano era di concludere la revisione contabile entro mercoledì della settimana successiva. Era sicura che entro allora avrebbe risolto il mistero nascosto nei libri contabili.

Quello che aveva scoperto fino ad allora era promettente. Sembrava che qualcuno stesse manipolando le voci di ammortamento nei registri. Si fidava del suo istinto, che le diceva che c'era qualcosa di losco. Era fatto in modo molto metodico, e sembrava che andasse avanti da circa un anno.

Solo un anno, strano. Delilah diede un'altra occhiata alle date sullo schermo e confermò il periodo. Perché i registri relativi all'anno in corso e al precedente erano già in archivio? La maggior parte delle aziende mandava in archivio solo i documenti più vecchi di tre anni. La cosa non le piaceva per niente, nemmeno un po'.

Il motivo per cui voleva i documenti originali da John era per vedere chi avesse avviato e poi autorizzato le transazioni. Le registrazioni elettroniche non lo indicavano. L'inserimento dei dati veniva generalmente fatto da dipendenti di basso livello; l'approvazione invece era solitamente di uno o due livelli superiori.

Delilah era perfettamente consapevole che, anche se era severamente vietato dalla politica aziendale, molti dipendenti condividevano gli accessi quando si trovavano sotto pressione e c'era bisogno di portare a termine il lavoro. Pertanto, pur sapendo a chi appartenesse l'accesso che aveva approvato le transazioni in questione, solo i documenti originali avrebbero confermato chi c'era davvero dietro tutto questo. E chiunque avesse avviato quelle transazioni si sarebbe trovato nei guai seri, una volta che Delilah avesse redatto il suo rapporto.

«Vado a mangiare un po' di dim sum a Chinatown. Ti va di venire?» chiese John, con un invito che arrivò del tutto inaspettato.

Dato che non aveva avuto modo di gustare il suo cibo cinese da asporto la sera prima, ora sentiva un forte desiderio di mangiarlo ed era contenta dell'invito. «In effetti, sarebbe fantastico. Sto morendo di fame».

«Andiamo, allora».

Delilah prese la giacca dall'appendiabiti vicino alla porta e seguì John verso l'uscita. Anche se era già a San Francisco da quasi una settimana, era la prima volta che John le chiedeva di unirsi a lui per pranzo. Tutti gli altri giorni sembrava sempre di fretta durante la pausa pranzo, scappando dall'ufficio non appena lei usciva per la sua.

Il dim sum sarebbe stato una gradita distrazione e, con un po' di fortuna, avrebbe fatto passare più velocemente la giornata. Non vedeva l'ora che arrivassero le sette di sera e il suo appuntamento con Samson. Cosa avrebbe indossato? Non si era portata nulla di veramente elegante. Forse poteva passare da una boutique dopo il lavoro e comprare qualcosa di adatto all'occasione?

Mentre camminava accanto a John lungo le ripide strade verso Chinatown, lui le fece una domanda:

«Hai mai mangiato il dim sum?» le chiese.

«Certo. Lo mangio spesso a New York. Ma credo che la nostra Chinatown non sia grande come la vostra».

«Ho letto da qualche parte che quella di San Francisco è la più grande degli Stati Uniti. Non so se sia vero, ma potrebbe esserlo». John sembrava sorprendentemente loquace. «Qui in zona, ci sono molti negozi e, se prosegui qualche isolato più in su, verso Stockton, ci sono dei mercati alimentari abbastanza decenti. Qui, invece, c'è più che altro roba da turisti: cianfrusaglie e souvenir. Pieno zeppo di turisti».

«Già, me ne sono accorta. Ci sono andata a mezzogiorno un giorno, e i marciapiedi erano così pieni che non si riusciva nemmeno a passare».

Guardò Grant Street, la via principale di Chinatown. Il luogo brulicava di turisti e commercianti.

«Questo fine settimana sarà ancora più affollato. Si festeggia il Capodanno cinese e sabato sera ci sarà una parata. Potresti volerla vedere. Di solito ci vado con mio figlio maggiore. Gli piace un sacco. Ci sarà un drago e tante cose divertenti».

«Forse ci andrò».

Seguì John all'interno di un ristorante cinese dall'aspetto pacchiano. La cameriera li accompagnò a un tavolo. La tovaglia rossa era coperta da una lastra di vetro che lei pulì rapidamente.

«Da bere?» chiese la cameriera, con un tono brusco, quasi scortese.

«Tè», dissero all'unisono John e Delilah.

«Scommetto che non vedi l'ora di tornartene a casa e dormire nel tuo letto», disse John.

Delilah sorrise. «Assolutamente». *Non proprio.*

Dopo aver incontrato Samson, avrebbe voluto poter prolungare il soggiorno per vedere dove l'avrebbe portata la situazione. Ma non era nei piani.

«Deve essere dura dover viaggiare continuamente per lavoro».

Delilah annuì distrattamente. Non aveva mai pensato che fosse difficile. In realtà, era una benedizione per lei stare via così spesso. Almeno non doveva ammettere quanto si sentisse sola nel suo piccolo appartamento a New York. Quando era in viaggio e alloggiava in hotel, poteva fingere di avere una vita interessante. Nessuno arrivava a conoscerla abbastanza bene da capire quanto poco ci fosse ad attenderla al suo ritorno.

Non aveva fratelli o sorelle, o per lo meno, non più. Sua madre aveva avuto problemi di concepimento e Delilah aveva implorato per anni di avere un fratellino o una sorellina, quando era piccola. Quando sua madre era rimasta improvvisamente incinta a quasi trentacinque anni, l'intera famiglia era stata al settimo cielo. Poco più di un anno dopo, il loro mondo era crollato, e il suo fratellino non c'era più. Sua madre non fu mai più la stessa.

Suo padre, che aveva quasi dieci anni più di sua madre, era ora in una casa per pazienti affetti da Alzheimer. Non riconosceva più Delilah e, sebbene lei si prendesse cura di lui dal punto di vista economico, aveva smesso di andarlo a trovare. Per lui era solo una sconosciuta, e ogni volta che lo vedeva, soffriva terribilmente.

Sua madre era morta due anni prima. Era una benedizione che suo padre non lo sapesse. L'Alzheimer aveva già rubato troppo della sua coscienza perché potesse rendersi conto che la sua amata moglie era morta di cancro. I medici la tenevano regolarmente aggiornata sulle condizioni di suo padre, ma non c'era altro che potesse fare. Sembrava sereno, e la casa di cura che Delilah aveva scelto per lui era una delle migliori.

Non le era rimasto nessun membro della famiglia, una famiglia un tempo felice.

«Delilah, ne vuoi un po'?» La voce di John la riportò bruscamente fuori dai suoi pensieri malinconici.

La cameriera mostrò loro un piatto con dei piccoli ravioli cinesi.

«Oh, certamente».

Delilah intinse un raviolo nella salsa di soia e lo divorò. «È delizioso. Vieni spesso qui?»

«Almeno una o due volte a settimana. È piuttosto comodo dall'ufficio. Mia moglie odia il cibo cinese, quindi di solito lo mangio durante la settimana», ammise ridendo. «Oh, a proposito, mia moglie voleva sapere a che ora tornerò a casa stasera per cena. Voleva preparare il suo piatto speciale».

Delilah notò lo sguardo curioso di John.

«Beh, avevo intenzione di lasciare l'ufficio alle cinque stasera».

Probabilmente poteva fare shopping per dei vestiti in meno di mezz'ora, poi...

«Alle cinque. Così presto? Hai dei programmi?» La sua domanda era così casuale che quasi non la sentì.

...poi farsi una doccia, depilarsi le gambe, mettersi lo smalto sulle unghie dei piedi... «In effetti sì, vado a teatro».

Forse il rosa per le unghie dei piedi? Il rosso sarebbe stato troppo aggressivo?

«Sembra una cosa divertente. Cosa vai a vedere?»

«A dire il vero, non lo so».

Delilah distolse lo sguardo, temendo che i suoi occhi potessero tradire l'entusiasmo per l'appuntamento imminente.

John la guardò, confuso. «Come sarebbe a dire che non lo sai?»

«Un conoscente mi porta fuori, e mi sono completamente dimenticata di chiedergli quale spettacolo andremo a vedere».

Un conoscente: voleva che Samson fosse molto di più. Per lo meno, un conoscente con cui poter far sesso. Molto sesso. Tanto buon sesso. Se era bravo a letto quanto il suo bacio prometteva, allora sarebbe stato tanto sesso fantastico.

Faceva improvvisamente caldo nel ristorante?

«Troppo piccante?»

«Cosa?» Delilah alzò lo sguardo per incontrare gli occhi curiosi di John.

«Il raviolo». Indicò il piatto.

«Sì, sì. Credo di averci messo troppa salsa piccante».

Probabilmente era più sicuro smettere di pensare al sesso mentre era fuori a pranzo con John. O anche in ufficio per il resto della giornata, tanto più che nel palazzo non c'era aria condizionata.

«Come sto?»

Dato che i vampiri non potevano guardarsi allo specchio, Samson doveva affidarsi al giudizio di Carl.

«Elegante». Carl non era un vampiro di molte parole.

Samson giocherellò con il colletto della camicia. «Troppo? Dovrei mettermi qualcosa di meno appariscente?»

Indossava pantaloni scuri e una semplice camicia bianca con i primi due bottoni aperti, senza cravatta.

«Se non la conoscessi bene, signore, direi che è nervoso per stasera».

«Mi hai mai visto nervoso, Carl?»

«Mai, signore. Non una sola volta nei quasi diciotto anni che lavoro per lei. Lei è la personificazione della sicurezza. Il che rende tutto ciò piuttosto strano, se posso permettermi».

Touché.

«Sono già passati tutti questi anni?»

«Sì».

Samson ricordava la notte buia di ottobre in cui aveva preso quella decisione fatidica. Salvare Carl o lasciarlo morire?

«Te ne sei mai pentito?»

All'epoca, aveva avuto solo pochi secondi per decidere, senza la possibilità di valutare i pro e i contro del trasformare Carl in un vampiro, né di dargli la possibilità di scegliere. Gli aggressori di Carl lo avevano lasciato a morire dissanguato. Se Samson non lo avesse trasformato, la vita di Carl sarebbe finita.

Carl alzò le sopracciglia. «Pentirmi di lavorare per un gentiluomo?»

Scuotendo la testa, Samson rispose: «Non sono un santo. Lo sappiamo entrambi».

«Nessuno di noi lo è. Ma lei *è* un gentiluomo. Credo che sua madre, pace all'anima sua, sarebbe orgogliosa di lei. Deve essere stata una donna straordinaria, per aver cresciuto un figlio come lei».

Samson sorrise. «Ti sarebbe piaciuta». Fece una pausa. «Carl, hai mai pensato di fare qualcos'altro? Voglio dire, non hai mai voluto intraprendere una carriera diversa?»

«Non c'è niente che vorrei fare se non lavorare per lei».

«Mi fa piacere. Sai, sarei davvero perso senza di te. La mia casa e la mia vita sarebbero un disastro senza di te».

«Grazie. Andiamo, signore?» Carl indicò la porta d'ingresso, cercando, come al solito, di fargli rispettare i tempi.

«E sei sicuro che vada bene così?» Samson sentì la fronte corrugarsi.

«Sì, signore». Carl annuì e lo aiutò ad indossare il cappotto, prima di aprire la porta d'ingresso. La pioggia era di nuovo cessata.

Samson si sistemò sul sedile posteriore della limousine e si chiese come avrebbe dovuto comportarsi. Casual e dolce? Aggressivo? Sensuale? Dannazione, non aveva idea di cosa avrebbe potuto funzionare con Delilah. Non sapeva assolutamente nulla di lei. Beh, Oliver gli aveva riferito dove lavorava, ma non aveva idea di cosa facesse effettivamente. L'edificio a Oliver l'aveva accompagnata ospitava più di venti aziende diverse.

Forse avrebbe dovuto incaricare Oliver di fare un'indagine su di lei, così da avere qualcosa di più del suo fascino per affrontare la serata. E per portarla a letto. Nel suo letto.

Sapeva che doveva essere cauto, dato che aveva già rovinato tutto la sera prima, comportandosi come un idiota. Forse un approccio dolce e affascinante sarebbe stato la strategia migliore. Avrebbe provato prima quello. Avrebbe sempre potuto cambiare tattica.

Il tragitto fu breve, quasi troppo breve per raccogliere i suoi pensieri. Quando Carl fece per uscire dall'auto, Samson lo fermò.

«Grazie, Carl. Vado a prenderla io».

Samson si addentrò nella strada buia ed entrò nell'atrio dell'edificio. Amava i mesi invernali, perché il sole tramontava presto, regalandogli notti più lunghe e maggiori opportunità per stare fuori.

Il portiere lo annunciò al telefono.

Samson si preparò ad aspettare almeno dieci minuti. Sapeva com'erano le donne. Sicuramente le vampire che aveva frequentato lo avevano sempre fatto aspettare, come se fosse una regola non scritta non essere mai pronte in orario. Le donne umane non potevano essere tanto diverse.

L'atrio era adornato da un grande murale e lui ne ammirò le opere d'arte. Era passato molto tempo dall'ultima volta che vi era stato. La sua azienda possedeva un paio di appartamenti in quell'edificio. Li utilizzavano per i soci in visita d'affari.

«Samson».

La voce di Delilah lo fece voltare. Aveva impiegato meno di due minuti a scendere. Era ancora più bella di quanto si ricordasse. La sera prima era fradicia, ma, in quel momento, i lunghi capelli scuri le ricadevano sulle spalle come seta. Il suo viso era pulito e se si era truccata, non era visibile. I suoi occhi verdi scintillavano. Indossava una gonna nera svolazzante e un top viola con un nodo legato di lato. Samson non vedeva l'ora di scioglierlo, di spogliarla.

«Delilah». Le portò la mano alle labbra, posandovi un bacio leggero. «Grazie per aver accettato il mio invito». Il suo profumo lo avvolse immediatamente, come un bozzolo.

Lei gli rivolse un sorriso incantevole. «Sono felice di vederti».

«Andiamo?» Le offrì il braccio sinistro e lei vi intrecciò la mano. Desideroso di sentirla ancor di più, le posò la mano destra sulle dita, premendo delicatamente. Era morbida e calda. Quella sera, quelle stesse dita lo avrebbero toccato in tutti i punti giusti, così come le sue mani avrebbero imparato a conoscere ogni centimetro del corpo di Delilah.

«Cosa andiamo a vedere?»

Samson non ne aveva idea. Aveva chiesto a Oliver di procurargli i biglietti per lo spettacolo migliore in città, qualunque esso fosse, e si era completamente dimenticato di chiedergli quale fosse. Si era messo i biglietti nel taschino della giacca senza nemmeno guardarli.

«È una sorpresa».

«Adoro le sorprese».

Con lui, di sorprese ne avrebbe avute parecchie.

La aiutò a salire in macchina.

«Siamo pronti, Carl».

Mentre la limousine si allontanava dal marciapiede, Samson aprì il minibar di fronte a lui. Tirò fuori un piccolo vassoio con sushi e tartine.

«Ho pensato che probabilmente non avessi ancora mangiato».

«Grazie; è molto gentile da parte tua». Delilah arrossì e quel colore le stava davvero bene. Forse poteva trovare altri modi per farle affluire il sangue alle guance.

«Champagne?» Stava già aprendo una bottiglia, e versò due calici, porgendone uno a lei. Avvicinò il suo bicchiere al suo e la guardò negli occhi.

«Per darti un'impressione migliore di quella che ti ho dato ieri sera». Continuò a fissarla.

«L'hai già fatto».

La sua ammissione lo colse di sorpresa. Poteva passare subito dal dolce e affascinante al sexy e seducente? Una parte del suo corpo aveva già votato per il «sì!» con entusiasmo!

Calma, ragazzo!

Samson si spostò sul sedile e indicò le tartine. «Quale preferisci?»

Lei allungò la mano verso un pezzo di sushi. Lui scosse la testa, prese il pezzo e lo portò alla sua bocca.

«Apri», le sussurrò con voce dolce.

Delilah obbedì immediatamente e lui le posò delicatamente in bocca il piccolo pezzo di sushi. Nel farlo, il dito di lui sfiorò brevemente le labbra di lei, e non fu un caso. Lei deglutì.

«Non ne mangi tu?»

«No; ho già mangiato a una cena di lavoro», mentì, «inoltre, preferirei di gran lunga dar da mangiare a te».

Non che gli sarebbe dispiaciuta l'idea che lei lo nutrisse a sua volta, ma il sushi non era esattamente nel suo stile. E, se per questo, nemmeno qualsiasi altro cibo solido.

Notò il desiderio crescerle negli occhi e abbassò lo sguardo verso la bocca di lei. Immaginò quelle labbra sulla sua pelle nuda. Come avrebbe reagito la sua pelle al contatto con la bocca di Delilah?

«Posso averne un altro?» La sua voce era morbida, setosa e seducente.

Lei sapeva che quelli erano i preliminari?

Samson le mise in bocca una tartina, lasciando provocatoriamente il dito indugiare sulle sue labbra fino a quando lei non rispose, chiudendole sulla punta del suo dito. Lentamente, lui ritirò il dito, facendolo scivolare sulle sue labbra chiuse.

Poteva già sentire il suo corpo rispondere a lei. Altri dieci secondi, e lei gli avrebbe provocato un'altra erezione furiosa.

«Ti piace la mia scelta di cibo?» Non era esattamente di cibo che voleva parlare. «Potrei procurarti qualsiasi altra cosa tu desideri».

La domanda implicava ben altro. Preferibilmente una parte del suo corpo. Preferibilmente quella che attualmente stava implorando più spazio nei suoi pantaloni. Preferibilmente subito.

«No, questo è perfetto». I suoi occhi scivolarono sul corpo di lui, inviando un brivido di anticipazione alle sue viscere.

«Ancora?»

Per quante ore sarebbe riuscita a reggere il gioco prima di crollare tra le sue braccia, nuda, accaldata ed esausta?

«Oggi ho parecchia fame».

Stava giocando al suo gioco, e a lui piaceva. Non c'era niente di timido in lei. Gli stava mostrando cosa voleva. Un segno di una donna forte. Non vedeva l'ora di scoprire come sarebbe stata a letto... se mai fosse riuscito ad arrivare a un letto con lei e non l'avesse presa prima da qualche altra parte. Il che era decisamente possibile.

«Suppongo che dovrò continuare a nutrirti. Non voglio che qualcuno inizi a dire che non mi prendo cura dei miei ospiti. Nessuna lascia la mia compagnia affamata. Di qualsiasi cosa».

Delilah rispose leccandosi il labbro inferiore.

Involontariamente, gli occhi di Samson furono attirati dai suoi seni, poi la sua visione periferica notò un cambiamento: i suoi capezzoli si erano induriti e premevano contro il tessuto del top. Il suo cazzo rispose allo stesso modo, inclinandosi nella sua direzione.

Quando lui le diede la tartina successiva, lei gli afferrò la mano e, non appena ingoiò il cibo, le labbra le si aprirono di nuovo. Lentamente e deliberatamente, si portò alla bocca una delle sue dita e la leccò per bene. Lui inspirò. Lei gli succhiò il dito delicatamente, fissandolo negli occhi.

Fece lo stesso con il dito successivo.

Samson si sentì il suo cazzo pulsare, implorando di essere il prossimo a sentire quelle labbra lussuriose.

«Delizioso». Delilah si mosse, cambiando il verso in cui accavallava le gambe, attirando gli occhi di Samson verso i suoi polpacci lisci. Carne impeccabile. Perfetta per un morso, un bacio, o entrambi.

Al diavolo il teatro. Al diavolo il decoro. Al diavolo la cautela.

Aveva bisogno di quel bacio. E ne aveva bisogno subito.

«Signore, siamo arrivati», disse Carl.

Samson guardò fuori dal finestrino, sorpreso. L'auto si era fermata davanti al teatro.

9

Come un perfetto gentiluomo, Samson le porse la mano per aiutarla a scendere dall'auto, quasi come se quei pochi minuti di gioco erotico non fossero mai avvenuti.

Delilah a stento riusciva a credere a quanto fosse stata audace. Normalmente, non era il tipo di donna da prendere iniziativa con gli uomini, ma non appena lui le aveva dato il primo pezzo di sushi, la sua educazione aveva preso per mano la timidezza, e insieme erano saltate fuori dal finestrino dell'auto, riducendola a una donna spinta dal puro desiderio.

Fuori dall'auto, si aggiustò la gonna, poi alzò lo sguardo, attratta dall'insegna del teatro.

Wicked, c'era scritto, come se fosse stata scoperta. Sì, era malvagia, perché per una volta voleva qualcosa ed era determinata ad ottenerla.

«Andiamo?»

Samson le posò una mano sulla parte bassa della schiena e la guidò attraverso la folla. Per tutto il tempo, Delilah non riuscì a pensare ad altro che al calore del suo palmo e alla pressione intima delle sue dita.

Si sedettero nelle file centrali della platea, con un'ottima vista sul palco. La spalla di Samson sfiorò quella di Delilah mentre prendevano posto l'uno accanto all'altra. Le porse il programma dello spettacolo, e quando lei lo prese, le loro mani si toccarono. Quel semplice contatto le accese una fiamma dentro, un calore basso nel ventre, una sensazione che le fece venire voglia di gemere ad alta voce.

«Spero che ti piacerà», le sussurrò all'orecchio.

«Credo proprio di sì».

La bocca di lui era a pochi centimetri da quella di Delilah. Come sarebbe stato facile baciarlo.

«Mi assicurerò che sia così».

Lei gli avrebbe rinfacciato quella promessa.

Le luci in sala si abbassarono, e lentamente il chiacchiericcio del pubblico cessò. Tutto si fece silenzioso in attesa dell'inizio.

Tra di loro sembrava scintillare una sorta di elettricità e, all'improvviso, la mano di lui si posò su quella di lei. L'uomo più attraente che avesse mai conosciuto la stava tenendo per mano nel buio di un teatro. Il tocco le evocò immagini di sesso passionale e bollente e si sentì aumentare la temperatura corporea.

Samson continuò a tenerle la mano per tutto il primo atto, rilasciandola solo quando era tempo di applaudire. Notò che lui la guardava di sottecchi più volte, ma lei evitò di ricambiare lo sguardo, troppo preoccupata di fare qualcosa di assolutamente inappropriato. E di certo non aveva bisogno, né desiderava, un pubblico per ciò che avrebbe voluto fare con lui.

Quando le luci si accesero durante l'intervallo, Samson le lasciò la mano.

«Si è fatto caldo qui dentro». Delilah si sventolò il viso.

«Molto caldo. Vuoi bere qualcosa?»

Ciò di cui lei aveva bisogno era un po' d'acqua sul viso, per evitare di innescare una reazione di combustione spontanea. O forse di una doccia fredda per spegnere le fiamme che sentiva ardere nel ventre. Magari un tuffo in un lago ghiacciato per rinfrescarsi.

«Un drink sarebbe perfetto».

Si alzarono e si fecero strada tra la folla verso il bar. Samson era subito dietro di lei, con la mano posata sulla sua vita per guidarla. Quando raggiunsero un punto affollato vicino alla porta, Delilah si fermò bruscamente, incapace di procedere. Improvvisamente, il corpo di lui si modellò contro la sua schiena. Il suo petto era forte e tonico e la sua mano, precedentemente appoggiata sulla vita di Delilah, le scivolò attorno allo stomaco per tenerla stretta a sé.

«Immagino che saremo bloccati qui per un po'».

Nonostante il commento, Samson sembrava tutt'altro che infastidito dalla situazione. La mano di si lui le si posò intimamente sul ventre e le sue dita tracciarono lentamente la cucitura delle mutandine, attraverso la gonna. Delilah, quasi senza pensarci, spinse il corpo contro il suo e sentì il contorno rigido della sua erezione premere contro la parte bassa della sua schiena. La mano di lui, posata sullo stomaco di lei, la teneva saldamente in posizione, impedendole di spingersi ulteriormente contro di lui. Si era accorto di quello che stava facendo?

«Delilah, dobbiamo essere pazienti».

Sentì il suo respiro caldo sul collo e le sue labbra sfiorarle la pelle. Le parole di Samson rivelavano chiaramente che aveva colto i suoi movimenti maliziosi e sapeva esattamente cosa stava cercando di fare. Perché non si sentiva imbarazzata per il suo comportamento così sfacciato?

«La pazienza è sopravvalutata, non credi?»

Quella risposta gli suscitò una risatina, ma non la liberò dalla posizione intima in cui era bloccata. Al contrario, sembrava quasi che la tirasse ancora più vicina a sé, oppure la sua erezione stava crescendo? Le dita si lui scivolarono un paio di centimetri più in basso, premendole provocatoriamente contro la parte superiore del pube di lei.

«Mi dispiace, stai avendo troppo caldo?» La sua voce sembrava quasi innocente, mentre la sua mano era tutt'altro.

«A me piace caldo».

Nessuno degli spettatori poteva vedere la reazione di lui a quell'ammissione, ma Delilah poteva sentirla chiaramente.

Samson iniziò a muovere lentamente il pollice contro il suo sesso, il sottile tessuto della gonna e delle mutandine non costituiva una grande barriera. Le narici gli si riempirono del suo aroma: il dolce profumo della sua eccitazione. La sorprendeva vedere fino a che punto lei gli permetteva di spingersi e, se non ci fossero stati così tanti testimoni, l'avrebbe presa proprio lì, in piedi.

Gli sarebbe bastato sollevare la sua gonna, sfilarle le mutandine, e sarebbe stata sua. Anche senza toccarla, sapeva già che era bagnata... abbastanza bagnata da permettergli di scivolarle dentro senza resistenza. E se l'avesse presa da parte e avesse trovato un angolo buio da qualche parte nel teatro? Sarebbe stata al gioco?

Prima che potesse elaborare un piano, l'ingorgo alla porta si sciolse e fu costretto a lasciarla andare da quell'abbraccio intimo.

Si diressero verso il bar.

«Cosa ti piacerebbe bere?»

Fece fatica a far sembrare la sua voce normale. Alle sue orecchie, tutto ciò che sentiva era il desiderio ardente che il suo corpo aveva difficoltà a contenere.

«Solo un po' d'acqua, per favore».

Delilah si scusò e andò a cercare la toilette delle signore, lasciandolo al bar per ordinare. Lui la seguì con lo sguardo. Aveva curve nei punti giusti, perfette in ogni dettaglio. Come poteva una donna come lei essere ancora single? Gli umani erano forse ciechi? Meglio così; almeno non avrebbe dovuto combattere contro la concorrenza. Sarebbe stata tutta sua presto, molto presto.

«Desideri impossibili».

La voce alle sue spalle era una di quelle che non avrebbe mai più voluto sentire. Avrebbe dovuto ignorarla e andarsene?

«Ho detto...»

Samson si voltò di scatto. «Ti ho sentita la prima volta, Ilona». Ogni parvenza di cortesia era scomparsa dalla sua voce.

Lanciò un'occhiata alla bellezza alta e slanciata davanti a lui. Era vestita di tutto punto, con i lunghi capelli rossi sapientemente acconciati a incorniciare le spalle nude. Il corsetto stretto del suo abito metteva in risalto il seno, e il verde scuro del vestito esaltava il colore dei suoi capelli e della sua pelle. Era stupenda, ma Samson non si sarebbe più lasciato ingannare. Non più.

«Siamo un po' tesi, no?»

«Non sono affari tuoi. Non dovresti essere diretta a una festa in maschera da qualche parte all'inferno?» Samson prese la bottiglia d'acqua che il barista gli porse e pagò.

«Decisamente teso. Allora è vero?»

Le lanciò un'occhiata tagliente, non volendo nemmeno immaginare dove volesse andare a parare con le sue insinuazioni.

«Vai a fare i tuoi giochetti con qualcun altro. Dovresti aver capito ormai che non gradisco la tua compagnia».

«Un tempo la gradivi. Anzi, la desideravi. Non te lo ricordi?»

Oh, certo che se lo ricordava. «Non ricordo molto di quel periodo, dato che all'epoca ero temporaneamente incapace di intendere e di volere, credendo di tenere a te. Quindi, perché non te ne vai? Ci saranno un sacco di uomini ricchi in città che non ti sei ancora scopata. O te li sei già fatti tutti?»

Ilona sorseggiò con nonchalance il suo bicchiere di vino. «Almeno loro riescono a farselo venire duro». Il suo tono leggero smorzò il veleno delle parole.

Samson sibilò sottovoce. Quanto avrebbe voluto spezzarle il collo in quel momento. Peccato per i testimoni.

«Dovresti stare attenta alle bugie che stai mettendo in giro», la avvertì con un tono basso. «Le bugie possono uccidere le persone. Anche quelle come te».

«Non si chiamano bugie se sono vere. Allora, sembra che io ti abbia spezzato».

Maledetta Holly! Diffondeva i pettegolezzi più velocemente di una diretta su Facebook.

«Non montarti la testa. Non ti si addice».

«Se torni da me, posso guarirti», disse, evidentemente convinta dei suoi poteri di seduzione.

Il pensiero lo disgustò a. Come avesse potuto apprezzare le sue mani malvagie sul suo corpo era un mistero. Non voleva mai più sentirle su di sé.

«Non si può aggiustare ciò che non è rotto». Perché grazie a Delilah, tutto funzionava alla perfezione.

«Bugiardo».

«Non ti toccherei nemmeno se fossi l'ultima donna sulla terra. Quindi lasciami in pace».

Samson si voltò e lei gli posò una mano sul braccio. Lui si girò di scatto e scostò il braccio dalla sua presa.

«Tesoro, scusami se ti ho fatto aspettare», disse improvvisamente Delilah, accanto a lui.

Sentì la sua mano calda sul braccio e i suoi muscoli tesi si rilassarono all'istante. Grato per l'interruzione tempestiva, si girò verso di lei, sfoderando un sorriso sulle labbra.

«Ecco la tua acqua, dolcezza».

Con la coda dell'occhio notò la sorpresa di Ilona. Era rimasta congelata sul posto mentre lui posava una mano sulla schiena di Delilah per allontanarla.

«Grazie».

Raggiunsero l'altro lato del bar.

«Sembrava che volessi scappare da lei». Nella voce di Delilah c'era una domanda non detta.

«Esatto».

«La conosci?»

Doveva dirle la verità? Non avrebbe fatto alcun danno. «E' la mia ex».

«Ah. È bellissima». Delilah sembrava scoraggiata.

«Solo nell'aspetto esteriore».

Samson poteva immaginare cosa stesse provando Delilah. Le donne, sia umane che vampire, erano prevedibili in questo: si paragonavano sempre alle altre. Doveva impedirle di preoccuparsi. La tirò in un angolino e la guardò profondamente negli occhi.

«Sei più bella di qualsiasi donna abbia mai conosciuto. E se non ci fossero così tante persone qui, ti mostrerei quanto ti trovo desiderabile».

Le accarezzò dolcemente la guancia. Voleva baciarla, ma non lì, perché sapeva che, una volta iniziato, non sarebbe riuscito a fermarsi. Invece, le prese la mano e le baciò la punta delle dita. La sua pelle era calda e dolce. Si portò il dito indice tra le labbra e lo mordicchiò delicatamente.

«Samson...» La sua voce era solo un sussurro.

La guardò chiudere gli occhi e inspirare profondamente, poi le lasciò andare il dito.

Era più che soddisfatto della sua reazione. Lei reagiva a ogni suo gesto seduttivo e lui non stava nemmeno usando il controllo mentale dei vampiri.

I vampiri utilizzavano il controllo mentale per inserire pensieri nella mente delle loro vittime, consentendo loro di avvicinarsi per nutrirsi e poi, in seguito, per cancellare loro la memoria, in modo che non avessero alcun ricordo degli eventi accaduti.

Dal momento che Samson non si nutriva di esseri umani, a meno che non si trattasse di un'emergenza, raramente aveva bisogno di usare questa abilità. Beveva il sangue procurato da una banca del sangue e ne era soddisfatto. Non era proprio la stessa cosa del sangue caldo e pulsante che usciva direttamente dalle vene di un umano, ma era sufficiente a soddisfare la sua fame e a nutrire il suo corpo.

Ma quella sera il suo corpo desiderava qualcosa di diverso dal sangue. Voleva Delilah.

«Dovremmo tornare ai nostri posti. Non vogliamo perderci il secondo atto».

«No, non vogliamo perderci nulla».

Il tono rauco della sua voce gli fece capire che non stava parlando dello spettacolo. Samson sentì i pantaloni stringersi all'istante. Non era il momento adatto per avere un'altra erezione, ma, ahimè, non aveva alcun controllo sulla situazione. Meglio nascondersi nel buio del teatro.

La guardò di lato mentre assistevano in silenzio al secondo atto. Nell'oscurità, cercò la mano di lei, che accettò di buon grado il suo tocco. Aveva bisogno di altro. Era stupido sentirsi come un ragazzino impacciato che annaspava al buio, ma non riusciva a trattenersi. Esitante, guidò la mano di lei fino alla sua coscia, dove la lasciò. L'avrebbe tirata indietro?

Non riusciva a seguire l'atto sul palcoscenico, non quando accanto a lui si stava svelando un mistero molto più eccitante. Quando le lasciò la mano, il corpo di Samson era teso. Era il momento in cui lei era libera di allontanare la mano o di lasciarla dov'era, bruciandolo attraverso il tessuto dei pantaloni e inviandogli onde di calore attraverso il corpo.

Delilah non fece né l'una né l'altra cosa: non ritirò la mano, ma non la lasciò nemmeno ferma dove lui l'aveva posizionata. Invece, la sua mano iniziò a muoversi delicatamente lungo la sua coscia, su e giù, accarezzandolo, salendo sempre più in alto. Dannazione, lo stava facendo impazzire! La sua erezione stava crescendo e lui non aveva modo di spostarsi nello spazio ristretto per stare più comodo.

La mano calda di Delilah scivolò fino all'attaccatura delle cosce di Samson. Era quasi pronto a venire in quel preciso momento: quando sarebbe finito questo dannato spettacolo? Samson trattenne il respiro, ma si accorse che lei lo stava osservando. Delilah ridacchiò silenziosamente. Cosa c'era di così divertente? Lei si sporse verso di lui, avvicinando la bocca al suo orecchio.

«Non dovresti giocare con il fuoco se non riesci a sopportare il calore».

Accidenti, lo stava prendendo in giro! E non aveva ancora idea di chi stesse sfidando, né di cosa stesse evocando. Lui poteva solo sperare che fosse pronta a gestire ciò che stava risvegliando in lui.

«La vendetta è una brutta bestia», sussurrò con un sorriso predatorio. E lui aveva tutta l'intenzione di godersela alla grande.

«Shh!» lo rimproverò qualcuno dietro di loro.

Samson afferrò di nuovo la mano di Delilah, impedendole di accarezzarlo ulteriormente, ma continuando a tenerla sulla coscia. Almeno quello poteva gestirlo... A malapena. Non si era divertito così tanto con una donna dai tempi della sua adolescenza, quando era ancora umano. Da vampiro, il sesso era diventato frenetico, selvaggio e oscuro. Nessun vero divertimento e gioco. Delilah poteva forse risvegliare il suo lato più leggero e farlo sentire di nuovo spensierato e rilassato?

Non ricordava l'ultima volta in cui aveva scherzato con una donna, ma con Delilah tutto sembrava così facile. Lei non si prendeva troppo sul serio e questo rendeva quasi facile dimenticare ciò che lui era. Lo trattava come un uomo normale, perché non aveva idea di cosa fosse. E forse era proprio ciò di cui aveva bisogno quella sera: essere un uomo, non un vampiro.

10

Brontolando sottovoce, Ilona lasciò il teatro.

Non le interessava più vedere il secondo atto. Qualcuno poteva forse biasimarla? Non aveva più visto Samson dalla loro rottura. E rivederlo dopo così tanto tempo, per di più in compagnia di un'umana, l'aveva spiazzata... soprattutto dopo aver sentito che soffriva di disfunzione erettile. Allora, cosa ci faceva in giro con una donna umana? Come se una semplice mortale potesse mai soddisfare un uomo come Samson. Che idea ridicola!

Ilona era in buoni rapporti con la segretaria del dottor Drake, e quindi sapeva delle sessioni di Samson con lo strizzacervelli. Non che le importasse se lui fosse in grado di farselo venire duro o meno; di certo non aveva più alcun interesse verso di lui, soprattutto perché era chiaro che Samson non avrebbe mai stretto un legame di sangue con lei.

Passò davanti a una coppia in attesa che aveva appena fermato un taxi e spalancò la portiera del passeggero con un movimento brusco.

«Mi scusi, ma...»

Ilona ignorò le proteste dell'uomo e gli ringhiò contro. Quando lui sobbalzò, ritraendosi, lei si sentì più potente.

Si infilò nel sedile posteriore, sbatté la portiera e, senza pensarci, diede al tassista un indirizzo. Solo quando l'auto si mise in movimento si rese conto che l'indirizzo che gli aveva dato non era il suo. Sospirò. Considerando il suo stato d'animo, forse era meglio non tornare a casa. Il suo subconscio sembrava sapere meglio di lei di cosa avesse bisogno.

Una distrazione.

Dieci minuti più tardi, si trovò davanti alla porta dell'appartamento, dopo essere stata fatta salire fino all'ultimo piano. Ebbe appena il tempo di sistemarsi il vestito quando la porta si aprì.

Amaury le lanciò uno sguardo da capo a piedi. Come al solito, era sexy da morire, ed era esattamente quello di cui aveva bisogno quella sera.

«Guarda un po' chi si rivede», disse lui in tono languido.

Lei gli passò accanto, dirigendosi direttamente verso il soggiorno open space. «Non pensavo fossi uno a cui piacciono i cliché».

Amaury lasciò che la porta si chiudesse con un tonfo. «Le cose cambiano. Tu no». No. Era ancora splendida e fredda come sempre. Alcune cose non cambiavano mai.

La guardò mentre si appoggiava al bancone del bar. «Come stai, Amaury?»

Inarcando un sopracciglio, non si prese nemmeno la briga di risponderle. «Cosa vuoi, Ilona? Hai rotto il vibratore? Altrimenti perché saresti qui?»

Lei strinse le labbra. «Sei sempre così volgare?»

«Solo con te, tesoro, perché è così che ti piace, no?»

«E?» Fece una pausa. «Hai intenzione di accontentarmi?»

Amaury guardò l'orologio da polso. «Ho un'ora di tempo. Potrebbe essere un'opzione». Un po' di sesso gli avrebbe fatto bene. Gli faceva *sempre bene*, dopotutto.

«Se hai solo un'ora, meglio non perdere tempo chiacchierando come se fossimo vecchi amici».

Perché non lo erano affatto. Erano più che altro nemici con benefici.

Ilona si leccò il labbro inferiore e abbassò lo sguardo verso l'inguine di lui.

Amaury sapeva bene cosa lei vedeva: un vampiro pronto per un po' di azione tra le lenzuola. Era sempre pronto. Bastava parlare di sesso per farlo eccitare. Era sia un dono che una maledizione.

Non sarebbe stata la prima volta che andava a letto con Ilona e, probabilmente, nemmeno l'ultima. Aveva un corpo fantastico e le piaceva essere presa in modo violento. E a lui andava bene. In realtà, a lui andava bene qualsiasi cosa.

«Perché proprio stasera?»

«Che ti importa? Sono qui, no?»

Lui capì che stesse nascondendo qualcosa, fingendo che per lei si trattasse di una serata qualsiasi, ma percepì la sua frustrazione. Nel profondo. Qualcosa l'aveva turbata. Ecco perché aveva bisogno di lui: aveva bisogno di scaricare la tensione. E lui aveva lo strumento giusto per farlo.

Amaury fece qualche passo verso di lei, fermandosi a pochi centimetri di distanza. «Cosa indossi sotto questo abito?»

«Niente».

Emise un grugnito di apprezzamento. Preferiva che le sue donne arrivassero preparate. Non c'era bisogno di perdere tempo con la fastidiosa biancheria intima. Lui stesso non la indossava mai.

«Dato che sappiamo entrambi che non ti piace fare pompini, passiamo subito al piatto forte, d'accordo?»

Non le diede il tempo di rispondere. Invece, la sollevò di peso e se la caricò sulla spalla, portandola sul divano. Lei non mostrò alcuna obiezione a quel trattamento e lui non si aspettava nulla di diverso da lei. La lasciò cadere sui morbidi cuscini color crema.

Amaury la seguì e la immobilizzò con i fianchi, il busto e lo sguardo.

«Ti è mancato il mio cazzo, vero?»

«Bastardo arrogante», sibilò lei, cercando di spingerlo via.

Lui le afferrò i polsi e la lasciò dimenarsi per un po'. «Eppure, continui a tornare. Suppongo che tu voglia qualcosa da me. E sappiamo entrambi che non è il mio fascino, il che lascia solo il mio cazzo come opzione».

Sapeva che per lei era tutto un gioco, fingere che non lo volesse davvero. Ma il profumo della sua eccitazione la tradì.

«Quanto rude lo vuoi stavolta?»

Non le permise di evitare il suo sguardo. Avrebbe dovuto dirgli cosa voleva, e poi lui avrebbe deciso se concederglielo o meno.

Ilona strinse le labbra e lui non riuscì a trattenere un ghigno. Come sempre, non era disposta a chiedere. Tanto meglio.

«Immagino di avere la mia risposta. Forse una sculacciata ti scioglierà la lingua».

Un lampo d'interesse animò gli occhi di Ilona.

Non c'era da sorprendersi.

«Animale!» La voce di Ilona non conteneva abbastanza rabbia per essere un vero e proprio rimprovero. Era più un invito, in realtà. Non che lui ne avesse bisogno.

Un secondo dopo, si sollevò da lei e la girò a pancia in giù. Tenendole i polsi con una mano, usò l'altra per sollevare il suo vestito.

«Vediamo se mi hai mentito, se davvero non indossi nulla sotto. Sai come divento quando qualcuno mi mente».

La risposta fu un respiro affannoso. Poi un commento. «Lo so».

Amaury capì immediatamente cosa avrebbe trovato sotto la verde seta dell'abito da sera. E, di conseguenza, si preparò a infliggerle la punizione.

Sollevò il tessuto del vestito, prima sopra le ginocchia, poi lungo le cosce, fino a scoprire il sedere. Lo lasciò arrotolato in vita, godendosi la vista. Una pelle cremosa e delicata. Pallida.

Quasi nuda, ma non del tutto.

Un perizoma non era «niente». Era una bugia.

Lentamente le passò una mano sul culo. Agganciò un dito sotto la sottile corda e la sollevò. Un attimo dopo la lasciò scattare. Fece *tch-tch*.

Ilona emise un sospiro di attesa. «Ops, mi era dimenticata di indossarlo».

Un'altra bugia.

Lei lo voleva ardentemente. E lui l'avrebbe accontentata. Non era uno che deludeva una donna a letto.

Sollevò la mano dalla pelle liscia delle natiche di Ilona.

«Niente più bugie stasera». Il suo ordine fu seguito dal palmo della mano che andò a colpire la chiappa destra di lei con uno schiaffo breve ma pungente.

Lei gemette sul cuscino mentre lui le concedeva un secondo di tregua prima di darle un secondo schiaffo sull'altra chiappa. Le impronte del palmo di lui rimasero visibili solo per pochi istanti, poi scomparvero. Su una donna umana sarebbero rimaste più a lungo, ma non sulla vampira sotto di lui.

Amaury le fece allargare le gambe con il ginocchio. Quando lei non fu abbastanza accondiscendente per i suoi gusti, la colpì ancora una volta sul culo. A destra e a sinistra. Di nuovo. Immediatamente, lei allargò le cosce, ma il perizoma gli ostruiva la visuale. Doveva sparire. Dopo tutto, lui era un tipo visivo.

«Niente più perizoma». Glielo strappò di dosso, gettandolo sul pavimento.

«Sì», sussurrò Ilona, con la voce colorata dall'eccitazione in cui i suoi sensi erano già immersi.

Lui abbassò la mano e la fece scivolare tra le cosce. Era già bagnata. Lei sussultò quando lui trovò il suo clitoride e lo fece rotolare tra il pollice e l'indice.

Ma lui la lasciò godere solo per un secondo, prima che il suo dito si tuffasse nella sua fessura. Quel movimento la fece quasi sollevare dal divano.

«Ne hai un gran bisogno», commentò.

«Sì, molto». Sembrava senza fiato.

«Ho la cosa giusta per te». Una cosa piuttosto grande.

La velocità dei vampiri era una buona qualità da avere quando si voleva liberare rapidamente il proprio cazzo. Non appena abbassò la cerniera, la sua erezione sporse fuori con orgoglio. Non si preoccupò nemmeno di togliersi i pantaloni.

Sapeva di essere ben dotato, più dotato della media dei vampiri. Molte donne non sarebbero state in grado di prenderlo, ma Ilona era stata scopata a sufficienza da innumerevoli uomini; era ben abituata a un cazzo enorme. E lui era pronto a darle la sua porzione. Centimetro dopo centimetro, duro come il ferro.

Piazzandosi dietro di lei, le afferrò i fianchi con entrambe le mani e si tuffò nel suo calore. Lei lo accolse con piacere, scivolosa, calda e bagnata.

Lui si muoveva dentro e fuori di lei, prendendo i suoi gemiti per quello che erano: un incoraggiamento.

«Più forte!»

«Non pensare di potermi dare ordini», disse lui, aggressivamente, penetrando più a fondo, poi proseguì con uno schiaffo sul culo. E un altro ancora. Era lui a comandare e glielo avrebbe fatto capire in un modo o nell'altro.

«Oh Dio, sì!»

Amaury sorrise. Sapeva esattamente di cosa lei aveva bisogno. E di cosa voleva lui.

«Credo che tu abbia bisogno di essere scopata nel culo, così capirai chi comanda». Un avvertimento che era disposto a trasformare in realtà.

Sentì i muscoli della sua guaina contrarsi. No, non l'avrebbe lasciata venire, non ancora. Si tirò fuori all'istante e la tenne ferma.

«Dannazione, bastardo! Che cazzo credi di fare? Scopami, ora!» Era come una gatta selvatica, che graffiava e artigliava.

«Oh, ti scoperò. Alle mie condizioni». Ma la sua figa ben-troppo-utilizzata non era abbastanza per lui.

Infilò un dito nel suo calore e lo rivestì della sua crema. Quando lo tirò fuori, glielo fece scorrere lungo il taglio del culo fino a trovare l'altro buco. Lei rimase completamente immobile. Il dito di lui percorse il buco, inumidendolo con i suoi succhi.

In pochi secondi lei si rilassò e lui la sentì inarcarsi verso l'alto e spingersi all'indietro, contro il dito, tentandolo ad entrare. Non ebbe bisogno di alcuna esortazione. Infilò il dito nel suo stretto buco e i muscoli di lei gli si strinsero attorno con forza.

Togliendole la mano dal fianco, rovistò sotto il divano, recuperando il barattolo di lubrificante che teneva lì per occasioni come queste, e vi affondò le dita. Ne spalmò una quantità generosa sul suo buco e lo lavorò dentro di lei con le dita.

Lei ansimava già pesantemente, gemendo ogni volta che le dita di lui si muovevano dentro e fuori. Poi entrarono due dita, preparandola ad accogliere il suo cazzo massiccio, allargandola.

«Dimmelo ora, o ti lascerò in sospeso. Dimmi cosa vuoi».

Un attimo di esitazione. Non si sarebbe aspettato niente di meno da lei. Seguito da: «Son venuta per farmi scopare il culo. Contento ora?»

Contento? Amaury non era mai contento. Soddisfatto? Sì. Soddisfatto, poteva anche essere. E sarebbe stato ben soddisfatto dopo qualche minuto.

«Allora sei venuta nel posto giusto».

Estrasse le dita e posizionò il cazzo davanti al suo buco, spingendolo in avanti. L'anello stretto che proteggeva l'ingresso si rilassò e il lubrificante gli permise di scivolarle dentro. Solo un centimetro. Poi un altro.

Il gemito di Ilona si trasformò in un urlo. «Sì!»

Si spinse oltre l'ingresso, in profondità, sentendo i muscoli stretti stringersi attorno a lui con la stessa forza che avrebbe sentito se lei gli avesse stretto il cazzo con una mano. Amaury sapeva che lei non provava alcun dolore. Percepiva solo il suo piacere. In ogni caso, non si sarebbe tirato fuori. Non in quel momento. Non quando i muscoli di lei esercitavano la pressione che lui desiderava. Sarebbe stata una scopata breve, ma dannatamente bella.

Si tirò indietro, poi si tuffò in profondità. E ancora, trovando il ritmo che lo faceva impazzire e che prometteva di farlo venire.

«Sì, ti piace che ti scopi così, vero? È per questo che continui a tornare. Perché nessuno è in grado di dartelo così».

«Ancora!»

«Ne ho ancora. Molto di più». E pompò più forte, spingendo il suo cazzo in profondità, più velocemente. Altri colpi frenetici e sapeva che avrebbe perso il controllo. Il corpo di lei era troppo stretto, troppo sensuale. Era tutto troppo.

«Hai il culo più stretto che abbia mai scopato».

La mano di lui scivolò verso la sua figa, trovando immediatamente il clitoride. Un solo tocco e il suo corpo ipersensibile eruttò. Nel momento in cui le sentì i muscoli di lei spasimare, perse il controllo e raggiunse l'orgasmo insieme a lei.

Il suo sperma la penetrò in brevi raffiche, imitando gli spasmi di Ilona. Pochi secondi dopo, lui si accasciò su di lei.

«E non provare mai più a darmi ordini». A dire il vero, avrebbe accolto con piacere ogni scusa per sculacciarla: lo faceva eccitare da morire.

«A patto che mi faccia ottenere ciò che voglio...».

«Non prendiamoci in giro, Ilona. Nessuno di noi due otterrà mai ciò che vuole».

Lei sbuffò. «Come se tu avessi la minima idea di quello che voglio».

«Non sei molto diversa da me, anche se non vuoi ammetterlo. Ma se pensi di poter riempire il tuo cuore vuoto con il denaro, il potere e il sesso occasionale, sei più illusa di quanto lo sia mai stato io. Tutto questo non scalderà il tuo cuore freddo. Puoi chiedere a me. Sono un esperto in materia».

Lo era di sicuro.

Amaury chiuse gli occhi per il dolore che rievocò, poi scacciò il pensiero. Condannato a percepire emozioni altrui, lui stesso era privo di sentimenti d'amore. Lealtà, amicizia, rabbia, persino senso di colpa, dolore e lussuria: non aveva problemi a provarli. Ma l'amore? Non c'era posto per tale sentimento nel suo cuore raggrinzito.

«Ti sbagli. Il denaro e il potere mi aiuteranno a raggiungere il mio obiettivo».

Amaury si allontanò da lei. «Se vuoi illuderti, accomodati pure. Non cambia i dati di fatto».

Ilona si girò verso di lui. «Credi davvero che mi importi qualcosa di quello che pensi?»

Amaury si lasciò sfuggire una risata. «Certo che no. A te interessa solo il mio cazzo. Non sono io quello che sta delirando».

Lei cercò di schiaffeggiarlo, ma lui le afferrò il braccio senza sforzo.

«Sembra che tu abbia bisogno di un'altra sculacciata».

E di un'altra scopata veloce.

11

———

Samson posò lo sguardo su Delilah. Sul palcoscenico calò il sipario. Gli applausi si affievolirono.

«Stavi forse cercando di creare scompiglio tra il pubblico, prima?» la prese in giro.

«E in che modo avrei potuto farlo?» chiese Delilah con innocenza, guardandolo con occhi profondi come un oceano.

«Guardandomi in quel modo, per cominciare». E se avesse continuato così, l'avrebbe trascinata dietro un sipario e l'avrebbe fatta sua, proprio lì.

Lei scosse la testa. «No, mettiamo subito in chiaro una cosa: sei stato tu a iniziare».

«E tu non mi hai fermato».

«Sono solo una donna debole».

Samson rise di gusto, attirando l'attenzione di alcuni spettatori del teatro. «Oh, sei una donna, su questo non ci piove. Ma debole? Assolutamente no. Scommetto che potresti mettere in ginocchio qualsiasi uomo».

«E cosa te lo fa pensare?»

«Sono un esempio vivente del potere che hai sugli uomini».

Avvicinò la testa a quella di lei.

«Allora, usciamo di qui prima che tu causi davvero qualche scompiglio?» suggerì lei, ridacchiando.

Lui rise e la tirò su dal suo posto, prendendola per mano. «Dove vuoi andare?»

«Che ne dici di seguire il tuo piano? Avevi qualcosa in mente, no?»
Spogliarla nel primo angolo buio disponibile: quello era il piano.

«E se non ti piacesse quello che ho in mente?»

«Mettimi alla prova».

In fatto di gusti? In un batter d'occhio.

Samson si leccò il labbro inferiore. C'erano un'infinità di cose che voleva provare e assaggiarla era solo l'inizio.

«Penso che lo farò. No. Scherzavo. *So* che lo farò».

Con un braccio attorno alla sua vita, la condusse verso le scale. Il teatro si era ormai svuotato quasi del tutto, e furono gli ultimi a scendere la larga scalinata che portava a una delle uscite laterali. Il suono dei suoi tacchi alti risuonava nell'aria, amplificato dal silenzio.

Erano soli. Avrebbe potuto premerla contro il muro e prenderla proprio lì, sulle scale. I gemiti di Delilah avrebbero riecheggiato nello spazio vuoto, rimbalzando contro le pareti e il suono si sarebbe amplificato. Ma sarebbe finito tutto troppo presto. No, doveva distrarsi e portarla a casa sua, dove avrebbe potuto tenerla tutta la notte.

«Perché le donne si torturano indossando tacchi così alti?» chiese, nel tentativo di distrarsi dal desiderio che lo consumava.

«Perché alle donne non piace essere basse».

Lui ridacchiò. «Si dice petite. E agli uomini piacciono le donne minute. Fa emergere il loro istinto protettivo».

Lei gli diede una leggera gomitata nelle costole. Lui rise per nascondere ciò che provava davvero. Lei sapeva cosa gli stava facendo? Si rendeva conto di quanto fosse sottile il filo del suo autocontrollo, di quanto fosse disperato di prenderla?

«Se vuoi lottare, ci sto. Ma devo avvertirti che non mi arrendo facilmente».

E con te, la lotta la faccio nudo.

«Nemmeno io».

«Allora sarà un incontro interessante».

«Punta le tue scommesse», disse lei.

«Io punto tutto sulla ragazza».

«Perché?»

«Conosco il punto debole del ragazzo». Non avrebbe mai fatto del male a una donna. E, in particolare, non a una donna come lei. Una donna che poteva dargli ciò di cui aveva bisogno.

Uscirono dall'edificio. Le scale li condussero fuori da una porta laterale in un vicolo stretto. Samson poteva vedere la strada principale a breve distanza davanti a loro.

«Attenta alle pozzanghere», la avvertì, guidandola intorno a una grande pozza d'acqua lasciata dalla pioggia del giorno precedente.

«Significa che non getterai il tuo cappotto a terra per farmi passare sopra?»

«Savile Row, dolcezza. Non credo che il mio sarto lo apprezzerebbe se dovesse scoprirlo». La fece voltare verso di sé, tirandola tra le braccia. «Allora, è questo che cerchi, un principe azzurro all'antica?» Delilah non aveva idea di quanto fosse davvero all'antica, né di quanti anni avesse, a dire il vero.

«Non so cosa sto cercando». Le tremò la voce.

Il viso di lei era ancora arrossato, ma Samson dubitava che avesse qualcosa a che fare con il caldo dentro al teatro. Il sorriso le sparì dal viso e il suo sguardo incontrò quello di lui.

«Mettimi alla prova».

Lentamente, Samson abbassò la testa, avvicinando la bocca alla sua. Le labbra socchiuse di lei promettevano piaceri che non provava da molto tempo. Aveva bisogno di quel bacio, ne aveva bisogno più del suo prossimo respiro e ne aveva bisogno in quel momento.

«Voi due, contro il muro!» Una voce maschile minacciosa squarciò il silenzio e distrusse il momento.

Qualcuno l'avrebbe pagata cara.

Con una rapidità fulminea, Samson girò la testa nella direzione da cui proveniva la voce e vide un grosso delinquente e la canna di una pistola. Sentì Delilah tremare tra le sue braccia e la strinse a sé in modo protettivo. Il calore del corpo di lei si diffuse nel suo e, nonostante la situazione pericolosa, si concesse di godere della sua vicinanza.

Samson sapeva che doveva agire in fretta, e non poteva usare né le sue zanne o né la velocità da vampiro per sconfiggere l'assalitore. Non avrebbe permesso a nulla di rovinare la serata che aveva programmato con la donna che stringeva tra le braccia. Non poteva rischiare di spaventarla o di farle sospettare che ci fosse qualcosa di strano in lui. Il suo segreto doveva essere ben custodito.

«Non hai sentito cosa ho detto? Tu, contro il muro!» ripeté il delinquente. «Voglio la ragazza, ora!»

Samson capì immediatamente che il loro aggressore era umano e, quindi, facilmente controllabile. Delilah sussultò e lui le posò una mano sulla testa, tirandola contro il suo petto.

Poi usò l'unica arma a sua disposizione: il controllo mentale.

Non premerai il grilletto.

Non sparerai.

«Delilah, per favore, fai come ti dico. Mettiti dietro di me».

La spinse dietro la sua ampia schiena. Nel mentre, la sentì tremare.

«Oh, Dio, no», mugolò lei. «Ti ucciderà».

Improbabile.

Non era esattamente facile uccidere un vampiro, soprattutto non con una pistola. Anche se il delinquente gli avesse sparato contro e lo avesse colpito, non sarebbe stata una ferita mortale. Avrebbe fatto male, ma sarebbe guarita in fretta.

Solo poche cose potevano uccidere un vampiro: un paletto di legno conficcato nel petto, un proiettile d'argento, l'esposizione alla luce del sole, e gravi ferite che causavano una massiccia perdita di sangue. Se un vampiro fosse rimasto coinvolto in un'esplosione, probabilmente sarebbe morto, così come sarebbe successo in un incendio. Ma quell'uomo disponeva solo di una pistola, che rappresentava un pericolo minimo per Samson.

Ad ogni modo, doveva essere prudente. Delilah era con lui, e non poteva rischiare che lei si facesse del male o che capisse cosa stava facendo.

«Ehi, idiota. Voglio la ragazza. Dammela e ti lascerò vivere. Non c'è bisogno di fare l'eroe».

Samson allungò un braccio dietro di sé. «Chiudi gli occhi, dolcezza, e andrà tutto bene». Mantenne una voce calma e rassicurante. Non c'era bisogno di farla preoccupare più di quanto non lo fosse già.

Non sparerai. Non ci attaccherai.

Improvvisamente, l'uomo fece un paio di passi in avanti. In quel momento, Samson fu in grado di vedere chiaramente il suo volto: la cicatrice sulla guancia, il piccolo tatuaggio sul collo e l'espressione confusa negli occhi. Sapendo di essere in grado di riconoscerlo, Samson elaborò un piano. Non c'era bisogno di ucciderlo in quel momento. Era sufficiente scacciarlo e far sì che i suoi uomini se ne occupassero in un secondo momento.

«Cosa vuoi?» chiese Samson con calma.

«Sei sordo? La ragazza». La voce dell'uomo sembrò un pessimo tentativo di ringhiare. Se solo avesse saputo come Samson e i suoi simili potevano ringhiare, non ci avrebbero nemmeno provato.

«Non è un'opzione».

«Allora ti ucciderò». Sembrava voler premere il grilletto, ma non lo fece.

Samson approfittò dello stato confusionale dell'uomo per lanciarsi su di lui. Con un calcio alto della gamba destra, disarmò il delinquente, facendo volare la pistola lontano. Stordito e scioccato, il malvivente barcollò all'indietro.

Scappa! Vattene adesso e non tornare mai più!

E come un coniglio spaventato, il delinquente corse fuori dal vicolo.

Era finita.

Samson si voltò e coprì la distanza che lo separava da Delilah in tre grandi falcate.

«Va tutto bene», la rassicurò, stringendola di nuovo tra le braccia. «Se n'è andato».

Lei tremava come una foglia. «Non ti ha fatto del male, vero?»

«No. Non ne ha avuto la possibilità».

«Come hai imparato a calciare in quel modo?»

Lui la tenne a distanza di un braccio e la guardò in viso. «Non ti avevo chiesto di chiudere gli occhi?»

«Ho sbirciato». Affondò il viso contro il suo petto. «Non avresti dovuto correre un rischio del genere. Aveva una pistola».

«L'alternativa non era un'opzione. Non è successo nulla. Era solo un delinquente buono a nulla».

Delilah scosse la testa.

«Cosa c'è?»

«L'ho riconosciuto. Era lo stesso uomo che mi ha aggredita ieri sera».

La consapevolezza lo colpì come un pugno nello stomaco. «Ne sei sicura?» Samson le mise una mano sotto il mento, spingendola a guardarlo negli occhi.

«Assolutamente sicura».

Dannazione, non avrebbe dovuto lasciarlo scappare. Non poteva essere una coincidenza che fosse lo stesso uomo. C'era qualcosa che non andava. Qualcosa di veramente grave.

Con estrema facilità, sollevò Delilah tra le braccia per portarla fuori dal vicolo.

«Posso camminare».

«Fallo per me». Sentire il corpo di lei così vicino lo calmava.

Appena uscirono dal vicolo, Samson individuò subito la limousine. Carl era appoggiato all'auto, in attesa, con un'espressione preoccupata sul volto. Aprì immediatamente la portiera.

«C'è qualcosa che non va, signore?»

Samson sollevò Delilah e la fece accomodare in macchina. «Siamo stati aggrediti. Portaci a casa, Carl, in fretta, per favore».

Si sistemò sul sedile accanto a Delilah e le prese la mano prima di tirare fuori il cellulare con l'altra. L'auto era già in movimento quando la chiamata partì.

«Ricky, siamo stati aggrediti». Cercò di mantenere il tono di voce più calmo possibile per non far preoccupare ancora di più Delilah.

«Chi è stato aggredito?»

«Io e Delilah, fuori dal teatro».

«Avevi un appuntamento con la donna umana?»

«Mi puoi ascoltare? Delilah ha riconosciuto l'aggressore: è lo stesso che l'ha aggredita ieri sera. Più tardi Carl ti manderà un disegno del suo volto. Non dovrebbe essere difficile trovarlo. Ha un tatuaggio sul collo e una cicatrice sulla guancia. Probabilmente è membro di una gang. Fai setacciare la città ai ragazzi non appena ricevi la mia descrizione».

Senza pensarci, portò la mano di Delilah alle labbra e le baciò teneramente le dita.

«Era un vampiro?» chiese Ricky, con la voce più bassa ora.

«No, assolutamente no».

«Un demone?»

«Niente di tutto questo, solo un delinquente qualunque». Sperava che Ricky capisse che intendeva dire che l'uomo era umano. Samson non poteva essere più esplicito di così con Delilah seduta accanto, che ascoltava la sua parte della conversazione.

«E tu l'hai lasciato scappare?» L'accusa di Ricky gli risuonò nelle orecchie.

«Cosa pensi? Non potevo rischiare che Delilah si facesse male». Ricky era forse sotto l'effetto di qualche stupefacente? Sapeva benissimo che Samson non poteva semplicemente uccidere il tipo davanti a lei senza rivelare la sua vera natura.

«Avresti potuto cancellarle la memoria. Ci hai pensato?» Ricky abbassò la voce per non farsi sentire da Delilah.

Aveva ragione ma, per qualche motivo, Samson non se la sentiva di usare i suoi poteri su di lei. Non voleva che qualcosa macchiasse la loro relazione.

Relazione?

Come diavolo gli era passata per la testa una simile idea?

«Non voglio più sentire queste cose. Fai come ti ho detto. E un'altra cosa: ha lasciato cadere la pistola nel vicolo accanto al teatro. Recuperala e rintracciala. Carl ti mostrerà dove ci trovavamo». Attaccò.

«Cosa c'è che non va?» Delilah sembrava preoccupata.

Con delicatezza, la avvicinò a sé, mettendole un braccio attorno alle spalle e stringendole la mano.

«Niente. Era solo Ricky. A volte è un po' testardo. Ora non devi più preoccuparti di nulla. Quell'uomo non può più farti del male».

———

Samson le baciò la mano. A Delilah piaceva sentire le sue labbra sulla pelle. La tranquillizzava. Si accoccolò più vicina a lui, il suo corpo possente la faceva sentire protetta, ed era proprio ciò di cui aveva bisogno in quel momento.

«Non dovremmo andare dalla polizia?»

«La polizia non fa mai nulla in questi casi. Lascia che se ne occupi Ricky: lavora nel campo della sicurezza. Sa cosa fare». La sua voce era piena di determinazione. Un uomo che prendeva in mano la situazione.

Delilah sollevò lo sguardo verso di lui. L'incidente non lo aveva minimamente scosso. Mentre lei tremava come una foglia al vento, lui era rimasto calmo e composto, quasi come se, per lui, eventi del genere fossero all'ordine del giorno.

«Probabilmente penserai che sono pazzo, ma finché questo delinquente non verrà arrestato, voglio che tu rimanga a casa mia».

Gli lanciò un'occhiata stupita. «A casa tua?»

«So cosa può sembrare questa proposta, soprattutto dopo... sai... ma non voglio che tu rimanga da sola. Qualcuno ti sta evidentemente cercando, e finché non sappiamo chi e perché, mi sentirei molto meglio se tu fossi sotto la mia protezione».

Delilah si chiese se all'improvviso fosse imbarazzato nel menzionare i piccoli giochi erotici che avevano condiviso. Quel maledetto incidente aveva forse rovinato l'atmosfera? Probabilmente sì. Sembrava che, dopo l'accaduto, si sentisse obbligato a proteggerla. Avrebbe voluto rimanere da lui quella notte, ma non per essere protetta. No, voleva essere intrappolata sotto il suo corpo sensuale, il suo corpo nudo.

«Vuoi proteggermi?»

«Certo che sì». Samson le rivolse uno sguardo strano.

«Tutto qui?»

Con sua sorpresa, Samson sorrise improvvisamente e scosse la testa. «No, non è tutto qui. Se volessi solo proteggerti, ti farei dormire nella stanza degli ospiti».

Qualcosa nel suo stomaco fece una capriola. «E non starò nella stanza degli ospiti?»

«Puoi farlo, se insisti». Con il pollice le accarezzò la mascella, con lo sguardo fisso sulle sue labbra. «Di certo non vorrei costringerti a fare qualcosa che non vuoi, ma speravo di poterti convincere a scegliere il mio letto, invece».

La sua voce era sensuale e carica di desiderio. Nessun uomo le aveva mai parlato in quel modo. I suoi occhi improvvisamente sembravano molto più scuri mentre abbassava la testa verso di lei.

Il suo letto. Aveva davvero detto «il suo letto» o aveva capito male? «Ci sarai anche tu?» Si sentì accaldata, incredibilmente accaldata, al pensiero di condividere il letto con lui.

«Se è quello che vuoi». Con una mano le sfiorò il mento e la attirò a sé. «L'ultima volta che ti ho baciata, ti ho costretta. Non voglio che sia così stanotte. Ti prego, Delilah, baciami».

Quando le labbra di lei sfiorarono quelle di lui, lo sentì inspirare bruscamente. Nell'istante in cui le labbra di Delilah toccarono quelle di lui, tutto attorno a lei sembrò scomparire e dissolversi in lontananza. Sentiva a malapena il movimento dell'auto, il rumore del motore o la pelle dei sedili. Le braccia di Samson la strinsero in uno stretto abbraccio e le labbra di lui le diedero tutta l'attenzione che lei desiderava, mordicchiando le sue e succhiandole mentre prendeva il controllo sul bacio. Sentì la lingua di Samson scivolarle delicatamente sulle sue labbra, così delicatamente che pensò che non sarebbe mai entrata nella sua bocca, finché finalmente lo fece, con una maestria assoluta. La lingua di lui si avvolse attorno alla sua, invitandola a giocare, a danzare con lui.

Il bacio le infiammò il corpo, tanto da farle pensare che si sarebbe sciolta dall'interno. Il fuoco le bruciava nel profondo del ventre, irradiandole calore e umidità tra le gambe, bagnandole le mutandine, che si sarebbero inzuppate in pochi secondi. Era un groviglio tremante tra le braccia di lui. Rabbrividiva ad ogni assalto passionale della lingua di Samson nella sua bocca, incapace di controllare la sua reazione a lui. Si sarebbe accorto di quanto fosse persa tra le sue braccia, di quanto fosse completamente e totalmente sotto il suo incantesimo? All'improvviso, si allontanò da lei.

«Stai bene?» La voce di Samson sembrava preoccupata, ma anche trafelata e roca.

«Ti prego, non fermarti», mormorò lei, premendo di nuovo la bocca contro quella di lui. Senza esitazione, lui riprese esattamente da dove aveva interrotto.

La mano di lui scivolò lungo la parte bassa della schiena di Delilah, spostandola leggermente e posando una delle gambe di lei sulle sue cosce. Con dolcezza, le accarezzò i glutei sodi, poi scese lungo la coscia fino a sfiorare l'orlo della gonna. Lei sentì le dita di lui accarezzarle la pelle nuda mentre risalivano lentamente sotto la stoffa. Sempre più in alto. Le dita raggiunsero il bordo delle mutandine e lì si fermarono per un istante, come in attesa. Fu un leggero gemito di lei a spezzare l'indugio. Come se avesse aspettato quel segnale, lui scivolò sotto il tessuto, accarezzandole la pelle morbida e stringendola delicatamente.

Delilah sapeva che quell'uomo era praticamente uno sconosciuto per lei, e non era normale permettergli di toccarla in quel modo quando lo conosceva a malapena, ma non poteva fermarlo. Non voleva fermarlo. Il suo tocco la eccitava e non si sentiva così eccitata da molto tempo. Non poteva negare al suo corpo il piacere che lui le stava promettendo. Quando la mano di lui scivolò più in basso alla ricerca del calore e dell'umidità che si accumulavano tra le sue gambe, le sfuggì un altro gemito.

Se avesse continuato ancora un po', sarebbe venuta lì, in macchina. Doveva riprendere il controllo, cercare di dominare il suo corpo, ma come poteva farlo? La reazione del corpo di lei era automatica e incontrollabile. Anche se avesse voluto resistergli, non avrebbe trovato la forza per farlo.

Un altro sospiro le sfuggì dalle labbra quando lui staccò le labbra dalle sue.

«Siamo arrivati».

La voce di lui era ansimante, esattamente come si sentiva anche lei, e i suoi occhi le apparvero scuri quando li osservò. Il color nocciola era completamente scomparso.

Si guardò attorno. Carl teneva aperta la portiera dell'auto.

Non si era nemmeno accorta che la macchina si fosse fermata o che qualcuno avesse aperto la portiera. Aveva perso completamente e irrimediabilmente ogni senso della realtà con un solo bacio.

12

———

Con Carl che gli stava addosso, Samson iniziò a disegnare su un blocco di carta. Delilah lo osservò con interesse. I suoi movimenti erano rapidi e, nel giro di pochi minuti, l'immagine di un uomo prese vita sulla pagina.

«Assomiglia abbastanza all'aggressore?»

Delilah non riuscì a credere ai suoi occhi. Il disegno ritraeva perfettamente il criminale che li aveva aggrediti. Oltre al volto dell'uomo, Samson aveva disegnato anche il tatuaggio: due cerchi con una croce al centro. «È come se avessi scattato una foto. Come hai fatto?»

«Memoria fotografica», spiegò Samson, passando il foglio a Carl. «Manda una foto di questo schizzo a Ricky. Sta aspettando. E poi...»

Si girò verso di lei. «Carl può andare a prendere alcune delle tue cose e portarle qui, se gli dici di cosa hai bisogno per le prossime notti».

Le prossime notti? Le piaceva l'idea. «Sarebbe fantastico. Porta tutto». Delilah frugò nella borsa e tirò fuori le chiavi. Quando rialzò lo sguardo, vide l'espressione di Samson congelata in un apparente stato di shock, con gli occhi spalancati e il respiro trattenuto.

«Tutto, signorina?» chiese Carl educatamente, ma lei lo ignorò.

Guardando l'affascinante padrone di casa, lei rise. «Dovresti guardarti allo specchio per vedere la tua faccia!» Si ricompose. «Non ha prezzo». La sua espressione scioccata, al pensiero che lei avesse intenzione di trasferirsi da lui, era davvero uno spettacolo da vedere. Ma non poteva lasciarlo in quello stato troppo a lungo.

«Scusami, non è quello che pensi. Sono a San Francisco per lavoro. Ho solo una piccola valigia e il mio portatile, quindi ho pensato che Carl potesse portare tutto. Se va bene per te?»

Samson espirò visibilmente. «Per un attimo mi hai spiazzato; non me lo aspettavo». In quel momento, sembrò rilassarsi. «Carl, puoi andare a prendere le cose della signorina Sheridan, per favore, e metterle nella stanza degli ospiti?»

Delilah consegnò a Carl le chiavi dell'appartamento. Lui si girò per andarsene.

«E Carl, potresti anche fermarti al supermercato e prendere qualcosa da mangiare per la signorina Sheridan? Credo che il frigorifero sia piuttosto vuoto».

«Cosa desidera, signorina?»

«Delilah?»

«Quello che mangi tu», rispose lei. Non voleva davvero creare problemi. Quando si trattava di cibo, non era esigente.

«Signore?» Carl sembrava un po' smarrito.

«Prendi della frutta, latte, caffè, cereali, yogurt, pane, le solite cose», gli disse il suo capo. «E ti ringrazio, Carl».

«Buona notte, signore, buona notte, signorina».

Un attimo dopo, Carl era uscito. Stava ancora guardando la porta quando le braccia di Samson si avvolsero intorno a lei da dietro, tirandola contro il suo petto.

«Stavi cercando di spaventarmi?» Iniziò a mordicchiarle il lobo dell'orecchio.

«Ha funzionato?»

«Tu che dici?»

Le sue labbra scivolarono sul collo di Delilah, sfiorandole dolcemente la pelle fino a farle venire la pelle d'oca.

«Freddo?»

Come poteva avere freddo mentre le sue mani calde le accarezzavano il ventre? «Caldo».

E fa sempre più caldo ogni secondo che passa.

«Lo immaginavo». Samson sembrava sospettosamente compiaciuto.

Tenendo una mano saldamente avvolta attorno alla vita di lei, lasciò che l'altra si spostasse più in alto, risalendo il centro del torso, attraverso la valle dei seni, fino a raggiungere la scollatura.

«Cosa cercavi di farmi a teatro?» La accarezzò lungo la linea sotto di cui finiva il top e iniziava la pelle. La pelle di Delilah formicolava al tocco di Samson.

«Volevo ottenere una reazione da te».

Samson la premette più forte contro il suo corpo, strofinando il suo cazzo contro la parte bassa della schiena di lei. Era completamente duro, e non fece nulla per nasconderlo.

«Questo tipo di reazione?»

Voleva che lei riconoscesse la sua erezione? Delilah poteva fare molto di più.

Lasciò scivolare una mano lungo il fianco di lui, mentre si strofinava contro il suo cazzo duro, strappandogli un gemito. Era una sensazione troppo piacevole, così lo fece di nuovo.

«Volevo vedere se avresti avuto la stessa reazione di quando pensavi che fossi una spogliarellista».

***

ALLORA A DELILAH *ERA* PIACIUTO il fatto che avesse avuto un'erezione quando l'aveva baciata la sera precedente. E nonostante l'effetto che sapeva di avere su di lui, aveva accettato il suo invito. «Soddisfatta?»

«Credo che dovrai fare un po' di più per soddisfarmi».

Samson accettò la sfida.

Tracciò la linea della sua scollatura con le dita. Lentamente le fece scivolare sotto il top e le accarezzò il seno. Le palpò il seno pieno e sodo. Il suo capezzolo, decisamente sensibile, rispose subito al tocco.

«Questo è un inizio. Samson?»

«Ehm?» La sua mano era occupata a stuzzicare il suo capezzolo e a farlo diventare duro.

«La spogliarellista di ieri sera».

Lui percepì la sua esitazione. Non formulò la domanda, ma lui sapeva cosa voleva sentirsi dire.

«Non l'ho toccata. L'ho mandata via. Non potevo toccare un'altra donna dopo averti baciata. Non mi sembrava giusto». Non era del tutto vero, visto che ci aveva provato, ma il risultato era stato lo stesso. Non aveva toccato la spogliarellista.

Delilah inclinò la testa all'indietro e lui colse l'occasione per affondare le labbra sul suo collo esposto. Che collo invitante. Poteva sentire il suo sangue caldo scorrere nella vena pulsante appena sotto la sua pelle pallida. Lei era così deliziosa. Così fiduciosa. Così allettante.

«Tutta la notte, dopo che te ne sei andata, mi sono chiesto se mi avresti permesso di baciarti e di toccarti. O se mi avresti respinto di nuovo».

Lei rispose prendendo la mano di lui, quella che Samson aveva appoggiato sulla sua vita, e spingendola lentamente verso il basso. Lui non poté resistere a quell'invito così esplicito. Con una mossa rapida, le tirò su la gonna e fece scivolare la mano sotto. Lasciò che il suo profumo lo guidasse verso l'umidità calda che si raccoglieva all'apice delle sue cosce, toccando le mutandine inzuppate.

«È questo che vuoi?»

«Sì». Lei gemette, allargando leggermente le gambe.

Con estrema facilità, infilò la mano sotto il sottile tessuto delle sue mutandine e raggiunse le pieghe umide che segnavano l'ingresso del suo corpo.

«Sei così bagnata». Lasciò che l'ammirazione colorasse le sue parole.

«È colpa tua».

«La scorsa notte ho sognato di essere dentro di te, di sentire i tuoi muscoli stringermisi mentre venivi. Non riuscivo a pensare ad altro. Sono riuscito a malapena ad arrivare a fine giornata».

Non aveva quasi dormito. Piuttosto, aveva passato la giornata a sognare ad occhi aperti lei, le cose che voleva fare con lei.

«Non è che io me la sia cavata meglio, dopo come mi hai fatta sentire ieri sera», ammise Delilah, inclinando il bacino verso la mano di Samson, un invito silenzioso.

«Dimmi, ti sei toccata, immaginando che fossi io?»

Le sue dita giocarono con la sua carne calda, separando le labbra morbide e spalmando la sua essenza. Lei emise un altro gemito, ma non gli rispose.

«Sei venuta, toccandoti?»

Delilah scosse la testa. «No».

«Perché no?» Lui fece scivolare un dito nella sua fessura accogliente. Era così stretta che era sicuro non fosse stata scopata da un po' di tempo.

«Volevo che fossi tu a farlo».

E lui lo avrebbe fatto. «Così?» Usò il pollice per trovare il clitoride e lo accarezzò, mentre un dito scivolava lentamente avanti e indietro, dentro e fuori.

«Oh Dio, proprio così». La testa di lei cadde contro il petto di lui.

«Sei così deliziosa. Anche meglio di come ti immaginavo».

«Hmm». Il corpo di Delilah iniziò a muoversi al ritmo del tocco di lui, in un movimento invitante e ipnotico.

La seconda mano gli venne in aiuto, permettendogli di separare le sue pieghe e di esporre il piccolo bocciolo gonfio alle sue dita ansiose. Le pizzicò leggermente il clitoride per intensificare le sensazioni che attraversavano il suo corpo. Lei era così facile da leggere, così facile da soddisfare.

«Non mi fermerò finché non verrai qui». Le sussurrò nell'orecchio. «Voglio sentire il tuo orgasmo scuotere il tuo corpo, e voglio esserne io il motivo».

Il pensiero di farla venire lo eccitava più di quanto avesse mai provato piacere nel soddisfare una donna. In quel momento, lui non era preoccupato del suo piacere, voleva solo vedere quello di Delilah. Ora che sapeva che l'avrebbe avuta, poteva aspettare e godersi l'attesa.

«Puoi farlo per me? Venire per me?»

Il suo cazzo era saldamente premuto contro la parte bassa della schiena di lei e Samson sapeva che la sua erezione sarebbe stata lì anche dopo. Il suo cazzo non si sarebbe afflosciato, non con lei tra le sue braccia. Ad ogni movimento, lei si strofinava contro di lui, apparentemente ignara della tortura a cui lo stava sottoponendo.

«Oh Dio», disse senza fiato.

Le massaggiò il clitoride, guidato dai movimenti del suo corpo, accelerando il ritmo quando lei lo aumentava. Sospirò ancora più forte, e lui continuò ad accarezzarla, senza mai rallentare, senza mai stancarsi.

Samson notò il cambiamento nella respirazione di Delilah, il suo corpo che si tendeva, i movimenti che diventavano brevi scatti. Si godeva il modo in cui il corpo di lei rispondeva al suo tocco. Le dita di Samson erano ormai inzuppate dei suoi succhi e il profumo rendeva il suo cazzo già duro ancora più bisognoso di liberazione.

«Ecco, dolcezza, proprio così».

Lei cavalcava le dita di lui come una cavallerizza esperta e desiderosa. La pelle di Delilah era arrossata, il battito cardiaco accelerato, e lui riusciva praticamente a sentire l'odore del sangue caldo che le scorreva nelle vene, proprio sotto la pelle, esattamente dove le labbra di lui erano posate, succhiando delicatamente.

Ma non l'avrebbe morsa. No. Quel momento era per solo lei. Per qualche inspiegabile motivo, voleva essere il miglior amante che lei avesse mai avuto. Voleva ringraziarla per quello che aveva fatto per lui, per il modo in cui lo aveva eccitato.

«Sì, vieni per me».

Lui si mosse più velocemente, assecondando il ritmo di lei. Riuscì a percepire i brividi che le attraversavano il corpo, le ondate e, successivamente, i suoi muscoli interni stringersi attorno alle sue dita con brevi spasmi, facendo sgorgare ancora più essenza sulla sua mano mentre lei raggiungeva l'orgasmo. Lentamente, immobilizzò la mano per lasciare che lei si godesse l'orgasmo fino alla fine.

Samson tirò fuori le dita e se le portò alla bocca, leccando lentamente l'eccitazione di lei, consapevole che lei lo stava osservando.

«Mmm, sei deliziosa». E non sarebbe stata l'ultima volta, quella notte, che si sarebbe deliziato di lei.

«Oh mio Dio!» La sua voce era roca e le ginocchia le cedettero improvvisamente.

La prese in braccio e la adagiò sul divano, sedendosi vicino a lei. La fece voltare tra le braccia per guardarla in viso. Era arrossata, la pelle le luccicava.

«Soddisfatta ora?»

«Sei fantastico». Lei incontrò lo sguardo di lui e si avvicinò alla sua bocca. Le labbra di Delilah trovarono quelle di Samson in un bacio appassionato.

«Significa che condividerai il letto con me stanotte?»

«Pensavo che ci fossimo già chiariti in relazione a questa questione».

«Non ricordo di aver ricevuto una risposta precisa da te. Anche se potrei azzardare un'ipotesi».

«Forse è meglio che ti mostri la mia risposta».

La mano di lei si appoggiò sul rigonfiamento sotto i pantaloni di Samson, afferrandolo.

Lui sentì le dita di lei accarezzargli lentamente il cazzo duro, dalla punta fino alla base e poi di nuovo indietro, come se lo stesse misurando. Lui inspirò bruscamente. Sembrava che il suo altruismo nel farla godere sarebbe stato ricompensato.

«Credo di aver capito».

«Lascia che sia ancora più chiara, così non ci saranno malintesi più tardi».

Delilah tirò giù la cerniera dei pantaloni e li abbassò lentamente. La sua mano entrò facilmente, spingendo da parte i boxer di Samson e trovando la sua erezione. La sua mano si avvolse intorno al suo cazzo duro, afferrandolo saldamente. Una goccia di umidità era già fuoriuscita dalla punta. Con un dito, Delilah la raccolse e la distribuì lentamente sulla cappella, massaggiandola con delicatezza. Samson non ricordava di essere mai stato toccato così delicatamente.

Sarebbe stata un'amante molto premurosa, se lo sentiva. Sarebbe stata la medicina giusta per lui. Una medicina così potente che avrebbe potuto facilmente abusarne, se non avesse fatto attenzione. Il dottor Drake aveva dimenticato di dirgli quanto sesso avrebbe dovuto fare con lei. Di certo non intendeva solo una volta, no?

«Oh, Dio, donna, mi stai torturando».

Delilah ridacchiò dolcemente. «Non credo che tu conosca davvero il significato di tortura».

Mosse la mano su e giù per la sua erezione, mantenendo una presa salda, come se sapesse già esattamente come gli piacesse. Non aveva bisogno di indicazioni.

«Ora lo so».

«Portami a letto prima di mettere in imbarazzo Carl, al suo rientro».

Samson la prese tra le braccia e la portò su per le scale, fino alla camera da letto. Lei lanciò solo uno sguardo rapido all'ambiente intorno a sé. Il letto a baldacchino, i grandi cuscini sul pavimento davanti al camino, i quadri appesi alle pareti.

Samson la adagiò sul letto, sfilandole rapidamente le scarpe prima di afferrare un telecomando dal comodino. Con un clic, il camino si accese, e le luci delle lampade ai lati del letto illuminarono la stanza con una tenue luce calda. Samson lasciò che il suo sguardo scivolasse su di lei, apprezzando il più possibile quel momento.

«Sei bellissima». E lo pensava davvero. Per lui, era la creatura più bella che avesse mai toccato. E si trovava nel suo letto. Pronta per lui.

Un attimo dopo, si unì a lei, stringendola di nuovo tra le braccia. Il corpo di lei si adattava così bene al suo, come se fosse fatto per lui.

«Mi sono dimenticato di dirti che, anche se posso garantirti che qui sei al sicuro, non posso garantirti che riuscirai a dormire stanotte». Non cercò di nascondere il desiderio nel suo tono di voce. «Anzi, ti garantisco che non dormirai». Neanche un minuto di sonno, non finché lui avesse avuto un briciolo di energia. E, in quanto creatura della notte, ne aveva in abbondanza.

Lei lo fissò, le lunghe ciglia che sbattevano leggermente. «Non fare promesse che non puoi mantenere».

Le dita di Delilah si spostarono verso la camicia di lui, aprì un bottone e fece scivolare una mano sotto, per toccarlo. Che mani morbide.

«È una sfida?»

«E che cosa hai intenzione di fare al riguardo?» Senza aspettare una risposta, lei aprì altri due bottoni della sua camicia e gli accarezzò il petto. Lui non aveva nessuna intenzione di fermarla.

«Questo». Le baciò la guancia. «E questo». Le baciò il collo. «E questo».

Samson schiacciò le sue labbra contro quelle di lei, invadendola come aveva fatto in precedenza, ma questa volta con più passione, con più intensità. Nulla avrebbe potuto fermarlo ora. Lei era sua e si trovava lì di sua spontanea volontà. Questo pensiero lo fece sentire potente e alimentò ancora di più la passione che provava per lei.

Delilah reagiva a lui in modo così volenteroso e totale, donandogli il suo corpo con una fiducia che lui non aveva mai visto in nessun'altra donna. Non riusciva a spiegarselo, ma si nutriva di quella sensazione. Anche se era un completo sconosciuto per lei, il corpo di lei sembrava fidarsi di lui. Poteva percepire quanto il suo corpo gridasse per lui, contorcendo i fianchi sotto ogni suo tocco. Chiedendo sempre di più.

Samson interruppe il loro bacio appassionato e si ritrasse per guardarla negli occhi. Questa donna umana aveva un fuoco dentro, più di quanto lui avesse mai visto in qualsiasi vampira.

«Ti voglio», mormorò lui, riconoscendo a malapena la sua stessa voce, così bassa e scura.

«Mi hai già».

Le mani di lei scivolarono sul petto di lui, sfiorandolo appena, facendo rabbrividire tutto il corpo di Samson per la sensazione elettrica provocatagli dalla carezza.

Era il momento di spogliarla. Samson sciolse il nodo del suo top in appena due secondi, prima di sfilarglielo con delicatezza. Questa volta, Delilah non indossava il reggiseno. Rimase a bocca aperta alla vista dei suoi seni nudi. Erano rotondi, sodi e i loro picchi erano sormontati da capezzoli rosa e turgidi che sembravano implorare di essere toccati di nuovo. Non avrebbe mai resistito a una simile richiesta.

Li strinse con delicatezza, tirando leggermente i suoi capezzoli e provocando brividi visibili che le attraversarono tutto il corpo.

«Oh sì!» La sua voce era un sussurro senza fiato.

Lui abbassò la testa, sfiorando la sua pelle sensibile con le labbra. La schiena di lei si inarcò.

«Così impaziente». Proprio come lui.

«Ti prego».

Le labbra di Samson trovarono il capezzolo e lo succhiarono lentamente. Mentre lo accarezzava con la lingua, sentì il corpo di lei muoversi sotto di lui, cercando di avvicinarsi ancora di più. Lei voleva di più. Passò all'altro seno, leccandolo, massaggiandolo, e osservò Delilah contorcersi sotto il suo tocco. Una dolce tortura. Era la sua vendetta per quello che lei aveva fatto al suo cazzo poco prima.

«Hai un sapore così buono che potrei mangiarti».

«Pensavo avessi già cenato».

Samson sogghignò. «Ho saltato il dessert».

Perché voglio divorare te al suo posto.

Lei fece una risatina di approvazione.

Samson succhiò più forte, esplorando ogni centimetro dei suoi seni con le labbra, la lingua e le mani. I suoi occhi avevano già impresso nella mente un'immagine indelebile di ogni parte del corpo di lei, un ricordo destinato a rimanere per sempre.

Il suo profumo di lei lo avvolse completamente. Era stato lì per tutta la sera, il lieve profumo di lavanda sulla pelle di lei, mescolato all'odore della sua eccitazione. L'aveva percepito al teatro e aveva tentato di scacciarlo con tutte le sue forze. Non più. Ora era pronto a lasciarsi sopraffare da tutto ciò.

Si spogliarono a vicenda, entrambi impazienti, incapaci di aspettare ancora. Alla fine, tutti i loro vestiti finirono sul pavimento e i loro corpi nudi si trovarono abbracciati. Le curve di lei si modellavano perfettamente al corpo di lui, come se fossero fatte su misura per lui.

Delilah gli toccò il cazzo eretto, accarezzando la sua lunghezza vellutata e dura come l'acciaio. Samson era al limite e aveva un disperato bisogno di sollievo.

«Non credo di poter aspettare ancora a lungo». Aveva mantenuto il controllo con tutta la forza di volontà che aveva. «Soprattutto se continui a toccarmi così».

«Preferiresti che smettessi di toccarti in questo modo?»

«Non *osare* fermarti». Non era una minaccia: era un ordine. Uno a cui sapeva che lei avrebbe ceduto senza esitazioni.

«Dove tieni i preservativi?»

13

———————

«Preservativi?»

Samson si bloccò. Non ne aveva mai usati. I vampiri non trasmettevano malattie. Ma come avrebbe potuto spiegare a Delilah che non aveva bisogno di prendere precauzioni, come invece avrebbe fatto con un umano?

«Mi dispiace, me ne sono completamente dimenticato. Non avevo pianificato tutto questo...» Era una bugia abbastanza innocente.

Delilah sorrise. «E io che pensavo che stessi cercando di sedurmi dal momento in cui sono salita in macchina».

«È così, ma suppongo che non pensavo che avrei avuto successo». Naturalmente pensava di riuscire a portarsela a letto. O, per lo meno, sapeva che avrebbe fatto qualsiasi cosa per riuscirci. Anche usare il controllo mentale?

«Non mi sembri uno che si arrende facilmente».

«Infatti, è proprio così, ma ciò non significa che ottengo sempre quello che voglio». In realtà, la maggior parte delle volte otteneva esattamente ciò che voleva. Ultimamente, però, no.

«Sei fortunato stasera. Ho con me un preservativo».

«Questo significa che hai sempre voluto portarmi a letto?» chiese lui, fingendo di essere scioccato.

«Tentar non nuoce».

Lui la baciò. «Allora, dov'è quel preservativo?»

«Nella mia borsa. Credo di averla lasciata in salotto».

«Ci penso io».

Samson si precipitò al piano di sotto, grato per l'interruzione momentanea. Aveva sete e doveva procurarsi del sangue se voleva assicurarsi che Delilah fosse al sicuro da lui per il resto della notte. Non poteva permettere che la sua sete di sangue intralciasse la sua soddisfazione sessuale.

Corse in cucina e ne tracannò una bottiglia intera. Chiudendo il frigorifero, si rese conto che al mattino Delilah avrebbe potuto scoprire la sua scorta di sangue. Non poteva permettere che accadesse. Scrisse velocemente un biglietto a Carl, lo infilò in una busta e lo fissò alla porta del frigorifero con una calamita. Lo avrebbe visto quando sarebbe rientrato con la spesa.

Samson trovò la borsa di Delilah, la afferrò e risalì le scale a due gradini alla volta. Delilah lo stava aspettando e lui le porse la borsa. Lei tirò fuori un preservativo, glielo porse e lui se lo infilò in men che non si dica.

Invece di raggiungerla sul letto, la afferrò per le caviglie e la trascinò verso di sé fino a farle penzolare le gambe dal bordo e farle appoggiare i glutei sul bordo del materasso, dove lui era in piedi.

La guardò, le allargò lentamente le gambe e si posizionò al suo centro. Le tirò su le gambe e se le appoggiò sulle spalle. Senza fretta, posizionò il suo cazzo all'ingresso umido del suo corpo.

Samson inspirò il suo profumo, poi si spinse lentamente in avanti, affondando dentro di lei.

Lei ansimò e lui la seguì con un gemito.

Sentì i muscoli di lei stringersi intorno al suo cazzo. No, era da un po' che non veniva scopata. Da quel momento in poi, sarebbe stato lui a fare gli onori di casa. Si tirò indietro, in modo che solo la punta del suo cazzo duro fosse ancora immersa in lei.

«Di più!» implorò.

Samson tornò a spingersi dentro di lei, più a fondo di prima. E ancora. I loro corpi si scontrarono, fortemente e profondamente. Il cazzo assunse una volontà propria, affondando dentro di lei e ritirandosi in un ritmo che sapeva lo avrebbe portato al limite. Doveva riprendere il controllo, rallentare, di far durare il momento.

Si ricordò chi era Delilah : un'umana, una mortale vulnerabile con sangue caldo che le pulsava nelle vene. Delilah meritava di meglio che essere scopata come una bestia arrapata. Le liberò le gambe e si abbassò, sospeso sopra di lei. Ma subito, lei gli avvolse le gambe intorno ai fianchi, attirandolo di nuovo verso il centro del suo corpo.

Lui abbassò la testa e la baciò. Aveva il sapore di un bellissimo fiore in un prato di lavanda. Le immagini di un caldo pomeriggio d'estate gli balenarono improvvisamente nella mente. Stava ballando con lei in un campo di lavanda, mentre il sole splendeva su di lui. Sentiva il calore dei raggi sulla pelle: non lo ferivano, non lo bruciavano, ma lo accarezzavano.

Che cosa gli stava succedendo? Percepiva chiaramente il sole, l'odore della lavanda e riusciva a vedere il prato. Stava forse avendo delle allucinazioni? Sbatté le palpebre e l'immagine scomparve con la stessa rapidità con cui era apparsa.

Rallentò il ritmo e, con una dolcezza che non credeva possibile per lui, si mosse dentro di lei, lentamente e deliberatamente, assorbendo le sensazioni che la loro intima unione suscitava in lui. Lui guardò nei suoi occhi verdi e sentì un senso di tenerezza invaderlo.

«È meraviglioso».

Il sesso non gli era mai sembrato così dolce, né aveva suscitato in lui sentimenti così amorevoli, nemmeno quando era umano. Questa donna gli faceva desiderare di sentire con il cuore, non solo con il corpo.

Samson cercò di nuovo la bocca di Delilah, assaggiando il suo dolce nettare. Fu immediatamente trasportato di nuovo al sole e si crogiolò sotto i suoi raggi. Che cosa gli stava facendo, suscitandogli strane visioni? O forse era colpa della sua astinenza dal sesso se le immagini si presentavano davanti ai suoi occhi?

Anche se non capiva cosa gli stesse succedendo, Samson non si oppose, ma si lasciò trasportare, finché non sentì improvvisamente i muscoli di lei spasimare intorno al suo cazzo, stringendolo mentre veniva.

«No, non ancora». Ma era troppo tardi. Non riuscì a trattenersi e raggiunse l'orgasmo con lei.

«Delilah», mormorò.

Il sorriso sul suo volto era quello di una donna soddisfatta. Si sarebbe assicurato di vedere quel sorriso per tutta la notte. Le labbra di lei erano ancora umide dal loro ultimo bacio. Con delicatezza, le scostò alcune ciocche di capelli dalla guancia e proseguì baciandola in quel punto.

Un sospiro soddisfatto fu la sua risposta. «Samson».

Avrebbe potuto rimanere sopra di lei tutta la notte, ma invece si alzò e si sfilò il preservativo usato. Non gli piaceva separarsi da lei, così la attirò di nuovo tra le sue braccia. Facendola scivolare sul suo corpo, le baciò teneramente la testa. Non riuscì a dire altro. Per una volta nella vita, era senza parole.

Delilah sollevò la testa e lo guardò, ma nessuna parola le uscì dalle labbra. Invece, seppellì la testa nell'incavo del collo di Samson. Lui le accarezzò teneramente i capelli. Non c'era bisogno di parole. Non aveva mai sentito il bisogno di stringere una donna così come stava facendo con lei. Non aveva mai sentito il desiderio di coccolare una donna dopo il sesso, allora perché con lei?

Non aveva una risposta alla sua domanda e, per il momento, non ne aveva bisogno.

Samson le mise una mano sotto il mento e le tirò il viso verso di sé. Senza dire una parola, le labbra di lui incontrarono quelle di Delilah, baciandola con desiderio. Sapeva che, il mattino seguente, le labbra e il resto del corpo di lei sarebbero stati doloranti, doloranti perché lui non sarebbe riuscito a fermarsi. Solo quell'unico atto sessuale con lei gli aveva mostrato che aveva bisogno di più. Non era nemmeno vicino a sentirsi sazio.

Perché? Forse perché era estremamente affamato di sesso, o forse perché il corpo di lei lo faceva stare così bene. Qualunque fosse la ragione, e a quel punto non gli importava più di tanto, aveva bisogno di molto di più.

Samson sentiva che gli stava tornando duro e voleva unire ancora una volta il suo corpo a quello di lei.

«Potresti passarmi un altro preservativo, per favore?»

«Ne ho portato solo uno».

«Uno?» L'incredulità prevalse sul panico immediato. La guardò. «Pensavi che uno sarebbe bastato?»

«Beh, non sapevo...»

Notò che lei lanciava un'occhiata alla sua erezione e il fatto che sembrasse apprezzare ciò che vedeva lo fece sentire come un pavone orgoglioso, aumentando ulteriormente la sua eccitazione.

«Oh, donna di poca fede!» Le toccò il naso con un dito e rise. «Non riuscirò a passare le prossime sei ore a letto con te senza toccarti. Non ho questo tipo di autocontrollo, credimi».

«E quindi, adesso?»

«Mi passeresti il telefono sul comodino, per favore?»

Delilah allungò la mano verso il telefono cordless sul suo lato del letto e glielo porse.

«Cosa stai facendo?»

Compose un numero. «Sto facendo un ordine». Rimase in ascolto, in attesa di una risposta. «Carl. Ho dimenticato una cosa».

Delilah sembrò rendersi conto di ciò che stava per fare e arrossì. Le sue guance rosa erano la cosa più adorabile che avesse mai visto.

Sorrise con aria colpevole. «Potresti, per favore, fermarti alla farmacia di turno e prendere una confezione di preservativi per me?» Rimase in silenzio per un secondo, non sapendo come rispondere alla domanda successiva di Carl. «Non lo so». Forse Delilah lo sapeva. «Di che misura?»

«Extra large». Ridacchiò.

«Hai capito, Carl? Sì, facciamo una dozzina, e lasciali pure davanti alla porta della mia camera da letto quando arrivi. Per stasera è tutto. E niente altre interruzioni, per favore. Non mi importa se c'è un terremoto, non voglio che nessuno chiami o passi di qui. Fallo sapere anche ai ragazzi. Ti ringrazio, Carl».

Samson riattaccò il telefono, ascoltando a malapena la risposta di Carl.

«Extra large, eh?»

«Una dozzina?» replicò lei, sorridendo.

Lui fece spallucce. «Beh, ho pensato che posso sempre prenderne altri per domani sera, ma se pensi che una dozzina non siano sufficienti per stasera, lo richiamo subito».

Fece un debole tentativo di riprendere in mano il telefono, ma Delilah lo fermò subito, cominciando a fargli il solletico. Lui rise e si girò verso di lei per fargliela pagare. Si rotolò nel letto con lei. Le risatine di Delilah si fecero più forti e incontrollate.

«Non riesco a credere che tu abbia chiesto al tuo autista di comprarti dei preservativi».

«Se ne farà una ragione». Forse Delilah pensava che fosse una cosa imbarazzante, ma Carl avrebbe mostrato la stessa dignità sia che comprasse del filo interdentale, sia che acquistasse dei preservativi.

Quando la sua crisi di risate si placò, Samson la tirò di nuovo tra le sue braccia.

«Baciami», gli chiese.

«Ci vorrà almeno mezz'ora prima che arrivino i preservativi. Non so quanto sia sicuro baciarti in questo momento. Potrebbe essere molto difficile per me».

Lei guardò con attenzione la sua erezione. «Non credo che possa diventare più duro di così».

Non lo riteneva possibile nemmeno lui.

E, come per dimostrare il suo punto, avvolse la mano intorno al suo cazzo e lo accarezzò dolcemente.

«Suppongo di aver perso questa discussione». Lui sogghignò e si arrese alla sua richiesta.

DELILAH ADORAVA il modo in cui Samson la baciava: teneramente, appassionatamente, come un uomo in fiamme. Senza trattenersi. Samson la faceva sentire l'unica donna al mondo. Lei rabbrividì al pensiero del potere che lui aveva sul corpo e sulla sua mente e, allo stesso tempo, si lasciò andare senza alcun rimpianto.

Le aveva dato più piacere lui in un'ora di quanto ne avesse avuto tutto l'anno. Si aspettava di svegliarsi da un sogno da un momento all'altro e di ritrovarsi da sola nel suo appartamento, a sognare ad occhi aperti. Ma sembrava tutto troppo reale, non poteva essere un sogno.

«Penso che dovremmo trovare qualcos'altro da fare fino all'arrivo di Carl», suggerì Samson all'improvviso.

Un'ondata di delusione la travolse. Perché non si era portata dietro altri preservativi?

«Non è che non adori baciarti, ma posso dirti con certezza cosa succederà tra circa due minuti se continuiamo. E non vorrai dovermi spingere via quando non sarò in grado di controllarmi».

«Non credo che sarei molto brava a respingerti».

«Sarebbe divertente se almeno ci provassi».

Sembrava qualcosa che poteva effettivamente essere molto divertente.

«Ah, un uomo a cui piace cacciare».

«Soprattutto quando la preda ha un aspetto così delizioso». I suoi occhi le mostrarono quanto la trovasse irresistibile.

Delilah lasciò che il suo dito scivolasse sulle labbra di lui. «Dai, prendimi se ci riesci».

Samson chiuse la bocca in modo giocoso, ma lei ritrasse il dito prima che riuscisse a catturarlo.

«Non abbastanza veloce».

Gli avrebbe permesso di prenderla, ma non subito. Avrebbe dovuto faticare un po' prima di riuscirci.

«Dammi un'altra possibilità».

Il dito di Delilah tornò a sfiorargli le labbra, provocandolo con un tocco delicato. Lo osservò con attenzione, cercando di capire quando avrebbe chiuso la bocca. La sua espressione, impassibile, non lasciò trasparire alcuna indicazione. La lingua di lui le raggiunse il dito, leccandolo lentamente e in modo sensuale come se non avesse intenzione di morderlo. Un altro colpo di lingua e improvvisamente la bocca di lui si mosse in avanti, inghiottendo il dito e chiudendosi di scatto.

Samson tenne il suo dito in ostaggio e lo succhiò delicatamente prima di liberarlo.

«Ti sei lasciata distrarre dalla lingua: è stata la tua rovina», disse, con un lampo malizioso negli occhi. «Mai distogliere lo sguardo dal cacciatore. Non sai mai quando potrebbe colpire».

Poi la tirò giù sul suo petto. «Che ne dici di un bacio per il cacciatore vittorioso?»

«Da quando la preda bacia il predatore?»

«Mai sentito parlare di Cappuccetto Rosso?»

«Non ha baciato il cacciatore».

«Ma ha baciato il lupo. E se io fossi il lupo? Mi baceresti?»

«Quale versione di Cappuccetto Rosso leggevi da bambino?»

«La versione per adulti, ovviamente!»

Con un movimento rapido, la girò sulla schiena, così veloce che lei non capì nemmeno cosa stesse succedendo. Un secondo dopo, era bloccata sotto di lui. Non si lamentò: era un posto molto piacevole dove stare.

«Visto che non hai intenzione di baciarmi di tua spontanea volontà, non ho altra scelta che torturarti».

Saltò giù dal letto e la prese in braccio.

«Dove andiamo?»

«In bagno, per la tortura dell'acqua». Lui sorrise e gli occhi gli scintillarono come quelli di un furfante che stava progettando uno scherzo. La tortura le sembrò improvvisamente qualcosa da provare.

Il bagno era enorme e senza finestre. Oltre a un mobile con due lavandini, c'era una grande vasca idromassaggio e un'enorme cabina doccia. La toilette era a sé stante, separata da una parete.

«Non vedo l'ora di provare questa tortura dell'acqua che mi hai promesso».

«Mi stai dicendo che non sono riuscito a spaventarti?»

«Direi di no. Ma se vuoi che faccia finta...» Poteva recitare un po' se questo lo eccitava. Non che pensasse di averne bisogno. Essere sé stessa con lui sembrava essere sufficiente.

Samson la posò in piedi e aprì l'acqua della doccia. Una volta testata la temperatura, le diede una piccola spinta verso la doccia. «Dopo di lei, mia signora».

Delilah entrò nella doccia e sentì Samson immediatamente dietro di sé. L'acqua le iniziò a scorrere sul corpo e si immerse nel calore della doccia.

«Chiudi gli occhi», le ordinò. «Voglio che usi solo il senso del tatto, nient'altro».

«Hmm». Lei chiuse gli occhi, curiosa di sapere cosa avesse in mente.

Lui le toccò le spalle e lentamente fece scivolare le mani lungo le sue braccia, fermandosi nell'incavo dei gomiti prima di raggiungere i polsi. Samson le circondò i polsi con le mani e le sollevò le braccia, spingendola delicatamente contro la parete piastrellata della doccia, premendola contro di essa. Le fece appoggiare le mani sulla parete prima di liberarla.

«Non muoverti».

Il suo ordine fu pronunciato con tutta la calma e sicurezza di un uomo abituato al fatto che i suoi ordini venissero eseguiti. Lei avrebbe obbedito, finché quello che stava facendo le fosse piaciuto. Un paio di secondi dopo, era certa che avrebbe obbedito per tutto il tempo che lui desiderava.

Samson riportò le mani sulle spalle di lei prima di farle scorrere sulle scapole, poi sulla schiena e sui fianchi, fermandosi appena sotto il sedere rotondo. Invece, le fece scendere lungo i lati delle cosce. Sotto il suo tocco, fiamme roventi le attraversarono il corpo. Il fatto che non potesse vedere ciò che stava facendo intensificò le sensazioni che provava.

Delilah lo percepì muoversi dietro di lei e, all'improvviso, sentì entrambe le mani di lui sul sedere, che tracciavano movimenti circolari, per poi spostarsi nuovamente verso l'alto. Respirò affannosamente.

«Più in basso». Desiderava di nuovo le sue mani sul sedere.

«Temo di essere io a dettare le regole qui. Sei già pronta a darmi un bacio o devo torturarti più a lungo?»

La scelta fu facile. «Tortura». Se questa era tortura, cosa sarebbe successo se lui avesse deciso di farle provare piacere?

Le mani di lui passarono sotto le braccia di lei e scesero lentamente lungo i fianchi, per poi spostarsi verso l'interno e proseguire verso il sedere. Lei gemette quando sentì la mano di lui posarsi tra le sue gambe. Inclinò il bacino all'indietro per costringere la mano di lui ad arrivare davanti a lei, ma lui la spinse verso il muro.

«No, no».

Pochi secondi dopo, Delilah sentì qualcosa di caldo e vellutato scivolare sul suo culo. Samson le stava leccando ogni centimetro del sedere. Sentì il calore invadere la sua carne già umida, un liquido caldo che iniziava a colare dal suo centro. Infine, percepì una mano scivolare sotto di lei, esplorando le sue pieghe umide.

Con l'altra mano, le tirò i fianchi verso di sé e le divaricò le gambe. Delilah lo sentì girarsi e, all'improvviso, il viso di lui si piazzò sotto di lei, tra le sue gambe. Si posizionò con la schiena contro la parete di piastrelle, le gambe distese in avanti e il viso rivolto verso il centro del piacere di Delilah. Con entrambe le mani le afferrò i glutei, premendo il volto contro il suo sesso e lasciando che la sua lingua scivolasse sulle sue calde pieghe.

«Oh Dio!» urlò lei.

Lui la tenne ferma in modo che non potesse scappare, mentre la sua lingua giocava con clitoride di lei. Le sue leccate erano magistrali e implacabili. Delilah sapeva che si sarebbe fermato solo quando lei fosse arrivata all'apice. E lei voleva venire... proprio nella sua bocca.

La lingua di lui era abile nel trovare il punto giusto e applicare pressione perfetta per farla ansimare ad ogni leccata. I suoi gemiti si mescolavano con quelli di lui, facendole capire quanto lui stesso stesse godendo nel darle piacere.

Le mani forti di Samson accarezzavano dolcemente i suoi glutei, mentre la sua lingua la provocava con un ritmo che faceva formicolare ogni fibra del suo corpo. Lei sentì il suo corpo riscaldarsi, bruciare dall'interno come se fosse un vulcano pronto a eruttare. La lava incandescente del suo nucleo ribolliva, e in una grande esplosione, il corpo di Delilah si liberò di tutta la tensione accumulata, inviando ondate di piacere in ogni cellula.

Delilah si appoggiò al muro di piastrelle, con le gambe che le tremavano, poi sentì Samson alzarsi da sotto di lei e cullarla tra le braccia.

«Che ne dici di un bacio, adesso?»

Delilah si girò e aprì gli occhi, trovandosi a fissare i suoi, che da color nocciola erano diventati oro scuro.

«Tutto quello che vuoi». Diceva sul serio. Non avrebbe neanche dovuto chiedere.

Le labbra di lui si unirono a quelle di lei e lui la prese e la soffocò in un bacio lungo e appassionato. Lui la premette contro il suo corpo nudo, e lei sentì il suo cazzo duro contro il suo stomaco. Si chiese quanto dovesse essere difficile per lui toccarla in quel modo mentre doveva aspettare che Carl tornasse con i preservativi.

Ma c'era qualcosa che poteva fare per alleviare il suo desiderio. Delilah si allontanò da lui, guadagnandosi un'occhiata stupita da parte di Samson.

Samson stava per protestare per l'interruzione, quando sentì la mano di Delilah avvolgere il suo cazzo.

«Posso torturarti anch'io?»

«A una condizione. Continua a baciarmi».

Non aveva mai provato niente di simile con nessun'altra. Quando era immerso in uno dei loro baci, lei lo trasportava in un altro mondo, un mondo di sole e di calore. Ne stava diventando dipendente. Le immagini erano così vivide che Samson poteva quasi a sentire i raggi del

sole sul corpo e l'odore dei fiori nel campo. Eppure, non aveva idea del perché avesse quelle visioni con lei.

Cercò di nuovo le sue labbra e fu immediatamente trasportato nel prato estivo. Lei fece scivolare la mano su e giù per il suo cazzo eretto, stringendolo con più forza ad ogni movimento. La sua mano era morbida e calda e l'acqua che scorreva su di loro rendeva fluido ogni movimento.

Delilah sapeva come eccitarlo. Solo sentire i seni di lei premuti contro il suo petto, le labbra di lei sulle sue e la lingua di lei che duellava con la sua lo eccitava. Ma il tocco della mano di lei... era qualcosa di paradisiaco. Il modo in cui muoveva la mano su di lui, lo stringeva con la giusta pressione, faceva scorrere la pelle avanti e indietro... era come se potesse leggere nella sua mente, sapendo, istintivamente, cosa volesse e cosa lo portasse sempre più vicino all'orgasmo.

«Delilah».

La mano di lei lo strinse di nuovo, ora più veloce e forte. Nel disperato tentativo di trovare un punto d'appoggio, lui affondò le mani nei fianchi di lei e premette una coscia tra quelle di Delilah. Ma l'ondata di sensazioni che la sua carezza gli fece provare era troppo forte. Il respiro di Samson accelerò e il suo corpo si tese. Poi sentì il suo seme attraversare il suo cazzo e spruzzare contro lo stomaco di lei.

Si appoggiò alla parete dietro di lei e seppellì la testa nell'incavo del suo collo, cercando di nascondere il fatto che le gambe gli tremavano come a un adolescente alla sua prima esperienza sessuale. Quella donna umana gli aveva fatto perdere ogni briciolo di lucidità.

«Credo che questa sia tutta la tortura che posso sopportare per ora».

Non era quello che avrebbe voluto dire. Avrebbe voluto dirle cosa provava quando era con lei, ma non poteva. La conosceva a malapena. Lei avrebbe pensato che fosse un pazzo. E poi, non avrebbe mai funzionato: era pur sempre un vampiro. Non avrebbe nemmeno dovuto provare le cose che provava con lei.

Samson cercò di convincersi che il motivo per cui si sentiva così fosse perché era a secco da troppo tempo. Sarebbe stata solo quella notte, finché non avesse placato la sua fame di sesso. Dopo di che, lei non avrebbe significato più nulla per lui, ne era sicuro.

Non c'era assolutamente nessun motivo valido per cui avrebbe voluto rimanere con lei più a lungo. Dopo tutto, stava solo eseguendo gli ordini del dottore. E chi, sano di mente, continuerebbe a prendere una medicina una volta guarito dalla malattia?

Chi?

14

───────

Il quadro le parlava. Era appeso sopra il caminetto della camera da letto di Samson. La scena raffigurava una dimora signorile circondata da un vasto terreno e un piccolo stagno, ed esercitava su di lei un'attrazione magnetica. C'era qualcosa di stranamente familiare, quasi come se conoscesse quel luogo.

Delilah percepì Samson fermarsi dietro di lei. Lui l'aveva seguita dopo che entrambi si erano asciugati in bagno.

«Quando l'hai dipinto?» gli chiese senza pensarci.

«Come fai a sapere che l'ho dipinto io?» Sembrava sorpreso quanto lei.

Per qualche inspiegabile motivo, sapeva che l'aveva dipinto lui. Riusciva quasi a immaginare Samson in piedi davanti a un cavalletto, con il pennello in mano, la camicia e i pantaloni macchiati da schizzi di vari colori a olio.

«Non lo so. Ma quando lo guardo, so che sei stato tu a dipingerlo». Lei stessa si stupì della certezza con cui pronunciò quelle parole.

«È vero, l'ho dipinto io. È la casa dei miei antenati. La mia famiglia veniva dall'Inghilterra».

«È bellissimo. La casa è ancora di proprietà della tua famiglia?»

Era più un castello che una casa, ma il calore che Delilah percepiva guardandolo le faceva capire che era stata una vera casa di famiglia, piena di amore e risate.

Si voltò verso di lui e, per un secondo, vide il dolore nei suoi occhi, prima che lui lo nascondesse dietro un sorriso.

«No, non più. Hanno perso tutto dopo alcuni investimenti avventati. La famiglia è caduta in rovina e tutto è stato venduto. È per questo che sono venuto... ehm, che i miei antenati sono venuti negli Stati Uniti. Il loro unico figlio è emigrato in questo Paese alla fine del XVIII secolo per farsi un nome».

«E ci è riuscito? A farsi un nome?» chiese Delilah. Amava la storia, specialmente quando era legata a qualcuno che conosceva personalmente.

«Sì e no. Alla fine, ha avuto successo negli affari, ma non ha più rivisto i suoi genitori. È stato il più grande rimpianto della sua vita, doverli lasciare indietro. Non abbracciare mai più sua madre, non parlare mai più con suo padre delle cose importanti per un giovane uomo».

C'era dolore nella sua voce. Lei sentì un senso di smarrimento nel petto.

«Ne parli come se lo conoscessi. È successo più di duecento anni fa».

Samson sbatté le palpebre e le rivolse un altro sorriso. «Mi piace pensare di conoscerlo. È quello che avrei provato io nella sua situazione. Perdere la famiglia è la cosa più difficile da superare».

Lei lo capiva fin troppo bene. «Quando hai perso la tua?»

«Troppo tempo fa».

La tirò tra le braccia e le baciò la sommità del capo. Delilah avvertì il suo bisogno di tenerezza e si adagiò su di lui, avvolgendogli le braccia intorno alla schiena.

«Vieni, voglio portarti nel mio posto preferito».

Samson la fece accomodare sui grandi cuscini di fronte al camino. Delilah si sdraiò a pancia in giù, fissando le fiamme. Le ombre create dal fuoco danzavano sulla pelle nuda di lei. I lunghi capelli scuri le ricadevano sulle spalle.

Il corpo di Samson era rivolto verso di lei e teneva la testa appoggiata su una mano, mentre ammirava la bellezza di Delilah, giocando con i suoi capelli. Gli piaceva passare la mano sul suo sedere nudo, accarezzandola più teneramente di quanto avesse mai fatto con una donna. La pelle di lei era deliziosamente morbida e impeccabile.

«Hai detto che sei qui per lavoro. Quanto tempo rimarrai a San Francisco?»

Samson abbassò la testa per baciarle la deliziosa rientranza alla base della schiena.

«Fino a mercoledì. Torno a New York con il volo notturno».

Sentì una forte fitta al petto. «New York? Ho vissuto a New York. Dimmi, di cosa ti occupi lì?»

Voleva farla parlare, in modo da distogliere la mente da ciò che voleva fare davvero: seppellirsi dentro di lei ancora e ancora e ancora. Forse mordicchiare le curve del suo fondoschiena avrebbe placato il suo desiderio. Fece proprio così, lasciando che le sue labbra sfiorassero la pelle delicata di lei.

Un gemito di apprezzamento fu la sua risposta, prima che riprendesse a parlare. «Lavoro come consulente indipendente. Viaggio molto per lavoro».

«Che tipo di consulente?» Non era realmente interessato, ma non aveva ancora sentito Carl rientrare e sapeva di dover ammazzare il tempo in qualche modo.

«Roba finanziaria. Non è poi così interessante».

Sembrava che non volesse parlarne. Immediatamente, la curiosità di Samson si accese.

«Riprovaci».

«Cosa?»

«Fammi capire. Non vuoi dirmi di cosa ti occupi?» Samson si sollevò su un gomito.

Lei si irrigidì. «Perché non è per nulla interessante. E quando te lo dirò, penserai che sono noiosa solo per via del mio lavoro».

«Che problemi che ti fai. Non potrei mai guardarti e pensare che sei noiosa».

Scrutò deliberatamente la schiena e il sedere nudo di lei. No, noiosa non era decisamente l'aggettivo giusto per descriverla. Lussuriosa, calda, sensuale... ma neanche quelle parole riuscivano davvero a catturare ciò che vedeva.

«Ti metterai a ridere».

«Abbi un po' di fiducia nelle mie capacità di controllarmi».

«Mi occupo di revisione contabile».

«Revisione contabile?» ripeté lui, sentendo una risata trattenuta salire nel petto. Cercò di nascondere un sorriso, ma ormai era troppo tardi. Davvero si preoccupava che lui la trovasse noiosa solo perché si occupava di numeri e conti? Troppo divertente.

«Puoi revisionare me quando vuoi».

«Potrei contare e misurare tutte le tue parti per assicurarmi che siano tutte dove dovrebbero essere».

«Spero che tu abbia a portata di mano un metro molto grande».

Un secondo dopo, un cuscino lo colpì in faccia.

«Lo sapevo! Continua pure a prenderti gioco della povera esperta di revisione contabile, ma sappi che non sarai originale. Ho già sentito ogni battuta possibile».

Samson afferrò il cuscino e glielo lanciò indietro, dando inizio a una battaglia di cuscini. Capì che non era arrabbiata con lui quando la sentì ridacchiare. Delilah si rotolò e lo colpì con un altro cuscino, che lui prontamente requisì prima di immobilizzarla, bloccandola sotto di sé. Lei ansimava, e lui la baciò prima di lasciarla andare.

«Cosa ti ha spinta a lavorare nel campo delle revisioni contabili?»

«Era semplicemente una cosa in cui ero brava».

«Ma non potevi saperlo prima di iniziare il lavoro. Doveva esserci qualcosa che ti interessava».

«Non era un vero e proprio interesse per il lavoro, più che altro... non so, il fatto di poter avere il controllo su qualcosa».

Quella risposta lo sorprese. Delilah non gli dava affatto l'idea di essere una maniaca del controllo. «Non sono sicuro di aver capito bene. Cosa intendi per controllo? Volevi essere la capa?»

Era una donna forte. Poteva certamente immaginarla come una leader nel suo campo.

Delilah scosse la testa. «Niente di tutto questo. Volevo controllare il rischio, assicurarmi che le cose non andassero male».

«Ma è davvero questo che fai ora? Controllare i rischi?» Come se avesse paura di qualcosa. Di cosa poteva aver paura?

«In un certo senso, sì. Faccio in modo che le cose vengano sistemate quando vanno storte. Trovo il colpevole e correggo la situazione. In questo modo, elimino i rischi futuri».

«Perché è così importante per te?» Dopo quella risposta, Samson era davvero curioso. Perché una donna splendida come lei era interessata a un campo che sembrava così banale? Non avrebbe dovuto essere attratta da qualcosa di più... femminile?

«Perché alcuni risultati possono ferire le persone. Se posso ridurre il rischio, posso ridurre anche le situazioni negative».

Un concetto interessante.

«E così le persone non si fanno male?»

Lei annuì.

«Non avresti potuto aiutare meglio le persone diventando medico?» Sembrava un percorso molto più diretto per aiutare gli altri, se era quello il suo obiettivo.

Lei fece un cenno di dissenso. «Dio, no! Mi viene la nausea alla vista del sangue. Posso gestire i numeri, ma il sangue no».

Samson deglutì a fatica. Se non sopportava il sangue, poteva diventare un problema in futuro quando... Si fermò prima di completare il pensiero. A cosa diavolo stava pensando? Non ci sarebbe stato un dopo. Lei non avrebbe mai avuto a che fare con il sangue. Lui non l'avrebbe morsa.

Era ora di cambiare argomento. E in fretta.

La immobilizzò ancora una volta, imprigionandole i polsi e abbassando la testa. Il respiro di lei si mescolò al suo. «Sei la donna più eccitante che abbia mai incontrato». Un cambio di argomento troppo brusco? Forse, ma a lei non sembrava importare.

«È per questo che ti è tornato duro?»

La sua erezione era difficile da non notare, premuta contro la coscia calda di lei.

«E la più perspicace. E se Carl non si presenta qui nei prossimi dieci minuti, non so cosa farò con te». Enfatizzò la sua affermazione con un respiro esasperato.

Delilah strofinò la coscia contro il suo cazzo duro, tentando di provocarlo ancora di più.

Piccola birichina!

«Facciamo cinque minuti», si corresse e gemette.

Samson allentò la presa sui suoi polsi, e lei liberò una mano per posarla sulla nuca di lui.

«Forse posso aiutarti a passare il tempo».

Lo tirò giù e accostò le sue labbra alle sue. Non appena le sentì la pelle morbida di lei e, pochi secondi dopo, la lingua umida scivolargli in bocca, si sentì completamente perso. Per qualche instante, si abbandonò a lei, ricambiando il bacio appassionato, ma la voglia di penetrarla stava diventando troppo forte. Con tutte le forze rimaste, si staccò da lei e rotolò sulla schiena.

Si mise seduto e si allontanò da lei. «Allora, ecco l'accordo. Tu stai lì». Indicò un'estremità dei cuscini sul pavimento. «E io resto da questa parte».

«E poi?»

«Parliamo. Forse dovrei prestarti una vestaglia, o qualsiasi altra cosa per coprirti».

«Una vestaglia? Non vuoi più guardarmi?»

«Neanche per sogno. Ma potrebbe essere divertente strappartelo di dosso quando arriveranno i preservativi».

Lui riusciva già a immaginare la scena.

Dannazione, ma era davvero incapace di pensare ad altro che al sesso? O meglio, al sesso con Delilah? Aveva la sensazione che ci sarebbe voluto più di una notte per togliersela dalla testa.

15

Carl parcheggiò l'auto nel garage e portò in casa gli effetti personali di Delilah. La casa era silenziosa, a parte le voci basse che sentiva provenire dal piano di sopra. Una volta entrato in cucina, vide subito il biglietto lasciato dal suo capo. Quando lo lesse, inarcò le sopracciglia. Il suo capo pensava davvero a tutto.

Senza esitare, spostò tutte le sacche di sangue dal frigorifero principale a quello più piccolo nella dispensa e lo chiuse a chiave. Delilah non avrebbe trovato nulla di strano e il loro segreto sarebbe rimasto al sicuro.

Non gli piaceva l'idea che la donna rimanesse in casa di Samson, ma non si sarebbe mai permesso di mettere in discussione le decisioni del suo capo.

La lealtà di Carl nei confronti di Samson era assoluta e avrebbe dato la vita per lui, se fosse stato necessario. Dopo tutto, Samson lo aveva rianimato quando una banda di criminali lo aveva privato della sua vita umana. Certo, ora era un vampiro, ma per Carl era meglio che essere morto.

Carl finì di riempire il frigorifero di cibo per umani prima di portare i bagagli di Delilah, insieme al mazzo di rose rosse, nella stanza degli ospiti.

Sapeva che lei non avrebbe dormito in quella stanza; riusciva a sentirli entrambi nella suite padronale.

Si fermò davanti alla porta, posò la scatola di preservativi sul pavimento e sentì Samson ridere. Non lo sentiva ridere così da tanto tempo. Finalmente era felice, almeno per un breve momento. E sarebbe stato solo per un momento. Quello che Carl aveva trovato tra le cose di Delilah, quando aveva fatto i bagagli per lei, lo preoccupava. Doveva riferirlo a Samson.

Alzò la mano per bussare alla porta, ma esitò.

Ricordò le istruzioni esplicite di Samson, che non voleva essere disturbato quella notte, e nonostante le sue preoccupazioni, Carl non ebbe il coraggio di andare contro i suoi desideri. Samson aveva bisogno di una notte di svago e spensieratezza. Avrebbe dovuto aspettare.

Carl uscì di casa, sapendo che il suo capo lo avrebbe sicuramente sentito sulle scale. Non c'era bisogno di fargli sapere che aveva eseguito tutti i suoi ordini.

Non appena si trovò di nuovo in macchina, fece una telefonata.

«Sì, Carl?» rispose Ricky.

«Dobbiamo parlare. È urgente».

«Sono con Amaury. Siamo giù a Dog Patch, dietro la vecchia fabbrica».

Dog Patch, parte del quartiere Potrero Hill di San Francisco, era una delle zone più malfamate della città, e non un posto dove gli umani si avventuravano volentieri dopo il tramonto.

«Quindici minuti».

Carl premette sull'acceleratore, e l'auto sfrecciò giù per la collina, dirigendosi verso l'Embarcadero.

«Cosa intendi dire? Era armato?» disse John Reardon al cellulare. Camminava nervosamente sul balcone, lanciando continuamente occhiate verso la casa, sperando che sua moglie non lo sentisse.

«Non so cosa sia successo, ma te lo dico chiaro: io mi tiro fuori».

«Non era questo l'accordo, Billy. Ti ho già pagato». Il panico si avvolse intorno al collo di John come un serpente che cercava di strangolarlo.

«E io mi sono guadagnato i soldi, ma quella stronza continua a farsi aiutare. Mi avevi detto che non conosceva nessuno qui, e all'improvviso spunta fuori con questo tizio che sarebbe pronto a difenderla a costo della vita? Ti dico che c'era qualcosa di inquietante in lui. Non metterti contro di lei».

«Dannazione, fai un altro tentativo. Domani la vedrò in ufficio e scoprirò cosa farà la sera. Mi assicurerò che resti da sola. Ti prego, dammi una mano».

Sentì Billy inspirare profondamente più volte, fino a quando finalmente parlò. «Se non fossi sposato con mia sorella, non staremmo nemmeno facendo questo discorso». Fece una pausa. «Va bene, ma questa volta mi devi raccontare tutta la storia. Poi deciderò se continuare ad aiutarti. Non voglio più rischiare il collo per te alla cieca. I legami di parentela hanno dei limiti».

«È meglio se non sai troppo». Per quanto John volesse che suo cognato lo aiutasse a tirarsi fuori dai guai, pensava che fosse più sicuro se Billy non conoscesse ogni dettaglio.

«Stronzate. Inizia a parlare o me ne tiro fuori». Le varie scaramucce che Billy aveva avuto con la legge gli avevano conferito un atteggiamento da duro.

«Promettimi che non dirai niente di tutto questo a Karen». John non voleva che sua moglie sapesse cosa aveva fatto. Litigavano già abbastanza per qualsiasi cosa.

Billy grugnì in segno di assenso.

«Ho falsificato i libri contabili. All'inizio è stato semplicissimo, si trattava solo di falsificare alcune voci di contabilità; ho svalutato delle attrezzature al loro valore di rottamazione. Dopo è stato facile venderle e intascare la differenza. È tornato utile. Avevamo bisogno di soldi dopo aver comprato la casa nuova». John sapeva che non era una giustificazione per il furto, ma non aveva altra scelta. Il tasso di interesse del mutuo era aumentato e non riusciva più a pagare le rate.

«Tutto qui? Mi dispiace, ma non mi sembra una ragione valida per sbarazzarti della persona che sta facendo la revisione», disse Billy. «Non sai nemmeno se scoprirà qualcosa».

Se solo Billy avesse saputo cosa stava realmente succedendo… ma John non si fidava che avrebbe tenuto la bocca chiusa al riguardo.

«Lo scoprirà, è una delle migliori. Mi sono informato».

«E quindi? Se lo scopre, ti becchi una pacca sulla spalla e basta. Gran bel problema».

«Perderò tutto». John non poteva ancora dirgli dell'uomo che lo stava ricattando. No. Aveva troppa paura di lui anche solo per nominarlo a Billy, come se l'uomo avesse potuto scoprirlo in qualche modo. «Ti prego, Billy. Fallo per Karen».

Ci fu una lunga pausa, durante la quale pensò che Billy avesse chiuso la chiamata.

«D'accordo, ma questa è l'ultima volta. Se scappa di nuovo, dovrai cavartela da solo. E mi dovrai altri mille dollari».

«Grazie, Billy».

John riattaccò. Billy era il minore dei suoi problemi. Almeno poteva manipolare suo cognato per fargli fare quasi qualsiasi cosa. E con una fedina penale lunga quanto il suo braccio, Billy aveva abbastanza risorse e contatti per agire. Inoltre, aveva sempre bisogno di soldi.

John temeva la telefonata che avrebbe dovuto fare in quel momento.

Quando aveva iniziato a falsificare i conti, aveva pensato che i suoi problemi fossero finiti, ma un giorno aveva ricevuto una chiamata da un uomo che sapeva cosa stava facendo. Quell'uomo aveva cominciato a ricattarlo. In cambio del suo silenzio, gli aveva richiesto l'accesso ai libri contabili dell'azienda. John non aveva mai chiesto cosa volesse fare con quei dati, pensando che meno sapeva, meglio era.

In quel momento, con l'arrivo inaspettato della persona incaricata della revisione da New York, era preoccupato che lei scoprisse ciò che aveva fatto. La sua carriera sarebbe finita. Ma non solo, sarebbe stato anche perseguito penalmente. Ma questa non era neanche la cosa peggiore. Quell'uomo gli aveva detto di sbarazzarsi di chi stava facendo la revisione o lui si sarebbe sbarazzato di John.

John non lo aveva mai visto di persona e ci aveva parlato solo al telefono. Non conosceva nemmeno il suo nome, ma sapeva che quell'uomo faceva sul serio. Qualunque piano avesse in mente il suo ricattatore, si trattava di una frode molto più grande rispetto ai pochi migliaia di dollari che John aveva sottratto all'azienda. Perché altrimenti avrebbe avuto bisogno delle credenziali di accesso e della password di John per accedere ai sistemi aziendali? E perché avrebbe preteso che John si occupasse della persona incaricata della revisione?

John compose il numero.

«Cosa c'è?» rispose immediatamente l'uomo.

«È scappata di nuovo».

«Lo so».

Il suo ricattatore era già a conoscenza del suo fallimento? «Come fai a saperlo?»

«Ho occhi e orecchie ovunque. Avresti dovuto prenderla quando ne avevi la possibilità. Ora è protetta, e dovrò occuparmene io stesso. Idiota!»

«Mi dispiace».

«Oh, ti dispiacerà eccome quando avrò finito con te. Ho bisogno di un'altra settimana di tempo e se, nel frattempo, non riuscirai a tenere lei o qualsiasi altro revisore, lontano da quei registi, dovrò trovare qualcun altro che faccia il tuo lavoro. Mi hai capito bene?» La sua voce era tagliente.

John rabbrividì. «Sì. Non ci saranno ulteriori problemi. Te lo prometto».

«Bene».

Un clic dall'altra parte, e la chiamata si interruppe. Sarebbe stato un disastro. John se lo sentiva. Un giorno, non troppo lontano, la situazione gli sarebbe sfuggita di mano e John si sarebbe trovato nella merda più totale. Non era una bella immagine.

«John!» Sentì la voce di sua moglie alle sue spalle e si voltò, vedendola uscire sulla terrazza. «Non hai pagato la bolletta della carta di credito il mese scorso?»

Aveva la fattura in mano e sembrava più che infastidita.

«Certo che l'ho pagata. Come sempre». L'aveva davvero pagata? Non riusciva a ricordare se il mese precedente ci fossero stati abbastanza fondi sul suo conto.

«Allora perché ci stanno addebitando anche gli interessi? Ci deve essere stato un errore! Adesso li chiamo».

John le strappò la fattura di mano. «Me ne occupo io. Sono sicuro che è solo un errore amministrativo. Li chiamerò domattina».

«Bene, perché odio quando le società di carte di credito truffano le persone oneste come noi. È scandaloso».

La osservò rientrare in casa e si passò una mano tra i capelli.

Quanto a lungo poteva continuare così?

Sentì il suo figlio più piccolo lamentarsi. Se non avesse avuto anche i bambini di cui preoccuparsi, avrebbe lasciato la città di corsa con sua moglie. Ma con due bambini a carico, quanto lontano sarebbero potuti arrivare?

16

«Vuoi che faccia cosa?» Sorridendo, Samson si infilò un preservativo nella tasca dell'accappatoio prima di lanciare un'occhiata a Delilah.

«Prendimi, e se ci riesci... forse ti lascerò strapparmi di dosso la vestaglia».

Lei rise, saltando sul letto e scivolando dall'altro lato. Indossava una lunga vestaglia di seta verde scuro, che le aveva prestato lui. Era troppo lunga per lei e rischiava di farla inciampare. Non che Samson avesse bisogno di altri vantaggi sleali, oltre a quelli che già aveva.

«Sarà un inseguimento breve», la avvertì Samson senza malizia. «Io vinco sempre».

«Sono veloce».

Dannazione, era davvero adorabile. E giocosa.

«Sono più veloce io».

Con estrema facilità, Samson saltò oltre il letto, vedendola scattare verso la poltrona e poi correre sui cuscini davanti al camino. Lui prese un percorso diverso, ma si mosse lentamente. Non voleva che la caccia finisse troppo presto. Rimase sempre a due passi da lei, abbastanza vicino da farle credere che fosse sul punto di prenderla, ma lasciandole l'illusione che potesse sfuggirgli se solo avesse voluto.

Le sue risatine riempirono la stanza, che da troppo tempo non ospitava sorrisi o allegria, figuriamoci le risate contagiose e inebrianti di Delilah.

Delilah fece il giro della poltrona un'altra volta, e Samson si fermò dall'altro lato. Lei finse di muoversi verso destra, ma poi deviò a sinistra. Saltò sopra la chaise longue come se fosse un ostacolo e lui non poté fare a meno di ammirare la sua agilità. Il modo in cui riusciva ad allargare le gambe sarebbe stato utile più tardi, in molti modi. Gli venne subito in mente come quelle lunghe gambe affusolate si sarebbero avvolte intorno a lui, o come le avrebbe sollevate fino alle sue spalle. Al pensiero, il suo corpo reagì immediatamente e il suo cazzo si indurì.

Samson si leccò le labbra e la seguì. Lei si diresse verso il letto e vi saltò sopra. Esattamente dove lui voleva che fosse. Le afferrò le caviglie e la tirò verso di sé, facendola cadere con il viso sui morbidi cuscini e togliendole il fiato.

«Presa». Balzò sul letto come una tigre che cattura la sua preda, bloccandola sotto di sé. «Sono venuto a reclamare il mio premio».

Le scostò i capelli di lato per scoprirle il collo e il viso. Lei ansimava, cercando di riprendere fiato. Rendendosi conto che probabilmente le stava schiacciando il diaframma con il suo peso, rotolò su un fianco, trascinandola con sé. Premette il bel culo di lei contro il suo inguine e modellò il suo petto sulla schiena di lei. Adorava giocare con lei, anche se non era mai stato il tipo giocherellone. Mai il corpo di una donna gli era sembrato così perfetto sotto le mani. Doveva essere colpa della sua astinenza prolungata.

«Ti ho lasciato vincere», insistette Delilah, ancora senza fiato.

«Ho vinto lealmente». Samson sorrise compiaciuto mentre le scostava la vestaglia di seta, scoprendole le gambe. Come poteva una donna minuta come lei avere gambe così lunghe? Fece scivolare la mano lungo la coscia liscia di lei, ammirandone la perfezione.

«Cosa vuoi?»

«Te».

«Mi hai già».

Si rendeva conto di ciò che stava ammettendo?

Lui le sfilò la vestaglia dalle spalle con delicatezza. «Quindi, tutto questo è mio?»

La parola «mio» gli penetrò nel petto, facendolo sentire incredibilmente bene. Senza far uscire le zanne, premette le labbra sulla spalla di lei, lasciando scivolare i denti sulla sua pelle. Sentì il corpo di Delilah rabbrividire.

«Lo sapevi che, durante l'accoppiamento, il leone morde la sua leonessa per reclamarla come sua?»

Il pensiero di reclamarla gli attraversò la mente come un proiettile che rimbalzava in uno spazio ristretto.

«È quello che stai cercando di fare?» Lei non si allontanò.

«Non tentarmi, o potrei davvero fare ciò che fa il leone».

Samson dovette smettere di guardarle il collo, dove l'arteria le pulsava sotto la pelle. L'unico modo per dimenticare il sangue che le scorreva nelle vene era soddisfare un'altra fame, quella che gli faceva pulsare il cazzo in modo incontrollabile.

«Chi dice che ti fermerei se lo facessi?»

Al pensiero, Samson trattenne il respiro, poi fece scivolare la vestaglia di lei ancora più giù, liberandola da quel sottile velo di seta. Si sfilò rapidamente l'accappatoio e si strinse di nuovo Delilah al petto.

Il dolce culo di lei era perfettamente allineato al suo cazzo duro. Con un gesto rapido trovò il preservativo e se lo infilò. «Non sono mai stato così duro in vita mia come lo sono con te». Così costantemente duro, così costantemente desideroso.

«C'è qualcosa che posso fare per te?»

Samson si spinse tra le sue gambe, trovò il suo ingresso e affondò dentro di lei fino in fondo. «Sì». Gemette forte. «Puoi lasciarti scopare fino all'alba».

O più a lungo.

Delilah alzò le ginocchia per consentirgli un accesso migliore, lui le afferrò i fianchi e spinse con ancora più forza. Era così bagnata che lui scivolava dentro e fuori senza difficoltà, nonostante le sue notevoli dimensioni. Da quella posizione dietro di lei, aveva il completo controllo su di lei. Lei era vulnerabile, eppure tutto ciò che sentiva erano suoni di piacere, gemiti che le sfuggivano dalle labbra ad ogni suo affondo. Era musica per le sue orecchie, un concerto di suoni magici che appagavano il suo corpo come nessun altro suono aveva mai fatto.

Quando Delilah voltò il viso di lato, mostrò un'espressione di pura estasi; il suo respiro era corto e affannoso, il suo corpo flessibile e reattivo.

«Più forte».

Più forte? Questa donna umana voleva davvero che lui la scopasse ancora più forte? L'avrebbe spezzata. Non doveva farlo. Era troppo pericoloso.

«Più forte», implorò ancora, finché lui non riuscì più a trattenersi.

Sentì le sue zanne spuntare, e il suo corpo irrigidirsi. Il suo io vampiresco voleva scoparla. Dannazione, si era trattenuto così a lungo che non aveva né la forza di volontà né il controllo per fermare la trasformazione. Lei voleva essere scopata. Cosa stava aspettando, un altro invito?

Ma non poteva permetterle di vederlo in quello stato, no, non con le zanne esposte e gli occhi rossi. Lei avrebbe avuto paura di lui se lo avesse visto così. Con la mano cercò la lunga cintura di seta della vestaglia. La trovò e la afferrò.

«Chiudi gli occhi e realizzerò ogni tuo desiderio». Cercò di controllare il tono della voce e le mise la cintura sugli occhi. Lei si irrigidì all'inizio, ma con sua sorpresa, lo lasciò fare, permettendogli di legare il nodo dietro la sua testa.

«Non ti farò del male, te lo prometto».

«Lo so».

Non si capiva perché Dalila si fidasse di lui. Ma lui sapeva che era così. Lo sentiva.

Samson le diede un'ultima spinta da dietro prima di tirarsi fuori da lei. Poi la girò di schiena e si abbassò su di lei, posandosi sul suo centro.

«Delilah, dolcezza, avvolgi le gambe intorno a me».

Affondò dentro di lei e la cavalcò con forza, più forte di quanto avesse fatto prima, più forte di quanto avrebbe mai dovuto fare con un'umana. Non avrebbe nemmeno dovuto fare sesso con un'umana, innanzitutto. Troppo tardi. Era già andato troppo a fondo, in tutti i sensi.

E non si sarebbe fermato... no. Fermarsi in quel momento, quando aveva tutto ciò che desiderava, non era un'opzione. Rinunciare a far vibrare di piacere il corpo di lei e il suo, a sua volta? No. Nessun uomo sarebbe stato in grado di farlo... e un vampiro ancora meno. Era guidato dai desideri, ormai più animale che uomo.

Le sue zanne desideravano affondare nel collo di lei, bramando il sangue che prometteva sotto la sua pelle pallida. Una pelle così vulnerabile, così fragile, così deliziosa. Inspirò il suo profumo di lavanda e capì di cosa avesse bisogno, ma non poteva ottenerlo. Non poteva baciarla, non in quel momento, non con le zanne estese.

I muscoli di lei erano così stretti intorno al suo cazzo che Samson sapeva che lo avrebbe fatto venire da un momento all'altro. Ma non poteva più trattenersi.

«Oh, Dio, sì». Delilah rispose a ciascuna delle sue spinte con una reazione altrettanto potente, i loro corpi che si schiantarono l'uno contro l'altro con una forza tale che lui pensò che l'avrebbe spezzata in mille pezzi. Ma continuò a trafiggerla con il suo cazzo duro, riempiendo perfettamente la sua stretta guaina.

Improvvisamente, i muscoli di lei lo strinsero ancora di più mentre veniva, troppo inaspettatamente per permettergli di fermare l'avvicinarsi inesorabile del suo stesso orgasmo. Lui sentì le ondate di piacere attraversare il suo corpo. Con un effetto a catena, accesero quella che sembrava dinamite nelle sue cellule, facendolo esplodere con la forza di una bomba atomica. La sua testa si avvicinò al collo di lei, le zanne pronte a squarciarle la vena e bere il suo sangue.

Prendila! È tua!

All'ultimo secondo, girò bruscamente la testa dall'altra parte e affondò le zanne nel cuscino, crollando sopra di lei.

Samson espirò profondamente, una, due, tre volte. L'aveva quasi morsa. Quasi. Stava diventando troppo pericoloso per lei. Eppure, allo stesso tempo, sapeva che non poteva fermarsi. Aveva bisogno di lei come non mai e non c'erano abbastanza ore durante la notte per riuscire a saziarsi completamente.

Sentì che lei si tolse la benda e girò la testa, ma Samson continuò a tenere la sua sepolta nel cuscino. Lentamente, le sue zanne rientrarono nelle gengive, e poté sentire la tensione nella sua mascella sciogliersi.

«Quindi ti eri trattenuto la prima volta», disse lei, ansimando pesantemente tanto quanto lui.

Samson sollevò la testa, sapendo che le zanne erano completamente ritirate e che il bagliore rosso nei suoi occhi si era attenuato. Agli occhi di lei sarebbe apparso di nuovo del tutto normale.

«Domani mi maledirai quando vedrai tutti i lividi che ti ho lasciato. Sei così fragile».

«Non sono più fragile di qualsiasi altra donna».

Ma molto più fragile di una vampira.

E molto più gustosa.

Le labbra di lei lo attirarono e lui non poté resistere. La baciò teneramente, catturandole il labbro superiore e succhiandolo delicatamente in bocca.

«Mi stupisci. Sembra che tu sia due persone diverse, una selvaggia e una tenera».

«Hmm». Non aveva idea di quanto fosse accurata la sua valutazione, quindi invece di risponderle, Samson decise di mostrarle il suo lato tenero e continuò a baciarla.

Quando finalmente si tirò fuori da lei, si rese conto di una cosa sorprendente.

«Temo che il preservativo non abbia retto». Si sbarazzò dell'oggetto danneggiato.

Delilah sussultò. «Oh no!»

Lui le mise una mano sotto il mento e la costrinse a guardarlo. «Dolcezza, non voglio che ti preoccupi. Non posso metterti incinta e ti garantisco che sono completamente sano».

La reazione successiva di lei lo sorprese. «Non puoi avere figli?» Gli sembrò di percepire una certa delusione nella sua voce, ma si stava sicuramente sbagliando. «Oh». Lei appoggiò la testa contro il suo petto.

Samson sentì improvvisamente il bisogno di cambiare argomento. «Sei stanca?»

«Non particolarmente. Non riesco a dormire molto ultimamente. Da quando sono arrivata a San Francisco, soffro d'insonnia».

«Insonnia?»

«Sì, è strano. Non riesco a dormire bene di notte, e poi durante il giorno sono completamente esausta».

«Ti è mai successo prima?» Samson le accarezzò dolcemente i capelli.

«No. Sono il tipo di persona che riesce a dormire ovunque e in qualsiasi momento. Se mi metti sul sedile posteriore di una macchina e inizi a guidare, crollo subito».

«E allora, cosa ti tiene sveglia di notte? Troppo lavoro?»

Delilah scosse la testa, prima di appoggiarla nuovamente sul suo petto. «No. Il lavoro è normale, come sempre. Si tratta solo di qualche incubo. Niente di importante».

Samson si chiese che tipo di incubi potessero tormentare una donna come lei. «Mostri?»

«Niente di importante. Solo cose strane. Potrei giurare di aver sognato questa casa la notte prima di averti conosciuto. Ma probabilmente non è niente. Voglio dire, ci sono così tante case vittoriane in città, e di notte sembrano davvero tutte molto simili».

«Però pensi di aver sognato proprio questa? E che fosse un incubo? Non è certo qualcosa che un uomo vorrebbe sentirsi dire dalla donna che tiene tra le braccia. Cosa è successo nell'incubo? Spero di non esserci io».

Lei gli diede un leggero schiaffo sul braccio. «Ma no, certo che no. Probabilmente non era nemmeno casa tua. Poteva essere una qualsiasi altra casa vittoriana».

«E allora, cosa è successo nella casa vittoriana?»

«Non ero dentro. Correvo verso la casa perché qualcuno mi stava inseguendo».

«Come è successo l'altra sera?»

La sentì trattenere il respiro per un secondo. «Sì, come l'altra sera». Delilah fece una breve pausa. «Sono sicura che non è niente. Probabilmente è dovuto al fatto che sto dormendo in un letto non familiare».

Lui non insistette. «Beh, visto che anche questo è un letto non familiare, credo che dovrò continuare a intrattenerti, allora». Samson sorrise. «Forse riuscirò persino a stancarti abbastanza da farti dormire».

«Dovrei concederti una piccola pausa per riprenderti».

Le prese la mano e la guidò verso la sua erezione. «Non ce ne sarà bisogno».

Lei tocco il suo cazzo e lo guardò negli occhi. «Non capisco. Com'è possibile che ti sia tornato duro? Sono passati solo due minuti da quando abbiamo fatto l'amore».

«Credimi, è una novità anche per me».

Forse non del tutto. Essendo un vampiro, aveva molta più resistenza di un uomo umano. Tuttavia, era insolito, anche per lui.

«Mi basta essere nella stessa stanza con te per avere un'erezione. Non è esattamente qualcosa che posso controllare».

Aveva colto il fatto che lei lo chiamava fare l'amore piuttosto che fare sesso. Era questo che sentiva, che lui aveva fatto l'amore con lei? Lui era forse in grado di fare l'amore? Fare l'amore implicava qualcosa di più del semplice aspetto fisico dell'unione dei loro corpi: significava che erano coinvolte anche delle emozioni.

«Non mi sto lamentando, sono solo sorpresa». Delilah gli sorrise, accarezzandogli delicatamente il cazzo con le dita.

«Per quanto ne so, potresti avermi lanciato un incantesimo». Samson la guardò negli occhi, cercando di capire perché il suo corpo reagiva a lei in quel modo. Perché non riusciva a saziarsi di lei e la desiderava di nuovo così presto.

17

Dopo svariate ore e altrettante sessioni d'amore, Delilah sembrò finalmente avere sonno.

«Dolcezza, quando ti sveglierai domattina, io non ci sarò».

«Perché no?»

«Ho riunioni tutto il giorno e devo uscire presto», mentì Samson. «Ma ci vediamo quando torni in serata. Chiederò a Oliver di prendersi cura di te domani».

«Prendersi cura di me?»

«Lui sarà la tua guardia del corpo per tutto il giorno».

«Non ho bisogno di una guardia del corpo», protestò lei, sbadigliando. «È davvero un'esagerazione».

«Sei già stata aggredita due volte. Non si può mai essere troppo prudenti».

«Non sono una celebrità che ha bisogno di una guardia del corpo. So badare a me stessa». Il tono della sua voce si fece più duro di quanto Samson avesse mai sentito prima. Perché si opponeva così tanto alla sua offerta?

«Non posso stare con te durante il giorno, e non riuscirò a concentrarmi su nulla se non posso essere certo che tu sia al sicuro. Quel delinquente è ancora là fuori, e ci riproverà appena ne avrà l'opportunità».

«Samson, non puoi semplicemente prendere in mano la mia vita in questo modo. Sono stata capace di badare a me stessa fino a due giorni fa. Non ho davvero bisogno di questo».

Sembrava irremovibile. Ecco che riemergeva il suo bisogno di controllo. Come esperta di revisione contabile, pretendeva di avere il controllo su tutti gli aspetti della sua vita. Tranne forse il sesso. In quel caso, sembrava avergli ceduto il controllo.

Ma per quanto riguardava tutto il resto, non voleva cedere il potere a lui o a chiunque altro, e Samson sapeva che discutere con lei non avrebbe funzionato.

«Per favore, Delilah. Fallo per me».

«Samson, è davvero ridicolo. Non ho bisogno di una guardia del corpo».

Delilah non avrebbe vinto questa discussione, non se lui poteva evitarlo. In ogni caso, Oliver l'avrebbe protetta il giorno dopo, anche se avesse dovuto costringerla ad accettarlo usando il controllo mentale. Ma preferiva non ricorrere a misure così drastiche.

«E se fossi tu nei miei panni?»

Lei spalancò gli occhi. «Non è giusto».

«Chi dice che sto giocando pulito? E se fossi io, invece, quello in pericolo? Vorrei sperare che tu mi voglia al sicuro; a meno che, ovviamente, non ti interessi se mi dovesse succedere qualcosa».

Quando Samson notò il suo cipiglio, capì di averla convinta.

«D'accordo, ma devo comunque andare a lavorare».

Lui accolse la sua concessione con un bacio. «Non ti accorgerai nemmeno della sua presenza».

«Sì, come no».

Pochi istanti dopo, Delilah si rannicchiò contro il suo petto e chiuse gli occhi.

Si sarebbe addormentata altrettanto serenamente tra le sue braccia se avesse saputo che lui era un vampiro? Un vampiro che bramava il suo corpo e il suo sangue?

Samson lanciò un'occhiata al comodino. La scatola dei preservativi era mezza vuota. Ma ciò non significava che fosse stanco. Al contrario. Si sentiva pieno di energia. Aveva continuato a usare i preservativi, nonostante uno si fosse rotto, e nonostante le avesse detto che non aveva nulla di cui preoccuparsi con lui.

Avrebbe preferito molto di più farlo *al naturale* per sentire il corpo di lei ancora più intensamente. Forse la notte successiva. Sapeva che ci sarebbe stata una seconda notte. Non aveva ancora finito con lei.

Il dottor Drake si era sbagliato nel pensare che fare sesso con Delilah avrebbe riportato Samson a essere quello di un tempo. Non era successo. Sì, i suoi problemi di erezione erano scomparsi, ma ora si trovava ad affrontare un problema completamente diverso: stava diventando dipendente da Delilah.

Guardando il suo corpo addormentato, sentì il bisogno di catturare l'immagine che aveva davanti. I suoi capelli scuri sparsi sul cuscino, il palmo della mano rivolto verso l'alto, la vena che le pulsava, i seni che si alzavano a ogni respiro.

Tirò fuori il suo blocco da disegno dal comodino e iniziò a disegnare.

Samson aveva sempre amato disegnare fin da bambino. Aveva ricevuto un'educazione privilegiata in una delle famiglie più rispettabili dell'Inghilterra. I suoi genitori erano mecenati delle arti e lo avevano incoraggiato, fin da piccolo, a seguire le sue passioni.

Aveva sempre pensato che da grande sarebbe diventato un'artista, ma purtroppo suo padre aveva fatto investimenti avventati, e improvvisamente la famiglia si era ritrovata senza un soldo. Cosa poteva fare un giovane con una formazione artistica per guadagnarsi da vivere? Niente. La sua unica possibilità era mettere insieme quel poco che aveva e imbarcarsi per il Nuovo Mondo. Ai tempi, si diceva che i giovani intraprendenti potessero fare fortuna in America e lui non aveva nulla da perdere.

Lasciare i suoi genitori era stato straziante, ma Samson sperava di tornare a casa ricco, così da potersi prendere cura di loro, come loro avevano fatto con lui quando era bambino. Non avrebbe mai immaginato che quella sarebbe stata l'ultima volta che li avrebbe visti: lo salutarono con la mano, sorridendo e agitando le braccia, mentre lui saliva sulla nave.

Non essendo stato dotato di competenze particolari, ebbe difficoltà a trovare un impiego, fino a quando la moglie annoiata di un ufficiale britannico lo assunse come tutore per i suoi figli. Non era, però, l'unica cosa che si aspettava da lui. Ogni volta che il marito era via, lei si intrufolava nella stanza di Samson e gli chiedeva prestazioni sessuali. In quanto giovane relativamente inesperto, Samson apprezzava le istruzioni sull'arte del sesso che la donna era disposta a impartirgli. Era un allievo eccellente.

Con un appetito sessuale sano per la sua età, non vedeva nulla di sbagliato in quello che stava facendo. In qualche modo, la voce si era sparsa tra le mogli annoiate della zona, e presto iniziarono ad arrivare offerte di impiego. Improvvisamente, tutte le mogli volevano che i figli venissero istruiti nelle arti e che, di notte, i loro bisogni sessuali fossero soddisfatti da lui.

Non si era fatto scrupoli e finalmente aveva delle scelte. Fino al giorno in cui gli rimase solo una scelta, una sola decisione da prendere. Il suo nome era Elizabeth...

Il giorno in cui si rese conto di essere innamorato di lei, arrivò la pioggia e finalmente rinfrescò l'aria afosa. Samson aprì la porta della stalla per mettere al riparo sé stesso e il cavallo dal diluvio.

Si scrollò l'acqua dai capelli e permise agli occhi di adattarsi alla luce fioca del fienile. Un lieve gemito lo fece girare di scatto. Lì, rannicchiata in un angolo, c'era Elizabeth, la bellissima figlia diciassettenne del suo attuale datore di lavoro.

«Elizabeth. Cosa ci fai qui fuori con questo tempo?»

Lasciò andare le redini del cavallo e si avvicinò a lei. Quando lei alzò lo sguardo, lui si accorse che stava piangendo. Istintivamente si inginocchiò e la strinse tra le braccia.

«Cosa c'è che non va?»

«Oh, Samson», gemette. «Mi sposo tra quindici giorni!»

No! Non Elizabeth, non la donna che desiderava per sé.

«Chi l'ha deciso?»

«Mio padre l'ha annunciato oggi. Ha scelto Fitzwilliam Herman per me. Samson, ti prego, aiutami. Non posso sposare quell'uomo. È vecchio, è brutto, puzza. Non mi piace».

Le accarezzò i capelli color del grano, poi le mise una mano sotto il mento per farle alzare lo sguardo verso di lui. I suoi occhi erano gonfi, arrossati dalle lacrime che doveva aver versato per ore.

«Elizabeth, ti fidi di me?»

Lei annuì.

«So che non è così che avresti immaginato questo giorno. E so che questo non è il posto giusto». Lanciò un'occhiata al fienile. «Ma non ho altra scelta. Non posso permetterti di sposare Herman. Perché ti amo».

Gli occhi di lei si spalancarono.

«Ti prego, sposami. Partiremo stanotte. Ci nasconderemo. Troveremo un posto dove potremo stare insieme».

La sua risposta fu immediata: «Oh, sì, Samson. Portami via da qui».

E poi la baciò. Per la prima volta, baciò la donna che aveva segretamente desiderato per mesi. La donna di cui era perdutamente innamorato. Senza speranze, perché sapeva che i genitori di lei non avrebbero mai approvato. Tutto ciò non aveva importanza in quel momento: bisognava agire. Perderla a favore di un altro uomo, non l'avrebbe mai lasciato accadere.

Le sue labbra erano morbide e dolci. La sua Elizabeth era pura, dignitosa, non come le tante donne sposate che cercavano di entrare nel suo letto.

«Partiremo stanotte. Porta con te solo ciò che possiamo caricare su un cavallo. Ti aspetterò qui a mezzanotte. Stai attenta», disse. «Non dirlo a nessuno».

La baciò di nuovo, incapace di saziarsi del suo dolce sapore.

«Ci sarò».

Lei si avviò verso la porta del fienile e si girò un'ultima volta. «Ti amo».

Le ore che mancavano alla mezzanotte sembravano più lunghe del dovuto. Samson era nervoso. E se lei avesse cambiato idea? Scappare con lui, un uomo squattrinato e senza prospettive, non poteva essere ciò che una ricca ereditiera come lei avrebbe voluto.

Quando le campane della vicina chiesa rintoccarono i dodici colpi della mezzanotte, Samson era pronto a tornare in camera sua. Elizabeth non sarebbe venuta. Sarebbe rimasta a dormire nel suo letto caldo, forse piangendo, ma avrebbe fatto ciò che i suoi genitori volevano.

Un rumore lo fece voltare. Era avvolta in un mantello scuro, con una piccola borsa in mano. Elizabeth. Era sua. Samson la strinse tra le braccia e la baciò. Le sue labbra cancellarono tutti i suoi dubbi. Il loro futuro era incerto, ma la sua vita era perfetta. La donna che amava era pronta a rinunciare a tutto pur di stare con lui.

I cavalli erano sellati e pronti. Cavalcarono per solo un'ora prima di essere aggrediti. Tre uomini li attaccarono, sbucando fuori dal nulla. Accadde tutto così in fretta che non ci fu tempo per fuggire.

Il cavallo di Samson cadde per primo, con la gola squarciata. Non aveva nemmeno visto il colpo o cosa lo avesse colpito. Quando riuscì a liberarsi dalle redini per non rimanere schiacciato sotto il peso del cavallo, sentì le urla agghiaccianti di Elizabeth.

Ciò che vide non poteva essere vero. Non era reale. Non era possibile! Uno degli uomini stava bevendo dalla sua gola. Stava bevendo il suo sangue. I denti dell'uomo erano conficcati nella sua gola.

Samson affrontò gli altri due, ma non ebbe alcuna possibilità. Non riusciva ad arrivare a lei, non poteva aiutarla. Le aveva promesso che l'avrebbe protetta. L'aveva delusa.

Se non poteva salvarla, sarebbe morto vendicandola. Con una ferocia che non sapeva di possedere, lottò, graffiò, morse.

Sentì delle zanne conficcarsi nel suo braccio, si sentì il sangue defluire dal corpo. Eppure, non si arrese. Lanciò un ultimo sguardo al corpo senza vita di Elizabeth, poi morse l'orecchio dell'uomo e lo sputò. Sentì il sapore metallico del sangue dell'aggressore in bocca. Fu l'ultima cosa che ricordò.

Il giorno dopo si svegliò in un capanno. Come vi ci fosse arrivato, non ne aveva idea.

Con sua sorpresa, le ferite che quegli uomini gli avevano inflitto erano sparite, ma quando aprì la porta e un raggio di sole gli toccò il braccio, la sensazione di bruciore lo fece trasalire e indietreggiare.

Fu in quel momento che capì di essere stato condannato a una vita da vampiro.

Da quel momento in poi, era uno dei cattivi.

Punito per i suoi peccati di adulterio e dissolutezza.

Oltre ogni possibilità di redenzione.

. . .

Samson terminò il disegno. Nel corso degli anni aveva utilizzato le
sue abilità artistiche principalmente per trasmettere informazioni ai suoi
collaboratori, aiutandoli a catturare individui pericolosi. La sua arte, quella
vera, era finita in secondo piano. Ma disegnare Delilah gli aveva ricordato
quanto gli piacesse farlo. Era la musa perfetta. Guardò la bella
addormentata e le diede dei piccoli baci sul collo e sulle spalle. Poi guardò
l'orologio: il sole sarebbe sorto tra pochi minuti.

«Devo andare, dolcezza», le sussurrò, ma lei non si svegliò. Posò il
blocco di fogli da disegno sul comodino.

Samson raccolse l'accappatoio e se lo mise, poi uscì lentamente dalla
camera da letto. Normalmente dormiva nel suo letto con le tende oscuranti
tirate, ma con Delilah lì non poteva rischiare che trovasse qualcosa di strano
al risveglio. Per esempio, sarebbe stato difficile svegliarlo una volta caduto in
quel sonno profondo. E se lei avesse avuto la pessima idea di aprire le tende
e far entrare il sole, la pelle di Samson avrebbe iniziato a bruciare.

Scese silenziosamente al piano di sotto. Aveva costruito una stanza
sicura sul retro della casa, dietro al garage, dove si rifugiava durante le
emergenze. La stanza era attrezzata con tutto ciò di cui poteva aver bisogno:
abbastanza sangue per diversi giorni, un letto e apparecchiature per le
comunicazioni.

Samson chiuse la porta dall'interno e si lasciò cadere sul letto. Inviò
rapidamente un messaggio a Carl per informarlo della sua posizione e un
altro a Oliver per dirgli di proteggere Delilah durante la giornata. Ignorò il
messaggio di Ricky che diceva che doveva parlargli. Poteva aspettare. Poi la
sua testa affondò sul cuscino, e il sonno lo reclamò.

18

———

Regolare come un metronomo, un suono le giunse alle orecchie.

Goccia, goccia. Goccia, goccia.

Il sangue le colava dalle dita.

Goccia, goccia.

Una piccola pozza si stava formando sul pavimento di piastrelle. Qualcuno la stava osservando, ma lei non riusciva ad alzare la testa. Continuava a fissare la sua mano.

Goccia, goccia.

Una testa dai capelli scuri apparve nella sua visione periferica. Qualcuno si chinò sulla sua mano. Non riuscì a vedere il volto, ma sentì la persona inspirare bruscamente. Un uomo. Le stava annusando la mano?

Provò a ritrarla, ma si sentì paralizzata. Vide una lingua rosa prima di sentirla... leccarla. Le leccava il sangue dalla mano. Un piacevole formicolio.

Delilah aprì gli occhi di scatto ed emise alcuni respiri affannosi.

Un altro strano sogno.

Lo spinse via dalla sua mente per fare spazio a ricordi più piacevoli.

Sprofondando nuovamente tra le lenzuola, assorbì il profumo persistente: tutto maschile e sensuale. Samson se n'era andato, come le aveva detto, ma riusciva ancora a sentire la pelle di lui sulla sua, il suo sapore, il suo odore. Non aveva mai vissuto una notte come quella.

Senza rimpianti, si era lasciata andare, affidandosi completamente a lui, un perfetto sconosciuto, e aveva assaporato ogni secondo. In realtà, era stato liberatorio non dover prendere il controllo, ma lasciarsi cadere tra le sue braccia. Lui l'aveva presa ogni volta.

Si mise a sedere e si guardò intorno, nella stanza da letto. Le tende oscuranti impedivano la vista attraverso le finestre e pesanti drappeggi pendevano da ogni lato. Delilah sorrise. Qualcuno non era di certo una persona mattiniera.

Balzò giù dal letto e sollevò una delle tende. Fu investita dalla luce del giorno. Girò la testa e controllò l'orologio antico sul camino: le undici e mezza? Come aveva fatto a dormire fino alle undici e mezza? Probabilmente il fatto di aver fatto sesso selvaggio e appassionato con Samson per la maggior parte della notte, almeno una mezza dozzina di volte, aveva qualcosa a che fare con questo.

Aveva chiaramente bisogno di dormire per riprendersi.

In fretta e furia, Delilah si diresse verso il bagno ed entrò nella doccia. Anche mentre prendeva il sapone e insaponava la pelle, non riusciva a smettere di pensare agli eventi della notte precedente. Tutto sembrava così surreale! Non aveva mai incontrato un uomo capace di essere così passionale e allo stesso tempo così tenero... e completamente insaziabile. Delilah aveva percepito la sua fame, e anche lei aveva rapidamente sviluppato un desiderio per lui.

Non aveva mai riso così tanto con un uomo a letto, e aveva scoperto quanto fosse giocoso. Sebbene sapesse esattamente cosa gli piacesse a letto, cosa lo accendesse e cosa lo facesse impazzire, non aveva ancora idea di chi fosse o di cosa facesse. Le aveva detto che avrebbe avuto riunioni tutto il giorno, quindi supponeva fosse una specie di manager o dirigente aziendale. Non che avesse importanza. Purché non spuntasse fuori all'improvviso una moglie, non le interessava cosa facesse.

Con un sospiro, si girò verso il lavandino per pettinarsi i capelli. Il suo sguardo si fermò sullo spazio sopra il lavandino, e si bloccò. Non c'era lo specchio. Strano. La sera precedente non l'aveva nemmeno notato, troppo concentrata su Samson e la sua tortura dell'acqua. Si girò, lasciando vagare lo sguardo, ma non c'era nessuno specchio in nessun altro punto del bagno.

Scrollò le spalle e tornò in camera da letto. Nella sua borsetta aveva uno specchietto tascabile con cui poteva specchiarsi il viso. Cercò la borsetta e la trovò appoggiata su un piccolo comodino di legno. Sopra vi erano sparsi utensili da scrittura, vecchi libri e un blocco di fogli da disegno. Prese la borsetta, ma nel farlo gli oggetti sotto di essa si spostarono e il blocco cadde a terra.

Delilah si chinò e lo raccolse. Un foglio scivolò fuori dal blocco. Lo prese e lo guardò. Era il disegno di una donna, una donna nuda a letto. Sbatté le palpebre e si riconobbe. Mentre dormiva, Samson l'aveva disegnata.

Il disegno era bellissimo. Aveva completamente omesso i suoi fianchi leggermente arrotondati e i chili di troppo che portava sulla pancia. E di certo le sue cosce non erano così snelle. La donna nel disegno era chiaramente lei, ma Samson l'aveva ritratta come una versione più perfetta di sé stessa. Era davvero così che Samson la vedeva? O era così che voleva che fosse?

Un'ondata di insicurezza la colpì. Disegnava tutte le donne con cui andava a letto? Non era così ingenua da pensare di essere l'unica. Eppure, sfogliando il blocco, non trovò altri disegni. Forse li scartava quando chiudeva con una donna. Era meglio non pensarci.

Delilah rimise il disegno dove l'aveva trovato e si voltò. Il suo sguardo si posò sul dipinto che aveva ammirato la sera prima. Un'immagine le balenò davanti agli occhi. Un ragazzo dai capelli scuri che disegnava su un foglio bianco, poi lo sollevava e lo porgeva a un'elegante signora che chiamava «mamma». La visione svanì con la stessa rapidità con cui era apparsa.

Delilah scosse la testa. Sicuramente non aveva dormito abbastanza. Ma non poteva perdere altro tempo.

Quando finì di vestirsi, scese al piano di sotto. L'odore del caffè permeava la casa, e lo seguì fino alla cucina. Samson era già tornato?

«Samson?» chiamò, entrando.

La persona in piedi davanti al lavandino si voltò verso di lei. Era lo stesso giovane che Samson le aveva mandato con i fiori e l'invito a teatro: Oliver.

«Buongiorno, signorina Sheridan».

Lei deglutì, delusa, e gli sorrise. «Per favore, chiamami Delilah».

Lui annuì e le rivolse un timido sorriso. «Ti ho preparato il caffè. Panna, zucchero?»

«Solo latte, grazie, Oliver». Delilah accettò con gratitudine la tazza che lui le porse e si sedette al bancone della cucina. Sorseggiò il caffè caldo e guardò Oliver. Doveva avere poco più di vent'anni e sembrava perfettamente a suo agio nel suo ruolo. Era abituato a prendersi cura delle amanti di Samson? L'idea che altre donne fossero state al suo posto le dava fastidio.

«Da quanto tempo lavori per Samson?» Aveva bisogno di capire se era solo una delle tante. A pensarci bene, era troppo sicuro nei suoi comportamenti perché la scorsa notte fosse stata solo un'eccezione.

«Tre anni. È un buon capo».

Se Oliver lavorava per lui da così tanto tempo, certamente avrebbe saputo di eventuali altre donne. Ma come poteva scoprire qualcosa senza dare troppo nell'occhio?

«Carl mi ha raccontato cosa è successo ieri sera fuori dal teatro. Sei stata fortunata ad essere con il signor Woodford».

«Non avrebbe dovuto correre un rischio simile. Quel tizio aveva una pistola». Rabbrividiva ancora al pensiero che Samson si fosse messo in pericolo.

«Sa badare a sé stesso. Non sei mai stata in pericolo». Sembrava sicuro al cento per cento.

«Ma avrebbe potuto farsi male». Delilah aveva ancora difficoltà a togliersi quell'immagine dalla mente.

Oliver sorrise. «Ti piace».

Delilah sentì il calore salirle alle guance e nascose il viso dietro la tazza di caffè. «È un uomo molto gentile». Invece di ottenere informazioni da *lui*, era stato Oliver a estorcere qualcosa a *lei*. Ovviamente, il suo piano non stava funzionando come previsto.

«Quindi, ti occupi degli affari personali del signor Woodford?»

Oliver le rivolse uno sguardo strano, poi sorrise di nuovo. «Sono il suo assistente personale e autista, e oggi sarò la tua guardia del corpo».

«Sei anche la guardia del corpo di Samson?»

«Non ne ha bisogno. Ma non preoccuparti, sono pienamente addestrato. Ti proteggerò».

«Proteggi spesso le donne per conto di Samson?» Delilah bevve un altro sorso di caffè e cercò di sembrare disinvolta, anche se dentro era divorata dalla curiosità.

«Non ci sono altre donne nella vita del signor Woodford».

O era estremamente leale e discreto, oppure stava dicendo la verità. Cercò di leggere la sua espressione, ma non riuscì a capire se stesse mentendo o meno.

«Tu gli piaci. Non mi avrebbe chiesto di proteggerti se non fosse così».

Delilah non sapeva come rispondere. Si sentiva imbarazzata da quanto fosse trasparente.

«Vuoi mangiare qualcosa? Carl è andato a fare la spesa ieri sera».

Oliver si avvicinò al frigorifero e lo aprì. Era pieno di cibo.

«Forse solo della frutta». Doveva mangiare qualcosa; la sera prima aveva praticamente saltato la cena, e ormai era ora di pranzo. «E un po' di pane con la marmellata». All'improvviso, Delilah si sentì affamata.

«Uova, pancetta?»

«Non dovrei. Troppe calorie». Come se avesse bisogno di altri chili sui fianchi.

«Sono sicuro che le brucerai in men che non si dica».

Non appena Oliver disse quella frase, Delilah lo guardò sorpresa. Ma sapevano tutti cosa aveva fatto tutta la notte? Ovviamente Carl lo sapeva, e doveva averlo detto a Oliver.

«Scusami, non volevo dire questo. Mi riferivo al fatto che sei talmente magra che non ingrasserai», balbettò, improvvisamente nervoso. «Non lo dirai al signor Woodford, vero?»

Aveva paura del suo capo?

«Perché dovrei? Allora facciamo così, prendo quelle uova e un paio di strisce di pancetta». Gli sorrise per metterlo di nuovo a suo agio.

«Grazie». Le rivolse uno sguardo riconoscente e iniziò a prepararle la colazione. «A volte dovrei tenere la bocca chiusa».

«Non è successo nulla di grave». Ma forse ora poteva scoprire qualcosa in più su Samson. Oliver le doveva qualcosa. «Parlami un po' di lui».

Oliver esitò. «Il signor Woodford è un uomo molto riservato».

«Capisco». Sembrava che sarebbe rimasto discreto riguardo al suo datore di lavoro.

Le servì la colazione e Delilah iniziò a mangiare in silenzio. Il cibo era proprio quello di cui aveva bisogno per recuperare le energie.

Oliver pulì silenziosamente il bancone. Delilah notò le grandi crepe nel granito, come se qualcuno lo avesse colpito con un martello.

«Cosa è successo lì?»

Oliver trasalì. «Materiale difettoso. Si è crepato durante una piccola scossa di terremoto. Ho già chiamato per farlo sostituire».

Mezz'ora dopo, Delilah era seduta sul sedile posteriore della limousine, mentre Oliver guidava verso il distretto finanziario. Quando si avvicinarono all'edificio in cui lei lavorava, lui si voltò verso di lei.

«Sto cercando di capire dove posso parcheggiare. Per quale azienda lavori?»

«Scanguards. È al ventesimo piano. Posso incontrarti lì se hai bisogno di trovare un posto per parcheggiare».

Oliver alzò un sopracciglio, poi guidò direttamente nel garage dell'edificio.

«Non sarà necessario».

Gli venne concesso di passare quando mostrò un tesserino di riconoscimento alla guardia di sicurezza. La guardia borbottò qualcosa che Delilah non riuscì a decifrare e indicò un'area con posti auto vuoti. Oliver parcheggiò l'auto in uno spazio contrassegnato con la scritta «Scanguards».

Quando raggiunsero il ventesimo piano ed entrarono nella hall, la receptionist la accolse con un sorriso.

«Buon pomeriggio, signorina Sheridan».

«Buon pomeriggio, Kathy».

Quando Oliver la seguì, Kathy lo fermò. «Mi scusi, chi è venuto a incontrare?»

Oliver si voltò. «Sono con la signorina Sheridan».

Kathy lanciò uno sguardo interrogativo a Delilah.

«Sì, è con me».

«Potrebbe firmare, per favore?» Kathy indicò il registro degli ospiti insieme a una penna, e Oliver obbedì.

Dopo aver letto la sua firma, Kathy gli rivolse un sorriso. «Oh, non mi ero resa conto... Prego, entrate pure».

Delilah si diresse verso la scrivania che l'azienda le aveva messo a disposizione. Non appena la raggiunse, seguita da Oliver che le stava alle calcagna, incrociò lo sguardo di John. Lui la fissava attraverso le vetrate del suo ufficio privato, apparentemente sorpreso di vederla. Uscì immediatamente per andarle incontro.

«Mi stavo chiedendo che fine avessi fatto». Il tono di John era accusatorio.

«Non mi sentivo bene stamattina», mentì Delilah. «Ora sto meglio». Si sedette e accese il computer.

Solo allora John sembrò notare Oliver.

«Posso aiutarla?» Il suo tono era ancora più brusco rispetto a quando aveva parlato con lei. Delilah si chiese se si fosse svegliato con il piede sbagliato quella mattina.

Oliver scosse la testa. «Sono qui con la signorina Sheridan». Non fornì altre informazioni.

«E chi sarebbe questo, Delilah?»

Lei alzò lo sguardo dalla scrivania. «È qui per accompagnarmi».

«Scusami? Non possiamo permettere a degli estranei di andare e venire dall'ufficio. Temo che il tuo... ragazzo dovrà restare fuori».

Delilah si morse il labbro. Ovviamente Samson non aveva pensato a questa eventualità. Oliver non poteva starle accanto tutto il giorno mentre lavorava. A cosa stava pensando?

«Me ne occupo io», disse Oliver.

Lo sconosciuto tirò fuori un tesserino e lo agitò davanti a John. Non appena lo vide, John si sentì il sangue defluire dal viso e rivolse all'uomo uno sguardo sbalordito.

«Va bene», fu tutto ciò che riuscì a balbettare.

Allora aveva chiamato i rinforzi e ottenuto protezione dall'alto. Una guardia del corpo della Scanguards! E una con il più alto livello di autorizzazione. Significava che poteva avere accesso a qualsiasi area dell'azienda. Come aveva fatto Delilah a ottenere un trattamento così privilegiato? Era solo una persona incaricata della revisione contabile. Nessuno degli incaricati precedenti aveva mai avuto una guardia del corpo assegnata. Questo non era un buon segno.

Quando Delilah non si era presentata al lavoro di prima mattina, John aveva già cominciato a pregustare la vittoria, convinto che l'uomo a cui doveva rendere conto avesse attentato alla sua vita dopo la loro telefonata. Apparentemente non era così. Quanto poteva essere difficile liberarsi di un'incaricata alla revisione contabile?

John sapeva che ora sarebbe stato praticamente impossibile. Se lei era protetta da una guardia del corpo della Scanguards, non c'era nulla che potesse fare. Erano le guardie del corpo meglio addestrate della nazione. Si diceva fossero persino meglio dei Servizi Segreti. Rabbrividì al pensiero di dover riferire all'uomo che gli stava rovinando la vita che Delilah aveva ottenuto una guardia del corpo. Non ne sarebbe stato contento. Sarebbe andato su tutte le furie e nessuno sapeva di cosa fosse realmente capace.

A meno che non lo sapesse già.

John si era già voltato per tornare nel suo ufficio, quando sentì la voce di Delilah alle sue spalle.

«Hai recuperato gli scatoloni dal magazzino?»

«Sì», ringhiò. «Sono alla banchina di carico. Le farò portare su tra un momento». Non aveva più tempo. Una volta revisionati i documenti delle transazioni contenuti nelle scatole, lei avrebbe saputo, senza ombra di dubbio, che era lui a rubare soldi dall'azienda.

19

———

Il suo orologio biologico lo svegliò. Il sole stava tramontando sull'Oceano Pacifico. Samson guardò l'ora, ma non aveva fretta di alzarsi. Per la prima volta dopo anni aveva sognato, *sognato* davvero, mentre dormiva. I suoi sogni gli erano sembrati dolci scosse di assestamento della notte trascorsa con Delilah, facendogli rivivere la passione che aveva provato con lei.

Delilah aveva lasciato un segno sul suo corpo affamato di sesso. E la desiderava di nuovo. Aveva bisogno di lei per placare il desiderio che sentiva nel basso ventre. Immediatamente.

Controllò i messaggi prima di salire al piano di sopra. Il messaggio vocale di Ricky sembrava più urgente rispetto alla sera precedente.

«Samson, dobbiamo parlare. Non appena ti svegli».

Appena entrò in camera da letto, chiamò Ricky.

«Che cosa c'è di così urgente? Hai trovato il tizio che ci ha aggrediti?»

«Thomas sta seguendo una pista. Ma c'è un'altra cosa».

«Parla».

«Non al telefono. Dobbiamo parlare di persona».

Samson guardò la sua camera da letto vuota. Delilah probabilmente era ancora al lavoro. «Va bene. Vieni qui, ma fai in fretta. Delilah dovrebbe tornare presto, e ho dei piani per stasera».

Piani che includevano lei, nuda, tra le sue braccia, forse con l'aggiunta di alcuni dei suoi migliori foulard di seta.

Riattaccò e lanciò il telefono sull'ampia poltrona. In bagno, si spogliò rimanendo solo con i boxer e afferrò lo spazzolino dal ripiano del lavandino.

Poteva ancora sentire l'odore di lei sulla pelle. Dannazione, lei gli aveva fatto venire un desiderio insaziabile. Non riusciva a crederci nemmeno lui quando si rese conto di averla presa una mezza dozzina di volte. Non pensava di esserne capace. Ma ogni volta che credeva di essere esausto, bastava uno sguardo al suo corpo invitante e al suo viso adorabile per far scattare il suo cazzo come una molla.

Non aveva mai fatto così tanta attività in una sola notte, nemmeno con una vampira. Questa donna umana riusciva a tenergli testa. Il fuoco e la passione che vedeva in Delilah rivaleggiavano con i suoi, se mai fosse stato possibile.

Samson si chiese quanto a lungo Delilah avrebbe mantenuto vivo il suo interesse, quanto a lungo lo avrebbe tenuto prigioniero in quel modo. Sì, si sentiva come se lei avesse un potere su di lui, come se una forza invisibile lo attirasse verso di lei, rendendolo incapace di resistere. Liquidò il pensiero come un effetto collaterale della sua lunga astinenza dal sesso e si convinse che sarebbe passato. Doveva passare. Non poteva continuare così con una mortale.

Lui non era come Amaury, che non si faceva scrupoli ad andare a letto con donne umane.

Samson si voltò quando sentì la porta della camera da letto aprirsi. Era passato poco tempo, non poteva essere Ricky. Uscì dal bagno e sorrise quando vide chi era.

«Delilah».

Con pochi passi, attraversò la stanza e la strinse tra le braccia. La sua bocca era a meno di un centimetro dalle labbra invitanti di lei. «Com'è andata la giornata?»

«Non me lo chiedere».

Sembrava esausta. Lui conosceva il rimedio giusto per quella situazione.

Samson le sfiorò le labbra con un bacio leggero come una piuma. «Mi sei mancata». E gli era mancata davvero, nonostante fosse sveglio solo da pochi minuti.

«Hmm, molto meglio», mormorò Delilah, cerando di nuovo le sue labbra. Lo abbracciò e lentamente fece scivolare le mani dalla schiena di lui più in basso. Samson le sue dita infilarsi nei suoi boxer, toccandogli il sedere sodo. Ah, come erano morbide le sue mani.

«Non sei vestito».

«L'hai notato, eh?» Ridacchiò. «Stavo proprio per farmi una doccia». Ma perché fare la doccia da solo, ora che lei era tornata? «Ti va di unirti a me?»

Doveva prenderla e caricarla sulle spalle, o sarebbe stato troppo da uomo delle caverne? Donna. Sesso. Era tutto ciò a cui riusciva a pensare.

Samson non aspettò una risposta e iniziò a tirare giù la zip della sua gonna, lasciandola scivolare a terra. La camicetta la seguì pochi secondi dopo. Lei non mostrò alcuna obiezione.

«Credo di aver detto di sì». Sorrise, mentre si toglieva le scarpe.

«È quello che ho sentito».

Quando la spogliò del reggiseno e delle mutandine, Delilah ricambiò il favore e lasciò cadere a terra i boxer. L'erezione spuntò fuori con orgoglio, puntando dritta verso di lei. Samson la sollevò e la portò in bagno.

La rimise in piedi prima di aprire l'acqua della doccia, ma tenne il braccio stretto intorno alla sua vita. La sua pelle era troppo invitante per lasciarla andare.

«Ho avuto qualche difficoltà stamattina a sistemarmi i capelli qui dentro. Non riuscivo a trovare uno specchio».

Samson trasalì. Maledizione, se n'era accorta. Dato che i vampiri non si riflettevano negli specchi, non aveva mai avuto bisogno di installarne uno nel bagno. Cos'altro aveva notato?

«Mi dispiace. Lo sto facendo sostituire. Non avevo programmato di avere ospiti la notte scorsa».

Le sorrise e la baciò rapidamente, prima che potesse notare qualcos'altro di strano. Il bacio fece esattamente ciò che doveva fare: la mise a tacere. La trascinò sotto la doccia senza interrompere il contatto tra le loro labbra.

La sua fame per lei era appena raddoppiata. Era stata la notte precedente la prima volta che aveva fatto sesso con lei? Gli sembrava di conoscere il suo corpo molto più intimamente di così. Ogni curva gli era familiare, eppure così eccitante. Sapeva che avrebbe riconosciuto il suo tocco anche se fosse stato cieco. Il modo in cui le sue mani gli stuzzicavano la pelle, il modo in cui le sue dita accendevano la passione che provava per lei: avrebbe sempre saputo che si trattava di Delilah.

«Perché non mi aiuti a lavarmi?»

Senza aspettare una risposta, Samson le spremette un po' di sapone liquido sulla mano. Lei glielo spalmò sulla pelle e lui chiuse gli occhi. Inspirò profondamente quando sentì le mani di lei accarezzargli il cazzo e le palle. Delilah si muoveva lentamente e deliberatamente, facendo scivolare la mano su e giù, la schiuma rendeva i movimenti fluidi.

«Va bene così?»

La sua piccola volpe umana sembrava intenzionata a farlo impazzire, e ci stava riuscendo perfettamente.

«Non ne hai idea». Sospirò e si lasciò trascinare dal suo tocco. La tirò a sé e la premette contro il suo corpo.

«Sciacquami. Non voglio essere pieno di sapone quando scivolerò dentro di te».

Vide Delilah sorridere mentre gli sciacquava il sapone dalla pelle. Poi abbassò la testa verso la bocca di lei, soffocandola con un bacio appassionato.

La lingua di Samson si unì alla sua, riempiendole la bocca, proprio come voleva riempirle il resto del corpo. Il sapore di lei era quello di una bella notte d'estate, come la pioggia dopo una giornata calda. Solo il suo profumo bastava a distrarlo, e, unito al dolce sapore e alla morbidezza della pelle di lei nuda contro la sua, lo riportava direttamente alla notte precedente. C'era solo una cura per il desiderio che provava per lei. Doveva seppellirsi dentro di lei e non poteva aspettare un minuto di più.

Il suo cazzo pulsava quasi dolorosamente mentre si abbassava di qualche centimetro, posizionandoglielo tra le cosce, in modo che i suoi petali rosa e umidi vi si posassero sopra. Samson scivolò avanti e indietro, non la penetrò, lasciandola cavalcare il suo cazzo duro.

«Che bella sensazione», gemette lei.

Esattamente ciò che pensava anche lui. No. Non *bella*. *Incredibile*! La pelle di lei era calda e liscia.

Samson cambiò leggermente angolazione, e il suo cazzo sfiorò l'ingresso del corpo di lei. Delilah respirò affannosamente.

«Dovremmo prendere un preservativo», sussurrò, ma invece si premette contro di lui.

«Dovremmo». Lui la cominciò a penetrare lentamente. Se lei avesse insistito, sarebbe andato a prendere un preservativo in camera da letto. «Vado a prenderlo». Ma Samson non si mosse e lei si aggrappò alle sue braccia. I muscoli di lei si contrassero attorno a lui, come se lo volessero trattenere.

«Samson, non andartene». La sua voce era roca, ma insistente. Si spinse contro di lui, facendolo penetrare più a fondo.

Era già a metà strada dentro di lei, e sentiva i suoi muscoli che lo stuzzicavano. Dannazione, stava prendendo fuoco.

«Mi vuoi così, proprio adesso?» Samson attese una risposta di protesta, ma non arrivò. Lentamente, con un movimento controllato, si spinse sempre più a fondo dentro di lei, fissandola negli occhi. Così bella, così piena di passione, e tutta sua.

«Non voglio altro».

Il suo bacio era tenero e pieno d'amore mentre ondeggiavano al ritmo dei loro battiti cardiaci. Le sollevò la gamba e se la avvolse intorno al fianco, spingendo ancora più a fondo. Le braccia di lui sostenevano il peso di Delilah. Le labbra di lei lo riportarono nel campo di lavanda, facendogli percepire di nuovo il sole sulla schiena, proprio come la notte precedente. Samson si perse nelle sensazioni, mentre lei lo trasportava in un altro mondo.

Le unghie di Delilah si piantarono nei suoi glutei mentre si aggrappava a lui, spingendolo a immergersi più profondamente. Non era mai stato con una donna che avesse mostrato così tanta passione, una donna a cui fosse disposto a dare tutto ciò che aveva.

I gemiti di Delilah erano come una droga per lui, i suoi baci come il vino più squisito e il suo corpo l'estasi assoluta. Non avrebbe mai avuto bisogno di altro, solo di lei, esattamente così, in quel momento.

Troppo tardi, sentì la porta della camera da letto spalancarsi e passi pesanti dirigersi verso il bagno.

«Samson, non ti piacerà questo...» La voce di Ricky penetrò il suo stato di beatitudine.

Con velocità fulminea, Samson si girò per proteggere Delilah dalla vista di Ricky.

«Vattene via, Richard!» ringhiò, con un tono basso e cupo. Anche alle sue stesse orecchie suonava più come un animale che come un uomo. Ricky sapeva fin troppo bene che quando Samson lo chiamava con il nome completo, le cose si facevano serie. Fece bene a ritrarsi immediatamente.

«Mi dispiace tanto, dolcezza», le sussurrò Samson, assicurandosi che il tono di voce fosse di nuovo dolce.

Lei era completamente immobile tra le sue braccia, evidentemente scioccata dall'interruzione. Non poteva certo biasimarla. «Devo avere una seria conversazione con lui».

DELILAH ALZÒ lo sguardo verso Samson. Gli occhi gli erano tornati del solito color nocciola ma, nell'istante in cui aveva urlato a Ricky, lei li aveva visti lampeggiare di rosso.

Come un allarme.

Come un semaforo rosso.

Quella visione l'aveva scioccata più dell'irruzione di Ricky. Continuando a pensare ai suoi occhi strani, si irrigidì tra le sue braccia. Non era una cosa normale. Come poteva il colore degli occhi di qualcuno cambiare in quel modo?

Fu sollevata che Samson non la guardasse in quel momento, con la guancia premuta contro la sua, perché non era sicura di riuscire a nascondere la sua espressione allarmata.

«Dammi qualche minuto. Mi libero di lui. E poi sarò tutto tuo».

Le baciò dolcemente la guancia e si staccò da lei.

«Nessun problema».

All'improvviso si sentì fredda.

E sola.

Delilah lo osservò prendere l'asciugamano e uscire dalla doccia. Si voltò dall'altra parte e lasciò che l'acqua la avvolgesse, fingendo di godersi la doccia. In realtà, stava cercando di calmare i nervi. Quando si voltò qualche secondo dopo, Samson era già uscito dal bagno. Si appoggiò al muro di piastrelle per reggersi.

Aveva avuto un'allucinazione?

Aveva visto chiaramente la furia nei suoi occhi e, considerando l'invasione della loro privacy, poteva capire la sua reazione contro Ricky, ma non riusciva a capire quel rosso nei suoi occhi.

Gli si era rotto un capillare? No, impossibile.

Premette una mano contro il suo sesso, dove sentiva ancora la presenza del suo cazzo che si muoveva dentro di lei.

C'era qualcosa che non andava.

C'era qualcosa di diverso in Samson e questo la spaventava.

20

Indossando solo un paio di pantaloni, Samson entrò in cucina, dove Ricky era appoggiato al bancone centrale. Puntò dritto verso di lui e lo afferrò per la camicia.

«Hai idea di quanto mi piacerebbe staccarti la testa in questo momento?»

Il solo pensiero che Ricky avesse visto il corpo nudo di Delilah lo faceva infuriare. Nessuno aveva il diritto di vederla in quel modo... nessuno, tranne lui.

Ricky indietreggiò il più possibile, cercando di allontanarsi da lui. «Mi dispiace. Non mi ero reso conto che lei fosse lì».

Samson emise un ringhio sommesso. «Faresti meglio a dirmi che non l'hai vista nuda».

Ricky alzò le braccia in segno di resa. «Non l'ho vista... te lo giuro».

«Se ti becco anche solo a guardarla, la nostra amicizia è finita e puoi dire addio al tuo lavoro. Chiaro?»

Samson non stava scherzando. Non aveva problemi con il fatto che i suoi amici lo vedessero nudo sotto la doccia. Non sarebbe stata la prima volta. Ma che qualcuno irrompesse mentre si trovava con Delilah era qualcosa che non poteva tollerare. Nessun altro uomo, o vampiro, aveva il diritto di vederla in quel modo. Delilah era sua. Solo sua.

Solo sua?

«Cristallino».

Samson lo lasciò andare dalla sua presa. Ricky si risistemò e si schiarì la gola.

«Probabilmente non ti piacerà quello che sto per dirti, soprattutto considerando quanto sei preso da lei...»

Samson lo interruppe con un ringhio. Non era dell'umore giusto per ascoltare le osservazioni di Ricky sulla sua relazione con Delilah. Soprattutto perché lui stesso non sapeva cosa pensare.

«Ma devo dirti cosa ha trovato Carl».

Samson lo osservò con interesse. «Continua».

«Hai fatto impacchettare a Carl le cose di Delilah ieri sera».

«Non dirmi cose che già so».

Ricky, di solito, non era uno che perdeva tempo. La sua esitazione alimentò il disagio di Samson.

«Ha trovato dei documenti tra le sue cose».

«Che documenti?»

«Documenti della Scanguards».

Samson rimase a bocca aperta. «I nostri documenti?»

Ricky fece cenno con la testa. «Registri finanziari, bilanci patrimoniali, materiale confidenziale. Non ho un buon presentimento. Perché mai dovrebbe avere i documenti confidenziali della Scanguards? Non ti sembra strano? Si è presentata qui due notti fa e, al contempo, ha i documenti della tua azienda in valigia?»

Anche a Samson non piaceva come suonava la cosa. Non poteva essere una coincidenza. Non c'era alcun motivo per cui qualcuno dovesse avere documenti interni della sua azienda. Men che meno Delilah. Cosa stava tramando?

«Qual è la tua teoria?»

«Potrebbe essere una spia aziendale», disse Ricky, ma non ne sembrava molto convinto.

«Per fare cosa? Vendere la nostra lista clienti alla concorrenza?»

Il suo amico fece spallucce. «Non ci guadagnerebbe molto. Tutti i nostri concorrenti sono pesci piccoli. Nessuno ha la capacità o la formazione per occuparsi dei nostri clienti».

Samson annuì. «Ci sono stati problemi operativi ultimamente di cui non sono a conoscenza?»

Ricky scosse la testa. «Tutto sta andando liscio, almeno per quanto riguarda i vampiri. Non ho ricevuto nessun allarme nemmeno per quanto riguarda l'operazione umana».

Ricky era il responsabile del reclutamento e dell'addestramento dei vampiri.

«Allora è una questione personale».

«Potrebbe essere». Ricky evitò il suo sguardo.

«A cosa stai pensando?» Samson non era del tutto sicuro di voler conoscere la seconda possibilità.

«E se fosse stata lei a cercarti?»

«Una cacciatrice?»

«No. Non c'è nulla tra le sue cose che lo indichi. Ma vedo tutti gli altri segnali. Ti sta tenendo in pugno».

Samson voleva interromperlo e smentire quella dichiarazione, ma Ricky alzò la mano per fermarlo.

«Posso vederlo solo dal modo in cui hai reagito prima. È una donna umana. Sai cosa vogliono le donne umane da uomini ricchi come te?»

Samson fissò il suo amico. A lungo e intensamente. «Mi vuole per i miei soldi...» Sentì una fitta scomoda nello stomaco. Ricordi di tradimenti riaffiorarono in lui. Ricordi recenti. Si appoggiò al bancone della cucina per non vacillare.

Il suono del campanello gli diede un po' di tregua. Sollevò lo sguardo e rivolse a Ricky un'occhiata interrogativa.

«Scommetto che Amaury ha dimenticato di nuovo le chiavi. Vado io».

Dopo che Ricky uscì dalla cucina, Samson rimase solo con i suoi pensieri. Potrebbe essere vero? Delilah poteva essere solo un'altra donna interessata ai suoi soldi? Sperava che l'altra ipotesi di Ricky fosse quella giusta, che fosse una spia aziendale. Questo avrebbe potuto gestito, ma non avrebbe potuto sopportare che Delilah fosse interessata solo al suo denaro. Non lei. Per favore, non lei.

I suoi baci erano una menzogna? E quando si era concessa a lui con tanta disponibilità, era stata tutta una recita per conquistarlo? Il pensiero lo ferì più di quanto volesse ammettere a sé stesso. Non c'era da meravigliarsi che fosse stata così disponibile. Il modo in cui aveva reagito a lui in macchina, e poi a teatro, non era un comportamento normale da parte di una donna che conosceva a malapena qualcuno.

Si ricordò del momento in cui erano diretti al bar del teatro e si erano bloccati. Il modo in cui Delilah aveva premuto il suo corpo contro quello di lui, provocandolo quasi a toccarla in modo intimo, ora sembrava una mossa calcolata da parte sua. Si era presa gioco di lui per tutto il tempo. Una vera e propria Mata Hari!

Allo stesso tempo, era impossibile. Come poteva essere successo? Tutto quello che voleva era risolvere il suo problema di disfunzione erettile, e aveva seguito alla lettera i consigli del dottor Drake. Aveva fatto esattamente ciò che il buon dottore gli aveva ordinato. L'aveva scopata, più e più volte, proprio come aveva fatto con altre donne prima di lei. Vampire. Non aveva fatto nulla di diverso con Delilah, quindi perché il risultato era così diverso?

Invece che placare la sua fame dopo una notte di sesso con lei, questa era aumentata. Aveva iniziato a desiderare lei e solo lei. L'idea di toccare un'altra donna lo disgustava improvvisamente.

Tutto ciò che voleva era Delilah.

E ora Samson sapeva perché, anche se non riusciva a capire nient'altro.

Si stava innamorando di lei. Si stava innamorando di una mortale.

21

Lampi di memoria lo assalirono, anche se Samson aveva cercato con tutte le sue forze di dimenticare le circostanze del tradimento che lo avevano scosso fino al midollo Ma, in quel momento, gli tornò tutto in mente, in ogni lurido dettaglio...

Samson chiuse silenziosamente la porta d'ingresso dietro di sé e tese l'orecchio verso i suoni provenienti dal piano di sopra. Sentì la voce di Ilona e il rumore dell'acqua che scorreva. Si stava facendo un bagno.

Per la centesima volta quella sera, aprì la scatolina che teneva in mano e fissò l'enorme anello di diamanti posato sul cuscino di velluto verde. La splendida montatura conteneva un diamante rotondo di tre carati della massima purezza. Il gioielliere gli aveva assicurato che era il miglior diamante che il denaro potesse comprare.

Con il cuore che gli batteva nel petto come un tamburo assordante, Samson salì al piano di sopra, facendo attenzione ad evitare quei gradini che sapeva scricchiolassero. Voleva farle una sorpresa. Lei pensava che quella notte sarebbe stato via per lavoro.

Aprì silenziosamente la porta della camera da letto. I vestiti di Ilona erano gettati sul letto in maniera disordinata.

«O almeno lui lo pensa. Eh, sì». Era al telefono, probabilmente con una

sua amica. «Aspetta solo che stringiamo il legame di sangue... le cose cambieranno».

Ilona aveva già intuito che voleva farle una proposta? Si sentì deluso, scoraggiato. Si avvicinò silenziosamente alla porta del bagno, che era socchiusa.

«E se devo succhiargli il cazzo ancora una volta, giuro che vomito!»

Samson si bloccò di colpo, quelle parole lo trafissero come una lama. Non poteva aver sentito bene.

«Certo, facile per te dirlo. A te piace succhiare cazzi».

Samson inspirò bruscamente. Sentì come se una mano gelida gli stringesse il cuore in una morsa, schiacciandolo senza pietà. Combatté per riprendere fiato.

«Non mi interessa chi gli succhierà il cazzo quando saremo legati col sangue, ma di sicuro non sarò io. Non sopporto le sue mani addosso...»

Samson si appoggiò al muro, improvvisamente travolto dalla nausea. Non durò che un secondo.

«Sai già cosa devi fare una volta che avrò accesso ai suoi beni».

I suoi soldi. Era questo ciò che voleva. Ecco perché stava con lui: esclusivamente per la sua ricchezza. Samson si sentì come se avesse ricevuto un pugno nello stomaco.

La sentì emettere uno sbuffo frustrato. «Sai bene quanto me che una volta stretto il legame di sangue con Samson, dovrò stare attenta a proteggere la mia mente. Lui sarà in grado di leggere i miei pensieri. Non posso permettermi di pensare più a questa cosa, capito? Ecco perché devi farlo tu... Sì, è una fregatura quella parte del legame di sangue. Perché qualcuno vorrebbe avere l'altra persona costantemente nella propria testa?»

Samson aveva sentito abbastanza. Più che abbastanza.

Con un'intenzione omicida, spalancò la porta e si diresse verso il bagno, i suoi passi lenti ma determinati. Ilona girò di scatto la testa e lasciò cadere il telefono nell'acqua.

«Samson», disse lei, stampandosi un sorriso finto sul volto, un sorriso che lui aveva già visto migliaia di volte. Ma, in quel momento, lo vide per ciò che era realmente. Una recita. Aveva recitato tutto il tempo. Fingendo di essere innamorata di lui, mentre tutto ciò che voleva era accedere alla sua ricchezza.

Con due passi, raggiunse la vasca da bagno. La mano di Samson le afferrò il collo di sua spontanea volontà. Lei gli graffiò istintivamente le mani. L'acqua si riversò oltre il bordo della vasca sul pavimento di marmo.

«Sgualdrina senza cuore. Dovrei ucciderti, proprio qui, proprio adesso».

Prendendola per la gola, la sollevò fuori dall'acqua, mentre lei continuava a dimenarsi contro la sua presa di ferro. Inutile. Lui era più potente e la furia che provava gli aumentava la forza.

Samson lanciò uno sguardo al corpo nudo della vampira. Il suo corpo non mostrava più alcuna reazione alle sue curve sensuali. Nessuna erezione. Nessun desiderio di toccarla. Niente.

Lui riconobbe il lampo di paura nei suoi occhi, prima di lasciarla cadere, senza tante cerimonie, nella vasca. L'acqua schizzò ovunque.

«Vattene! Non stringerei mai un legame di sangue con una persona come te. Sei spazzatura, non sei niente. E sei fortunata ad essere ancora viva. Ma non contarci troppo: se incroci ancora la mia strada, ti ritroverai con un paletto nel cuore».

Lo aveva usato. Voleva solo stringere un legame di sangue con lui per avere diritto a tutto ciò che lui possedeva. La sua ricchezza, il suo potere. Come aveva potuto essere così cieco?

Dopo averla cacciata di casa e dalla sua vita quella stessa sera, si era chiuso in sé stesso. Non voleva più nessuna. Sapeva che fidarsi di lei era stato un errore.

Fu allora che gli iniziarono i problemi.

Per prima cosa, l'appetito sessuale diminuì poi, quando tentò di abbandonarsi ai piaceri carnali per distrarsi, non fu in grado di farlo.

Fino a quando... Fino a quando Delilah non era entrata nella sua vita. E adesso? Anche lei lo aveva forse tradito? Anche lei voleva i suoi soldi? Il pensiero gli fece venire la nausea.

Amaury entrò in cucina, seguendo Ricky. «Non hai una bella cera».

Appoggiandosi al bancone, Samson disse: «E come pensi che dovrei sentirmi?»

«Non può averti sconvolto a tal punto, non in una sola notte».

Samson percepì l'incredulità nella voce di Amaury. Ignorò

l'osservazione dell'amico. «Dobbiamo arrivare al fondo a questa storia, in fretta».

«Posso fare un controllo su di lei, scoprire chi è davvero», propose Ricky.

Samson annuì. «Fallo. Amaury, parla con Carl e scopri cos'altro ha notato tra le sue cose che potrebbe sembrare strano. È stato nel posto dove alloggiava e, se è vero quello che dice, che viene da New York, probabilmente l'appartamento non è suo. Scopri a chi appartiene. Poi verifica con Oliver cosa ha fatto oggi. È stato con lei tutto il giorno».

Il cellulare di Ricky squillò e lui rispose immediatamente.

«Dove?» Fece cenno a Samson e Amaury. «Ok, saremo lì in meno di mezz'ora». Riattaccò.

«Era Thomas. Hanno preso il tizio che vi ha aggrediti, te e Delilah».

Samson raddrizzò le spalle, sollevato all'idea di avere qualcosa di produttivo da fare.

«Andiamo noi due. Amaury, scopri tutto ciò che puoi su Delilah. Fallo in fretta. Carl ti aiuterà. Ricky, prendiamo la tua macchina».

Samson si diresse verso la porta.

«Hmm, non dovresti vestirti prima?» chiese Ricky.

Samson si guardò e si rese conto di indossare solo i jeans, niente scarpe, niente maglietta. «Dammi un minuto».

Salì di corsa le scale ed entrò in camera da letto. Delilah era uscita dalla doccia e si era messa un paio di jeans e una semplice maglietta bianca. Le davano un aspetto innocente. Esitò quando la vide. Solo pochi minuti prima era stato dentro di lei, e non aveva provato gioia più grande che lasciarsi travolgere dai suoi baci, ma ora era consumato dai dubbi.

Chi era lei davvero?

Che cosa voleva?

«C'è qualcosa che non va?» La sua voce era tremolante. Sospettava qualcosa? Poteva percepire i suoi dubbi?

«Solo un'emergenza di lavoro. Devo occuparmi di una cosa». Samson si avvicinò all'armadio e tirò fuori una maglietta nera. Si vestì velocemente mentre lei lo osservava.

«Dovrei tornare tra un paio d'ore, se ti viene fame, sai dov'è la cucina».

Stava per uscire di corsa quando si rese conto che probabilmente lei trovava il suo comportamento strano. Solo pochi minuti prima era stato un amante focoso che non riusciva a fare a meno di lei. Se in quel momento si fosse comportato in modo distaccato, Delilah si sarebbe insospettita. Era importante farle credere che andava tutto bene, che lui non aveva ancora scoperto i suoi presunti piani.

Avvicinandosi a lei, gli sembrò di percepire un sussulto, ma non poteva esserne certo. Le diede un leggero bacio sulla guancia. «Amaury e Carl saranno probabilmente in giro per casa, non sorprenderti se li vedi di sotto».

Aspettò una reazione, ma lei non lasciò trapelare nulla.

«Certo, ci vediamo dopo».

NON APPENA LA porta si richiuse alle sue spalle, Delilah espirò bruscamente. Sembrava normale, forse un po' distratto, ma probabilmente l'emergenza di lavoro di cui aveva parlato lo preoccupava. Si rese conto che in realtà non lo conosceva affatto. Aveva passato un'intera notte a fare l'amore con lui, eppure non sapeva nemmeno che lavoro facesse, quali fossero i suoi hobby o che cibo gli piacesse.

Erano tutte cose che le persone normali discutevano al primo appuntamento. Era stata folle a trascorrere l'intero primo appuntamento tra le sue braccia, senza porgli le domande fondamentali? Erano passati così tanti anni dal suo ultimo appuntamento che aveva completamente dimenticato come comportarsi. Samson ne aveva approfittato? L'aveva vista come una sprovveduta e aveva pensato di poterla portare a letto facilmente?

Non spiegava comunque ciò che era accaduto sotto la doccia.

Oh Dio, la doccia.

Gli aveva permesso di penetrarla senza preservativo. E se non fosse stato sano come aveva detto? E se quella stranezza che aveva visto nei suoi occhi fosse stata il sintomo di una malattia strana? Poteva averla infettata con qualcosa?

Poi si ricordò del preservativo che gli si era rotto la sera precedente.

Poteva averla già contagiata con chissà quale malattia. Un'ondata di nausea la travolse, e si premette una mano sullo stomaco.

Oh Dio, *no*!

Delilah sentì un nodo formarsi nella gola, impedendole di respirare. Il petto si sollevò pesantemente nel tentativo di compensare, e all'improvviso la pelle le sembrò fredda e appiccicosa.

Si sentì così stupida per essersi lasciata conquistare dalla sua tenerezza e passione. Aveva notato quanto fosse stato abile nell'arte della seduzione, come se avesse fatto regolarmente pratica. Per quanto ne sapeva, Samson poteva comportarsi così ogni settimana e, quella settimana, era stata lei la sua vittima designata.

Era stato sbagliato fidarsi di lui?

22

«Uccidiamolo».

Alle parole fredde di Milo, Thomas gli lanciò un'occhiata di disapprovazione. «Non essere così assetato di sangue. Samson ha detto chiaramente che vuole interrogare questo bastardo di persona, quindi non rovinargli il divertimento».

Si trovavano in un magazzino grande e scarsamente illuminato, entrambi vestiti con tute di pelle nera coordinate. Lo spazio era pieno fino al soffitto di container, e l'aria stagnante sapeva di calzini usati, muffa, polvere e sudore. C'era un silenzio inquietante, a parte il lieve rumore delle gocce di pioggia che cadevano sul tetto.

«Cosa volete farmi?» chiese l'uomo legato a una sedia.

«Oh, stai zitto», risposero all'unisono.

«Ehi, ti va di andare a ballare dopo? È ancora presto», disse Thomas.

Il suo ragazzo scosse la testa. «Mi dispiace, non stasera. Ho un po' di cose da sbrigare».

«Cosa c'è di così importante da non poter uscire con me?»

«Roba di lavoro», rispose Milo con un gesto distratto della mano. «Alcuni di noi lavorano per altre persone oltre a Samson, quindi non posso semplicemente bighellonare con te tutta la notte».

«Che fregatura. Vuoi che ti trovi un lavoro alla Scanguards? Potrei farlo, sai».

«Neanche per sogno. Te l'ho già detto mille volte: non voglio sentirmi dire che l'unico motivo per cui ho ottenuto il lavoro è perché il mio ragazzo ha messo una buona parola con il capo. Dimenticatelo. Sarebbe troppo umiliante».

«Ehi, voi due», li interruppe l'uomo.

Thomas gli lanciò un'occhiata velenosa. «Non vedi che siamo impegnati in questo momento?»

«Se mi lasciate andare, posso darvi informazioni su un paio di bei colpi che stanno per essere messi a segno».

«Non ci interessa». Thomas non era tipo da scendere a compromessi, e poi non aveva bisogno di soldi.

«Abbiamo forse l'aspetto di gente alla ricerca di soldi?» Milo si avventò verso l'uomo legato e gli mostrò le zanne. L'uomo, istintivamente, tirò indietro la testa, cercando di allontanarsi, ma le corde che lo legavano lo trattennero. «E se interrompi la nostra conversazione un'altra volta, ti mordo», sibilò Milo a pochi centimetri dal suo viso.

Non appena l'uomo si ritrasse, con i muscoli del viso visibilmente tesi, Milo tornò da Thomas.

«Sai che dovremo cancellargli la memoria più tardi, vero?»

Milo si limitò a scrollare le spalle. «Come vuoi».

Thomas mise una mano sulla vita del suo fidanzato e lo tirò più vicino. Abbassò la voce in modo che solo Milo potesse sentirlo. «Sai anche tu che ultimamente non abbiamo passato molto tempo assieme. Che ne dici di fare qualcosa adesso? Samson non arriverà per altri dieci minuti». Una sveltina era proprio ciò di cui aveva bisogno in quel momento.

Ma Milo si staccò dalla sua presa. «Non adesso. C'è puzza qua dentro».

«Mi stai respingendo?»

«Dai, non ricominciare. È solo che non sono dell'umore giusto».

Thomas lo guardò, con sospetti che gli crescevano dentro. «Se non ti conoscessi meglio, direi che stai frequentando un'altra persona».

«È una stronzata e lo sai. Vorrei che la smettessi con tutta questa gelosia».

«D'accordo». Thomas incrociò le braccia. Diede un'occhiata al delinquente, che li stava fissando. «Cosa stai guardando?»

L'uomo sussultò a causa dello sfogo violento, ma tenne la bocca chiusa e abbassò lo sguardo.

Milo era stato un po' distante nell'ultimo mese, e Thomas si era ormai convinto che la loro relazione stesse per finire. Anche se esternamente sembrava ancora il più timido dei due, soprattutto davanti a Samson e al gruppo, Milo era diventato un partner più dominante, un ruolo che tradizionalmente era sempre stato di Thomas.

Facevano ancora sesso, e parecchio, ma le cose non erano più passionali come all'inizio della loro relazione. Thomas voleva prolungare quel legame, ma sapeva istintivamente che alla fine la loro storia si sarebbe spenta. Pensieri insistenti tornavano a tormentarlo. La segretezza di Milo su ciò che faceva quando non erano insieme lo irritava. Sapeva che probabilmente la sua gelosia era fuori luogo; tuttavia, non riusciva a controllarla.

Thomas era sempre stato un tipo geloso. Diventare un vampiro non aveva cambiato questo tratto del suo carattere. Aveva compreso questo aspetto oltre cento anni fa: diventare un vampiro non cambiava la personalità, la amplificava soltanto. Un uomo malvagio sarebbe diventato un vampiro malvagio, e un uomo buono sarebbe rimasto un vampiro buono.

Non rimpiangeva la scelta che aveva fatto quando, più di un secolo prima, si era trovato di fronte a quella possibilità, perché gli aveva finalmente permesso di vivere in un'epoca in cui non doveva nascondere la sua sessualità, e di questo era grato.

Nell'epoca in cui era cresciuto, gli uomini la cui omosessualità veniva scoperta venivano frustati o addirittura uccisi. Non che non gli piacesse una buona frustata di tanto in tanto, purché fosse seguita da una scopata ancora migliore, ma quella era tutta un'altra questione. La vita era decisamente migliore nel ventunesimo secolo.

Guardò il suo ragazzo di sottecchi. I lineamenti di Milo sembravano delicati, anche se, essendo un vampiro, era quasi indistruttibile. Non aveva un grammo di grasso sul corpo e, nonostante la sua statura minuta, era forte. E incredibilmente attraente. Thomas gli diede un'occhiata al sedere sodo e i pantaloni di pelle gli si strinsero.

«Andiamo a dare un'occhiata a quel tizio». La voce di Samson rimbombò nel magazzino.

Con i lembi della giacca che svolazzavano dietro di lui e Ricky al suo fianco, Samson entrò a grandi passi e si piazzò davanti al prigioniero, piantandosi con decisione di fronte a lui. Era arrivato il capo, sembrando in tutto e per tutto l'angelo vendicatore oscuro, in cui poteva trasformarsi quando veniva provocato.

———

Samson aveva intenzione di intimidire il delinquente. Questo avrebbe ridotto il tempo necessario a ottenere tutte le informazioni pertinenti da lui. Raramente usava la tortura e trovava che la semplice minaccia di dolore funzionasse spesso meglio del dolore stesso.

«Mi riconosci?» chiese con voce calma ma minacciosa.

Un cenno del capo fu la risposta.

«Bene. Come ti chiami?»

«Billy».

«Bene, Billy. Ora che siamo in confidenza, facciamo due chiacchiere. Sai, non prendo alla leggera un attacco contro di me, ma sai una cosa? Fa parte del gioco, e su questo posso anche chiudere un occhio. So difendermi. Ma sai cosa mi fa davvero incazzare?»

Samson lo guardò, sfidando Billy a rispondere. L'uomo era abbastanza intelligente da non aprire bocca a una domanda retorica.

«Quando la mia donna viene aggredita, non ho pietà. Capisci?» Si chinò verso Billy, la sua voce divenne un ringhio.

Occhi spaventati lo fissarono. Billy cominciò a tremare.

«Mi hai messo in una situazione difficile, Billy. Un uomo deve proteggere chi ama, a qualunque costo. Quindi, cosa dovrei fare con te?»

Inclinò la testa e mostrò le zanne. Samson non mordeva nessuno da anni, ma le sue zanne erano comunque in condizioni perfette: filo interdentale e dentifricio erano fondamentali per l'igiene dentale di un vampiro.

Billy urlò. «Non volevo farlo».

Era troppo facile. L'uomo non era chiaramente il criminale professionista che Samson aveva pensato fosse.

«Ma lo hai fatto. E ora spiegherai a me e ai miei amici perché stavi dando la caccia alla mia donna. Parla!»

Un altro ringhio ruggì dalla sua mascella serrata mentre avvicinava la testa a quella di Billy. Poteva sentire il suo odore di paura, un fetore che detestava.

«Sono stato pagato per farlo».

Samson si raddrizzò. «Da chi?»

Per una frazione di secondo, gli balenò in mente che potesse essere stata Delilah a orchestrare tutto. Avrebbe potuto essere un piano per guadagnarsi la sua fiducia, intrufolarsi nella sua casa e nel suo cuore. Avrebbe avuto senso. Le avrebbe dato il pretesto per avvicinarsi a lui, risvegliare il suo istinto di protettore e poi sedurlo completamente.

E per Dio, lo aveva sedotto con tutto ciò che aveva a disposizione: il suo corpo, il suo tocco, i suoi baci... persino la sua risata. Doveva sapere la verità, per quanto doloroso sarebbe stato sentire la risposta.

«Chi ti ha pagato?»

«Mio cognato. Voleva toglierla di mezzo», sbottò Billy.

Un senso di sollievo invase Samson, come l'acqua che sgorga da una diga rotta.

Non era stata lei, grazie a Dio.

«Come si chiama?»

«John».

Billy iniziò a tremare.

«Ho bisogno di qualcosa di più preciso, se non ti dispiace».

«John Reardon».

Il nome gli suonava familiare, ma Samson non riuscì a ricordare dove l'avesse sentito.

«E dove vive questo John Reardon?»

Billy fornì un indirizzo del quartiere di Sunset.

«Perché vuole sbarazzarsi di lei?» continuò Samson, notando un improvviso allargarsi delle pupille di Billy.

«N... n... non lo so».

Da dove proveniva quella balbuzie improvvisa? Contemporaneamente, Samson notò un tremore nelle gambe dell'uomo, che risaliva lungo il busto.

Samson lo fissò. «Stai mentendo».

Billy comincio a tremare come una foglia, poi i suoi occhi iniziarono a roteare.

«Basta!» urlò. «Fallo smettere!» Le sue mani si chiusero a pugno mentre cercava di sollevarle, ma furono bloccate dalle corde. «No!» Un secondo dopo, la testa gli crollò in avanti. Era svenuto.

Samson si girò di scatto verso i suoi amici. «È stato uno di voi a far questo?» Si sarebbe davvero incazzato se qualcuno avesse usato il controllo mentale per spaventare Billy prima che Samson potesse ottenere tutte le informazioni necessarie.

Milo e Thomas alzarono entrambi le mani, confusi, mentre Ricky scosse la testa.

«Controllate i dintorni per assicurarvi che nessun altro vampiro stia interferendo». Samson guardò di nuovo Thomas e Milo. «Poi andate a Sunset e prendete questo John Reardon. Questo resta qui finché non avremo preso il cognato. Non ho ancora deciso cosa fare di lui. Chiamatemi quando avrete il cognato. Voglio parlare con lui di persona».

«Io me ne vado. Ho delle cose da fare», protestò Milo.

Samson sollevò un sopracciglio, ma lasciò perdere. Milo non lavorava per lui. «Ricky, vai con Thomas. Ti porterò io la macchina a casa».

Ricky lanciò le chiavi in direzione di Samson, che le afferrò senza nemmeno guardare.

Samson era già seduto nell'auto di Ricky e stava accendendo il motore quando vide Milo uscire dall'edificio, dirigendosi verso la moto, con il cellulare premuto all'orecchio.

23

Amaury fissò Carl. «Dove hai detto che stava alloggiando?»

Si trovavano uno di fronte all'altro, separati dall'isola della cucina.

«Clay Hall, vicino a Taylor Street; è un grande condominio. Ho preso tutte le sue cose. Non aveva molto, solo qualche vestito, il computer e quei documenti».

«È una strana coincidenza», borbottò Amaury, parlando tra sé e sé. Non credeva nelle coincidenze.

«Quale coincidenza?»

«Non lo sai, vero?»

Carl scosse la testa, confuso. «Cosa non so?»

«Che la Scanguards possiede un paio di appartamenti a Clay Hall. Lo so per certo. Ho gestito io l'acquisto per l'azienda».

«Non deve necessariamente significare qualcosa. Ha detto che viene da New York ed è qui per lavoro».

«Sarà facile da verificare. Qual era il numero dell'appartamento?»

Carl lo fissò con aria assente. «Beh, era uno degli ultimi piani». Sembrava che stesse cercando di ricordare il corridoio del piano in cui era stato e dove aveva trovato la porta giusta. «Otto-dodici».

«*Voilà*. È nostro. L'unico modo in cui potrebbe avere accesso a quell'appartamento è se lavorasse per noi. Samson ha detto che Oliver è stato con lei tutto il giorno».

Carl annuì in segno di assenso.

«Chiamalo. Vediamo dove l'ha portata».

Carl digitò il numero di Oliver, poi mise il telefono in vivavoce. «Ehi, Oliver, sono io».

«Carl, spero che sia importante. Sono stanco morto», disse Oliver con voce assonnata. Amaury diede un'occhiata all'orologio sopra il forno. Erano appena passate le nove di sera. Scosse la testa incredulo. Umani!

«Ehi, Oliver, sono Amaury. Scusa per il disturbo. Spero di non averti svegliato».

«Nessun problema, Amaury». Sembrava che Oliver si fosse rimesso in sesto. «Cosa posso fare per te?»

«Sei rimasto con Delilah tutto il giorno?»

«Sì, Samson mi ha chiesto di proteggerla».

«Dove l'hai portata?»

«In centro, negli uffici amministrativi della Scanguards».

Carl e Amaury si scambiarono uno sguardo. Amaury fischiò tra i denti. «Non è che per caso sai cosa ha fatto lì, vero?»

«Ha lavorato».

«Ha lavorato?»

«Sì. È una sorta di, non so, contabile o addetta alla revisione contabile, o qualcosa del genere, credo».

«Ne sei sicuro?»

«Sì, ne sono sicuro. La conoscevano ed erano pronti ad accoglierla. Avevano persino preparato un computer per lei e tutto il resto».

«Grazie, Oliver».

Amaury riattaccò. «Beh, suppongo che questa sia una buona notizia. È comunque una coincidenza pazzesca, ma almeno non sembra essere una spia aziendale».

«Non spiega comunque perché sia qui con lui», disse Carl. Amaury riusciva a percepire le emozioni di Carl: l'uomo era protettivo nei confronti del suo capo e non voleva che venisse ferito di nuovo, tanto meno da una donna. «Secondo te, lei sa chi è lui?»

Prima che Amaury potesse rispondere, la porta della cucina si aprì e Samson entrò di corsa.

«Di chi state parlando?» chiese.

«Di te», rispose Amaury. «Ci stavamo chiedendo se Delilah sa chi sei davvero».

«Vorrei saperlo anch'io».

Era la verità. Si sarebbe sentito molto meglio se avesse saputo cosa Delilah sapeva di lui. Se era il suo denaro che cercava o se era veramente lì per lui. Senza un secondo fine. «Dov'è?»

Amaury fece un cenno con la testa verso il piano superiore. «È scesa prima, ha preso uno yogurt ed è risalita». Fece una pausa. «Beh, per lo meno ora sappiamo chi è».

Samson guardò il suo amico con aria interrogativa.

«È una specie di contabile per la Scanguards».

Samson fece un passo indietro. Non se lo aspettava. «Lavora per me?»

Stava andando a letto con una delle sue dipendenti? Fantastico, almeno ora si stava preparando per una denuncia per molestie sessuali.

«Pare proprio di sì. Oliver ha passato tutta la giornata con lei negli uffici della Scanguards in centro, e il condominio dove sei andato a prenderla è uno dei nostri».

Samson si strofinò la fronte. «Allora è vero. Ieri sera mi ha detto che si occupa di revisioni contabili».

Amaury sorrise. «Avete avuto tempo di parlare?»

Samson bloccò sul nascere le insinuazioni di Amaury con uno sguardo severo. Il suo amico di vecchia data lo stava facendo sembrare un maniaco sessuale. Certo che avevano parlato, scherzato, in realtà, si erano presi in giro e avevano riso, anche dopo che Carl aveva consegnato la scorta di preservativi. Come se l'unica cosa che Samson facesse per intrattenere una donna fosse fare sesso.

«Ha detto che viene da New York ed è qui per una revisione. Avete verificato tutto?»

«Non ancora; quando sei entrato avevamo appena tirato le somme».

«Carl, chiama Gabriel Giles».

Gabriel era il direttore delle operazioni presso la sede centrale di New York e, visto che era un vampiro, sarebbe stato reperibile, anche se sulla East Coast era passata da poco la mezzanotte.

«Spero che tu abbia ragione». Samson guardò Amaury, con un barlume di speranza nel petto.

Pochi secondi dopo, la voce di Gabriel rimbombò attraverso il vivavoce. «Ehi, Samson, come va?» Sembrava più Tony Soprano che un vampiro. New York poteva fare questo effetto a chiunque.

«Felice di sentirti, Gabriel. Ascolta, non voglio rubarti troppo tempo, ma ho bisogno che controlli una cosa per me. Avete mandato qualcuno per una revisione contabile agli uffici di San Francisco?»

«Fammi controllare». Lo si sentì digitare qualcosa sulla tastiera. «Certo che sì. L'incarico è iniziato lunedì. Perché?»

«Come si chiama la persona incaricata della revisione?»

«Delilah Sheridan».

DELILAH RIMASE immobile dietro la porta della cucina che stava per aprire. Trattenne il respiro. Perché stavano parlando di lei?

«Cosa ha rivelato il controllo sul suo passato?» Era la voce di Samson che sentiva.

Un controllo sul suo passato? Su di lei? Cosa stava cercando di scoprire? Rimase immobile, trattenendo il fiato per non far capire che si trovava dall'altra parte della porta.

«È pulita», rispose l'altro uomo. «Niente di strano. Single, senza fratelli o sorelle, il padre è in una casa di riposo, la madre è morta due anni fa. Cosa vuoi sapere?»

«Lei sa chi sono?» La voce di Samson suonava stranamente tesa.

Anche se aveva sentito la domanda, lei non capiva cosa intendesse dire.

«Ne dubito», disse l'uomo. «Non le abbiamo fornito informazioni oltre quelle strettamente necessarie. Conosci meglio di chiunque altro la nostra politica. E dato che tutto è intestato al trust, non avrebbe potuto vedere il tuo nome in nessuno dei documenti».

Quali documenti? Di cosa diavolo stavano parlando?

Aveva sentito abbastanza. Samson la stava controllando, per qualche motivo che non riusciva a comprendere. Si sentì violata. Arrabbiata, spinse la porta della cucina con forza. Tre paia di occhi si girarono immediatamente verso di lei. Tre sguardi sorpresi: quelli di Samson, Amaury e Carl. Si erano messi tutti d'accordo contro di lei.

«C'è altro?» continuò l'uomo all'altro capo del telefono.

«Grazie, Gabriel». Samson non le staccò gli occhi di dosso mentre chiudeva la chiamata.

Delilah lo fulminò con lo sguardo, incapace di parlare per qualche secondo. Nessuno dei presenti osò dire una parola, come se stessero aspettando uno scoppio di ira. Ed era proprio quello che sarebbe successo.

«Hai fatto fare un controllo su di me?» Cercò di mantenere la voce stabile, per non mostrare il dolore che provava.

«Delilah, mi dispiace, posso spiegarti». Samson non si prese neanche il disturbo di negare l'accusa. Il che la confermava.

Scosse la testa. «Ti risparmio la fatica. Me ne vado». Si voltò di scatto e uscì come una furia. Salì al secondo piano facendo due gradini alla volta. Le lacrime le bruciavano gli occhi, ma le trattenne. Non ne valeva la pena. Se voleva sapere qualcosa su di lei, avrebbe potuto semplicemente chiederlo. Gli avrebbe raccontato tutto, ogni singolo dettaglio della sua vita.

Ma non glielo aveva chiesto.

Invece, l'aveva controllata alle spalle, come se fosse una criminale.

Dopo la meravigliosa notte di passione che avevano condiviso, Samson aveva sentito il bisogno di indagare su di lei?

Cosa pensava di trovare?

24

Ricky e Thomas lasciarono il magazzino.

Avevano rinchiuso Billy, lasciandogli una coperta e dell'acqua. Non c'era bisogno di farlo soffrire mentre decidevano cosa fare di lui.

«Hai sentito cosa ha detto Samson su di lei?» chiese Ricky.

«Intendi il discorso sulla *mia donna*?»

«Esattamente. Pensi che parlasse sul serio?»

Thomas scrollò le spalle. «Dimmelo tu. Quando si tratta di voi etero, non riesco mai a capire se siete davvero presi da qualcuno oppure no. Troppi giochetti per nascondere i sentimenti e tutta quella roba».

«Fidati, non ne capisco più di te. Ma non l'ho mai sentito parlare in quel modo. Spero che lui non sia troppo preso da lei. Una cosa del genere non può finire bene».

Ricky prese il casco che Thomas gli porse e lanciò una gamba oltre la moto per mettersi seduto dietro di lui.

«Avrebbe dovuto lasciarmi la macchina e prendersi lui la tua moto, invece di costringerci a stare così stretti».

«Che c'è, ti preoccupa dovermi abbracciare?» Thomas rise. «Da quando sei diventato così omofobo?»

«Non lo sono; mi preoccupa la mia macchina. Oggi sembrava pronto ad uccidermi. Spero che non se la stia prendendo con la mia auto nuova di zecca».

Thomas scosse la testa. «Ucciderti? Cosa gli hai fatto?»

«L'ho sorpreso mentre si scopava Delilah sotto la doccia».

«Stai scherzando. Vuoi dire che per questo voleva ucciderti?» Thomas era sorpreso. Tra i loro simili, il sesso non era sempre visto come un atto privato, a meno che non avvenisse tra una coppia che aveva stretto un legame di sangue. Non c'era quindi motivo per cui Samson avrebbe dovuto andare su tutte le furie per essere stato visto mentre scopava Delilah.

«Esatto. Mi ha praticamente detto che se mai mi avesse visto guardarla di nuovo, avrei potuto dire addio alla nostra amicizia e al mio lavoro».

«Sembra piuttosto possessivo».

«Già».

«Stai pensando quello che sto pensando io?»

«Sì».

«Oh, cavolo».

Ricky si aggrappò alla vita di Thomas e la moto partì. Pioveva ancora leggermente. Thomas guidò abilmente attraverso il traffico leggero. Si diressero verso il quartiere Sunset, passando davanti alle case degli anni Quaranta e Cinquanta, ai cortili spesso trascurati e ai negozietti dall'aria dimessa lungo la strada. Il quartiere era perlopiù piatto e privo di interesse architettonico.

L'indirizzo che Billy aveva fornito loro era una casa d'angolo, più grande delle altre nella zona e apparentemente ristrutturata di recente. Diverse finestre erano illuminate.

Thomas parcheggiò la moto dietro l'angolo.

«Come vuoi giocartela?»

«In modo diretto. Suoniamo il campanello», rispose Ricky.

I loro passi erano praticamente impercettibili sul marciapiede. Mentre si avvicinavano alla casa, le narici di Thomas iniziarono a pizzicare. Inspirò profondamente. Un profumo stranamente familiare gli solleticò il naso, ma un urlo proveniente dall'interno della casa distrasse la sua attenzione.

Lui e Ricky si scambiarono uno sguardo per una frazione di secondo, poi corsero verso la porta d'ingresso e la sfondarono.

Il suono che li aveva guidati era quello di una donna, che urlava istericamente a squarciagola. Proveniva dal retro della casa. Il pianto di un bambino piccolo si mescolava alle grida della donna. Suoni agghiaccianti, che facevano gelare il sangue.

Quando la raggiunsero, capirono.

Non c'era niente che potessero fare.

Erano arrivati troppo tardi.

Thomas non aveva dubbi sul fatto che John fosse stato ucciso da un vampiro. Il corpo di John sembrava quasi in pace, se non fosse stato per l'orrore assoluto scolpito per sempre nei suoi occhi spalancati. Aveva visto il suo assassino pochi secondi prima che lo colpisse.

Il cadavere di John giaceva sul pavimento della stanza. Il collo gli si era stato spezzato. Ignorando le urla della donna, Thomas si chinò e chiuse le palpebre di John. Non c'era bisogno che sua moglie continuasse a fissare l'espressione terrorizzata del marito morto.

Non potevano restare a consolare la donna, ma potevano cancellare la sua memoria.

Thomas posò il palmo della mano sulla sua fronte. Le grida cessarono, e lei rimase immobile. Non cancellò solo i ricordi di lui e Ricky, ma anche quelli degli occhi del marito. Era meglio che non sapesse quanto era stato terrorizzato nei secondi prima della sua morte. Affrontare il dolore della perdita sarebbe stato già abbastanza difficile.

25

───────

Gettando alla rinfusa le sue cose nella valigia, Delilah cercava di trattenere le lacrime. Non poteva stare con un uomo che non si fidava di lei. Accidenti, non aveva nemmeno provato a conoscerla davvero. Invece, aveva agito alle sue spalle. Non poteva tollerare quel tipo di tradimento.

Sentì la porta aprirsi e chiudersi dietro di lei e sapeva che Samson l'aveva seguita. Se lo aspettava. Avvertì la sua presenza, ma fece finta di niente. Non se lo meritava.

«Mi dispiace, Delilah».

La sua voce era più vicina di quanto si fosse aspettata. Non poteva essere a più di un passo da lei. Non lo voleva così vicino. Non in quel momento. Mai più.

«Me ne vado in due minuti, e non preoccuparti: non ti sto rubando niente». La voce di lei era gelida. Non gli avrebbe dato la soddisfazione di sapere quanto l'aveva ferita.

Non era la prima volta che rimaneva delusa da un uomo e non sarebbe stata l'ultima. *Lui* non sarebbe stato l'ultimo uomo della sua vita. Era più che abituata a uscire con l'uomo sbagliato. Forse era per questo che aveva smesso di frequentare qualcuno. Probabilmente avrebbe fatto una scelta migliore con un gatto o un cane.

«Me lo merito». Samson era calmo. «Per favore, dammi la possibilità di spiegare».

Probabilmente, aveva già un discorso preparato per situazioni come questa. Altrimenti, come poteva rimanere così impassibile?

Sentì le mani di lui sulle spalle e le spinse via.

«Ok, non ti tocco».

La rabbia cominciò a divamparle dentro. La sentiva ribollire dallo stomaco, attraversandole il petto come un fiume di lava che si avvicinava lentamente a una casa.

«Come hai potuto? Come hai potuto agire alle mie spalle in quel modo?» Delilah si girò per affrontarlo. «Potevi semplicemente chiedermi quello che volevi sapere».

E perché Samson era ancora così attraente, così sensuale, quando lei aveva bisogno di essere arrabbiata con lui?

Non avrebbe dovuto voltarsi. Avrebbe dovuto semplicemente andarsene senza nemmeno guardarlo.

I suoi bicipiti si contrassero e Delilah si rese di nuovo conto della sua forza e bellezza fisica. Il modo in cui gli occhi di lui cercavano i suoi, come se stesse cercando di guardarle dentro l'anima, le faceva tremare le ginocchia. Doveva distogliere lo sguardo da lui se voleva davvero uscire da quella stanza, da quella casa e dalla sua vita.

«Ho sbagliato. Ma avevo bisogno di sapere chi eri».

«Te l'ho detto chi sono. Che cosa ti aspettavi? Dopo tutto quello che abbiamo fatto... non potevi semplicemente chiedermelo? No. Hai dovuto fare un controllo su di me, come se fossi una criminale qualunque».

«Dolcezza, non...» Samson alzò la mano per accarezzarle il viso.

«Non chiamarmi dolcezza!» lo interruppe, fermandolo prima che la toccasse.

Le era piaciuto quando l'aveva chiamata così la notte prima, ma non in quel momento. Si voltò e chiuse di scatto la valigia.

«Delilah, ti chiedo scusa. Vorrei essermi fidato maggiormente del mio istinto, ma non l'ho fatto. Quando Carl ha raccolto le tue cose, ha trovato qualcosa e me l'ha fatto notare. Sarei dovuto venire direttamente da te a chiederti spiegazioni, ma... non so perché non l'ho fatto...»

La fissava, cercando di costringerla ad ascoltarlo. «Avevi dei documenti della Scanguards in tuo possesso».

«E allora? Lavoro per quella società. Carl non aveva alcun diritto di frugare tra le mie cose».

Samson annuì. «Sì. Ma li ha visti. E ora capisco che avevi tutto il diritto di avere quei documenti con te. Adesso lo so. Perché ora so che lavori per me».

Lo guardò, confusa. «Non lavoro per te. Lavoro per la Scanguards», disse con fermezza, afferrando la sua valigia. «E poi, cosa importa a te per chi lavoro? Non mi sembrava che fossi così interessato a quello che faccio».

Provò a spingerlo per raggiungere la porta, ma lui le bloccò il passaggio.

«Tu lavori per me. Io *sono* la Scanguards. Sono io il proprietario».

Delilah si fermò di colpo e Samson capì all'istante che per lei quella era una novità.

Non aveva la minima idea che fosse lui il proprietario della Scanguards, che valesse centinaia di milioni di dollari. Il cuore di lui fece un balzo quando si rese conto che la sua paura era stata infondata. Non era lì per i suoi soldi, perché non aveva idea di quanto fosse immensamente ricco.

Samson poteva vedere che lei stava cercando di dare un senso alle sue parole. Ma poi un'ombra scese sul suo volto, come una nuvola che copriva il sole. La sua mascella si abbassò, e i suoi occhi lo trafissero con uno sguardo carico di rabbia.

«Pensavi che volessi i tuoi soldi? O mio Dio! Pensavi che fossi venuta a letto con te perché... O mio Dio!»

Il dolore che vide negli occhi di lei lo colpì come una lama affilata, ferendolo nel profondo del petto. Se aveva pensato che rivelarle chi fosse l'avrebbe aiutata a capire il motivo delle sue azioni, si sbagliava di grosso. Aveva peggiorato le cose. Molto di più.

«Non mi sono mai sentita così sporca e umiliata in vita mia. Mi sentivo più pulita quando pensavi che fossi una spogliarellista. Ma tu pensavi... tu pensavi che io... No, no...»

Corse verso la porta, ma lui si lanciò davanti a lei per fermarla. Voleva prenderla tra le braccia e baciarle via il dolore, scusarsi con il suo corpo per tutto ciò che aveva fatto. Ma sapeva che lei lo avrebbe respinto. L'aveva ferita, la sua graziosa mortale, e questo gli faceva più male di qualsiasi ferita su di sé. A quel punto avrebbe fatto qualsiasi cosa per alleviare il suo dolore.

«Ti prego, dimmi cosa posso fare per rimediare».

Lei lo fissò, con gli occhi lucidi per le lacrime che stava trattenendo. «Pensi di potermi comprare? Non mi hai umiliata abbastanza? Tieniti i tuoi maledetti soldi e levati dai piedi!»

«Ti prego, fermati un attimo e ascoltami».

«Perché? Non sai già tutto quello che volevi sapere? Non è per questo che mi hai assegnato una *guardia del corpo* oggi? Per potermi spiare? Controlli tutte le tue donne in questo modo?»

«Delilah, era per tenerti al sicuro. Non ho mai voluto ferirti, credimi. Ma mi hai spaventato».

Oh sì, era spaventato, spaventato da ciò che lei poteva fare al suo cuore. Forse era meglio dirle tutto in quel momento.

«Spaventato? Perché? Perché te la stavi spassando con una povera incaricata alla revisione contabile? Sì, è proprio terrificante».

«Non dire così. È per quello che mi fai provare quando sono con te. È questo che mi spaventa».

«Smettila di mentirmi».

Gli passò accanto, spalancò la porta e, con la valigia in mano, si precipitò giù per le scale. Samson era subito dietro di lei, deciso a non lasciarla andare.

Prima che potesse raggiungere la porta d'ingresso, questa si aprì. Una raffica improvvisa di aria fredda entrò nell'ingresso, e con essa Ricky e Thomas. Ricky fissò Delilah e poi Samson, che era a un passo dietro di lei.

«Non credo che dovresti lasciarla andare via, Samson».

Sbatté la porta prima che lei potesse uscire. Samson sentì il sospiro frustrato di Delilah, mentre tentava senza successo di oltrepassare Ricky.

«Non la lascerò andare via».

«Bene. Perché qualcuno ha ucciso John Reardon. E lei potrebbe essere la prossima».

«John?» La voce di Delilah era appena un sussurro rauco. Lasciò cadere la valigia a terra, dove fece un tonfo rumoroso.

Samson scambiò uno sguardo sorpreso con i suoi due amici. Lo conosceva?

Delilah si appoggiò al guardaroba. Una frazione di secondo dopo, Samson si mise al suo fianco le avvolse le braccia intorno e la condusse nel salotto. Non l'avrebbe lasciata andare. Non l'avrebbe lasciata andare via.

Samson la fece sedere delicatamente sul divano e rimase vicino a lei. Tenendo il braccio intorno alle sue spalle, si sentì sollevato quando lei non lo respinse.

«Ricky, versa a Delilah un brandy, per favore».

Il suo amico eseguì prontamente e gli porse il bicchiere pochi istanti dopo. Samson avvicinò il brandy alle labbra di Delilah e la fece sorseggiare, mentre con l'altra mano le spostava una ciocca di capelli dal viso.

«Ecco qui, dolcezza».

Lei non protestò.

Lui sapeva che non l'aveva ancora perdonato, ma in quel momento era sotto shock, e lui avrebbe fatto di tutto per farla stare meglio. In un secondo momento, avrebbe cercato di farsi perdonare.

E poi c'era anche l'altro ostacolo da superare, ma lei non era ancora pronta per quello.

In quei pochi secondi in cui l'aveva seguita giù dalle scale, aveva preso una decisione. Non l'avrebbe lasciata tornare a New York. Al diavolo il fatto che fosse umana. Lei era sua. Aveva bisogno di lei ed era sicuro di poterla rendere felice. Se lo sentiva nel profondo del cuore.

Colse Ricky scambiare uno sguardo con Thomas. Nessuno dei due l'aveva mai visto comportarsi in modo così tenero con una donna. Samson baciò dolcemente la testa di Delilah, non curandosi di cosa i suoi amici pensassero del suo comportamento.

«Delilah, dimmi cosa sai di quest'uomo. È lui che ha ingaggiato il tizio che ti ha aggredita».

Lei improvvisamente lo fissò, i suoi occhi si trasformarono in pozze d'acqua verde. «John? John ha ingaggiato quel delinquente?» Guardò Thomas e Ricky, che annuirono.

«Sì, è stato lui. Chi era?» chiese di nuovo Samson.

«Lavora per te».

«Per me?»

«È un contabile alla Scanguards», disse lei.

26

Samson diede precise istruzioni a Ricky e Thomas. Dovevano indagare sull'omicidio di John e, nel frattempo, riesaminare i controlli sui precedenti di chiunque avesse lavorato con John alla Scanguards. Mentre i due se ne andarono, Amaury rimase in casa.

«Penso che sia abbastanza chiaro che non è stata un'idea di John farti del male. Ovviamente lavorava per qualcuno, e quel qualcuno l'ha ucciso», disse Samson.

«Ma perché qualcuno dovrebbe volermi fare del male? L'ho conosciuto solo una settimana fa e non conosco nessun altro qui a San Francisco. Non ho nemici», protestò Delilah.

«E questa persona sapeva che eravamo sulle sue tracce, non dimenticarlo», intervenne Amaury. «E ha raggiunto John prima che potessimo farlo noi. Non ti dice niente questo?»

Samson annuì. «Esatto. Chiunque fosse, non voleva che interrogassimo John e scoprissimo chi c'è dietro tutto questo o di cosa si tratta. Riesci a pensare a un motivo per cui lui o qualcun altro potrebbe volerti fare del male?»

L'idea che qualcun altro fosse ancora là fuori, pronto a fare del male alla donna che desiderava così tanto, fece emergere il suo io vampiro, pronto alla battaglia. Se qualcuno le avesse torto anche solo un capello, avrebbe dovuto fare i conti con la sua ira. Sarebbe stato orrendo.

«Sono qui esclusivamente per la revisione, nient'altro. Sono abituata al fatto che la mia presenza non renda le persone felici, ma questo non significa che vogliano farmi del male».

«Allora deve avere a che fare con la revisione. È l'unico collegamento tra te, John e San Francisco. È l'unica spiegazione plausibile. La revisione ha avuto qualche risultato?» chiese Samson.

Lei fece spallucce. «Niente che non avessi già sospettato. Ho avuto difficoltà ad accedere ad alcuni dei documenti di supporto per le questioni che sto analizzando, ma ho tempo fino a mercoledì, quindi son sicura che, entro allora, riuscirò a capire cosa c'è che non quadra». Delilah sembrava molto sicura del suo lavoro. «Ho sempre trovato tutto ciò che c'era da trovare».

«È questa la tua reputazione? È per questo che la sede di New York ti ha assunta?»

Samson lasciò che i suoi occhi scorressero sulla figura minuta di lei. Era forse una specie di investigatrice finanziari? Avrebbe presto scoperto anche il suo segreto? Quanto tempo gli rimaneva prima che scoprisse la verità su di lui? Quanto tempo gli rimaneva prima che scappasse urlando da casa sua?

«È la mia specialità. Non mi occupo di revisioni finanziarie regolari. Mi occupo solo di indagini particolari. Se qualcuno dovesse falsificare i libri contabili, lo troverò senza ombra di dubbio. Ho già trovato alcuni indizi che indicano che qualcuno sta frodando l'azienda. Devo solo confermare chi c'è dietro».

Lasciò trasparire un'aria di sicurezza, quasi di orgoglio. Samson le credette all'istante. Se diceva che avrebbe trovato la verità, lo avrebbe fatto. Ovviamente, questo significava anche che doveva stare estremamente attento e trovare rapidamente una strategia per dirle chi era. Dirle che era un vampire, perché non aveva intenzione di lasciarla andare.

«Prenditi tutto il tempo che ti serve: estenderò il tuo contratto a tempo indeterminato». Questo avrebbe tolto la pressione del tempo. Mercoledì era troppo presto.

«Puoi farlo?» Delilah guardò prima lui e poi Amaury. «Può davvero farlo?»

Amaury sorrise. «È il capo. Quello che dice, si fa».

«Mi stai facendo sembrare un tiranno». Gli lanciò un'occhiata di rimprovero. «Ti assicuro che non sono niente del genere. Ma essere il capo ha i suoi vantaggi». Samson le sorrise. «Puoi lavorare da qui. Il mio ufficio è a tua disposizione. Avrai accesso universale a tutti i file, non solo quelli della filiale di San Francisco, ma di tutte le nostre sedi. Qualunque informazione ti serva, posso procurartela».

«Non sarà necessario. Posso lavorare dall'ufficio in centro. Inoltre, ho bisogno della scatola contenente i documenti delle transazioni che avevo chiesto a John di procurarmi. Non ho ancora finito con quella. È ancora in ufficio».

Samson scosse la testa. «Farò in modo che qualcuno la porti qui. Non ti perderò di vista. Se qualcuno è riuscito a raggiungere John e ucciderlo, cercherà di fare lo stesso con te. Non posso correre questo rischio».

Un brivido freddo gli percorse la schiena al pensiero che potesse farle del male.

«Ottieni sempre tutto quello che vuoi?»

La sua voce aveva un tono tagliente. Samson capì il motivo. Era ancora arrabbiata con lui per aver indagato sul suo passato.

«Non sempre. Ma questa volta sì. È fuori discussione. Lavorerai qui. Uno di noi sarà sempre con te». Fece un cenno ad Amaury, chiedendo silenziosamente al suo amico di sostenerlo. In quel momento, Delilah sembrava più incline ad ascoltare chiunque tranne lui.

«Ha ragione, Delilah. Se qualcuno ha ritenuto così importante liberarsi di te, non si fermerà solo perché abbiamo rintracciato John e suo cognato».

Fantastico, si stavano coalizzando contro di lei.

Forse era ancora in stato di shock, ma era ancora furiosa con Samson per non essersi fidato di lei. Era, al tempo stesso, confusa a causa dei segnali contrastanti che riceveva da lui, spaventata al pensiero che qualcuno volesse farle del male e preoccupata di fare la scelta sbagliata.

Se tutto fosse stato a posto tra lei e Samson, non avrebbe avuto problemi con quell'accordo, ma ora le cose erano cambiate. Se Samson pensava che costringendola a rimanere a casa sua sarebbe riuscito a riportarla nel suo letto, si sbagliava di grosso.

Glielo avrebbe detto subito, così avrebbe saputo come stavano le cose. «Va bene. Resterò qui per finire la revisione. Ma non esco con i clienti».

Dalla sua reazione, Delilah capì che non si aspettava una dichiarazione del genere. La mascella di Samson si abbassò. Gli ci vollero alcuni secondi per riprendersi.

«Ne parleremo più tardi, in privato».

Col cavolo.

Meno tempo trascorreva da sola con lui, meglio era. Non gli avrebbe dato un'altra occasione per insinuarsi nel suo cuore, solo per permettergli di ferirla di nuovo. Doveva tenerlo a distanza. Si trattava solo di lavoro, nient'altro. E da quel momento in poi, lo avrebbe trattato esattamente così.

«È meglio che mi metta al lavoro».

«Adesso?» Samson sollevò un sopracciglio.

«Tanto non riuscirò a dormire». Delilah sapeva che, con tutto quello che era successo, non sarebbe riuscita a chiudere occhio. «Non devi restare sveglio con me. Mostrami solo il tuo ufficio e dammi accesso ai documenti».

L'ufficio di Samson era più grande di quanto Delilah si aspettasse. I muri erano rivestiti di legno scuro e un'intera parete era occupata da scaffali pieni di libri dal pavimento al soffitto. C'era una grande scrivania con diversi schermi di computer, un divano con un paio di poltrone e un tavolino.

Si aspettava che lui le mostrasse i sistemi operative e poi la lasciasse lavorare da sola, ma invece sia lui che Amaury rimasero e iniziarono a lavorare con lei, aiutandola a esaminare i documenti, rintracciare le transazioni e fare telefonate a New York per verificare informazioni. Sembrava che, anche nel cuore della notte, alla sede centrale ci fosse qualcuno al lavoro. Con l'accesso diretto a tutti i documenti aziendali, il lavoro di Delilah sarebbe stato molto più semplice.

Delilah trovava strano che Samson si fidasse improvvisamente di lei in quel modo.

Fece portare da uno dei suoi collaboratori la scatola di documenti dall'ufficio, quella su cui lei aveva lavorato durante il giorno. Successivamente, lui e Amaury si impegnarono a esaminare attentamente le informazioni sparse sul tavolino, mentre lei, seduta sulla comoda sedia da scrivania di Samson, controllava i file al computer.

Le aveva dato le sue credenziali di accesso e la sua password, lasciandole carta bianca.

Delilah guardò Samson, che aveva la testa immersa tra i documenti e parlava a bassa voce con Amaury. Le sue lunghe ciglia erano scure come i suoi capelli arruffati, che lei gli aveva scompigliato la sera prima, passandoci selvaggiamente le mani e tirandolo più vicino a sé. Anche in quel momento, nonostante quanto l'avesse ferita, continuava a trovarlo irresistibile.

Come se avesse percepito il suo sguardo su di lui, all'improvviso alzò gli occhi e la guardò. Beccata!

Le rivolse un sorriso appena accennato, e Delilah sentì il calore salirle alle guance. Quell'uomo riusciva a confonderla come nessun altro. Si voltò rapidamente verso lo schermo del computer. Doveva mantenere il sangue freddo. Nel giro di pochi giorni avrebbe terminato il suo lavoro, soprattutto se avesse continuato a lavorare anche nel fine settimana, e poi sarebbe stata libera di andarsene. Tutto questo sarebbe diventato solo un ricordo lontano.

Le ore passavano e, con sua grande sorpresa, i due uomini non sembravano stanchi. Sapeva che Samson aveva dormito pochissimo la notte prima, quando loro avevano... Meglio non pensarci. E poi era stato impegnato in riunioni di lavoro tutto il giorno. Beh, non era un problema suo. Era un adulto. Se pensava di non aver bisogno di dormire, lei non avrebbe di certo insistito. Almeno il giorno dopo era sabato, e nessuno avrebbe dovuto svegliarsi troppo presto.

Lei soffocò uno sbadiglio e guardò l'orologio.

«Accidenti, sono quasi le sei».

Samson e Amaury si scambiarono un'occhiata.

«Dannazione», esclamò Amaury.

Samson disse qualcosa a bassa voce, troppo piano perché Delilah potesse sentirlo, e Amaury annuì.

«Io vado a dormire. Buonanotte», disse Delilah, spegnendo il computer e alzandosi.

Samson si alzò e la seguì fuori dalla stanza. «Notte, Amaury».

«Notte».

Nel corridoio, la sua valigia era ancora nello stesso punto in cui l'aveva lasciata. Prima che potesse prenderla, Samson la afferrò e iniziò a salire le scale con essa. Stanca, Delilah lo seguì.

«Tu e Amaury non dovevate restare svegli con me. Potevo farcela da sola».

«Non preoccuparti per noi. Siamo abituati a fare le ore piccole. E poi, è la mia azienda. Ho un interesse personale nel capire chi sta cercando di fregarci».

Una volta raggiunto il pianerottolo, lei si diresse verso la stanza degli ospiti. Quando vide che lui stava andando verso la sua camera da letto, si fermò di colpo.

«Ho bisogno della valigia». Delilah allungò la mano, aspettandosi che lui gliela porgesse.

«È per questo che l'ho portata su con me. Vieni». Aprì la porta e si girò, aspettando che lei lo raggiungesse.

«Non credo che tu abbia capito. Quando ti ho detto che non esco con i clienti, non era uno scherzo».

«Allora temo di doverti licenziare».

«Non dire assurdità».

«Non sto scherzando. Sono pratico». Rimase fermo accanto alla porta aperta, fissandola.

Delilah incrociò le braccia davanti al petto, assumendo una posizione di difesa. Aveva bisogno di tutta la forza che riusciva a raccogliere. «Anche se mi licenzi, non dormirò nella tua stanza. Starò nella stanza degli ospiti».

Si girò sui tacchi e si allontanò.

«Non lo farei, se fossi in te». Non c'era malizia nella sua voce, solo determinazione.

«Come no». La sua sfida era chiara. Se lui pensava davvero di poterla convincere così facilmente, doveva essere completamente fuori di testa.

«Non mi piacerebbe dover picchiare Amaury».

«Cosa?» Si voltò. Cosa c'entrava Amaury in tutto questo? Non aveva alcun senso. Se il suo piano era quello di confonderla, ci era riuscito alla grande. Ora era tutta orecchi.

«Non mi piacerebbe trovare te e lui insieme nella stanza degli ospiti. Lui resta qui. Quindi, a meno che tu non voglia scatenare una grossa lite tra due buoni amici, ti consiglio di restare con me».

«Avrai più di due camere da letto qui».

«Le altre non sono arredate, perché sono in fase di ristrutturazione».

«L'avevi pianificato, vero? Sai una cosa? Posso dormire sul divano in salotto».

Samson scosse la testa e la guardò, con occhi pieni di dolcezza e calore. Non era giusto.

«Sono ancora arrabbiata con te».

«Lo so. Ti do la mia parola: non ti toccherò. So quando ho sbagliato, e so quando è il momento di chiedere scusa. Ma mi concederesti una possibilità per spiegarti le cose, così magari potresti perdonarmi?» disse. «Non voglio che finisca così».

Delilah incrociò il suo sguardo. «Di cosa stai parlando?»

«Di noi. Non voglio che la *nostra storia* finisca». Allungò la mano libera verso di lei. «Ti prego, parlami».

Esitante, si mosse verso di lui, i piedi che non obbedivano al cervello, il quale le stava urlando di non cadere di nuovo nella sua trappola. Pochi secondi dopo, era nella sua camera da letto, e la porta si chiuse dietro di lei.

Era sola con lui. Avrebbe meritato di essere fustigata, severamente. Non aveva appena promesso a sé stessa, cinque minuti prima, di stargli lontana?

Samson accese il camino e si sedette davanti al fuoco, fissando le fiamme. «Non ho mai voluto ferirti».

«Beh, lo hai fatto». Non gli avrebbe reso le cose semplici. Se voleva farsi perdonare, avrebbe dovuto guadagnarselo. Con impegno. Essere così dannatamente irresistibile non sarebbe bastato per tirarlo fuori dai guai.

Certo, fallo sapere al tuo corpo!

«E mi dispiace molto. So che non posso tornare indietro, ma vorrei che tu vedessi anche il mio punto di vista. Ti sei presentata a casa mia, completamente inaspettata, e così allettante. E poi, mi hai sedotto...»

«Non è vero», protestò Delilah, ma dentro di sé sorrise. Pensava davvero che lei lo avesse sedotto? Non era una tentatrice. Non lo era mai stata e non lo sarebbe mai stata. Non avrebbe nemmeno saputo da dove cominciare.

Lui le sorrise. «Invece sì. E hai condiviso il mio letto così volentieri. Credimi, nessun uomo è così fortunato».

Delilah lo guardò. Diceva sul serio? Si era guardato allo specchio di recente? Gli uomini come lui *avevano* sempre questo tipo di fortuna. Sempre.

«Non è un motivo sufficiente per agire alle mie spalle».

«No, ma la paura di un altro tradimento sì. Come si dice? *"Gatto scottato teme l'acqua fredda"*?»

Ora era davvero incuriosita. «Tradimento?»

27

———

Samson sollevò le palpebre per guardare Delilah.

Era sicuro di poterle raccontare la verità? Tutta la verità? Forse avrebbe potuto farle capire perché pensare che lei lo avrebbe tradito lo aveva mandato così fuori controllo.

«C'era una donna».

«La rossa».

Come aveva fatto a indovinare?

«Sembravi così teso, così pieno di rabbia quando parlavi con lei».

Allungò la mano per invitarla a sedersi accanto a lui. Delilah acconsentì e si sedette sui cuscini per terra vicino a lui. Voleva sentirla vicina mentre le raccontava ciò che era successo.

Nemmeno i suoi amici conoscevano i dettagli che stava per condividere con lei. Tutto ciò che sapevano era che aveva scoperto che lei era interessata solo ai suoi soldi.

«Mi è stata presentata da un conoscente in comune. Ilona era arrivata da poco in città. Abbiamo iniziato a frequentarci e lei mi ha fatto credere di tenerci davvero a me. Ero in un momento della mia vita in cui non volevo più essere solo».

«La amavi?»

Nessuna donna voleva sentire un uomo confessare che aveva amato un'altra. Persino lui lo sapeva.

«All'epoca pensavo di sì. Tutti ci dicevano che eravamo una coppia perfetta, quindi pensavo che se lo vedevano tutti, doveva essere vero. La sera in cui avevo intenzione di chiederle di sposarmi, l'ho sorpresa. Non mi aspettava. L'ho sentita parlare al telefono con una delle sue amiche. Le cose che ha detto...»

Samson sentì la mano morbida di Delilah sul suo avambraccio, che lo accarezzava delicatamente. Era così confortante sentire la sua mano calda accarezzarlo. Le sue dita erano un balsamo, una carezza che lo calmava.

«Ha detto che odiava essere toccata da me, che non sopportava fare l'amore con me e che una volta che fosse stata legata... sposata con me, non le importava chi si sarebbe occupato dei miei bisogni sessuali, ma non sarebbe stata lei. Ha detto che avrebbe vomitato se avesse dovuto baciarmi ancora». Anche in quel momento, non riusciva a ripetere le sue esatte parole.

Delilah lo guardò, con gli occhi spalancati dallo shock.

«Voleva solo i miei soldi». E una volta ottenuti, avrebbe fatto in modo che qualcuno si sbarazzasse di lui. Non poteva dimostrarlo, ma lo sospettava.

«Ma non avevi intenzione di firmare un accordo prematrimoniale? Al giorno d'oggi lo fanno tutti».

Scosse la testa. «Non è così che funziona con me. Nessun accordo prematrimoniale. La donna che sposerò, un giorno, avrà diritto a tutto ciò che possiedo. Sarà la mia compagna, nella vita e negli affari. Quando mi impegno con una donna, lo faccio senza riserve».

Il legame di sangue era più di un matrimonio. Il legame di sangue era un matrimonio senza accordo prematrimoniale, senza possibilità di divorzio. Era veramente *«finché morte non ci separi»*. Un giorno, presto, avrebbe dovuto spiegarglielo.

«Oh».

«Ma non è tutto. Dopo averla lasciata, non riuscivo a fidarmi di nessun'altra donna. Non volevo vedere nessuna. Non mi interessava nessuna».

«È normale dopo una rottura del genere», disse dolcemente, con la compassione che traspariva dal suo volto adorabile.

Samson scosse la testa. «Non è normale per un uomo perdere improvvisamente il desiderio sessuale. E non è *assolutamente* normale non avere un'erezione per nove mesi».

Alla sua ammissione sincera, la bocca di Delilah si spalancò.

«È la verità». Lui annuì, guardandola.

«I tuoi amici sanno tutto questo?»

«Solo i dettagli essenziali. Non ho mai detto loro cosa è realmente successo e cosa lei ha detto. Sei l'unica persona che lo sa».

Si era confidato con lei e solo con lei. Lo stava immaginando, o lei si stava avvicinando lentamente?

«Quindi i tuoi amici hanno cercato di aiutarti e ti hanno portato una spogliarellista...» Delilah lasciò la frase in sospeso.

«E invece, sei arrivata tu, e improvvisamente tutto ha ripreso vita. All'inizio non riuscivo a credere a quello che stava succedendo, ma quando ti ho baciata per la prima volta, e tu lottavi per respingermi, mi sono eccitato tantissimo... Improvvisamente tutto quello che era stato dormiente per così tanto tempo si è risvegliato».

Le guance di Delilah si colorarono di una splendida tonalità di rosa.

«Puoi immaginare quanto fossi spaventato quando Carl ha trovato quei documenti nel tuo bagaglio, e ho pensato che il nostro incontro non fosse stato una coincidenza? Che mi stessi ingannando? Che non volessi me, ma i miei soldi? Avevo appena iniziato a sentire di nuovo qualcosa, e proprio in quel momento ho pensato che tu fossi... Ti prego, perdonami. Avrei dovuto parlarti subito e chiederti dei documenti. Ci saremmo potuti risparmiare tutto questo».

DELILAH GLI POSÒ un dito sulle labbra. «Shh».

Come poteva continuare a essere arrabbiata con lui, dopo che si era aperto così tanto? Quale uomo ammetterebbe di aver sofferto di disfunzione erettile, specialmente con una donna con cui desiderava andare a letto? Non poteva essere un trucco meschino. Lo guardò negli occhi, cercando un segno che stesse sbagliando, che non ci si potesse fidare di lui, ma non trovò nulla.

Tuttavia, c'era ancora un'altra domanda. Non voleva farla, ma doveva. Lo doveva a sé stessa. Almeno così avrebbe saputo come comportarsi.

«Mi dispiace, ma devo chiedertelo. Questo significa che vuoi solo sesso? Voglio dire, va bene», aggiunse frettolosamente. Non voleva sembrare una puritana o troppo bisognosa. «Se è tutto ciò che vuoi, lo capisco, date le circostanze. Insomma, quale uomo non vorrebbe recuperare, giusto? Nove mesi sono tanti per un uomo. E siamo entrambi adulti consenzienti. Voglio dire, è solo un'avventura. Comunque, non vivo nemmeno qui. Devo tornare a New York...»

Stava farfugliando. Sapeva che non c'era futuro in tutto questo. Ora almeno sapeva che il motivo per cui lui la desiderava era perché era affamato di sesso. Giusto. Erano adulti. Poteva affrontarlo. O no?

La mano di Samson le si posò sul viso, il pollice le accarezzò la mascella. Lo sguardo di lui si spostò dalle labbra tremanti agli occhi di lei. Lei rabbrividì, ma non per il freddo.

«Voglio di più».

«Più sesso?» La voce le tremò e lei evitò il suo sguardo.

«Più tutto. Più di te, non solo di sesso. Non si tratta più solo di sesso. E te lo dimostrerò. Stanotte...»

«È già giorno».

«Oggi», si corresse, «tutto ciò che voglio è farti dormire tra le mie braccia. Niente sesso. Voglio solo starti vicino. Non devi nemmeno essere nuda. Anzi, forse è meglio se non lo sei. Non mi aspetto che tu mi perdoni subito; so che sei ancora arrabbiata con me, ma ho bisogno di averti vicina. Ho bisogno di sentire il tuo respiro accanto a me. Ho bisogno del tuo calore. Ti prego».

Per quanto Samson desiderasse ardentemente il corpo di Delilah e il piacere di essere dentro di lei, glielo doveva. Doveva dimostrarle che non la voleva solo per gratificazione sessuale, che rispettava le sue decisioni. Se fosse riuscito a controllare i suoi impulsi per un giorno, per provare a lei che la desiderava per qualcosa di più profondo del sesso, avrebbe avuto una possibilità di farla sua per sempre. Ne valeva la pena di sacrificarsi. *Lei* ne valeva la pena.

«Vuoi solamente che io stia qui con te? Non vuoi baciarmi?»

Lui guardò le sue labbra, leggermente aperte e umide. Certo che voleva baciarla, ma come avrebbe potuto fermarsi dopo? Tirò Delilah tra le braccia e premette la testa di lei contro il suo petto, accarezzandole i capelli con il palmo della mano.

«Ti ho promesso, quando sei entrata qui stasera, che non ti avrei toccata. E manterrò la promessa».

«Mi stai toccando adesso».

«Sai cosa intendo, quindi non cercare di giocare con le parole». Lui ridacchiò piano, sapendo che, se lei lo stuzzicava, probabilmente non era più così arrabbiata.

Samson lasciò che Delilah si cambiasse in bagno, mentre lui si tolse tutto tranne i boxer nella camera da letto. Usò il bagno di riserva in fondo al corridoio per prepararsi ad andare a dormire.

Il sole era già sorto.

Si sdraiò sul letto, tirando su le coperte. Passarono solo un paio di minuti prima che sentisse la porta del bagno aprirsi e la vedesse.

Aveva intenzione di sedurlo?

Delilah indossava la camicia da notte più sexy che avesse mai visto, un baby-doll di un tessuto talmente sottile da non lasciare nulla all'immaginazione. Non che avesse bisogno di immaginare nulla: aveva ogni centimetro del suo corpo perfettamente impresso nella sua memoria.

Lei scivolò sotto le coperte e si adagiò tra le sue braccia, premendogli il corpo morbido contro. Samson sperò che il sonno lo reclamasse in fretta, così da poter mantenere la sua promessa, ma sapeva istintivamente che non sarebbe arrivato abbastanza presto.

«Hai detto che volevi che dormissi tra le tue braccia, giusto?»

«Sì, ma ho anche detto che non dovevi essere nuda». Le sue mani le cinsero la vita, stringendola ancora di più contro di lui. Samson poteva sentire ogni muscolo del suo corpo.

«Non sono nuda».

«Questo è discutibile».

Per lui era come se fosse stata nuda.

La sua reazione fu automatica. Il sangue affluì al suo cazzo come se qualcuno avesse aperto le chiuse di una diga.

Lei avvicinò la testa a quella di lui, tentandolo con il suo dolce profumo. «Non merito un bacio della buonanotte?»

«Meglio di no».

A malapena riusciva a parlare ora, cercando di trattenere l'impulso di prenderla. Immagini della pelle scintillante di lei contro la sua gli balenavano nella mente. I loro corpi che si muovevano in sincronia, il suo cazzo duro che la penetrava, pompando con forza, sbattendola.

Sentiva le perle di sudore formarsi sulla fronte, il calore attraversargli il corpo mentre cercava di combattere contro la sua natura.

«Non mi trovi più attraente?»

Lei sapeva esattamente cosa stava facendo, ancora di più quando lui sentì la sua mano scivolare lungo il petto, fino al suo addome, fino ai boxer.

Non riuscì a fermarla, non perché non ne avesse la forza fisica, ma perché ogni pensiero razionale era volato fuori dalla sua testa.

Quando la mano di lei gli si avvolse intorno al suo cazzo, capì di aver perso la battaglia, ma fece un ultimo tentativo di mantenere la parola data.

«Dovresti fermarti. Ho fatto una promessa».

Era difficile parlare. La sua mente poteva pensare solo al palmo morbido di lei che si muoveva su e giù lungo il suo cazzo.

«Io non ho fatto nessuna promessa, il che significa che posso toccarti quanto voglio».

Non poteva credere alle sue orecchie. Il motivo per cui aveva promesso di non toccarla era per guadagnarsi la sua fiducia e ottenere il suo perdono, e lei cosa faceva? Lo seduceva spudoratamente.

«Non puoi essere seria. Sei arrabbiata con me, ricordi?»

Delilah lo guardò e scosse la testa. «Non più. Se fossi ancora arrabbiata con te, non sarei nel tuo letto in questo momento. E non ti starei toccando in questo modo».

La mano di lei strinse più forte intorno al suo cazzo duro, muovendosi lungo la sua lunghezza d'acciaio. «Quindi, per favore, smettila di fare il difficile e baciami».

«Difficile? Non credo che qualcuno mi abbia mai definito così».

All'improvviso, la sentì spostarsi e, nel giro di pochi secondi, era sopra di lui, a cavalcioni. Con un gesto rapido, sollevò la sua camicia da notte sopra la testa e la gettò giù dal letto.

Lui la osservò con gli occhi, tutta la sua meravigliosa nudità, la pelle di seta, le curve. Fissò i suoi seni rotondi, che si sarebbero adattati perfettamente ai suoi palmi.

Lentamente Samson le prese il viso tra le mani e la tirò a sé. «Avrei mantenuto la parola, ma non mi hai lasciato altra scelta».

Le catturò la bocca, divorandola. Era affamato, affamato del suo sapore. Per un attimo, si ritrasse. «E voglio che tu sappia: niente più sesso. Da ora in poi, faremo l'amore».

Era importante per lui fare questa distinzione. Aveva chiuso con il sesso frivolo. Con lei, voleva un altro tipo di intimità. Voleva mostrarle ciò che provava per lei, conquistare il suo cuore e la sua fiducia, così da poterle presto rivelare l'ultimo dei suoi segreti e confessarle la sua vera identità.

Samson tornò a baciarla. Le incorniciò il viso con le dita, accarezzandole dolcemente la pelle e stuzzicando il suo collo invitante. La sua mente si riempì di immagini di beatitudine, di loro due che danzavano al sole, in un oceano di fiori. Per un breve momento, si staccò dalle sue labbra.

«Non ne ho mai abbastanza di te. Non andartene mercoledì».

«Ma devo tornare a casa quando la revisione sarà terminata». Esitò. «Non ho nessun motivo per...»

«Posso darti cento motivi per restare». Le catturò il labbro superiore tra le labbra e lo succhiò delicatamente. «Questa è il primo». La lingua di lui le scivolò sulle labbra. «Eccone un altro. Ne parleremo stasera. Ma adesso...»

La girò, portandola sotto di sé, fissandola negli occhi per un lungo momento. Poi lui prese ciò che era suo, e Delilah si arrese alla sua bocca, alla sua lingua, alle sue mani e al suo corpo. Il suo modo di fare l'amore era più tenero di quanto lui stesso avesse mai pensato di essere capace. Non aveva fretta di unire il suo corpo a quello di lei. Avrebbero avuto tutto il tempo per esplorarsi a vicenda.

Questa volta, tutto ciò che voleva era sentirla, percepire il calore del suo corpo, sentire il battito del suo cuore contro le sue labbra in un ritmo eccitato. Sotto le sue mani e la sua bocca, la sentì prendere vita e aprirsi completamente.

Delilah si inarcava verso di lui ogni volta che le mani di Samson scivolavano dal collo fino all'ombelico. Come Magellano, le circondò i seni e navigò verso sud, per poi deviare prima di raggiungere il Polo Sud. Navigò il piccolo canale tra i suoi seni come fisse il Bosforo, incapace di decidere se dedicare le sue attenzioni prima all'Europa o all'Asia. Entrambe apparivano ugualmente invitanti.

Che montagne perfette, con cime dure come la roccia. Le sfiorò i capezzoli duri, strappandole un gemito strozzato dalla gola.

«Dolcezza, non ho nemmeno cominciato».

Le si mozzò il fiato. «Oh, misericordia».

La misericordia non era ciò che aveva in mente. No, era diretto verso la rigogliosa foresta più a sud, che nascondeva un tesoro prezioso sotto di sé.

Le dita esploratrici di lui trovarono il piccolo germoglio incappucciato e lo sfiorarono. Delilah mosse il bacino verso di lui, spingendo la mano di lui contro i suoi petali umidi. Incapace di resistere, fece scivolare un dito nella sua accogliente guaina.

«Ti voglio adesso».

Samson non aveva mai sentito la sua voce con un tono così roco e pieno di desiderio.

«Mi hai già». Sottolineò la sua affermazione affondando il dito in profondità dentro di lei. Non aveva idea di quanto lo possedesse... corpo e anima. Glielo avrebbe detto, presto.

Il desiderio sessuale del corpo di Delilah si intensificò, i suoi fianchi si muovevano in sincronia con la mano di lui, cavalcandola, proprio come sapeva che voleva cavalcare il suo cazzo. E lei poteva cavalcarlo ogni volta che voleva; non sarebbe mai stato in grado di negarle nulla.

Con movimenti lenti, Samson si posizionò sopra di lei. E, centimetro dopo centimetro, affondò dentro di lei, finché non fu profondamente ancorato dentro . Ogni spinta rendeva la loro unione più profonda, collegando sempre più i loro corpi, fino a muoversi come un tutt'uno.

Non erano uniti solo dalla sua erezione che la impalava, ma anche dalle loro gambe intrecciate, dalle braccia avvolte l'una attorno all'altra, dalle labbra fuse insieme. Il corpo di lei si adattava perfettamente al suo, come se qualcuno in paradiso l'avesse modellata apposta per lui.

In quel momento, Samson non si era mai sentito così vicino a una donna come a Delilah. Samson percepiva l'eccitazione di lei crescere, il suo bacino iniziare a muoversi con più urgenza contro di lui. Rispose nello stesso modo, seguendo il ritmo che lei gli imponeva.

Samson si trattenne al limite, negandosi il rilascio, finché non fu sicuro che anche lei fosse vicina all'orgasmo. L'urgenza di lei prese il sopravvento, chiedendogli di spingere più forte e più a fondo, e lui si adeguò fin troppo volentieri, nonostante l'autocontrollo che dovette avere per trattenere il proprio orgasmo.

«Non fermarti».

Non poteva negarle nulla. «Neanche per sogno».

I talloni di lei si piantarono più profondamente contro i glutei di lui, e le sue unghie sulla schiena gli avrebbero graffiato la pelle se fosse stato umano.

Poi l'orgasmo la colpì. E come per effetto domino, le onde lo raggiunsero, trascinandolo con lei, accendendo il suo stesso rilascio e portandolo a riempirla con il suo seme.

Ma non era finita. Continuò a muoversi dentro di lei, dondolandosi avanti e indietro, baciandola, stringendola finché non sentì gli ultimi spasmi del suo corpo placarsi.

Con gli occhi incollati a quelli di lei, non riusciva a parlare. Non voleva rompere quel momento magico di completa e assoluta beatitudine. Si girò di lato, portandola con sé, incapace di liberarla dal suo abbraccio, riluttante a lasciare il suo corpo.

Quando finalmente parlò, la sua voce gli rimbombò nelle orecchie: roca, intrisa di passione e desiderio, e di qualcos'altro che non provava da molto tempo... affetto.

«Posso darti un milione di motivi per non andartene».

E avrebbe usato ognuno di quei motivi per convincerla a restare.

28

Dormire in un letto che non fosse il suo non era certo una novità per Amaury, anche se di solito il motivo era decisamente più piacevole. Ma quando lui e Samson avevano distolto lo sguardo dal lavoro che stavano svolgendo per aiutare Delilah, era ormai troppo tardi per rischiare di tornare a casa prima del sorgere del sole. Per quanto detestasse intralciare i due amanti, non aveva altra scelta se non fermarsi nella stanza degli ospiti.

Che, sfortunatamente, condivideva una parete con la camera da letto principale.

Con il suo udito ipersensibile, percepì molto più di quanto avrebbe voluto sapere o sentire, così si arrangiò con dei tappi improvvisati, usando batuffoli di cotone trovati in bagno. Furono di poco aiuto. Almeno, riuscì a non sentire più le loro voci. La raffica di emozioni che lo travolse, invece, era tutta un'altra storia. Per Amaury, fu praticamente impossibile riposarsi. A giudicare dalla situazione, però, sembrava che il sesso di riconciliazione stesse andando a meraviglia.

In tutti i suoi anni da vampiro, non aveva mai incontrato una donna che suscitasse in qualcuno ciò che Delilah provocava in Samson. Amaury era di gran lunga più vecchio del suo amico, di quasi duecento anni, e nel tempo ne aveva viste di tutti i colori. Come fosse sopravvissuto così a lungo, non lo sapeva nemmeno lui, soprattutto considerando i nemici che si era fatto tra umani e vampiri.

Aveva vissuto momenti difficili, nel Cinquecento e Seicento, nella sua nativa Francia, prima di avvertire il bisogno di ricominciare da capo in un nuovo continente, dove la sua reputazione di mascalzone e donnaiolo non lo precedeva. Inoltre, aveva già conquistato praticamente ogni donna tra i quindici e i cinquanta anni e, lentamente ma inesorabilmente, le opzioni iniziavano a scarseggiare. Era stato più prolifico di Don Giovanni o Casanova, anche se il suo nome non era mai finito nei libri di storia. Meglio così... non aveva bisogno di pubblicità.

La stanza degli ospiti era abbastanza confortevole, ma i suoi incubi lo svegliarono troppo presto, un'ora prima del tramonto. Gli incubi erano sempre gli stessi e non erano cambiati molto negli ultimi duecento anni. Nonostante il lavoro con il dottor Drake per affrontare i sensi di colpa che lo tormentavano, non riusciva a liberarsi delle immagini che infestavano i suoi sogni ogni notte.

Non aveva senso restare a letto se non poteva più dormire. Una doccia veloce gli fu d'aiuto, così come il sangue che trovò nel frigorifero della dispensa, una combinazione che conosceva bene. Era stato a casa di Samson abbastanza volte da conoscere tutti i suoi armadietti e, per il momento, non aveva tempo per uscire a caccia di un pasto fresco. Come Samson riuscisse a vivere con il sangue confezionato era un mistero per lui.

Amaury preferiva il liquido rosso, caldo e saporito, direttamente da un essere umano vivo. Preferibilmente una donna con cui poteva soddisfare due desideri in un colpo solo. E il fatto era che i suoi desideri carnali avevano urgente bisogno di essere placati. Non passava mai una notte senza saziare quelle pulsioni.

Amaury non era in una relazione con nessuna donna in particolare. Al contrario, prendeva ciò che poteva da qualsiasi donna disponibile incrociasse il suo cammino. Grazie al suo affascinante aspetto fisico, c'erano sempre abbastanza donne interessate a una bella «rotolata nel fieno». Beh, di certo non era più nel fieno, ormai: preferiva di gran lunga un morbido materasso con lenzuola di cotone egiziano ad alta densità di fili. Integrarsi con la società umana aveva decisamente i suoi vantaggi.

Pochi minuti dopo aver sfogliato il giornale sul bancone della cucina, sentì dei passi provenire dalle scale. Delilah apparve in cucina, qualche secondo dopo, con un'aura calda e luminosa.

«Buongiorno», lo salutò con un sorriso.

«Buonasera, Delilah. Samson è già sveglio?»

«No. L'ho lasciato dormire. Sembrava esausto».

Fece un ghigno. «Non mi sorprende».

La casa aveva praticamente tremato, come durante un terremoto, con l'epicentro proprio nella camera da letto principale. O forse era stata solo la capacità di Amaury di percepire emozioni, il suo dono speciale, doloroso come l'inferno, a fargli sentire che San Francisco stava per essere colpita da un'altra scossa.

Il rossore che si dipinse sul volto di Delilah avrebbe fatto invidia a un pomodoro maturo. Prima o poi si sarebbe abituata. Se aveva letto correttamente le emozioni della coppia la notte precedente, lei sarebbe diventata una presenza fissa in quella casa.

«Sto morendo di fame. Vuoi un panino? Lo preparo anche per te?» Delilah aprì il frigorifero e iniziò a tirare fuori del pane, degli affettati e delle verdure.

«No, grazie; i cibi solidi appena sveglio non mi vanno molto a genio».

Non era una bugia. I cibi solidi non gli andavano a genio, ma non solo a colazione. Non che non avrebbe gradito una succulenta bistecca, se avesse potuto. Da francese, la perdita del buon cibo era stata uno dei colpi più duri quando era diventato un vampiro.

Delilah si mise a lavare dei pomodori. «Sai, ho trovato qualcosa di interessante nelle transazioni ieri sera».

«Continua». Amaury aveva una conoscenza più che basilare della contabilità ed era un ottimo interlocutore con cui confrontare idee.

«Allora, immagina di voler aggirare i controlli interni per spostare beni di valore al di fuori dall'azienda. Cosa faresti?»

Lui alzò le spalle. «Non sono sicuro di capire dove vuoi arrivare. Non puoi semplicemente spostare beni fuori dall'azienda senza l'approvazione di qualcuno ai livelli più alti di John. Questo lo sai bene quanto me».

«Sono d'accordo, ma John aveva l'autorità per firmare altre cose. Per esempio, se voleva rottamare un vecchio computer, firmava lui e lo mandava a un venditore che riciclava i dispositivi elettronici usati», spiegò mentre spalmava del burro su una fetta di pane.

«Certo, ma dovresti rottamare un sacco di piccole cose per riuscire a racimolare un po' di soldi. E comunque, quello che rottami probabilmente ha già un valore residuo molto basso, quindi qual è il punto? Non vedo come tu possa spostare grandi quantità di beni in questo modo. Ci metteresti anni».

«È quello che ho pensato anch'io all'inizio. Ma che succede se il vero valore del bene non è solo quello della rottamazione, ma molto di più?»

«In che senso?»

«Ammortamento».

«Ammortamento?»

Amaury non riusciva a capire. Certo, conosceva il concetto di ammortizzare il valore di un bene nel corso della sua vita utile, in modo da riportarne correttamente il valore nei libri contabili e registrare la spesa nel conto economico aziendale. Ma le sue competenze finivano lì.

«Sì. John aveva l'autorizzazione a rottamare beni in stato obsoleto di valore inferiore ai 2.500 dollari senza bisogno di ulteriori approvazioni dalla sede centrale. Ha accelerato l'ammortamento per ridurre il valore di questi beni al di sotto della soglia per cui potesse firmare, eludendo così i controlli interni».

Sembrava interessante, doveva ammetterlo. «E poi?»

«Poi trasferiva il bene a qualcuno al di fuori dell'azienda che, a sua volta, lo rivendeva al suo valore effettivo. Restituiva il valore residuo all'azienda e si intascava la differenza».

Delilah addentò il panino e iniziò a masticare.

«Ma quanti soldi avrebbe potuto rubare in questo modo? Anche se fossero cinquanta o centomila dollari, sono spiccioli. Non abbastanza per giustificare l'idea di mandare qualcuno a ucciderti. Come hai visto tu stessa dai registri che abbiamo esaminato ieri, questa storia va avanti solo da circa un anno».

«Ma questo non cambia il fatto che stava chiaramente frodando l'azienda. I documenti delle transazioni puntano a lui. La sua firma era ovunque. Ha avviato e poi autorizzato le transazioni. Sì, non era esattamente una truffa sofisticata, e certamente non una novità, ma forse quella somma di denaro per lui non erano spiccioli. E forse non voleva uccidermi; forse voleva solo spaventarmi per farmi andare via».

«E a che scopo? La prossima persona incaricata della revisione contabile sarebbe arrivata e avrebbe ripreso da dove avevi lasciato. Sarebbe stata, nel migliore dei casi, solo una soluzione temporanea».

«Temporanea? Hmm». Lei ci rifletté sopra.

«Magari aveva qualcos'altro in mente».

Lei aggrottò la fronte. «Vuoi dire una frode di scala maggiore?»

«Perché no? Prima o poi i criminali diventano avidi. Fidati, ho visto tanta avidità nella mia vita». Amaury non stava esagerando. Aveva visto più avidità di quanto potesse sopportare.

«Avidità. Hmm. Mi ricorda qualcosa che il mio professore ci diceva a lezione. Se vuoi appropriarti indebitamente di qualcosa, devi puntare in grande. Prendi ciò che vuoi in un colpo solo e scappa via. Gli schemi di appropriazione indebita a lungo termine non funzionano mai».

«Un professore interessante. Che tipo di scuola hai frequentato?» Amaury sorrise.

«Era il mio professore di contabilità all'università. Che tu ci creda o no, i contabili e i revisori devono effettivamente imparare come commettere una frode per essere in grado di individuarne una nei libri contabili».

«Come uno specialista della sicurezza che deve aver scassinato qualche cassaforte, giusto?»

«Esattamente. È così che la Scanguards addestra il suo personale?»

Delilah aveva finito di mangiare il suo panino e stava rimettendo il cibo nel frigorifero.

Amaury le lanciò un'occhiata laterale. Delilah, probabilmente, non aveva idea di quanto la sua domanda si avvicinasse alla realtà. Scanguards non solo impiegava una maggioranza di vampiri, alcuni meno mansueti di altri, ma un gran numero dei suoi dipendenti umani erano criminali riformati.

«Temo di non poter rivelare i nostri metodi per...»

«Amaury, era una domanda retorica».

Amaury si lasciò sfuggire una risatina nervosa e cambiò argomento. «Sai cosa mi sorprende di più di John? Ha messo in atto questa complicata operazione per racimolare un po' di soldi, quando probabilmente sarebbe stato molto più facile mettere le mani sui beni liquidi della Scanguards. Conosci bene il nostro bilancio. Possediamo pochissimi beni immobili; molti degli edifici in cui operiamo sono in affitto. Ma gestiamo una liquidità non indifferente. Perché non puntare ai contanti? Non sarebbe stato più semplice?»

Delilah si strinse le labbra. «I vostri controlli interni sui contanti sono piuttosto rigidi. Qualsiasi trasferimento di denaro richiede un processo di doppia approvazione. Ho letto il manuale delle procedure a riguardo. Non avrebbe potuto farlo da solo».

Mise i piatti nel lavandino e iniziò a lavarli.

«Credo che stiamo tralasciando qualcosa. Analizziamo i fatti. Tu fai una revisione contabile dell'azienda. John si agita perché ha sottratto indebitamente denaro. Ingaggia suo cognato per ucciderti o...»

«...o spaventarmi per farmi andare via...»

«...o spaventarti per farti andare via. E proprio quando iniziamo a capire cosa sta succedendo, viene ucciso. Non è stato suo cognato, visto che lo avevamo già catturato. Non è stato un omicidio casuale. È stato deliberato. Quindi, cosa ci avrebbe detto John se fossimo arrivati in tempo? Avrebbe confessato di aver sottratto denaro? Forse. Ma avrebbe danneggiato solo sé stesso».

«Qualcuno, evidentemente, non voleva che lo interrogassimo. John conosceva quella persona, sapeva cosa aveva fatto o cosa gli aveva permesso di fare».

«Esatto, perché John lo stava aiutando. Non c'è altro motivo per cui qualcuno vorrebbe vederti morta se non credere che scoprirai ciò che ha fatto, e deve essere qualcosa di molto più grande dell'ammortamento accelerato e della vendita di piccoli beni. Molto più grande».

Delilah si voltò per guardarlo, con interesse che le brillava negli occhi. Apparentemente ignara di avere un coltello affilato in mano, fece un gesto animato. La lama le scivolò di mano e lei cercò di afferrarla al volo, ma prese solo l'estremità affilata con le dita. Il coltello le tagliò la carne morbida con facilità prima di cadere sul pavimento. Il sangue iniziò subito a colarle dalla mano.

«Accidenti!»

«Oh merda!» esclamò Amaury.

Era l'ultima cosa di cui aveva bisogno: l'odore del sangue fresco a stomaco praticamente vuoto. «Lascia che ti aiuti a bendarla». Più velocemente avrebbe chiuso la ferita, meglio sarebbe stato per tutti.

Aprì un cassetto e prese un tovagliolo pulito. «Fammi vedere».

Delilah si premette la mano sana contro lo stomaco. «Oh, Dio, non voglio guardare».

«È solo un po' di sangue», la rassicurò, e non poté fare a meno di notare che il suo viso era diventato bianco.

Amaury le prese la mano per vedere quanto fosse profonda la ferita, tenendo il tovagliolo sotto per impedire al sangue di gocciolare sul pavimento. Trattenne il respiro per non farsi sopraffare da quell'odore così invitante.

NON APPENA SAMSON USCÌ dalla camera da letto, fresco di doccia e vestito, sentì l'odore del sangue. Non c'erano dubbi su chi appartenesse quel sangue e da dove provenisse. Le sue narici si dilatarono, il suo corpo si irrigidì.

Delilah!

Conosceva l'amore di Amaury per il sangue caldo meglio di chiunque altro, e maledisse sé stesso per avergli permesso di restare mentre Delilah era lì con lui.

Preso dal panico, si precipitò giù per le scale e irruppe in cucina, pronto a combattere, per salvare la sua donna dal suo migliore amico. Se Amaury l'avesse morsa, l'avrebbe ucciso. La furia gli esplose dentro mentre i suoi occhi si focalizzavano sulla scena in cucina: Amaury chinato sulla mano sanguinante di Delilah.

Senza pensarci, Samson si scagliò contro di lui, e con un tonfo fragoroso caddero sul duro pavimento della cucina.

«*Noooooooo!*» gridò Samson.

Sfoderò le zanne e ringhiò, immobilizzando Amaury sotto di sé e colpendolo con i pugni. Le braccia del suo amico si sollevarono per cercare di proteggersi il viso.

«Fermati!»

Ma Samson non ascoltò Amaury.

Il pugno di Samson colpì nuovamente la mascella dell'amico. Deviando il colpo successivo, Amaury riuscì a respingerlo abbastanza da bloccarlo.

«Samson!» La voce di Delilah finalmente penetrò nella sua testa.

«Non ho fatto nulla», grugnì Amaury.

«Samson! Che sta succedendo?»

Girò bruscamente la testa verso di lei e capì immediatamente che non avrebbe dovuto farlo.

Delilah lo fissava con orrore.

Nel suo stato di confusione, Samson aveva dimenticato in che condizioni si trovasse. Non aveva realizzato cosa avrebbe visto Delilah: il suo lato da vampiro.

Delilah gridò, con gli occhi spalancati, la bocca aperta, aggrappandosi al bancone mentre arretrava, visibilmente terrorizzata.

«Oh mio Dio!» Il suo petto si sollevava e abbassava in modo frenetico, come se non riuscisse a prendere abbastanza aria. «Oh mio Dio, cosa sei?»

Non era una vera e propria domanda.

Era davvero fregato.

29

Come fari rossi di allarme, gli occhi di Samson brillavano.

Rosso fuoco, esattamente come quella volta nella doccia, quando Ricky li aveva interrotti. Lei non si era sbagliata allora, per quanto avesse cercato di convincersi del contrario. Ma non avrebbe più potuto farlo, non quando guardava la bocca di lui, da cui sporgevano due denti.

No, non denti.

Zanne!

Affilate, appuntite, come quelle di un animale. Come quelle di una tigre dai denti a sciabola.

Non poteva pensarlo, no, perché pensarlo significava renderlo reale. Non poteva essere reale. Non esisteva. Lui non esisteva, non in quello stato.

Era uno dei suoi strani sogni?

Quando si sarebbe svegliata da questo incubo?

Quando?

Delilah si aggrappò più forte al bancone dietro di lei per contrastare le ginocchia che stavano cedendo e sentì il dolore alle dita, nel punto in cui si era tagliata. No, questo non era un incubo, era la realtà. Una realtà bizzarra.

Guardò Samson lasciare Amaury dalla sua presa, alzarsi lentamente e avvicinarsi a lei.

«No!» Le si mozzò il fiato in gola.

Aria. Ho bisogno di aria immediatamente.

«Delilah, va tutto bene». La sua voce era calma e rassicurante, proprio come lo era stata la precedente.

«Stammi lontano!»

Continuò ad indietreggiare, fino a sbattere contro il muro alle sue spalle. Non c'era più nessun altro posto dove andare. Si era spinta da sola in un angolo. E lui si stava avvicinando, lentamente, ma inesorabilmente.

Oh, mio Dio!

Le si seccò la gola. Le corde vocali si bloccarono. In quel momento, dovette affrontare i fatti. Non poteva più negarlo.

Aveva fatto l'amore con un vampiro. Più e più volte.

Dracula. Un vampiro.

Samson era un vampiro, un vampiro la cui bocca l'aveva divorata, le cui zanne le erano state così vicine alla sua giugulare che avrebbe potuto ucciderla con un solo morso.

«Non ti farò del male».

Delilah si lasciò sfuggire una risata isterica. «No, vuoi solo mordermi e succhiarmi il sangue fino all'ultima goccia. È quello che vuoi, vero? Oh, Dio, come ho potuto essere così stupida?»

Sul serio, come aveva potuto essere così sciocca? Perché non l'aveva capito prima? Si sentiva come una di quelle stupide eroine di un film horror di serie B, che correva su dalle scale in camicia da notte, con l'assassino alle calcagna.

Delilah si guardò freneticamente intorno, cercando qualsiasi cosa potesse usare come arma.

«Amaury, ci lasci un momento da soli?» disse Samson.

Amaury si massaggiò la mascella. «Sei sicuro che sia una buona idea?»

«Voglio che Amaury resti», disse Delilah in fretta, sperando che almeno lui potesse offrirle una qualche protezione contro Samson.

Samson le lanciò uno sguardo sorpreso. «Quindi pensi che avere due vampiri nella stanza sia più sicuro che uno solo?»

Fu allora che le fu chiaro.

Erano entrambi pericolosi. Erano entrambi vampiri. Amaury non mostrava le zanne e, ora che lei fissava di nuovo Samson, nemmeno lui le aveva più. Gli occhi gli erano tornati del solito color nocciola.

«Samson, non la stavo aggredendo. La stavo aiutando a fasciarsi la ferita».

I due si scambiarono uno sguardo, finché Samson annuì lentamente. «Mi dispiace di aver frainteso, ma non potevo correre il rischio che qualcuno le facesse del male. La situazione...»

«Non sono così assetato di sangue come pensi e non toccherei mai la tua donna». Amaury sembrava leggermente ferito. Un vampiro ferito dalle parole di qualcuno?

Sii realista! Stai davvero perdendo la testa.

Delilah iniziò a muoversi lentamente lungo il muro mentre i due vampiri sembravano non accorgersi di lei. Li ascoltò a malapena, avvicinandosi furtivamente alla porta della cucina. Ancora pochi passi e avrebbe raggiunto la porta.

«Dove pensi di andare, Delilah?»

Si fermò di colpo. Addio al suo piano di fuga.

«Finiamo di fasciarti per bene la mano, prima che l'odore del sangue mandi uno di noi fuori controllo».

Samson sembrava tranquillo, ma poteva essere un trucco. Per quanto ne sapeva, l'avrebbe dissanguata non appena avesse visto il sangue gocciolare dalle sue dita.

Samson fece qualche passo verso di lei e Delilah indietreggiò ancora di più contro il muro. Ma non c'era altro posto dove andare. Ora lui era a pochi centimetri da lei.

«Ti prego, mi dispiace che tu abbia dovuto scoprirlo in questo modo. Stavo cercando il momento giusto per dirtelo...»

«Quando? Prima o dopo avermi morsa?»

Non avrebbe dovuto mostrargli la paura che provava. L'avrebbe resa ancora più vulnerabile, ma non aveva idea di come nasconderla. E gli animali come lui si gettavano sulla preda appena sentivano l'odore della paura, no? E lui l'avrebbe fatto? L'avrebbe attaccata appena si fosse reso conto di quanto fosse terrorizzata?

Poteva sentire il respiro di lui sul viso. Le ricordava il modo in cui l'aveva baciata, come aveva fatto l'amore con lei, come l'aveva toccata.

Come poteva essere lo stesso uomo? No, non era un uomo, era un vampiro.

Svegliati e annusa il sangue!

«Non ti farò mai del male, dolcezza. Stavo cercando di proteggerti. Ho sentito l'odore del sangue e ho pensato che Amaury ti avesse aggredita».

Doveva per forza essere così dannatamente attraente mentre era a pochi centimetri da lei? Non era giusto.

Sentì la mano di Samson allungarsi verso la sua e cercò di tirarsi indietro, ma lui la trattenne.

«Amaury, i cerotti sono nel cassetto in alto, vicino ai fornelli».

Amaury ridacchiò. «A che servono? Non dovresti...»

«Hai ragione», lo interruppe Samson, sollevando la mano di Delilah verso la bocca. Lei urlò. Lui stava per bere il sangue di Delilah. Lo sapeva! Era proprio come nel suo incubo.

Samson si accorse del suo sguardo spaventato. «Ti leccherò la ferita. La saliva la sigillerà e smetterà di sanguinare. Fidati di me».

Fidarsi di lui? Stava scherzando?

Delilah guardò impotente mentre lui le leccava dolcemente il taglio, assaporando il sangue. Sentì un calore diffondersi sulle dita, una sensazione di formicolio, e si accorse che il sangue smise immediatamente di fluire. Quando Samson chiuse la bocca, lo vide deglutire e inspirare bruscamente.

Gli occhi di lui si bloccarono improvvisamente su quelli di Delilah. «Oh Dio, anche il tuo sangue sa di lavanda».

Lo guardò abbassare la bocca verso la sua, ma non riuscì a fermarlo. Le labbra di Samson sfiorarono leggermente le sue, prima di impossessarsi della sua bocca e catturarla. Fu allora che seppe con assoluta certezza che non stava sognando.

Conosceva il suo tocco, il suo sapore, il suo profumo.

Era reale, ed era un vampiro.

Non poteva impedire al suo corpo di reagire a lui nello stesso modo in cui aveva reagito la notte precedente e gli permise di entrarle in bocca con la lingua e accarezzarla.

Ma non era come la notte precedente, non era più lo stesso. Era un vampiro, non l'uomo che lei pensava fosse. Doveva allontanarsi da lui.

SAMSON ERA TALMENTE immerso nel bacio che il calcio all'inguine lo colse di sorpresa. La lasciò immediatamente e si piegò in due. Una nausea violenta lo travolse. Da vampiro poteva sopportare il dolore, ma persino per lui quel colpo era paragonabile all'atrocità di farsi strappare le unghie una a una.

Quando sollevò lo sguardo, vide Delilah uscire di corsa dalla cucina. Incapace di inseguirla subito, diede un ordine al suo amico. «Riportala qui».

Quando Amaury tornò con lei, Samson si era ripreso dal dolore e riusciva a stare di nuovo in piedi. Amaury la teneva stretta, troppo stretta per i gusti di Samson. Una fitta di gelosia lo colpì. Non era un buon segno.

«Dolcezza, devi smetterla di colpirmi. Son certo che possiamo trovare un altro modo per permetterti di dimostrarmi il tuo affetto».

Doveva riconoscerlo: lei aveva un bel caratterino. Domarla sarebbe stato divertente, seppur stancante e, in certi momenti, probabilmente doloroso.

«Non sono la tua dolcezza!»

Ah, ecco, questo era più nelle sue corde. Non gli era piaciuto lo sguardo impaurito che aveva visto in lei poco prima. Preferiva di gran lunga quando era una combattente. Almeno, su questo si poteva lavorare.

«Amaury può lasciarti ora, o hai intenzione di scappare di nuovo?»

Delilah si scrollò di dosso il braccio di Amaury. Incrociò subito le braccia sul petto. Decisamente pronta alla battaglia. Non che avrebbe vinto. Mai. Ma lui l'avrebbe lasciata provare.

«Possiamo parlare adesso?»

Delilah non rispose. Anzi, strinse ancora di più le labbra. Sapeva esattamente come farle aprire quelle labbra, ma probabilmente era meglio non provarci finché lei era ancora furiosa con lui. Non aveva voglia di un altro calcio nelle palle.

«Vuoi che vi lasci soli?»

Samson annuì al suo amico. «Grazie. Mettiti comodo in salotto. Ci vorrà un po' di tempo».

Quando rimasero soli, Samson la osservò. La sua espressione non era cambiata. Riusciva ad avvertire la tensione nel corpo e nel viso di Delilah, la feroce determinazione a non farsi condizionare da nulla. Non era pronta ad ascoltarlo, lo sapeva. Ma doveva provarci comunque.

«Delilah, sono sempre lo stesso uomo».

Lei scosse la testa senza dire una parola. Ah, il trattamento del silenzio. Un classico femminile.

«Quello che c'è tra di noi...»

«Non c'è niente tra di noi», lo interruppe. «Mi hai mentito».

Almeno stava parlando. Era un buon inizio.

«Volevo dirtelo. Ma non è esattamente la cosa più facile da spiegare. Cosa avrei dovuto dire? *Ehi, tesoro, lascia che ti porti a cena e, oh, a proposito, sono un vampiro, quindi ordina pure quello che vuoi mentre io bevo un bel bicchiere di sangue?*»

«Non hai mai avuto intenzione di dirmelo. Tutto quello che volevi era un giocattolo sessuale».

«Non è vero, e lo sai. Te l'ho detto ieri sera...»

«Bugie. Ecco cosa sono. Mi sono pure bevuta la tua storiella carina sul problema di erezione. È quello che racconti a tutte?»

Delilah sciolse le braccia e si appoggiò le mani ai fianchi.

«Ci sei solo tu. E quello che ti ho detto ieri sera è la verità».

«Stronzate. È per questo che la rossa ti ha lasciato? Perché ha scoperto che eri un vampiro?»

«Primo, anche lei è un vampiro, e secondo, sono stato io a lasciarla».

Lui vide lo shock sul viso di Delilah. Ovviamente, non si aspettava di sentire che Ilona fosse una vampira, ma si riprese velocemente.

«Allora, cos'è successo? Hai passato in rassegna tutte le vampire e hai deciso di scoparti un'umana?»

«Non si trattava di sesso, almeno non dopo la prima notte».

«Bugiardo».

«Ti stai ripetendo».

«Perché continui a rifilarmi le stesse storie».

«Perché sono vere. Ammetto che la prima notte si trattava solo di sesso, ma dopo quella, dannazione, non lo era più. Ti volevo, e non solo per il piacere fisico. Non puoi dirmi che non l'hai percepito anche tu, quando abbiamo fatto l'amore».

DELILAH LO AVEVA PERCEPITO ECCOME, ma doveva essere un'illusione. L'aveva ingannata. Era andata a letto con un vampiro. Lo aveva lasciato entrare non solo nel suo corpo, ma anche nel suo cuore. Persone come lui non avrebbero dovuto nemmeno esistere. C'era qualcosa di terribilmente sbagliato in tutto questo.

«Sei un vampiro. Un vampiro».

Come se dirlo ad alta voce potesse farlo sparire, ma non fu così. Era un vampiro a tutti gli effetti ed era lì, in piedi in cucina, a guardarla, facendola sentire come se avesse sbattuto la testa e si stesse svegliando da uno stato confusionale. Ma non aveva sbattuto la testa. Lui era reale.

«Sono andata a letto con un vampiro». Lasciò cadere le braccia lungo i fianchi, abbassando le spalle.

Samson annuì. «E ti è piaciuto tanto quanto è piaciuto a me».

«No».

Doveva negarlo per mantenere la sua sanità mentale. Cosa sarebbe successo al suo mondo interiore se all'improvviso avesse dovuto ammettere che le piaceva, anzi no, *amava* andare a letto con un vampiro? Il suo intero mondo si sarebbe sgretolato. Creature come lui non avrebbero dovuto, non potevano, esistere. I vampiri erano mito, folclore, storie da raccontare attorno al falò per spaventare la gente. Esistevano solo nei film. Anche i bambini lo sapevano! Proprio come tutti sapevano che non esisteva Babbo Natale. Tutto questo non poteva accadere. Niente di tutto questo poteva essere vero. La negazione era l'unica via d'uscita.

«Devo andare. Devo tornare a New York, subito».

Lui scosse lentamente la testa e si avvicinò a lei. «No. Non te ne andrai». Le accarezzò la guancia con le nocche. «Ho bisogno di te».

«Sei un vampiro».

«Pensi che non lo sappia? Ma non cambia ciò che provo per te».

«Stammi lontano».

Usò tutte le sue forze per respingerlo, mentre il suo corpo cercava di avvicinarsi a lui. Samson esercitava ancora lo stesso potere su di lei che aveva avuto sin dal loro primo incontro. Lei lo desiderava ancora, desiderava leccare ogni centimetro della sua pelle con la lingua. Delilah voleva sentire il corpo duro di Samson premere contro il suo, voleva sentirlo penetrarla, mentre ciò che avrebbe dovuto volere era infilzarlo con un paletto di legno, dritto al cuore! Sempre che avesse avuto un cuore.

«Non toccarmi!»

A quello sfogo, lui ritrasse la mano come se lei lo avesse schiaffeggiato. Lei poté vedere la rabbia crescere in lui, i suoi occhi lampeggiare improvvisamente di rosso. Sembrava che stesse usando tutta la sua forza per controllarsi.

«Amaury! Vieni qui». La voce di Samson era tagliente.

Lei trasalì. Si sarebbe scagliato contro di lei? L'avrebbe colpita? Morsa?

Il suo amico apparve all'istante.

«Tienila d'occhio», ordinò Samson e uscì di corsa dalla cucina.

I suoi occhi lo seguirono finché non sparì, poi si girò verso Amaury, che stava appoggiato con disinvoltura all'isola della cucina, come se non fosse successo nulla.

«Voleva uccidermi, vero?»

Amaury annuì. «Sì, e lo farà... tra le lenzuola, ancora e ancora». Sorrise in modo diabolico.

Lei gli lanciò uno sguardo di disapprovazione.

«Ehi, non prendertela con me; sto solo leggendo le sue emozioni».

Leggendo le sue emozioni? Di cosa diavolo stava parlando Amaury?

«Un dono speciale. Una rottura di scatole». Poi le fece l'occhiolino. «E non preoccuparti, non gli dirò cosa provi. Dovrà scoprirlo da solo, tirandotelo fuori».

Lei sentì i passi al piano di sopra. Samson stava camminando avanti e indietro.

«Non preoccuparti di lui. Si calmerà. Allora, per tornare alla nostra conversazione prima che venissimo così bruscamente interrotti. Hai...»

«Vuoi parlare della revisione come se non fosse successo nulla?»

«Certo. Dobbiamo ancora risolvere quel problema. Solo perché ora sai che siamo vampiri non cambia il fatto che qualcuno sta rubando soldi dall'azienda di Samson e vuole farti del male».

Delilah scosse la testa. «Cosa *sei*? Come puoi pensare al lavoro in un momento simile? Non dovresti mordermi e succhiarmi il sangue a questo punto?»

«Grazie per l'offerta, ma Samson mi farebbe a pezzi se lo facessi, e sì, probabilmente mi ridurrebbe in polvere. Quindi, no grazie. Quindi, no grazie. Sei al sicuro».

«Non era un'offerta...»

Era davvero al sicuro da Amaury? Lui sembrava troppo rilassato, appoggiato al bancone della cucina, per essere pronto ad attaccarla.

«Lo so. Ad ogni modo, mentre tu e Samson eravate impegnati nella vostra lite tra innamorati, ho riflettuto. Hai controllato cos'altro potrebbe aver fatto John oltre a quegli ammortamenti?»

Se voleva parlare della revisione, bene. Almeno avrebbe riportato un po' di normalità nella sua vita sconvolta. «Cosa intendi dire?»

«Quali altre transazioni ha autorizzato? Quali informazioni ha consultato? Penso che dobbiamo esaminare tutto ciò che ha fatto».

Delilah ebbe un'idea. «Il sistema informatico tiene traccia degli accessi ai file?»

«Certo che sì». Amaury annuì, capendo chiaramente dove voleva arrivare.

«Allora vediamo cos'ha combinato».

30

Aveva mandato tutto a rotoli.

Samson non era arrabbiato con Delilah, ma con sé stesso, per non aver gestito la situazione nel modo corretto. Dopo aver tradito la sua fiducia una volta ed essere stato colto sul fatto, era ovvio che lei non gli avrebbe concesso altri margini di errore.

Non poteva certo biasimarla. Accettare il fatto di essere andata a letto con un vampiro, e di averlo apprezzato, era probabilmente troppo da digerire tutto in un colpo solo. Ma doveva convincerla ad accettarlo. E non solo a farlo, doveva convincerla ad abbracciare quella realtà, ad abbracciare lui, perché sapeva che non poteva rinunciare a lei. Quando aveva sentito l'odore del suo sangue, aveva capito di essere perduto, ma quando lo aveva assaggiato, quando aveva assaporato lei, aveva capito che c'era solo una soluzione accettabile alla loro situazione: un legame di sangue.

Anche se in passato il dottor Drake non lo aveva aiutato a risolvere i suoi problemi, aveva avuto ragione su una cosa. Un vampiro può percepire un legame speciale con la persona con cui è destinato a legarsi tramite il rituale del legame di sangue, anche prima che questo venga eseguito.

Samson percepiva quel legame speciale con Delilah. Non sapeva descrivere quella sensazione; sapeva solo che era giusta. Quasi... *istintiva...* era la parola che gli veniva in mente. Ogni volta che la guardava negli occhi, vi si perdeva e sapeva che anche lei doveva per forza percepire quella sensazione. La notte prima, nei suoi occhi c'era stata una tale comprensione che era certo di non sbagliarsi.

Ma anche se avesse cercato di spiegarle ciò che voleva, immaginava che lei non l'avrebbe ascoltato. Non in quel momento. Forse, però, avrebbe ascoltato un professionista. Doveva provarci.

Amaury e Delilah non erano più in cucina. Samson ascoltò attentamente e riuscì a sentire delle voci provenire dal suo ufficio. Cosa stavano combinando? Li trovò seduti nel suo ufficio: lei sulla sua sedia dietro la scrivania, e il suo amico che le stava vicino, entrambi intenti a guardare lo schermo del computer.

Anche se sapeva che Amaury non avrebbe mai toccato la sua donna, Samson non apprezzava quanto il corpo del suo amico fosse vicino a quello di Delilah. Lo stomaco gli si strinse in modo sgradevole. Sarebbe stato sempre così geloso ogni volta che un altro uomo si fosse avvicinato a lei? Era questo che significava amare una persona?

Si fermò davanti alla porta aperta senza fare rumore.

«Non sono sicuro del motivo per cui avrebbe dovuto accedere a questo file», disse Amaury.

«Non faceva parte del suo lavoro?»

«Non proprio».

«Puoi controllare quali altre transazioni codificate ha inviato?»

«Certo, ma non sarà facile. Forse dovrei chiamare Thomas; è lui l'esperto di informatica, non io».

Delilah, dolcezza.

Lei alzò lo sguardo come se avesse sentito la sua voce, anche se Samson non aveva parlato. I loro occhi si incontrarono. Sì, anche lei percepiva il legame, probabilmente senza rendersi conto di cosa fosse.

«A cosa state lavorando?» chiese Samson entrando nell'ufficio.

«Stiamo verificando quali file ha consultato John di recente», rispose Amaury. Delilah era rimasta in silenzio alla sua vista.

Samson alzò un sopracciglio. «Ottima idea, Amaury».

«Non è stata mia, è stata di Delilah».

Samson la guardò con approvazione. «Meglio ancora. Fate tutti i controlli necessari. Ma, per ora, devo rubarti Delilah. Dobbiamo parlare». La guardò, ma lei non fece alcun movimento per alzarsi.

«Non abbiamo nulla di cui parlare. Finirò la revisione e poi me ne andrò. Prima succede, meglio è». La sua voce assunse di nuovo un tono duro e inflessibile.

«Abbiamo molto di cui parlare. È l'ora di risolvere i nostri problemi di coppia». Samson aggirò la scrivania, e Amaury si allontanò da lei.

Delilah lo fulminò con lo sguardo, la sfida nei suoi occhi. «Non abbiamo problemi di coppia, perché non siamo una coppia. Io non esco con i vampiri».

«Fidati, con questo vampiro farai molto più. Andiamo. Il dottor Drake ci sta aspettando».

Le prese il braccio e la tirò su dalla sedia. Lei provò a divincolarsi, ma lui la trattenne con una presa salda.

«O mio Dio, stai cercando di trasformarmi in una vampira! Cos'è lui, qualche chirurgo malvagio che trasforma la gente in vampiri?» urlò lei, in preda al panico.

«Delilah, non ti trasformerei mai in una vampira. Come puoi pensare una cosa del genere di me? Non farei mai una cosa simile contro la volontà di qualcuno». Samson era disgustato al solo pensiero. «Il dottor Drake è il mio psichiatra».

DELILAH SPALANCÒ gli occhi e cercò di assimilare le sue parole.

«Hai uno strizzacervelli?»

Da quando i vampiri si stendono su un divanetto? Una bara sarebbe stata più appropriata. Era semplicemente troppo assurdo. Prima di tutto, i vampiri non avrebbero nemmeno dovuto esistere. Erano solo folklore, miti qualsiasi altra cosa le persone volessero chiamarli. E in secondo luogo, se anche fossero esistiti, di certo non avrebbero vissuto una vita normale come gli umani... con tanto di visite dallo *strizzacervelli*!

«Sì, ne ho uno, anche se sono sicuro che preferisca essere chiamato psichiatra». Un piccolo sorriso si fece strada sulle labbra di lui.

«È un bravo dottore, anche se i suoi metodi possono sembrare un po'... non ortodossi», intervenne Amaury da dietro di lei.

«Anche tu vai da lui?» Lei non riuscì a nascondere il suo stato di shock. Erano entrambi completamente fuori di testa.

«Ehi, tutti abbiamo i nostri problemi. Non è facile la vita da vampiro». Amaury alzò le braccia, come a sottolineare l'ovvio.

«In che razza di universo parallelo sono finita? Voi due siete completamente pazzi, vero?» Era intrappolata in una casa con due vampiri che erano chiaramente fuori di testa.

«Ti assicuro che sono perfettamente sano di mente... anche se non posso dire lo stesso del mio amico qui». Samson accennò un sorriso.

Va bene, forse solo uno dei due vampiri è pazzo. Sì, come no.

Invece di rispondere, Amaury si limitò a scuotere la testa e ad alzare gli occhi al cielo.

«Andiamo. Non vogliamo fare tardi alla nostra seduta di terapia di coppia».

Samson la trascinò fuori dalla stanza e la condusse giù nel garage. Con sua sorpresa, non fece chiamare Carl per accompagnarli. Aprì la portiera del lato passeggero di una scintillante Audi R8 argento e nera, un'auto sportiva che sembrava più adatta a una pista da corsa che alle strade di San Francisco.

Dopo averle chiuso la portiera con la galanteria perfetta di un gentiluomo, Samson si mise al posto di guida. Pochi secondi dopo, quando uscì dal garage a tutta velocità. Lei gli lanciò un'occhiata di traverso.

Non riusciva a dare un senso a tutto quello che aveva appena scoperto. Se era un vampiro, perché non l'aveva morsa? Non era quello che facevano i vampiri? Sia lui che Amaury non avrebbero dovuto essere attaccati al suo collo, a bere il suo sangue?

E a maggior ragione, perché diavolo non era freddo al tatto? I vampiri erano morti, giusto? O meglio, non-morti... comunque sia, non avrebbero dovuto avere una temperatura corporea normale, giusto? Eppure, a volte Samson era incredibilmente *caldo...*

Scosse la testa per scacciare le immagini di Samson sopra di lei, dietro di lei, accanto a lei, il suo cazzo che la penetrava, che spingeva... Maledizione! Basta pensare a queste cose. In ogni caso, era solo una delle migliaia di domande che aveva in quel momento.

Anche il fatto che Samson gestisse un'azienda di sicurezza non aveva alcun senso. Non avrebbe dovuto, come vampiro, attaccare le persone piuttosto che proteggerle? E perché non viveva in una grotta con i pipistrelli? Ok, forse quello era Batman. Supereroe sbagliato.

No, non supereroe. Mostro. Giusto, lui era un mostro.

E... *accidenti...* da quando i mostri erano così incredibilmente belli e attraenti?

Smettila!

Niente più pensieri del genere. Almeno ora sapeva con certezza che non aveva paura di lui. Non sembrava minimamente intenzionato ad aggredirla. Anzi, era apparso disgustato quando lei lo aveva accusato di volerla trasformare in una vampira. Come se fosse l'ultima cosa al mondo a cui avrebbe mai pensato.

Delilah si guardò la mano. I tagli si erano rimarginati quando lui li aveva leccati con la lingua. La sensazione di formicolio che aveva provato si era diffusa in tutto il corpo, non solo nella mano. Solo ricordarlo le fece venire la pelle d'oca.

Samson accese il riscaldamento. «Si scalderà in un attimo. Scusami, avrei dovuto portarti un maglione».

La sua preoccupazione per lei era evidente. La mano di Samson sfiorò leggermente quella di lei prima di tornare sul volante. Il momento fu così breve che lei avrebbe potuto pensare di averlo immaginato, ma il piacevole formicolio che persisteva sulla pelle le disse che non era stato un sogno. Il suo tocco era reale, proprio come lui.

Aveva avuto ragione quella volta sotto la doccia, quando aveva visto i suoi occhi lampeggiare di rosso. E ora capiva perché non c'era uno specchio in bagno. Se era vero che i vampiri non si riflettevano negli specchi, allora non c'era bisogno che lui ne avesse uno.

Era tutto così chiaro ora. I piccoli segnali c'erano stati, ma non li aveva colti o non aveva voluto vederli. Anche la sua incredibile velocità e forza quando aveva fatto volare via la pistola dalle mani del delinquente erano probabilmente dovute al fatto che era un vampiro.

Non posso metterti incinta.

Delilah ricordò improvvisamente le sue parole, quando lui le aveva detto che il preservativo si era rotto. Quindi era vero: come vampiro, Samson non poteva avere figli. Perché non si sentiva sollevata da questo? Non avrebbe dovuto essere felice di non essere già incinta e di non portare in grembo il figlio di un vampiro? Stranamente, il pensiero la riempiva di rammarico piuttosto che di sollievo.

Ricordò improvvisamente gli strani sogni che aveva fatto. La casa che aveva visto nei suoi sogni era quella di Samson, ne era certa ora. E il morso sul collo che aveva sognato? Era forse un avvertimento di ciò che sarebbe accaduto? L'avrebbe morsa nel sonno una notte e l'avrebbe prosciugata? Se fosse stata intelligente, avrebbe dato ascolto all'avvertimento.

Quando l'auto si fermò a un semaforo rosso, si chiese perché non fosse scappata. Avrebbe potuto semplicemente aprire la portiera dell'auto e saltare fuori. Lui non se lo sarebbe spettato. Delilah era veloce e sarebbe riuscita a scappare. Sarebbe stato facile. Guardò la maniglia della portiera e allungò la mano.

«Ti prego. Non scappare». Non era un comando. Era una supplica.

Lei incontrò il suo sguardo e notò che i suoi occhi scintillavano di un colore dorato rossastro, lo stesso aspetto che avevano avuto quando aveva fatto l'amore con lei quella mattina. Delilah rimise la mano in grembo e distolse lo sguardo. Non doveva guardarla in quel modo. La confondeva troppo.

Quando finalmente parcheggiò l'auto davanti a una casa in stile edoardiano, capì che erano arrivati a destinazione. Non la condusse attraverso la porta principale, ma la guidò verso una porta laterale, che portava al seminterrato dell'edificio. Lei esitò davanti alla porta.

«Nessuno ti farà del male», le sussurrò alle spalle. «Te lo prometto». La promessa di un vampiro. Doveva essere impazzita per credergli, dopo tutte le bugie che lui le aveva detto.

La biondina dietro il bancone della reception quasi non la guardò e si rivolse direttamente a Samson.

«Sta finendo con l'ultimo paziente. Ci vorranno un paio di minuti».

Indicò il divano. Delilah non si mosse per sedersi, e Samson rimase al suo fianco. Delilah si guardò intorno nella sala d'attesa. C'erano diverse sedie comode, un tavolino con dei giornali... Aveva visto bene? *SF Vampire Chronicle*, diceva uno dei giornali. Avevano persino un loro giornale? Lanciò a Samson uno sguardo curioso e notò che lui la stava osservando.

«Leggiamo anche noi, sai».

Che spiritoso.

Si girò dall'altra parte e continuò a ispezionare la stanza, non avendo voglia di conversare. Lo sguardo le si posò sul distributore automatico. All'improvviso, le venne sete. Forse avrebbe potuto prendere una bottiglia d'acqua o un succo di frutta. Quando si avviò verso il distributore, sentì la mano di Samson sul braccio. Gli lanciò un'occhiata infastidita, ma lui si limitò a scuotere lentamente la testa.

«Ti prenderò qualcosa da bere quando torniamo a casa», disse.

«Ho sete adesso». Sapeva di sembrare una bambina viziata, ma non le importava.

«Non credo che ti piacerebbe quello che offrono».

Delilah tornò a guardare il distributore e si concentrò sulle bottigliette dietro il vetro. Piccole bottiglie di plastica contenenti un succo rosso. Succo di pomodoro?

Si avvicinò di un passo. Oh, no. Non poteva essere quello che pensava! Le etichette sulle bottiglie dicevano semplicemente *A, B, AB* e *O*.

Le si gelò il sangue nelle vene. Sangue. Sangue in un distributore automatico!

Lanciò a Samson uno sguardo sconvolto. Lui si limitò a fare spallucce.

Prima che potesse dire qualcosa, la porta si aprì e ne uscì un uomo. Sembrava riconoscere Samson e gli rivolse un breve sorriso.

«Come stai, Samson?» Si strinsero la mano. «Non lo dirai...» Fece un gesto verso lo studio del dottore.

Samson scosse la testa. «Non serve nemmeno dirlo. È un piacere vederti, G».

L'uomo, che aveva un aspetto stranamente familiare, la guardò e inspirò profondamente. Poi rivolse a Samson un sorrisetto.

«Una mortale? Tu, fra tutti?»

La scrutò da capo a piedi, emettendo un suono di apprezzamento. Samson, senza esitare, le passò un braccio protettivo intorno alla vita e la tirò più vicina a sé.

«Non preoccuparti, vecchio amico. So bene che non si tocca ciò che è tuo. Ma se vuoi che sia io a fare gli onori di casa, sarò più che lieto di...»

Samson annuì, ma non allentò la presa. «Potrei anche prenderti in parola».

L'uomo se ne andò e finalmente Delilah si rese conto di dove lo aveva già visto. «Quell'uomo è...»

«Il sindaco di San Francisco, sì».

«Anche lui è un...?»

Samson annuì. «Sì, lo è».

«Cosa intendeva dire con gli onori di casa?»

«Te lo spiegherò dopo».

«Il dottor Drake può ricevervi ora», intervenne l'oca giuliva alla reception. «Potete entrare».

«Dimmelo adesso».

«Più tardi».

Delilah non era sicura di cosa aspettarsi dallo studio del dottor Drake, ma di certo non si aspettava il divano a forma di bara. Se Samson non l'avesse spinta oltre la porta e bloccato l'uscita, si sarebbe girata sui tacchi ed avrebbe tentato di scappare.

Stava ancora cercando di assimilare il fatto che il sindaco di San Francisco fosse un vampiro. Non le era nemmeno sfuggito il modo in cui Samson l'aveva immediatamente tirata verso di sé quando l'altro uomo le aveva mostrato un interesse che andava oltre una semplice occhiata. Aveva sentito fisicamente la sua gelosia, e un brivido l'aveva attraversata per l'intensità di quella reazione.

Almeno Samson sembrava non volerle fare del male fisicamente. Né sembrava volerla condividere.

Meglio il vampiro che conosci...

Se fosse stata veramente onesta con sé stessa, avrebbe ammesso che il suo tocco l'aveva confortata, ma non era ancora pronta ad esserlo. E non voleva nemmeno essere onesta con lo strizzacervelli, ammesso e concesso che fosse un vero dottore. Delilah guardò l'uomo. Sembrava normale e umano, anche se era sicura non lo fosse. Lo vide inspirare bruscamente. No, decisamente non umano. Dovevano tutti annusarla come dei cani?

«Ah, la donna umana, suppongo? Delilah?»

Rimase sorpresa per il fatto che conoscesse il suo nome. Quanto gli aveva già raccontato Samson?

«Sì, lei è Delilah».

C'era qualcosa nella voce di Samson che non aveva mai sentito prima. Orgoglio?

Samson la guidò verso una poltrona e la fece sedere, mentre lui si appoggiò a un mobile accanto a lei.

Il dottore inspirò di nuovo, poi alzò le sopracciglia. «Come posso aiutarla questa volta?»

«Questa domanda implica che l'ultima volta lei mi abbia davvero aiutato», rispose Samson.

Il dottore non sembrò offeso. «So che il mio consiglio ha funzionato. Riesco ancora a sentire il suo odore su di lei. Anzi, lei ne è praticamente impregnata».

«Dottore, le sarei grato se tenesse per sé questo tipo di commenti. Io e Delilah siamo qui perché abbiamo bisogno di aiuto con la nostra relazione».

«Relazione?» chiese lo strizzacervelli.

«Non abbiamo nessuna relazione!» protestò Delilah. Era meglio mettere subito le cose in chiaro.

«Ah, credo di aver capito qual è il problema», disse il dottore.

«No, non capisce. Mi ha detto di andare a letto con lei e che tutto si sarebbe risolto».

«Beh, ha avuto un'erezione? Ha funzionato tutto?»

Delilah si sentì imbarazzata per quell'eccessiva franchezza e avvertì il calore salirle alle guance. Quindi era vero. Si era rivolto allo strizzacervelli per risolvere il suo problema di erezione. Almeno su questo non aveva mentito.

«Sì».

«Allora non vedo qual è il problema».

«Il problema è che non ne ho mai abbastanza di lei. Ogni volta che la guardo, ne voglio di più. Ogni volta che la tocco, non riesco a fermarmi. Quando sono lontano da lei, mi manca. Quando un altro uomo la guarda, potrei ucciderlo. Ha capito il punto?»

«Non può denunciarmi per questo. Le ho detto di andare a letto con lei una volta e poi di voltare pagina». Il dottore alzò le mani in segno di resa.

«Oh, stia zitto, ciarlatano!» lo interruppe Delilah. «Che razza di dottore dice a un paziente di andare a letto con una persona? Dove ha studiato medicina? In un bordello?» Sempre che avesse davvero studiato medicina. Ne dubitava.

Drake voleva protestare, ma lei lo interruppe di nuovo. «Cosa c'è? Mi sto avvicinando troppo alla verità, non è vero? Non si preoccupi di rispondere, perché non mi interessa ciò che ha da dire. Non poteva prescrivergli del Viagra? No, doveva dirgli di andare a letto con un'umana».

«Il Viagra non funziona sui vampiri», intervenne Samson.

«Capisco perché le piace». Il dottore rivolse a Samson uno sguardo complice. «È molto simile a lei».

«Non sono affatto come lui!»

«Ecco un palese esempio. Testarda e insolente quanto lei. Non mi sorprende affatto che siate attratti l'uno dall'altra».

«Non sono attratta da lui. Non voglio una relazione con un vampiro. Dannazione, è stato lui a trascinarmi qui».

Il dottore scosse la testa. «Questo è ciò che le dice la testa, ma il corpo non mente. Com'è arrivata qui?»

«E questo cosa c'entra?» rispose Delilah con aria di sfida, incrociando le braccia sul petto. Se stava cercando di ingannarla in qualche modo, lei sarebbe rimasta sulla difensiva.

«Com'è arrivata fin qui?»

«Con la mia auto», rispose Samson.

«Quindi ha acconsentito di venire qui».

«No».

«L'ha legata?»

Dovevano proprio parlare di lei come se non fosse nemmeno presente?

Samson scosse la testa. «Delilah ha avuto molte opportunità di scappare».

«Eppure, non l'ha fatto, perché non vuole allontanarsi. Né da lei, signore, né da questa relazione».

«Non è vero!» urlò lei.

«Solo perché sta alzando la voce, non significa che sia vero. Chi sta cercando di convincere? Me? Samson? O forse sé stessa?»

Delilah non rispose. Odiava quando qualcuno scopriva i suoi punti deboli e ci giocava.

«Partiamo all'inizio, allora. Quando avete fatto sesso, immagino che lei non sapesse che Samson non è umano, giusto?»

«Esatto». Nemmeno morta sarebbe andata a letto con lui se lo avesse saputo. Giusto?

«Bene, e mentre facevate sesso, ha sentito che c'era qualcosa di sbagliato?»

«Sbagliato? No, non ho percepito nulla di sbagliato». Fare l'amore con lui era stato perfetto.

«È stato perfetto», disse Samson a bassa voce.

Lei lo guardò, incerta se rispondere o meno.

«Non ho mai provato niente di più bello in tutta la mia vita», aggiunse Samson. Era come se le avesse letto i pensieri direttamente dalla testa.

Le guance di Delilah si scaldarono a quell'ammissione, e lei distolse lo sguardo. Non era giusto che lui la facesse sentire così accaldata.

«Quindi avete fatto sesso e poi? Cos'è successo?» chiese il dottore, inclinando il corpo in avanti.

«Abbiamo fatto sesso più e più volte. Devo continuare?» Samson sorrise con aria compiaciuta.

Si stava davvero divertendo durante quella seduta?

Il dottore agitò una mano, come a fermarlo. «Credo di aver capito come sono andate le cose».

«Stai tralasciando qualcosa di importante», sbottò lei. «Tipo il fatto che hai indagato sul mio passato perché non ti fidavi di me. Pensavi che volessi i tuoi dannati soldi. Forse avrei dovuto indagare io su di te!»

«Ti ho spiegato perché l'ho fatto e mi sono scusato».

«E poi come se niente fosse, hai continuato a mentirmi su ciò che sei!»

«Cosa ti aspettavi che facessi? Per la prima volta in vita mia incontro una donna che mi fa provare emozioni che non avevo mai sentito prima, che mi trasporta in un altro mondo quando mi bacia, che mi fa sentire il sole sulla pelle... e poi avrei dovuto dirle l'unica cosa che l'avrebbe fatta scappare? Speravo che, se fossi riuscito a farti innamorare di me, forse ci sarebbe stata una possibilità in più che saresti rimasta, una volta che ti avessi detto la verità. Avevo solo bisogno di più tempo. Te l'avrei detto». Samson la supplicava, cercando disperatamente di convincerla ad ascoltarlo. Lei non sapeva cosa rispondere.

«Mi parli del sole sulla pelle», disse lo strizzacervelli. «Sono curioso».

Samson la guardò, mentre rispondeva. «Quando mi baci, mi trasporti in un campo di lavanda. Riesco a sentire il sole che splende sulla mia pelle, ma non mi brucia; la mia pelle non si riempie di vesciche. Sento il calore e posso sentire il profumo della lavanda nell'aria, come se fossi davvero lì, a camminare sull'erba soffice».

Ad ogni parola, Delilah riconosceva ciò che stava descrivendo. Era un luogo reale, un luogo che conosceva, un luogo dove era stata. Non c'era spiegazione su come lui potesse saperlo. Non era possibile.

«Come hai scoperto l'esistenza di questo posto?»

Doveva sapere se l'indagine sul suo passato lo avesse rivelato, per quanto improbabile sembrasse. Nessuno sapeva cosa significasse quel prato per lei. Era tutto ciò che le era rimasto della sua infanzia. Gli unici bei ricordi che aveva del suo fratellino, prima che accadesse l'impensabile.

Samson le rivolse uno sguardo incredulo. «Vuoi dire che quel posto esiste davvero?»

«Certo che esiste! Come l'hai scoperto? È uscito fuori dal controllo sul mio passato?»

Lui scosse la testa. «No. Te l'ho detto, quando mi baci, mi trasporti lì. Lo sento. È come se mi teletrasportassi in quel luogo. Lo percepisco con tutti i sensi. Posso sentirne il profumo. Posso toccarlo. Posso sentire i suoni, vedere il sole. Tutto quanto».

«Non è possibile. Stai mentendo».

Lo strizzacervelli li interruppe. «Parlaci di questo posto. Qual è il suo significato?»

«Non condivido questo ricordo con nessuno. È una cosa privata». Abbassò lo sguardo.

Samson si avvicinò a lei e si accovacciò davanti alla sedia su cui era seduta, guardandola dal basso. «Lo hai già condiviso con me. Mi ci hai portato tu. Non significa forse che volevi mostrarmelo?»

Lei scosse la testa. Era troppo. Se gli avesse permesso di avvicinarsi così tanto, lui l'avrebbe ferita.

«Non escludermi, per favore».

«Che cosa vuoi da me?» Delilah si alzò di scatto dalla sedia. «Non puoi trovarti un altro giocattolo sessuale con cui divertirti?»

«Non sto giocando con te. E questo non riguarda il sesso».

«Non riguarda il sesso?» intervenne il dottore.

«Cosa le fa pensare che si tratti di sesso?» Samson lanciò allo strizzacervelli uno sguardo frustrato. «Qualcuno qui ha ascoltato una sola parola di quel che ho detto? Cosa diavolo la pago a fare? Devo forse spiegarmi meglio? Questo riguarda il fatto che voglio un legame di sangue con Delilah».

31

Con il cellulare premuto all'orecchio, Ilona guardava fuori dalla finestra del suo appartamento, senza riuscire ad ammirare il panorama.

«No, ora tocca a te ascoltare. Ne ho abbastanza, idiota incompetente!» Sbottò con un sospiro frustrato. «Se avessimo fatto a modo mio fin dall'inizio, non saremmo in questa situazione. Ma no, tu pensavi di poter gestire tutto meglio. Non osare interrompermi». Fece una breve pausa, ma finalmente l'interlocutore aveva iniziato a darle retta, senza emettere un solo suono.

«Bene. Ecco cosa devi fare e non mi interessa come, purché tu lo faccia stasera. Sbarazzati di lei. Non solo sta per scoprire cosa stiamo cercando di fare all'azienda, ma ora è diventata persino la sua amante. Lo sai quanto brucia? Lo sai?»

Nessuna risposta. «Sto parlando con te». Era furiosa. Non c'era da stupirsi che tutto stesse andando a rotoli: si era affidata alla famiglia.

«Pensavo non volessi che dicessi più nulla», disse infine il fratello.

Condividevano veramente lo stesso DNA? Difficile da credere.

«Idiota! Non riesco a credere di essere imparentata con te».

«Ehi, non sono così stupido come vuoi farmi sembrare. Ti ho dato tutte le informazioni confidenziali che volevi. Non dimenticartelo. Per lo meno, io so tenere la bocca chiusa, a differenza tua».

«Non osare parlarne ancora!» Il suo fallimento le rodeva ancora, anche dopo nove mesi. C'era arrivata così vicina da poter praticamente assaporare la vittoria.

Ma suo fratello non riuscì a trattenersi. «Oh, sì, eccome se lo farò. Se solo avessi continuato a succhiargli il cazzo finché non vi foste legati con il sangue, tutti i suoi soldi sarebbero stati tuoi e io avrei potuto semplicemente ucciderlo, ma no, la mia cara sorella non riesce a ingoiare, vero?»

«Forse avresti dovuto succhiarglielo tu».

«Non sono il suo tipo. Quindi, non fare sembrare che sia stato io a rovinare tutto. Sei stata tu stessa a metterti in questa situazione. Hai una vaga idea di ciò che ho dovuto affrontare per rimediare ai tuoi errori? No, tu pensi che sia tutto così facile».

Per troppo tempo aveva lavorato a questo piano, e finalmente il premio era di nuovo a portata di mano. Ancora qualche giorno e tutto il denaro di Samson sarebbe stato suo.

«Oh, smettila di lamentarti. Quando tutto sarà finito, sarai pieno di soldi. Hai quasi finito il caricamento?»

«Sto lavorando sulle crittografie. Ancora qualche ora e poi posso iniziare le autorizzazioni. Ci siamo quasi».

Ilona tirò un sospiro di sollievo. «Bene. Ma dobbiamo comunque sbarazzarci di lei. Non possiamo rischiare che scopra ciò che stiamo facendo e ci fermi proprio all'ultimo momento».

«Mi sbarazzerò di lei. Tanto meglio che sia diventata la sua amante. Samson sarà così devastato che non si accorgerà nemmeno di quello che sta succedendo alla sua azienda. È perfetto per noi».

Di cosa stava parlando suo fratello? «Devastato? Se la sta solo scopando».

«Solo scopando? Illuditi pure. È innamorato di lei, la chiama *"la sua donna"*. Sembra che finalmente si sia dimenticato di te. Ci ha messo un bel po'. Ti chiamerò quando il piano sarà stato attuato».

«Aspetta», disse, ma lui aveva già chiuso la chiamata.

Samson era davvero innamorato di quella puttanella? A lei non importava un accidente della vita amorosa di Samson, ma essere rimpiazzata da un'umana? Questo sì che faceva male. Bastardo!

Ilona gettò il telefono sul divano e si tolse i tacchi a spillo. Mentre si dirigeva verso la camera da letto, si tolse il vestito e lo lasciò cadere sul pavimento. Il personale avrebbe sistemato più tardi. Lei aveva cose più importanti da fare.

Amaury chiamò Thomas e ricevette risposta immediata.

«Ho bisogno della tua competenza».

«Di che si tratta?» Thomas sembrava distratto. Amaury poteva sentire qualcuno parlare in sottofondo.

«Ho bisogno che tu dia un'occhiata a dei file. Sei più bravo di me con l'informatica».

Era vero. Thomas era l'esperto di informatica della Scanguards. Qualsiasi cosa servisse, Thomas sapeva come farla.

«Adesso? Sono indaffarato».

Amaury alzò gli occhi al cielo. «Smettila di scopare con Milo e muovi il culo. Ho trovato qualcosa che mi fa sospettare che John Reardon fosse coinvolto in qualcosa di ben più grosso della semplice sottrazione di qualche migliaio di dollari. Ha caricato dei file criptati alla sede centrale e devo sapere cosa contengono».

«Non hai bisogno di me per questo. So che sei perfettamente in grado di decifrare la crittografia da solo», disse Thomas.

«Lo so. Ma mi ci vuole più tempo di quanto ci metteresti tu. Quindi, fallo».

Thomas stava chiaramente esitando, ma alla fine cedette. «Va bene. Mi metto al lavoro. Dove si trovano i file?»

Amaury gli fornì la posizione del server e il codice con cui identificare i file di John.

«Dividiamoci il lavoro. Io comincio dal basso e salgo, tu parti dall'alto e scendi. Chiamami quando trovi qualcosa», gli ordinò Amaury, poi chiuse la chiamata.

Amaury aveva passato l'ultima ora a esaminare la cronologia di ciò che John aveva fatto nell'ultimo mese, in particolare i file a cui aveva avuto accesso. Il suggerimento di Delilah di controllare tutto ciò che era stato aperto con il suo login si era rivelato utile. John si era infilato ovunque, ficcando il naso in file che non aveva alcun motivo di consultare per la sua posizione, documenti su cui avrebbero dovuto lavorare altri dipendenti.

Carl sbucò con la testa dalla porta dell'ufficio. «Amaury, è con te il signor Woodford?»

Amaury scosse la testa. «Sai che puoi chiamarlo Samson, vero? Te l'ha detto più di una volta».

«Preferirei di no».

«È fuori con Delilah. Di cosa hai bisogno?»

«Mi sono ricordato di una cosa che mi preoccupa». Carl si spostava nervosamente da un piede all'altro.

Amaury indicò la sedia di fronte alla scrivania, invitandolo silenziosamente a sedersi.

«Ha a che fare con la signorina Ilona».

«Ilona?» Amaury non riuscì a nascondere la sorpresa. Nessuno aveva menzionato il suo nome in casa di Samson negli ultimi nove mesi.

«Passava molto tempo qui. So di non esserle mai piaciuto, quindi mi sono sempre tenuto alla larga da lei il più possibile. Non volevo turbare il signor Woodford e, dopo che se n'è andata, non c'è mai stato un buon momento per parlarne. Il signor Woodford è stato inavvicinabile per molto tempo».

Amaury se lo ricordava bene. Il suo amico si era isolato, preferendo la solitudine alla compagnia degli amici. Era pieno di rabbia, e quella rabbia si era trasformata in depressione, finché finalmente non era sembrato tornare alla sua versione normale. A parte il fatto che aveva evitato la compagnia delle donne da allora.

«E poi semplicemente me ne sono dimenticato, ho pensato che non fosse davvero importante».

«Carl, ti stai perdendo in chiacchiere». Amaury era impaziente di tornare ad analizzare i file criptati.

«Scusa, Amaury. È solo che... non so nemmeno se sia importante».

Amaury gli lanciò un'occhiata inequivocabile. Parla o vattene.

«La signorina Ilona. Un giorno l'ho vista usare il computer di Samson mentre lui non c'era. Non so se sia riuscita ad accedere o meno ma, quando mi ha notato, ha fatto finta di cercare carta e penna. Più tardi, quella stessa sera, il signor Woodford l'ha cacciata di casa. Ieri sera, quando ho visto la signorina Delilah seduta al computer, me ne sono ricordato».

«Non mi ero accorto che fossi tornato a casa ieri sera».

«Eravate tutti così presi dal lavoro che non mi avete sentito. Non volevo disturbare».

Amaury annuì. Era vero: erano stati così concentrati sul lavoro da perdere la cognizione del tempo e non accorgersi dell'alba.

«Non dire niente a Samson su Ilona. Lo farebbe solo arrabbiare. Penso che sia meglio tenercelo per noi. Farò qualche indagine per vedere cosa riesco a scoprire».

Carl si alzò. «Grazie, Amaury. Sono sicuro che non sia niente. È solo che mi è sembrato strano. Soprattutto considerando che lui non lascia mai toccare i suoi computer a nessuno, tranne che a te e ora alla signorina Delilah».

Amaury sorrise. «Credo che dovremmo tutti prepararci al fatto che Delilah sarà autorizzata a fare molte altre cose».

«Non penserai mica che diventerà la padrona di casa?»

«Padrona di casa? Suppongo che sia una descrizione adeguata. Di sicuro, lo tiene in pugno. Anche se lei non ne ha la minima idea». Amaury scosse la testa e sorrise. Come una donna potesse essere così ignara dell'effetto che aveva su un uomo, era oltre la sua comprensione.

«Non sarà facile nascondere chi siamo, se lei dovesse rimanere».

Guardò Carl con aria sorpresa, poi si portò una mano alla fronte. «Oh, è vero. Tu non lo sai ancora».

«Non so ancora cosa?»

«L'ha scoperto un paio d'ore fa».

Dopo questa rivelazione, fu Carl ad avere un'espressione stupita. «E sta ancora con lui?»

Un forte tonfo li avvisò che qualcuno aveva sbattuto una porta. Pochi secondi dopo, la porta si riaprì e venne sbattuta di nuovo.

«Non abbiamo finito di parlare!» Amaury sentì Samson dire.

«Oh, sì che abbiamo finito! Io non sposerò un vampiro!» gridò Delilah in risposta.

Carl e Amaury si scambiarono un sorriso.

«Scommetto cento dollari che non lo sposerà», disse Carl.

Amaury scosse la testa. «Devi imparare molto di più sulle donne. Non solo lo sposerà, ma si legherà a lui con un legame di sangue».

Allungò la mano per accettare la scommessa e Carl la strinse. «E tu devi imparare di più sul signor Woodford. Non c'è niente che gli piaccia di più della pace e della tranquillità in casa sua. A quanto pare, lei non gli darà nessuna delle due cose».

Amaury rise. Carl forse aveva passato più tempo con Samson negli ultimi diciotto anni di quanto avesse fatto lui, ma Amaury era quello che conosceva veramente il suo amico meglio di tutti. E la pace e la tranquillità non erano di certo ciò che Samson amava di più a casa. Neanche lontanamente.

C'era una cosa che il suo amico desiderava più di ogni altra, qualcosa che non aveva più avuto da quando era diventato un vampiro, nonostante le amicizie che aveva stretto: una famiglia. Ma Carl non poteva saperlo. Samson non aveva mai apertamente espresso il suo desiderio più profondo, ma Amaury lo aveva sempre percepito.

Un'altra porta sbatté e lui capì che Delilah era entrata nella camera da letto di Samson.

32

———

Per la seconda volta in due giorni, Delilah lanciò la sua valigia sul letto e vi gettò dentro i pochi oggetti che ne aveva tirato fuori precedentemente. Cercò di evitare di guardare le lenzuola stropicciate sul materasso, prova evidente della loro notte di passione.

Com'era potuto accadere? Era nella casa di un vampiro. Aveva fatto sesso con lui, un sesso strabiliante, e lui l'aveva trascinata dallo strizzacervelli, dove le aveva annunciato di volerla sposare. E non solo quello: voleva legarsi a lei con un legame di sangue, qualunque cosa significasse. Non aveva aspettato spiegazioni.

Non che a una ragazza non piacesse ricevere una proposta di matrimonio di tanto in tanto, ma da un vampiro? Nello studio di uno strizzacervelli? Non poteva esserci niente di più strano. Samson aveva davvero pensato che lei avrebbe accettato l'idea con entusiasmo?

Non riusciva ad associare l'uomo con cui aveva fatto l'amore al vampiro che le aveva leccato il sangue dalla mano. Erano due persone diverse. Uno era l'uomo di cui sapeva di essersi innamorata; l'altro era un estraneo.

Il dolore che sentiva nel petto era insopportabile. Ma doveva farlo, e farlo in quel momento. Quell'uomo le aveva mentito ad ogni occasione. Non sarebbe mai stata sicura di sapere quale fosse la verità.

«Non chiuderti in te stessa», disse Samson alle sue spalle.

Non l'aveva sentito entrare.

«Delilah, ti prego, parlami». La bocca di lui le sfiorò il collo.

Lei scosse la testa.

«Di cosa hai paura? So che non hai paura di me. Lo percepisco». Samson le toccò la mano e intrecciò le dita alle sue.

«Ti prego, lasciami andare. Non posso stare con te».

«Non posso lasciarti andare via. Sono legato a te. E tu sei legata a me. Non lo senti? Non mi sono mai sentito così vicino a nessuna donna. Riesco a percepire cose di te... il campo di lavanda... è come se fossi nella tua testa...»

«No, ti prego».

«C'è di più. Riesco a percepire la tristezza, ma non riesco a capirne il motivo. Succede quando pensi al campo di lavanda. È come se ci fosse del dolore associato al ricordo del prato. Delilah, fammi entrare nella tua testa...»

Come poteva sapere del dolore, quando lei aveva cercato di seppellirlo profondamente nei suoi ricordi?

«Non posso».

«Dolcezza, ho bisogno di capirti. Ho bisogno di sapere».

«Non puoi farlo. Nessuno potrà mai sapere com'è stato. Quello che ho fatto».

«Io sono qui per te. Ti prego, dimmi cosa ti sta causando questo dolore. Lo percepisco qui». Si premette una mano sul cuore.

Non sapeva spiegare come lui sapesse qualcosa del suo passato, ma lei stessa aveva avuto strane visioni, tutte legate a lui.

«Il prato», iniziò lei. «Si trova vicino a un piccolo villaggio in Francia».

Guardò il volto di Samson, ma non vide lui. Tutto ciò che vedeva era il campo di lavanda e sé stessa a otto anni...

Delilah cullava il suo fratellino tra le braccia.

«Fai attenzione», disse sua madre. «È fragile. Sorreggigli la testa con il braccio».

«Posso farcela, mamma, non preoccuparti. Sono una ragazza grande.

Vedi?» Mostrò a sua madre che sapeva come tenere il piccolo Peter. «È così piccolo. Ero così piccola anch'io?» chiese, guardando sua madre, che le rivolse un sorriso caloroso.

«Eri piccola come lui. E altrettanto carina». Sua madre le diede un bacio sulla testa.

«Ecco qua le mie due ragazze preferite!» La voce di suo padre riecheggiò improvvisamente dal sentiero che conduceva al campo di lavanda.

Quasi ogni pomeriggio, quando finiva di insegnare, le trovava ad oziare nel prato, godendosi le lunghe giornate estive. Trascorrevano i pomeriggi ridendo, giocando e chiacchierando: una famiglia perfetta. Una madre amorevole, un padre premuroso e un fratellino appena nato. Era tutto ciò che Delilah avesse mai desiderato.

L'infanzia di Delilah era perfetta. Non le pesava vivere in un Paese di cui conosceva appena la lingua, né dover farsi nuovi amici a scuola. Tutte le difficoltà erano scomparse quando era nato suo fratello. Lui aveva reso perfetta la loro piccola famiglia.

Era come una bambolina con cui poteva giocare tutto il giorno. E non si annoiava mai di lui. Amava suo fratello, più di tutti i suoi giocattoli messi assieme.

I suoi genitori si fidavano di lei. Una sera, alla fine dell'estate, i suoi genitori decisero di festeggiare il loro anniversario cenando in un ristorante locale. Il ristorante si trovava a un isolato da casa, così lasciarono Delilah a occuparsi del fratellino.

Avrebbero cenato presto e non sarebbero rimasti fuori più di un'ora. Peter stava dormendo quando uscirono. Aveva mangiato, era stato lavato ed era un bimbo felice quando l'avevano messo a letto. Delilah avrebbe dovuto chiamare l'anziana signora che abitava al piano di sotto nel caso in cui suo fratello si fosse svegliato e lei, a sua volta, avrebbe avvisato i suoi genitori al ristorante.

Dopo che i suoi genitori se ne andarono, tutto diventò tranquillo. Delilah giocava con le bambole. Controllò Peter per assicurarsi che fosse coperto. E fu allora che notò qualcosa di strano.

Peter era troppo silenzioso. Non riusciva a sentire nulla. Era sdraiato nella culla, circondato dal silenzio. Lo scosse.

«Peter, svegliati». Ma lui non si svegliò come faceva di solito quando sentiva le voci. Lei lo scosse di nuovo, ma lui non rispose. Forse stava solo dormendo profondamente. Forse era così stanco da non riuscire a sentirla.

Ma non era stanco e non stava dormendo. La paura la immobilizzò, mentre fissava il suo corpicino immobile. Non respirava e non si muoveva. Delilah rimase lì, paralizzata, incapace di muoversi e di prendere una decisione. Non era preparata. Rimase semplicemente ferma sul posto.

Delilah non si mosse dal posto accanto alla culla nemmeno quando i suoi genitori tornarono venti minuti dopo. A malapena udì le urla di sua madre quando suo padre sollevò il corpo senza vita di Peter dalla culla.

Peter se n'era andato perché lei aveva esitato. Era colpa sua. Era lei che doveva occuparsi di lui, e aveva deluso i suoi genitori, distruggendo la famiglia.

Dopo la morte di Peter, si ritrasferirono negli Stati Uniti. I suoi genitori non la biasimarono mai apertamente, ma lei sapeva che era colpa sua. Non vide mai più sua madre ridere. E suo padre fece tutto il possibile per affrontare la perdita e aiutare sua moglie, ma la perdita del figlio era stata troppo anche per lui, e sembrava che tutta la gioia lo avesse abbandonato.

Delilah sbatté le palpebre per ricacciare indietro le lacrime, quando sentì le braccia forti di Samson avvolgerla.

«Avevi otto anni».

«Non cambia nulla. Sono rimasta immobile. Non ho fatto nulla, quando avrei potuto salvarlo».

Lui scosse la testa. «No, dolcezza. Non avrebbe mai dovuto essere un compito tuo».

«Ma lo era». L'abbraccio di lui era confortante, ma sapeva che era solo temporaneo. Voleva assorbirne il calore finché poteva, prima di doverlo lasciare.

«Shh. Pensa al campo di lavanda. Pensa a quanto eri felice allora. Io ero lì con te».

Lei sollevò lo sguardo. «Ma come? Non è possibile».

«Ogni volta che mi baci, mi trasporti lì. Perché è lì che eri felice ed è quel luogo che volevi mostrarmi. Un posto in cui essere felice. Portami lì adesso, Delilah».

Samson le mise una mano sotto il mento e le sollevò il viso. Le sue labbra sfiorarono quelle di Delilah con un tocco gentile, poi si unirono in un contatto più profondo, prima che lei si staccasse improvvisamente.

«Non posso. Non posso stare con te. Non ti conosco. Mi hai mentito così tante volte. Non è una base solida per una relazione».

«Ti ho chiesto scusa per questo, e ti ho spiegato perché l'ho fatto».

Delilah scosse la testa e si liberò dalla sua mano. «Tu vuoi l'eternità da me. Non posso dartela. Non so nemmeno come mi sentirò domani o tra una settimana».

«So che è difficile accettare quello che sono, ma sai che non ti farò mai del male...»

«Non è questo il punto. Tu vuoi che prenda una decisione che influenzerà il resto della mia vita. Ti conosco da soli tre giorni. Come puoi volere un impegno a vita da me dopo così poco tempo? Come puoi esserne così sicuro?»

Lei vide un sorriso formarsi sulle labbra di Samson. Il suo viso era dolce e gentile. «Sento il legame che c'è tra di noi. So che sei quella giusta. È qualcosa che non ho mai provato, né con Ilona né con nessun'altra prima di lei. So che siamo destinati a stare insieme. A essere uniti con il legame di sangue».

«Parli di questo con così tanta certezza. Io non ce l'ho. E il legame di sangue? Non so nemmeno cosa significhi. Non so nulla della tua vita. Come puoi chiedermi di scegliere tra la mia vecchia vita e una nuova, quando non so nemmeno cosa sto scegliendo?» Delilah si sentiva confusa. Niente aveva senso. Quello che Samson voleva da lei era troppo totalizzante. Era qualcosa che non poteva controllare.

«Il legame di sangue è una connessione unica tra due persone che si amano. Ci legherà per l'eternità. Apparterremo l'uno all'altra. Tutto ciò che è mio sarà tuo».

«Non voglio i tuoi soldi. Non voglio niente. Non so nemmeno cosa voglio. Non capisci? È troppo, troppo presto...» Sentì le lacrime affiorare. «Come puoi essere così sicuro di amarmi? Non sai nulla di me».

Samson scosse la testa. «So tutto di te». Si posò una mano sul cuore.

«Ti sento dentro di me Quando soffri, sento il tuo dolore. Quando sei felice, partecipo alla tua felicità».

«Non è possibile. Mi vuoi solo perché eri affamato di sesso e ti serviva come una droga per curare la tua "condizione". Quello che provi ora svanirà, e poi? Cosa farai allora? Mi lascerai? No, non posso farlo».

«Delilah, quello che provo per te è vero. Non svanirà. Che importa se ci conosciamo solo da tre giorni? Non hai mai sentito parlare di amore a prima vista? Mi sono innamorato di te nel momento in cui sei caduta tra le mie braccia, quando ho aperto la porta. Solo che non lo sapevo ancora. Quando sono con te, il mio mondo è perfetto. Le cose che mi fai provare... Non sono mai stato un uomo tenero, ma con te desidero esserlo. Voglio essere dolce, amorevole. Tiri fuori il meglio di me. Mi calmi e mi scaldi il cuore. So di aver commesso degli errori, ma ricomincerò tutto da capo per te. Ti darò tutto quello che desideri. Farò qualunque cosa per renderti felice».

Le sue parole la colpirono. Non poteva negarlo. Ma non era pronta a prendere una decisione del genere, una decisione che non poteva essere annullata. L'eternità era un concetto troppo lontano, troppo incomprensibile.

«Samson, non posso...»

Un forte bussare alla porta li interruppe.

«Samson!» Era Amaury.

«Non ora!» rispose Samson. «Ti prego, Delilah, resta con me. Sii mia. Lascia che io sia tuo».

«Abbiamo un traditore tra di noi!» La voce di Amaury era insistente.

Samson spalancò la porta con un gesto brusco.

«Penso che sia Thomas; c'è lui dietro a tutto questo».

Samson si bloccò. «Oh, Dio, no».

Si voltò verso di lei, guardandola sopra la spalla. «Parleremo più tardi, Delilah. Tu sei la mia vita, che tu lo voglia o no».

Delilah non diede alcun segno di credere alle sue parole, ma Samson non poteva aspettare oltre. Le lacrime non versate negli occhi di Delilah gli facevano male come il sole avrebbe bruciato la sua pelle, e più di ogni altra cosa desiderava abbracciarla, ma doveva occuparsi di quel problema immediatamente.

Thomas, tra tutte le persone. Non voleva crederci.

Si precipitò nel suo ufficio, affiancato da Amaury.

«Fammi vedere».

Amaury aprì le schermate delle transazioni e spiegò cosa stava accadendo. «Guarda qui... Thomas è collegato proprio in questo momento e sta autorizzando tutte le transazioni criptate di John Reardon».

Lo schermo era pieno di finestre pop-up che mostravano notifiche di approvazione.

«Cosa sono?» Samson scrutò lo schermo.

«Bonifici bancari. Sta trasferendo tutto il nostro denaro in conti offshore».

«Tutto?»

«Sì, tutto ciò a cui riesce ad accedere. Milioni. Se non lo fermiamo, domani dovrai chiudere l'azienda... non saremo nemmeno in grado di pagare gli stipendi della prossima settimana».

La notizia fu devastante. Thomas, suo amico da quasi cento anni, lo stava tradendo, lo stava derubando. E non solo: era lui quello che aveva cercato di far del male a Delilah. Non importava quanto fosse durata la loro amicizia, in quel momento c'era solo una cosa da fare.

«Andiamo», ordinò ad Amaury. «Carl?» chiamò nel corridoio mentre si affrettavano ad uscire. Carl apparve dal nulla.

«Sì, signore?»

«Proteggi Delilah».

«Sì, signore».

Salirono sulla Porsche di Amaury, parcheggiata in strada, e si diressero a tutta velocità verso casa di Thomas. Samson tirò fuori il cellulare e ordinò a Ricky di raggiungerli lì con due dei suoi uomini. Avevano bisogno di tutto l'aiuto possibile. Un vampiro fuori controllo era un animale pericoloso. Dovevano essere pronti a tutto.

«Non può andare più veloce questa cosa?» Samson non riusciva a contenere la sua impazienza.

«Sto andando il più veloce possibile senza uccidere nessuno. Sono arrabbiato quanto te», disse Amaury.

«Lo so». Samson guardò fuori dal finestrino, ripensando a quello che Delilah gli aveva detto.

«La ami?» La domanda di Amaury fu inaspettata.

Samson gli lanciò un'occhiata laterale. «Più della mia vita. Ma lei non capisce cosa significhi. Si sta opponendo. Non credo mi abbia perdonato per averle nascosto delle cose».

«Sa che non le faresti mai del male?»

Lui annuì. «E le ho detto che le darò tutto ciò che desidera. Le ho spiegato che avrà diritto a tutto ciò che è mio».

Amaury scosse la testa, ridacchiando. «A volte sei così ottuso che non è nemmeno divertente».

Di cosa diavolo stava parlando il suo amico? «Non sono ottuso».

«Oh, sì che lo sei. Una donna come Delilah non vuole soldi o beni materiali. Vuole un uomo che sia sempre leale con lei. Qualcuno che non le menta mai, qualcuno di cui possa sempre fidarsi».

«Ma le ho detto che la amo. Le ho detto che non le farei mai del male. Mi sono persino scusato per averle mentito. Ho fatto tutto quello che potevo». Samson si sentiva esausto.

«Parole. Sono solo parole. Non si fida delle tue parole. Si fida solo delle tue azioni. Devi dimostrarle quello che provi. Devi fare qualcosa per lei che le dimostri che intendi davvero quello che dici».

«Ma cosa dovrei fare?»

«Come faccio a saperlo io? Hai passato gli ultimi giorni con lei. Sai cosa è importante per lei. Senti il legame con lei...»

«Sai del legame?»

«Ti dimentichi che posso percepire le tue emozioni. So che senti il legame con lei. Usa quel legame per trovare un modo per convincerla. Dalle ciò che vuole, ciò che desidera veramente nel profondo del cuore, e sarà tua».

Le parole del suo amico avevano senso.

Samson chiuse gli occhi e aprì la mente per raggiungerla. Il dolore che le gravava sul cuore era troppo intenso, offuscava tutto il resto. Delilah doveva liberarsene prima di poter vedere cos'altro custodiva nel profondo del suo cuore. Samson doveva aiutarla in quell'impresa. All'improvviso capì cosa doveva fare e sperò con tutto sé stesso che fosse la cosa giusta.

Samson chiamò Gabriel Giles a New York. La sua chiamata ricevette una risposta quasi immediata.

«Gabriel, ho bisogno del tuo aiuto per una cosa».

33

La casa arroccata su Twin Peaks offriva una vista mozzafiato su San Francisco. Era moderna, con ampie vetrate dal pavimento al soffitto che dominavano la città, e una grotta nascosta scavata nella montagna alle sue spalle. Proprio lì si trovava la camera da letto di Thomas, protetta dalla luce del giorno.

Ricky arrivò nello stesso momento di Samson e Amaury, accompagnato da altri due vampiri alle dipendenze di Samson. La situazione doveva essere gestita con delicatezza e Samson fu sollevato nel vedere che Ricky aveva scelto due dei dipendenti più leali e discreti, Finn e Jay. Sebbene Samson non conoscesse molti dei suoi dipendenti umani, conosceva praticamente tutti i vampiri del personale.

Si scambiarono tutti un cenno del capo. Il volto di Ricky, solitamente allegro, aveva un'espressione seria. Era lo specchio di quello di Amaury. Nessuno di loro aspettava con ansia ciò che dovevano fare. Erano un gruppo unito; scoprire che uno di loro era un traditore li colpiva tutti allo stesso modo.

«Amaury, riesci a percepirlo?» chiese Samson.

Amaury guardò la casa e chiuse gli occhi. «Sì, è qui».

«Andiamo», ordinò Samson.

«Aspettate!» La voce di Amaury fermò gli altri quattro vampiri. «C'è qualcosa di strano. Le sue emozioni non hanno senso».

«Che cosa vuoi dire?» domandò Samson.

«Ci sono troppe emozioni, tutte insieme. Confuse, disordinate».

«Potrebbe non essere solo?» suggerì Ricky.

Amaury scosse la testa. «Riesco a percepire solo lui».

«Dobbiamo andare ora». Samson tirò fuori un paletto di legno dalla tasca. Quello che doveva fare era doloroso, ma non c'era altra soluzione. Thomas era stato suo amico per molti anni; almeno gli avrebbe risparmiato la sofferenza. Niente torture, niente dolore per Thomas. Gli doveva almeno questo.

Samson colse gli sguardi dei suoi amici mentre davano un'occhiata al paletto, rabbrividendo interiormente. Ma, in quel momento, non poteva mostrare debolezza. Un tradimento del genere meritava la punizione più severa.

Finn e Jay si posizionarono all'esterno della casa per impedire a Thomas di fuggire.

Ricky aprì la porta con la chiave di riserva, una misura di sicurezza che avevano deciso di adottare anni prima, per assicurarsi che i quattro amici potessero accedere alle rispettive case in caso di emergenza. Li accolsero il silenzio e l'oscurità appena entrarono.

Gli occhi di Samson si abituarono rapidamente alla poca luce, e scansionò l'interno con attenzione. Il grande salone in cui si trovavano era vuoto, così come la cucina e l'area bar adiacenti. Una parete con una porta separava la casa in due parti: l'area aperta e pubblica da un lato e le stanze private e buie sul retro.

Samson fece un cenno ad Amaury e Ricky, indicando che sarebbe entrato per primo. Il corridoio era ancora più buio rispetto alla parte anteriore della casa, ma altrettanto vuoto e silenzioso. Avanzò lentamente, i suoi passi quasi impercettibili.

Dietro di lui, Ricky e Amaury erano altrettanto silenziosi. Un debole raggio di luce proveniva da sotto la porta che Samson sapeva essere la camera da letto di Thomas. Si fermarono lì davanti.

Samson sapeva che, anche se erano stati silenziosi, Thomas li avrebbe comunque sentiti. L'udito di un vampiro era estremamente sensibile, e Thomas avrebbe colto qualsiasi rumore avessero fatto. Era strano che non avesse fatto alcuna mossa, a meno che, ovviamente, non avesse preparato una trappola per loro.

Samson si preparò, girò la maniglia e spalancò la porta. In una frazione di secondo era già entrato nella stanza e aveva analizzato la scena. Ricky e Amaury fecero lo stesso, posizionandosi in modo da formare un triangolo ai margini esterni della camera da letto. In quella formazione, avrebbero potuto attaccare.

Solo che non c'era nessuno da attaccare. La stanza era vuota. Nessun segno di Thomas.

«Amaury?»

«Riesco ancora a percepirlo. È in casa». Amaury chiuse di nuovo gli occhi, concentrandosi. «Al piano di sotto, nel garage».

La casa aveva un garage, oltre ad altre grotte che si estendevano nella collina.

«Dovrebbe già essersi accorto della nostra presenza», disse Ricky.

Samson annuì. «Non mi piace questa situazione».

Avanzarono silenziosamente al piano inferiore e si addentrarono nel garage, pieno di motociclette di ogni tipo e di un'auto sportiva. Nulla di fuori dall'ordinario.

«Dietro questa porta. Lo percepisco».

Samson stava per posare la mano sulla maniglia della porta, ma Amaury lo strattonò indietro.

«No!»

Samson gli lanciò uno sguardo interrogativo.

«Thomas sta soffrendo».

«Sta soffrendo?»

«Argento».

Tutti fissarono la maniglia e, in quel momento, Samson capì. Il pomello era ricoperto da una pellicola d'argento. Si sfilò la giacca e se la avvolse intorno alla mano prima di testare la maniglia. Poteva sentire l'effetto dell'argento anche attraverso la stoffa spessa, ma in modo attenuato.

L'argento era l'unico metallo capace di bruciare la pelle di un vampiro. Serviva anche come unico mezzo per immobilizzarli.

Samson fece un cenno ai suoi amici, poi spalancò la porta. Davanti a loro si aprì una sorta di prigione. Samson aveva sempre sospettato che Thomas avesse una stanza dove dava sfogo alle sue fantasie più oscure, ma non si sarebbe mai aspettato qualcosa che sembrava un'esibizione del Folsom Street Fair: fruste dappertutto. Non adatto ai deboli di cuore.

Samson si precipitò nella stanza debolmente illuminata, con Ricky e Amaury alle calcagna. La fonte del dolore di Thomas fu subito evidente. Era incatenato contro un muro, tenuto in posizione da catene d'argento. Catene che non sarebbe mai riuscito a spezzare. Aveva la pelle ricoperta di piaghe dolorose nei punti in cui l'argento la toccava.

Samson fu invaso immediatamente da un senso di sollievo. Thomas non lo aveva tradito. Qualcuno lo aveva sopraffatto.

«Thomas!»

La testa di Thomas si sollevò di un centimetro. «Perché ci avete messo così tanto?» disse, chiaramente soffrendo.

«Ricky, Amaury», disse Samson, indicando le catene.

Ricky e Amaury seguirono l'esempio di Samson, si tolsero le giacche e le avvolsero intorno alle mani per rimuovere le catene.

Quando l'ultima catena fu rimossa, Samson afferrò il corpo martoriato di Thomas tra le braccia e lo adagiò sulla chaise longue nell'angolo.

«Ricky, portagli del sangue. Al piano di sopra».

Accarezzò la testa di Thomas, evitando il viso ustionato, e lo sentì gemere.

«Chi è stato a farti questo?»

Le labbra di Thomas si mossero. «Milo».

«Amaury, trovalo».

Thomas afferrò istantaneamente la mano di Amaury per fermarlo.

«No».

Samson guardò Thomas, senza capire.

«È pericoloso».

Ricky arrivò con il sangue. «Bevi». Avvicinò una bottiglia di sangue alle labbra di Thomas e lo lasciò bere avidamente. I secondi scorrevano lenti. L'impazienza di Amaury era evidente.

«Milo ha rubato la mia password. Vuole distruggerti», disse Thomas. «Mi dispiace, Samson; non me lo aspettavo». Un senso di rammarico genuino inondò gli occhi di Thomas.

«Nessuno di noi se lo aspettava. Lo prenderemo, non preoccuparti». La voce di Samson si fece più calma. Sapere di non dover uccidere il suo amico aveva alleviato il suo dolore.

«Posso annullare tutto. Portatemi al piano di sopra al mio computer. Posso farcela».

Samson e Amaury lo aiutarono ad alzarsi. «Riesci a stare in piedi?»

Thomas annuì. «Sto meglio. Ma dovete sbrigarvi. Milo scapperà, e con lui Ilona».

«Ilona?» Samson si bloccò di colpo.

«Sì, è sua sorella. Sta facendo tutto questo per lei. Lei ha sempre puntato ai tuoi soldi, fin dall'inizio».

Quindi non si era mai arresa, nemmeno dopo che lui l'aveva lasciata. Avrebbe dovuto capirlo.

«Come l'hai scoperto?»

«Avevo la sensazione che Milo mi stesse nascondendo qualcosa. E poi, quando io e Ricky siamo andati a cercare John... quando siamo arrivati a casa sua...» Esitò, guardando Ricky. «So che avrei dovuto dire qualcosa subito, ma proprio in quel momento la moglie di John ha urlato, e siamo corsi dentro».

«Che cosa è successo?» chiese Samson.

«Ho percepito un profumo familiare. Era debole, ma mi sembrava di averlo riconosciuto. Ora ne sono certo. È stato Milo. Lui ha ucciso il contabile».

Samson deglutì a fatica. «Ricordo che aveva fretta di lasciare il magazzino. Avrei dovuto immaginarlo, ma non ero lucido in quel momento».

«Nessuno di noi ci ha fatto caso... e tra tutti, avrei dovuto accorgermene io molto prima. Sono stato io a passare più tempo con lui. Avrei dovuto capirlo».

Ricky fece un gesto con la mano per fermarlo. «Ti ha ingannato. Non è colpa tua».

Amaury annuì. «Semmai, avrei dovuto percepire io le sue emozioni. Avrei dovuto capire cosa stesse succedendo».

«Basta, tutti quanti», intervenne Samson. «Quel che è fatto è fatto». Guardò Amaury. «Milo avrà sicuramente mascherato le sue emozioni da te. Sapeva del tuo dono. E quanto a essere ingannati da un amante... ci siamo passati tutti. Non è stata colpa tua, Thomas. Sono solo felice che non ti abbia ucciso». Mise una mano sulla spalla di Thomas e la strinse per rassicurarlo. «Cos'è successo poi?»

«Credo che la mia gelosia mi abbia salvato». Thomas fece una risata amara. «Sono riuscito a inserire un chip nel suo cellulare per registrare le sue conversazioni. Le stavo riascoltando quando Amaury mi ha chiamato per aiutarlo con dei file criptati...»

«Mi sembrava di aver sentito la voce di Milo in sottofondo».

Thomas annuì. «Ho riconosciuto la voce di Ilona quando parlava con lui. Sono fratello e sorella. Non avevo mai notato la somiglianza, ma ora che lo so, vedo i tratti e i gesti comuni». Lanciò a Samson uno sguardo pieno di rammarico. «Sei fortunato a non aver stretto un legame di sangue con lei. Se lo avessi fatto, ora saresti morto».

Samson lo aveva sospettato. «Morto? Ucciso da una compagna legata dal sangue?»

«No. Ucciso da suo fratello. Non sarebbe stata in grado di tenere nascosti i suoi pensieri omicidi, una volta che avreste stretto un legame di sangue. Tu l'avresti percepito. Ma se avesse organizzato tutto in anticipo con Milo, saresti rimasto all'oscuro delle sue intenzioni», spiegò Thomas.

«Tutto questo per soldi». Samson scosse la testa, incredulo.

«Ilona non si fermerà davanti a nulla per ottenere ciò che vuole. Ecco perché Milo si è infiltrato nel nostro gruppo. Ora tutto ha senso, anche il suo tempismo». Thomas guardò i suoi colleghi. «Subito dopo che l'hai lasciata, è arrivato Milo. Prima si è guadagnato la mia fiducia e poi ha cercato di capire come mettere le mani sui tuoi soldi. Gli ci è voluto parecchio tempo. Così ha trovato qualcuno da ricattare per ottenere accesso ai libri contabili, poi ha scoperto il mio login e la mia password installando una microcamera sopra il computer per registrare i miei tasti. Con il mio accesso, ha potuto completare il suo piano. Non c'è da meravigliarsi che non volesse che parlassimo con il contabile».

«Sai dove si trova adesso?»

Thomas scosse la testa. «No, ma possiamo provare a rintracciare il chip. Se ha ancora il suo cellulare con sé, lo troverò».

Raggiunsero l'ufficio di Thomas al piano superiore e Thomas si lasciò cadere sulla sedia. Le sue mani si mossero istantaneamente sulla tastiera, facendo apparire varie schermate.

«È nei pressi della casa di Ilona. Probabilmente si stanno preparando a fare i bagagli e lasciare la città. Dovete andare, subito».

«Pensi di riuscire a invertire le transazioni?»

«Sì, fidati di me. Le transazioni sono su un sistema a ritardo temporale. È un piccolo programma che ho implementato un paio di settimane fa per maggiore sicurezza. Recupereremo tutti i soldi. Non la faranno franca. Assicurati solo di fermarli prima che possano fare del male a qualcun altro».

Samson posò una mano sulla spalla di Thomas e la strinse.

Un minuto dopo, uscirono di casa.

«Ricky, chiama i rinforzi. Abbiamo bisogno di una dozzina di guardie per circondarli. Ci metteremo troppo tempo ad arrivare a casa sua da qui. A quel punto se ne saranno già andati».

Ricky fece immediatamente una chiamata per dare ordini ai suoi subordinati.

Il cellulare di Samson gli vibrò in tasca.

«Carl?»

«La signorina Delilah se n'è andata».

La gola di Samson si contrasse, e il suo cuore si bloccò. Tutta la forza abbandonò il suo corpo.

34

Un drago colorato, trasportato su bastoni da giovani uomini cinesi altrettanto sgargianti, si snodava lungo le strade festose di Chinatown. La parata del Capodanno Cinese era in pieno svolgimento e la folla che osservava le celebrazioni si riversava nelle strette strade del quartiere. Lanterne e luci erano appese a ogni negozio e ristorante lungo il percorso.

Delilah aveva ingannato Carl. Lo aveva mandato a svolgere una commissione inutile in farmacia, fingendo di avere i crampi allo stomaco, ed era rimasta sorpresa di quanto facilmente lui avesse creduto alle sue bugie. Sapeva che probabilmente Samson lo avrebbe punito per averla lasciata da sola, ma non poteva permettersi di provare dispiacere per lui in quel momento. Doveva andarsene.

Un futuro con Samson era impossibile, e più velocemente avrebbe messo fine a tutto questo, meglio sarebbe stato per tutti i coinvolti. L'ultimo giorno e la notte precedente avevano messo a dura prova la sua percezione della realtà. All'improvviso, si era ritrovata di fronte a un mondo in cui i vampiri non solo esistevano, ma si fingevano parte della vita umana, conducendo esistenze simili alle loro.

Negli ultimi giorni aveva anche capito che tutte le mura che aveva costruito intorno a sé avevano iniziato a sgretolarsi. Non aveva mai raccontato a nessuno del dolore che si portava dietro da così tanto tempo, e ancora non riusciva a spiegarsi perché lo avesse confidato proprio a Samson. Tra tutte le persone, lui non meritava la sua fiducia.

Le aveva mentito, più e più volte. E avrebbe continuato a farlo. Nei suoi occhi aveva visto la disperazione di possederla, di consumarla. Quali altre bugie si sarebbe inventato, pur di farla restare? Lo conosceva a malapena e l'idea di passare l'eternità con lui era troppo estranea, troppo grande, troppo affrettata. Sapeva che finché fosse rimasta con lui, non sarebbe riuscita a pensare lucidamente. Lui avrebbe fatto di tutto per assicurarsi che ciò non accadesse, seducendola ancora e ancora. E Delilah sapeva che non sarebbe stata in grado di resistergli.

Ma non poteva prendere una decisione così importante, una decisione che implicava il passare il resto della vita con un vampiro, mentre era tra le sue braccia, con il cervello completamente ridotto in poltiglia.

Era stata pura fortuna che Amaury li avesse interrotti e lei lo aveva interpretato come un segno che avrebbe dovuto scappare. In quel momento, o mai più. Doveva pensare con la testa e mettere a tacere la vocina nel suo cuore, la voce che continuava a insistere che stava facendo un grosso errore.

Delilah sapeva che non sarebbe riuscita ad arrivare all'aeroporto in tempo per l'ultimo volo, era già troppo tardi, ma si sarebbe nascosta in un piccolo hotel, in un posto in cui non sarebbe riuscito a trovarla. Avrebbe usato un nome falso, pagato in contanti. E la mattina successiva avrebbe preso il primo volo per New York. Era fiduciosa di aver preso tutte le precauzioni necessarie, perché, se non altro, Samson era intraprendente e avrebbe tentato qualsiasi cosa pur di trovarla.

Delilah si era dimenticata della parata. La folla le rendeva difficile attraversare le strade, ma non c'erano taxi disponibili. Doveva riuscire a raggiungere Union Square, dove sperava di avere maggiori possibilità di trovare un mezzo di trasporto.

La sua valigia le sembrava sempre più pesante mentre la trascinava dietro di sé. Aveva preso tutto ciò che le apparteneva, non volendo concedersi una scusa per tornare indietro. Era già abbastanza debole nella sua determinazione.

La musica e il rumore della folla soffocavano alcuni dei suoi pensieri mentre cercava di farsi strada lungo il marciapiede. Ogni pochi secondi qualcuno la urtava o le pestava un piede. Era sicura che le dita dei piedi stessero già sanguinando.

In altre circostanze, forse, avrebbe apprezzato la colorata parata, assaggiato qualche cibo esotico o comprato uno o due souvenir, ma un tour turistico di San Francisco era l'ultimo dei suoi pensieri.

Lingue diverse le arrivavano alle orecchie mentre avanzava lentamente tra la folla. Volti giovani e anziani le passavano accanto, uomini e donne, bambini e anziani, caucasici e asiatici. Le ci vollero più di quindici minuti per percorrere un solo isolato.

Delilah tirò un sospiro di sollievo quando finalmente uscì dalla folla caotica e si trovò in un vicolo più tranquillo. Da lì sarebbe riuscita a evitare il peggio della calca e a trovare la strada per Union Square, scendendo la collina.

Il rumore delle ruote della sua valigia sul selciato risuonava nel vicolo. In sottofondo, la musica si mescolava ai suoni delle auto e delle moto.

Un altro suono, più flebile, la fece voltare di scatto, ma non vide nulla. Era ancora troppo nervosa. Presto si sarebbe calmata. La sua immaginazione le stava solamente giocando brutti scherzi.

Delilah girò nella strada successiva, più ampia del vicolo da cui era venuta. A sinistra c'era un vicolo cieco, così si diresse a destra. La strada era fiancheggiata da palazzi di tre piani, le cui entrate erano bloccate da cancelli di ferro, le punte aguzze rivolte verso il cielo come a volerlo trafiggere. Camminava lungo il marciapiede, persa di nuovo nei suoi pensieri.

Doveva convincersi che stava facendo la cosa giusta lasciandolo.

Troppo tardi, Delilah udì un rumore alle sue spalle: il rombo di una moto. Si girò di scatto e vide la moto puntare dritto verso di lei, guidata da una figura vestita di pelle.

I suoi piedi iniziarono a muoversi più velocemente, e d'istinto lasciò andare la valigia. Si mise a correre, ma la moto la stava raggiungendo, il suono del motore sempre più forte, sempre più minaccioso con ogni secondo che passava. Non avrebbe mai potuto seminare il motociclista. Con frenesia cercò con lo sguardo ai lati della strada un rifugio, un posto dove la moto non avrebbe potuto seguirla.

Con la coda dell'occhio, notò un movimento, ma fu troppo rapido da mettere a fuoco. Non riuscì a capire chi o cosa fosse.

«Delilah!»

Il grido riecheggiò in strada, rimbalzando sugli edifici. Un grido di puro orrore. Prima che potesse voltarsi, sentì delle braccia spingerla via, scaraventandola sull'asfalto. Cadde violentemente. L'impatto le fece male alle costole e un gemito le sfuggì dalle labbra.

Per un secondo, le luci della moto la accecarono. Girò la testa appena in tempo per vedere la moto travolgere la persona che l'aveva spinta fuori dalla traiettoria. Vide la figura essere scagliata in aria, come una bambola di pezza, per poi schiantarsi al suolo. La caduta fu interrotta dalle punte del cancello di ferro.

Il corpo rimase appeso lì, trafitto.

La moto sbandò. Il motociclista cadde a terra, rotolò, poi si rialzò, chiaramente illeso. Il motore si spense all'improvviso, e calò il silenzio.

Delilah sentiva dolore al fianco. Eppure, doveva muoversi. Il motociclista si stava dirigendo verso di lei, lanciando solo un breve sguardo alla figura impalata sul cancello.

Delilah si mise in piedi barcollando. Era troppo buio per distinguere chi fosse la persona sul cancello, ma in fondo lo sapeva. Aveva sentito gridare il suo nome, con una voce fin troppo familiare. Era stato lui a spingerla fuori dalla traiettoria della moto, salvandole la vita, almeno per qualche minuto.

Ma non voleva ammettere chi fosse. Perché, se lo avesse fatto, il suo mondo intero sarebbe crollato. La persona che aveva cercato di salvarla, ora trafitta e senza vita sul cancello era...

Delilah provò a muoversi, ma i suoi piedi erano incollati al suolo. Il motociclista si stava dirigendo verso di lei, e lei si sentiva bloccata, come se qualcuno la tenesse ferma con fili invisibili. Provò a sollevare un piede, poi l'altro, ma non ci riuscì. Nulla si mosse. Era paralizzata.

Un'ombra attirò la sua attenzione, facendole girare la testa bruscamente verso destra. Fu allora che li vide: diversi uomini vestiti con completi scuri che si stavano precipitando verso la scena. Delilah si rese conto di non avere scampo. Era finita. Stavano venendo a prenderla. L'avrebbero uccisa, esattamente come il motociclista aveva ucciso il suo salvatore.

Delilah guardò di nuovo il motociclista che, improvvisamente, si girò e scattò a tutta velocità nella direzione opposta, allontanandosi dagli uomini. Cosa?

«Delilah?» Sentì un'altra voce familiare. Un secondo dopo, Amaury era accanto a lei. «Stai bene?»

Lei annuì, stordita. All'improvviso, i suoi muscoli si mossero di nuovo, e quasi crollò. Amaury la sorresse.

«Samson?» Girò la testa verso il cancello di ferro. Non voleva sentire la risposta. Con orrore, guardò mentre due degli uomini lo tiravano giù dalle punte del cancello e lo stendevano a terra. Un leggero movimento catturò il suo sguardo. Si era mosso da solo?

«Samson!»

Delilah cercò di correre verso l'uomo che avevano posato sull'asfalto. Samson. Una mano forte la trattenne.

«No», disse Amaury. «Non vuoi vederlo così».

Si liberò dalla salda presa di Amaury. «È ferito per colpa mia!»

Corse e si inginocchiò accanto a lui. Il corpo di Samson giaceva immobile a terra, il sangue che sgorgava da diverse ferite profonde. Così tanto sangue! Ma, con sua sorpresa, non sentì il solito senso di nausea che di solito le veniva alla vista del sangue.

Delilah guardò il suo viso. Era macchiato di sangue. Ma i suoi occhi erano aperti.

«Samson». Gli accarezzò la guancia. Gli occhi le si riempirono di lacrime alla vista del dolore scolpito sul volto di lui. Non aveva mai visto nessuno soffrire così tanto, con un'agonia così profonda, un dolore così fisico.

In sottofondo, sentì Amaury dare ordini, ma tutto ciò che riusciva a vedere era Samson, l'uomo dal quale aveva cercato di scappare. Perché? Non riusciva a ricordarlo.

«Qualcuno lo aiuti! Dobbiamo portarlo da un medico», gridò Delilah ad Amaury. Lui le lanciò uno sguardo grave. Un freddo terrore la avvolse.

«Sta arrivando un donatore».

Non capiva. «Un donatore?»

Samson provò a parlare, ma la sua voce era un semplice gorgoglio. Delilah si chinò verso di lui, cercando di calmarlo. Ma non sapeva cosa fare. Non aveva competenze di pronto soccorso e. anche se le avesse avute, sarebbero state utili con un vampiro? Si sentiva impotente.

«Non provare a parlare. Troveremo aiuto. Andrà tutto bene, ti prego, resisti», disse, sapendo che le sue parole erano una bugia, che risuonavano vuote nelle sue orecchie.

Samson scosse la testa da un lato all'altro.

«No!» urlò lei, capendo cosa intendesse. «Amaury, dimmi cosa devo fare!»

Amaury si inginocchiò accanto a lei. «Le sue ferite sono troppo gravi. Lo sa anche lui. Mi dispiace, ma morirà se non riceverà immediatamente del sangue umano».

«Allora chiama un'ambulanza e fagli fare una trasfusione». All'improvviso, le venne in mente il distributore automatico nello studio del dottor Drake. «Non puoi prendere del sangue imbottigliato da qualche parte?»

«Il sangue imbottigliato non funzionerà, non questa volta. Le ferite sono troppo profonde. Ha bisogno del sangue direttamente da una vena umana. Ha bisogno della forza vitale di un umano per rigenerarsi».

«Gli darò il mio». Senza esitare, Delilah si tirò su la manica del maglione.

«No...» La voce di Samson era debole ma determinata. Gli occhi di lui lanciarono uno sguardo supplichevole in direzione di Amaury.

«Non te lo permetterà», spiegò Amaury.

Delilah gli lanciò un'occhiata sorpresa, poi scosse la testa. Per una volta, non le importava minimamente di ciò che qualcuno voleva o non voleva che lei facesse. Non sarebbe rimasta a guardare mentre lui moriva.

«Non mi interessa. Lui prenderà il mio sangue».

«Non posso permetterti di farlo, Delilah. Samson lo proibisce».

Le lacrime iniziarono a scorrere sui suoi occhi e lungo le guance. Guardò di nuovo Samson. «Non ti lascerò morire».

Sembrò che Samson stesse cercando di sorridere, ma il suo viso si contorse dal dolore.

Delilah avvicinò il suo polso alla bocca di Samson. «Mordi!» ordinò con feroce determinazione.

Ma non lo fece. Invece, allontanò la testa dal polso.

«Dannato vampiro testardo! D'accordo, se tu non vuoi mordermi, allora lo farà uno dei tuoi amici e poi ti obbligherò a bere il mio sangue. Mi hai capita?» Vide qualcosa lampeggiare negli occhi di Samson. Incredulità?

«Amaury, mordi il mio polso», ordinò lei, porgendogli il polso.

Scosse la testa. «Non posso».

Delilah gli lanciò uno sguardo tagliente. «Qualcun altro, allora? Tu!» urlò a uno degli uomini che avevano aiutato a togliere Samson dal cancello. «Sei un vampiro... mordimi, dannazione, così potrò nutrire Samson».

Il vampiro esitò, guardando alternatamente lei, Samson e Amaury.

Improvvisamente Delilah sentì una mano afferrarle l'altro braccio. Si girò. Samson l'aveva presa.

«...non voglio... farti del male», disse, con voce a malapena udibile.

Proprio in quel momento aveva deciso di non volerle fare del male? E quando le aveva mentito, invece? Il tempismo di quell'uomo era terribile. Davvero pessimo. Avrebbe dovuto parlargliene, ma più tardi.

«Mi farai del male solo se mi lascerai. Non lasciarmi, ti prego».

Avvicinò di nuovo il polso alla bocca di Samson, ma lui non si mosse. Fu allora che perse completamente la pazienza. Fu travolta dalla rabbia. «Mordimi, dannazione, o ti prenderò a calci nelle palle così forte che urlerai fino al prossimo secolo! Mi hai capita?»

Un attimo dopo, sentì il dolore acuto della pelle che si lacerava e vide il sangue sgorgare. Una frazione di secondo dopo, il dolore scomparve e le zanne di Samson le si conficcarono saldamente nel polso. Lo sentì succhiare, ad occhi chiusi.

Con la mano libera, gli spostò i capelli dal viso macchiato di sangue. «Prendi ciò di cui hai bisogno, amore mio».

Delilah percepì, più che sentì, un sospiro provenire da lui. Appoggiò la testa a quella di lui e gli posò un bacio sulla fronte. «Sono qui, Samson. Sono qui».

Amaury la aiutò a sollevare la testa di Samson, posandola sul suo grembo per permettergli di nutrirsi più facilmente.

«Grazie».

Amaury scosse la testa. «Samson è un uomo molto fortunato ad averti».

Un trambusto alle sue spalle le fece voltare la testa.

Due vampiri stavano trascinando il motociclista, che si dimenava. Il casco era sparito ora, rivelando lunghi capelli ramati. Una donna.

Delilah l'aveva già vista.

Una volta sola.

Ilona, l'ex fidanzata di Samson.

35

Lottando con tutte le sue forze contro i due vampiri che la tenevano saldamente, Ilona faceva del suo meglio per liberarsi. Era forte, ma Delilah immaginava che neanche lei potesse riuscire a sopraffare due vampiri contemporaneamente. Alla fine, con un'espressione furiosa, si arrese e fissò Delilah con uno sguardo pieno di odio.

«Che c'è? Pensi che sarà tuo solo perché gli hai dato il tuo sangue? Continua a sognare, sorella!» La sua voce era intrisa di veleno.

Delilah rispose al suo sguardo sprezzante con uno che avrebbe potuto uccidere. «Puttana! Mi occuperò di te più tardi».

Voleva stringerle le mani attorno al collo per tutto il male che aveva fatto a Samson, per averlo quasi ucciso. Delilah abbassò lo sguardo su di lui, che succhiava ancora dal suo polso, e vide gli occhi di Samson aprirsi di colpo per lo shock.

«Andrà tutto bene, amore mio; l'hanno catturata. Non potrà più farti del male», gli sussurrò con dolcezza.

Gli occhi di Samson si richiusero, e poi lasciò andare il suo polso. Delilah lo guardò, allarmata, e si voltò verso Amaury.

«Va bene così. Ha bevuto la quantità di sangue che il suo corpo è in grado di gestire per volta. Ne avrà bisogno di altro più tardi. A quel punto avremo un donatore», la assicurò Amaury.

Lei scosse la testa. «No. Non lo permetterò».

«Che carina», sputò Ilona.

Delilah la ignorò completamente. «Berrà solo da me, da nessun altro».

«Ma è troppo pericoloso. Ha bisogno di troppo sangue», la avvertì Amaury.

Lei alzò la mano per zittirlo. «Solo da me».

Poi lanciò un altro sguardo a Ilona, si tolse la giacca e la arrotolò per posizionarla sotto la testa di Samson, come un cuscino. Si alzò in piedi, anche se le gambe erano ancora tremolanti. Le costole le facevano male, e si portò una mano al fianco per sostenersi nei movimenti.

Amaury le porse il braccio per aiutarla, e Delilah lo accettò con gratitudine.

«Cosa facciamo con lei?» gli chiese Delilah.

«Facciamo? Noi?» Amaury le lanciò un'occhiata stupita.

«Sì, noi. E non provare nemmeno a escludermi. Ne ho tutto il diritto...»

«Non dirai sul serio. Non lascerai mica che una piccola mortale ti dica cosa fare, vero?» Ilona lo provocò, continuando a dimenarsi nella presa dei due vampiri. «Codardo!»

Amaury le rivolse un sorriso indifferente. «Dovresti sapere che i tuoi insulti non mi toccano, Ilona».

«Hai intenzione di scoparti anche lei quando che Samson la lascerà? O magari anche prima?»

«Credo che ti convenga tacere, finché hai ancora una lingua», la avvertì Amaury.

Delilah lo guardò sorpresa.

«Oh, sì, stronza. È quello che fa il grande e nobile Amaury. Si scopa gli scarti di Samson».

«Come se non me l'avessi chiesto tu».

Ilona si lasciò sfuggire una risata amara. «Mi chiedo se il tuo amico ne sia a conoscenza. Forse qualcuno dovrebbe dirglielo».

Lo sguardo di Delilah rimbalzò tra i due. Era chiaro che si conoscevano molto più intimamente di quanto chiunque avrebbe potuto immaginare. Amaury era in qualche modo coinvolto nella rottura tra Ilona e Samson? Aveva forse tradito il suo migliore amico?

«Non funziona, Ilona. Non puoi cavartela con l'astuzia questa volta. Allora, dov'è Milo?»

«Milo?» ripeté Delilah.

Amaury le lanciò un'occhiata di sbieco. «Abbiamo appena scoperto che Milo è il fratello di Ilona e che c'è lui dietro a tutto il piano per derubare milioni dall'azienda di Samson. Ha ingannato Thomas e ha rubato la sua password».

Delilah lo fissò sconvolta. «Milo ha orchestrato tutto questo?»

Ilona sbuffò, infastidita. «Quel cretino non sarebbe capace di pianificare nulla. Non è riuscito neanche a portare a termine quello che gli ho detto di fare; altrimenti, piccola stronza, a quest'ora saresti già sottoterra. Ma no, ha dovuto affidare il lavoro a qualche idiota umano che ha mandato tutto a monte ogni volta. Avrei dovuto pensarci io dall'inizio».

«Non piangere sul latte versato», rispose Delilah.

Ilona ringhiò. «Pensi di poter avere lui e tutti i suoi soldi? Ripensaci. Si sta solo prendendo gioco di te. Samson non ha mai amato nessuno tranne sé stesso. È un uomo egoista e un amante ancora più egoista. Si stancherà presto di te e poi ti scaricherà».

«Solo perché tu non sei stata in grado di dargli ciò di cui ha bisogno, non significa che io non possa. E per quanto riguarda l'egoismo, perché non ti guardi allo specchio ogni tanto? Così vedrai chi è davvero egoista. Ah, scusa, ho dimenticato: non puoi guardarti allo specchio, vero? Allora immagino che tu non sappia quanto sei davvero brutta, quindi te lo dico io: sei una fottuta strega decrepita».

Ilona sibilò e cercò di liberarsi dalla stretta dei due vampiri che la trattenevano, con uno sguardo assassino negli occhi. «Lascia che affondi le zanne nella tua pelle, stronza, così mostrerò quanto posso essere davvero brutta!»

«Basta! Dov'è Milo?» Amaury fece cenno ai due vampiri di usare più forza, torcendo le braccia di Ilona in una posizione innaturale e dolorosa. Lei gemette.

«Non so dove sia quell'idiota».

«Bene. Allora non abbiamo più bisogno di te».

Delilah guardò Amaury. «Non la lascerai andare, vero?»

«Lasciarla andare? No, la uccidiamo».

Amaury tirò fuori un paletto di legno dalla tasca della giacca. Delilah fissò il paletto e poi tornò a guardare Ilona, i cui occhi si erano spalancati. Sapeva cosa stava per succedere. Sì, sarebbe morta, ma Delilah voleva essere lei a infliggere il colpo finale. Era il suo uomo quello che Ilona aveva quasi ucciso, quindi sarebbe stato giusto che fosse lei a punirla.

Delilah fece un movimento per afferrare il paletto dalla mano di Amaury, ma lui la fermò.

«No, sarà un mio piacere. Samson è la cosa migliore che mi sia mai capitata. Chiunque voglia fargli del male, dovrà passare sul mio cadavere».

Delilah dovette cedere. La determinazione di Amaury era palpabile.

«Grazie per l'ottimo sesso, ma come ti ho già detto, non significa niente. Ci vediamo all'inferno».

Gli occhi di Ilona si spalancarono, come se non potesse credere che lo avrebbe davvero fatto. Le labbra si aprirono, ma non uscì alcuna parola.

Amaury sollevò il braccio e le conficcò il paletto nel cuore. Per una frazione di secondo, un'espressione di incredulità si diffuse sul volto di Ilona. Un secondo dopo, si ridusse in polvere. La brezza raccolse le minuscole particelle e le portò via.

Quando Amaury si voltò verso Delilah, le rivolse uno sguardo lungo e intenso. «Senza emozioni, non significa nulla».

Amaury organizzò il trasporto di Samson fino a casa, mentre altri vampiri venivano mandati a caccia di Milo.

Carl li stava aspettando al loro ritorno e aveva già preparato la stanza di Samson. Carl e Amaury lo aiutarono a tagliare i vestiti strappati dal suo corpo e a pulire le ferite, prima di adagiarlo sul letto e coprirlo con un lenzuolo bianco.

«Avrà bisogno di sangue fresco ogni due ore», disse Amaury. «Puoi cambiare idea, lo sai. Non si aspetterebbe mai che tu faccia questo. Anzi, vorrebbe che io ti dissuadessi dal continuare».

Delilah scosse la testa. «È ferito per colpa mia. Gli darò tutto quello di cui ha bisogno».

Si era cambiata, indossando una maglietta e dei leggings, e ora sedeva accanto a Samson sul letto.

Amaury annuì. «Carl, dobbiamo preparare un tonico rinforzante per Delilah, in modo che il suo sangue si rigeneri più velocemente. Dovremmo avere tutto ciò che serve in cucina».

Samson si mosse leggermente.

«Ha bisogno di te adesso».

Amaury e Carl uscirono dalla camera da letto e Delilah si chinò verso Samson, posizionando il suo polso vicino alla bocca di lui. Senza aprire gli occhi, le affondò le zanne nella pelle.

«Sì, bevi, amore mio. Ora siamo a casa».

Gli cullò la testa in grembo e lo nutrì. Già poteva vedere che alcune delle ferite avevano iniziato a chiudersi. Il flusso di sangue si era fermato, e il sangue stava coagulando, formando una crosta sulle ferite.

La sensazione di risucchio sul polso non era dolorosa, anzi, la riempiva di pace.

Quando Samson finalmente lasciò andare il suo polso, le sue labbra si mossero. «Delilah», sussurrò, prima di scivolare di nuovo nell'incoscienza.

Delilah lo strinse a sé, osservando ogni movimento del suo corpo. Questa volta non aveva esitato quando era stato necessario agire. Questa volta non era rimasta a guardare mentre qualcuno che amava moriva. Questa volta aveva agito. Era sorpresa da quanto fosse stata forte in quella strada. Il coraggio che aveva sentito confrontandosi con Ilona era stato qualcosa di nuovo per lei, ma sapere che tutti i vampiri che la circondavano erano dalla sua parte l'aveva aiutata.

Amaury tornò in camera da letto con un intruglio dall'aspetto disgustoso e dall'odore nauseante.

«Che cos'è?»

«Non vuoi saperlo. Ma ti aiuterà a sostenere la perdita di sangue».

Delilah gli credette. Come era cambiato così tanto il suo mondo? Ora si trovava a letto con un vampiro a cui avrebbe dato tutto il sangue necessario, bevendo volontariamente il liquido più disgustoso che avesse mai toccato le sue labbra, fidandosi del vampiro che glielo aveva portato.

«Ti faccio compagnia». Amaury avvicinò la poltrona al letto prima di sedersi. «Avrà bisogno di circa ventiquattro ore per riprendersi».

«Ma ce la farà, vero?»

«Con il tuo aiuto, sì».

Amaury appoggiò la testa contro l'alto schienale della poltrona.

«Raccontami cosa è successo», disse Delilah.

Amaury annuì. «Samson ti ha parlato di Ilona, della loro rottura?»

«Sì. Mi ha raccontato di lei. Ma non ha menzionato che tu e lei...» Delilah si schiarì la gola.

«Non lo sa». Amaury la guardò negli occhi con uno sguardo sincero. «Ascolta, non c'è bisogno che lo sappia. Non l'ho tradito. È stata lei a venire da me dopo che lui l'aveva cacciata dalla sua vita. Non ne vado fiero, ma non sono esattamente schizzinoso quando si tratta di donne».

«L'hai uccisa come se non provassi nulla per lei».

Il pensiero la fece rabbrividire. Che cosa ci voleva per essere così freddo con un'amante?

Quando guardò gli occhi di Amaury, riconobbe un senso di dolore.

«Il sesso, per me, è solo sesso. Niente di più. È qualcosa di cui ho bisogno e non mi interessa chi me lo fornisce. Non voglio scioccarti, ma questa è la mia natura. Non cambia la mia lealtà». Il suo sguardo scivolò su Samson e lei capì. «Senza Samson, non sarei qui oggi. Mi ha salvato la vita numerose volte. È un brav'uomo».

Delilah annuì e accarezzò la guancia di Samson. «Ed è mio». Tornò a guardare Amaury giusto in tempo per cogliere il suo caldo sorriso. «Qual era il piano di Ilona?»

Lui sospirò. «Voleva essere la proprietaria di un patrimonio multimilionaria. Voleva tutto quello che appartiene a Samson. Se lui avesse stretto un legame di sangue con lei, Milo lo avrebbe ucciso. E tutti il denaro sarebbe andato ad Ilona».

Un freddo senso di terrore attanagliò Delilah. «Oh mio Dio, voleva ucciderlo?»

«È ciò che l'avidità fa alle persone. Vivere a spese di Samson non era sufficiente per lei».

«Cosa intendi dire?»

«Quando i vampiri stringono un legame di sangue, le loro compagne hanno diritto a tutto ciò che è loro. Diventano co-proprietari. Ovviamente per lei non era abbastanza. Voleva tutto. Quando Samson l'ha lasciata, il suo sogno è andato in fumo. Quindi ha dovuto inventarsi qualcos'altro».

Delilah scosse la testa, cercando di scacciare le immagini che le balenavano nella mente. «Cos'aveva in mente?»

«Per prima cosa, ha fatto in modo che suo fratello, Milo, si infiltrasse nel nostro groppo. Non avevamo idea di chi fosse. Anche lei era appena arrivata in città, e improvvisamente Milo è spuntato fuori e... beh, suppongo non sia stato troppo difficile per lui sedurre Thomas. In fondo, Thomas è un romanticone e, sinceramente, anche a San Francisco i vampiri gay non sono poi così tanti. Le sue opzioni sono sempre state un po' limitate».

Amaury emise un sospiro.

«Milo ha scoperto abbastanza sui meccanismi interni della Scanguards per capire che rubare semplicemente la password di Thomas non sarebbe bastato. Quindi ha scavato tra i documenti e deve aver trovato la piccola frode sulle svalutazioni di John, usandola per ricattarlo. Era piuttosto semplice. Sai, eri sulla strada giusta con la tua revisione. Prima o poi l'avresti scoperto». Le rivolse uno sguardo di approvazione.

«Hai fatto tu metà del lavoro», disse Delilah.

«Solo dopo che mi hai mostrato in che direzione andare. Ilona era furba. Carl mi ha detto oggi che una volta l'ha vista al computer di Samson, probabilmente mentre cercava di entrare nel sistema, ma non le aveva mai dato il suo login o la sua password. Quindi ovviamente aveva quell'idea già in mente».

«Ne sei sicuro? Lui ha dato la password a me, e mi conosce da molto meno tempo di quanto conoscesse lei».

«Nemmeno io conosco la sua password, e sono il suo più caro amico. Lui si fida di te in un modo in cui non si è mai fidato di nessun altro. Non penso che si sia mai fidato di Ilona, anche se era disposto a sposarla. Credo che la solitudine stesse iniziando a pesargli. Ha sempre voluto una famiglia».

Amaury sorrise dolcemente, spostando lo sguardo su Samson, disteso sul letto.

«Una volta che Milo ha ottenuto la password di John, è stato in grado di caricare bonifici criptati. Doveva solo tornare indietro con la password di Thomas e autorizzarli».

«Thomas deve essere devastato».

«Milo lo ha sopraffatto questa sera e lo ha incatenato con l'argento».

«Con l'argento?»

«È l'unico metallo che non possiamo spezzare o piegare. I vampiri non possono sfuggire alle catene d'argento. E brucia la nostra pelle. Siamo stati fortunati ad arrivare da Thomas in tempo. Stava soffrendo molto, ma si riprenderà. Personalmente, sono sorpreso che Milo non lo abbia ucciso. Forse c'erano dei sentimenti in ballo, dopotutto...»

«Mi dispiace per Thomas, essere ingannato in questo modo dal suo amante. Pensi che John sapesse cosa stava facendo Milo?»

«Probabilmente, no», disse Amaury. «E anche se avesse avuto un sospetto, probabilmente avrebbe fatto finta di niente, pensando che meno sapeva, meglio era. John era davvero una pedina in questo gioco. Non proprio innocente, ma di certo non meritava di morire».

«Cosa succederà alla sua famiglia? Aveva una moglie e dei figli». Delilah riusciva a immaginare il dolore che sua moglie stava provando.

«Samson si prenderà cura di loro. Abbiamo un grande fondo di beneficenza che aiuta le famiglie dei dipendenti che muoiono durante il servizio. Succede, sai, con alcune delle nostre guardie del corpo. E anche se John non è morto in servizio, Samson farà la cosa giusta per lui».

«E l'uomo che ci ha aggrediti?»

«Ho mandato due dei nostri uomini a liberarlo. Hanno ricevuto l'ordine di cancellargli dalla memoria qualsiasi ricordo legato a Samson, a te o a qualsiasi altro vampiro. Non c'è bisogno di punirlo ulteriormente. La moglie di John avrà bisogno di tutto il sostegno possibile».

«Altri, nella vostra situazione, non sarebbero stati altrettanto gentili».

«Intendi perché siamo vampiri?» Non c'era accusa nella voce di Amaury.

«Anche gli umani sarebbero più crudeli. Non mi aspettavo di vedere questo tipo di considerazione da parte dei vampiri, senza offesa».

Amaury scosse la testa. «Non ha niente a che fare con l'essere vampiri o meno. Ci sono buoni e cattivi tra noi, proprio come ci sono buoni e cattivi tra gli umani. Diventare un vampiro non ti rende cattivo. E essere umano non ti rende buono».

«E tu e Samson, siete buoni».

«Non siamo santi, ma cerchiamo di essere il meglio che possiamo. È una lotta costante, ma vinciamo più spesso di quanto perdiamo».

Delilah gli sorrise. «Come ha fatto Samson a trovarmi in tempo?»

«Il tuo odore. Avrebbe potuto seguirti per tutta la città. Ha leccato il tuo sangue dalla tua mano, questo lo ha aiutato, e non eri ancora andata lontano. Quando Carl gli ha detto che te ne eri andata, e sapevamo che Milo e Ilona erano liberi per la città... Non l'ho mai visto così in preda al panico in tutta la mia vita. Era pronto a uccidere qualcuno».

«Mi dispiace». Era davvero dispiaciuta.

«La prossima volta che hai intenzione di lasciarlo, avvertimi, ok? Così potrò allontanarmi dalla portata delle sue zanne».

Non lo avrebbe lasciato di nuovo. Se lui la voleva ancora, lei sarebbe stata sua. Piantò un bacio sulla fronte di Samson e gli passò una mano tra i capelli.

«Non sarà necessario, Amaury». Delilah gli sorrise e vide che lui aveva capito.

«Gli farà piacere sentirtelo dire quando si sveglierà. Perché non dormi un po'? Veglierò su di lui e mi assicurerò che si nutra quando ne avrà bisogno».

«Grazie, Amaury. Sei un grande amico».

Le palpebre le si fecero pesanti e, nel giro di pochi minuti, si lasciò andare sui cuscini, tenendo la testa di Samson cullata tra le sue gambe.

36

Una voce le arrivò ovattata. Sembrava familiare. Cercò di ignorarla, perché la stanchezza la stava trascinando nel sonno.

«Delilah, svegliati». Era Amaury. «Delilah».

Aprì gli occhi e vide Amaury che teneva in mano un bicchiere dello stesso orribile liquido che l'aveva costretta a bere già due volte. Non aveva idea di cosa contenesse e non aveva nessuna intenzione di scoprirlo. Per quanto ne sapeva, poteva essere veleno di rospo... o direttamente il rospo.

«Di nuovo?» L'ultima volta che lo aveva bevuto aveva praticamente avuto i conati di vomito.

«Mi dispiace, ma ne hai bisogno. Ti sta prelevando molto sangue». Bevve, cercando di ignorare il sapore disgustoso.

Delilah seguì lo sguardo di Amaury, che si posò su Samson, sdraiato accanto a lei. Sembrava stare meglio. Le ferite si erano chiuse, e la pelle nuova stava crescendo sopra di esse.

«Quanto tempo manca ancora?»

«Non molto. Nel frattempo, c'è bisogno di te di sotto, nel suo ufficio. C'è qualcuno che vuole parlarti».

«Chi?»

«Lo scoprirai».

Il suo sguardo tornò a posarsi su Samson. Era riluttante a lasciarlo. «E se si sveglia mentre sono via?»

«Starò io qui. Nel caso, ti chiamerò subito».

Alla fine, si alzò dal letto. Improvvisamente si sentì stordita. Il suo corpo oscillò, e Amaury la afferrò immediatamente. Un ringhio basso arrivò dal letto.

Sia lei che Amaury girarono la testa per guardare Samson. Sembrava ancora addormentato, ma le sue zanne erano visibili. Amaury lasciò immediatamente il braccio di Delilah. Le zanne di Samson si ritirarono, e le sue labbra si chiusero.

«Può percepirti anche nel sonno. Non gli piace che un altro uomo ti tocchi».

«Ma stavi solo cercando di aiutarmi».

«Un vampiro che ha trovato la sua compagna è molto possessivo».

Delilah sorrise a Samson. Anche nel sonno, cercava di proteggerla. «Torno subito, amore mio».

Vide un sorriso soddisfatto formarsi sulle labbra di Samson, come se potesse sentirla.

Carl la stava aspettando nell'ufficio di Samson.

«Prego, si accomodi qui, davanti al computer, signorina Delilah».

«Carl?»

«Sì?»

«Mi dispiace. Ti ho messo nei guai con Samson? Parlerò con lui quando starà meglio. Non voglio che tu venga punito per avermi lasciata scappare», disse con tono colpevole.

«Non importa cosa mi succederà, purché il signor Woodford guarisca».

«Cosa ti farà?»

«Mi è stato ordinato di proteggerla e ho fallito. L'importante è che Samson sia arrivato da lei in tempo».

«Ma è stata colpa mia. Ti ho ingannato».

Lui fece un debole sorriso. «Non importa, signorina. Non avrei dovuto lasciarmi ingannare. Con tutto il rispetto, per essere un'umana, lei è molto intelligente».

«Con tutto il rispetto, per essere un vampiro, sei molto gentile».

Lui annuì. «Il signor Woodford ha organizzato una videochiamata per lei».

Carl indicò lo schermo del computer. Delilah si sedette sulla sedia che lui le aveva sistemato.

«Una videochiamata. Per quale motivo?»

Carl accese il monitor. Sullo schermo apparve l'immagine di quella che sembrava una stanza d'ospedale. Sistemò la piccola telecamera in cima al monitor e la puntò direttamente verso Delilah.

«C'è qualcuno con cui il signor Woodford vuole che lei parli».

«Siamo connessi?» Una voce provenne dall'altoparlante e, un secondo dopo, un uomo alto entrò nell'inquadratura.

«Sì, riusciamo a sentirti e vederti chiaramente, Gabriel», rispose Carl. «Signorina Delilah, questo è Gabriel Giles. Gestisce la sede centrale della Scanguards a New York. Gabriel è uno di noi».

«Un...?» Delilah fissò l'uomo sullo schermo. I suoi lunghi capelli erano raccolti in una coda di cavallo, e il suo volto, altrimenti affascinante, mostrava una brutta cicatrice dall'orecchio al mento. Sì, poteva immaginare che fosse uno di loro.

Gabriel annuì. «Sì, signorina Sheridan, sono un vampiro. È un piacere fare la sua conoscenza. Spero di avere l'opportunità di incontrarla di persona prima o poi. Samson parla molto bene di lei». Delilah riconobbe la sua voce, associandola all'uomo che aveva sentito parlare con Samson in vivavoce.

«Grazie. Voleva parlarmi della revisione?»

«No. Per quanto riguarda la revisione contabile, è stato tutto risolto. Siamo al corrente di ciò che Milo e sua sorella Ilona stavano cercando di fare e stiamo lavorando per annullare tutte le loro azioni. No, si tratta di una questione molto più personale». Si schiarì la gola. «Samson mi ha chiesto di andare a trovare suo padre».

«Mio padre?» Delilah sgranò gli occhi.

Avevano intenzione di fargli del male? Scacciò il pensiero all'istante. Dopo la sua conversazione con Amaury, non aveva motivo di credere che qualcuno potesse voler fare del male a lei o alla sua famiglia.

«Cosa state cercando di fare a mio padre?»

«Non si allarmi, signorina Sheridan. Ha la mia parola e quella di Samson che suo padre è al sicuro. Sappiamo che è nelle fasi avanzate dell'Alzheimer e che non la riconosce più. Ma c'è qualcosa di cui deve parlare con lui, qualcosa che si porta dentro da più di vent'anni. Ha bisogno di chiudere un capitolo della sua vita, e solo suo padre può aiutarla».

Delilah scosse la testa. Capiva a cosa stava alludendo, ma non aveva importanza. «Quel capitolo non si chiuderà mai. L'ha detto lei stesso. Mio padre non mi riconosce più. Non ha alcun ricordo di ciò che è successo».

«Non è del tutto vero. Ha ancora dei ricordi. Sono solo chiusi dentro di lui».

«Signor Giles, mi dispiace che stia perdendo il suo tempo, ma non posso parlare con mio padre».

«La prego, mi ascolti. Posso sbloccare i suoi ricordi abbastanza a lungo da permetterle di parlare con lui come se fosse di nuovo in salute. Le darà l'opportunità di dire ciò che ha bisogno di dirgli».

«È impossibile».

«Non lo è. Alcuni di noi hanno dei doni speciali. Questo è il mio. Sono felice di usarlo a questo scopo. Ma avrà solo pochi minuti prima che la sua mente torni a offuscarsi, quindi usi bene quel tempo. Basta che gli dica ciò che deve».

Delilah deglutì a fatica. La telecamera si spostò da Gabriel ad una sedia. Riconobbe immediatamente suo padre. Il suo sguardo era vuoto, le spalle curve. Le lacrime le affiorarono agli occhi vedendolo così. Niente lo avrebbe riportato in salute. Non avrebbe mai potuto chiedergli di perdonarla.

Gabriel si posizionò dietro suo padre e tenne le mani a pochi centimetri sopra la testa dell'uomo. Gabriel chiuse gli occhi. Pochi secondi dopo, gli occhi del padre si animarono, improvvisamente, e guardò dritto verso la telecamera.

«Delilah!» esclamò suo padre. «Tesoro, che bello vederti».

«Papà?» La sua voce si spezzò. La riconosceva! Dopo tanti anni, finalmente sapeva chi fosse.

«Cosa c'è che non va, tesoro? Perché stai piangendo? Qualcuno ti ha fatto del male?»

«No, papà, sono solo felice di vederti».

«Anch'io, anch'io». Le regalò un sorriso radioso, ricordandole come l'aveva sempre guardata quando era una bambina. «È passato un po' di tempo. Io e tua madre sentiamo la tua mancanza. Stai lavorando troppo, lo sai?»

Delilah sbatté le palpebre. Non sapeva che sua madre era morta. Non ne aveva memoria. Aveva senso: sua madre era morta quando lui era già affetto dall'Alzheimer. Non c'era bisogno che lei lo menzionasse ora. Non voleva causargli un dolore inutile.

«Lo so, papà. Verrò a trovarvi il primo fine settimana libero che avrò. Che ne dici?» mentì, incapace di dirgli la verità.

«Mi sembra un'ottima idea».

Delilah si schiarì la gola. Per troppi anni si era portata dietro i sensi di colpa e ora che aveva l'opportunità di parlarne con suo padre, non trovava le parole giuste. Non c'era un modo semplice per iniziare quella conversazione.

«Ti capita ancora di pensare al periodo che abbiamo passato in Francia?»

Lui sorrise. «Molte volte, tesoro».

«Anch'io. Ci penso spesso».

«Eri così piccola allora. Mi sorprende che ti ricordi qualcosa». La sua voce era dolce, ma anche carica di dolore.

«Mi ricordo tutto di allora».

Lui alzò la mano per fermarla. «Molte cose è meglio dimenticarle».

«Ma come posso dimenticare?»

«Pensa solo alle cose belle. Non soffermarti su quelle brutte».

Lei scosse la testa, troppo commossa per parlare.

«Ti ho mai detto che gioia immensa eri per me e tua madre? Riesco ancora a sentire le tue risate quando ti spingevo sull'altalena, e tu mi chiedevi di andare sempre più in alto. Eri una bambina così avventurosa. Così coraggiosa. Sempre così coraggiosa». Le fece un grande sorriso.

«Non sono sempre così».

«Ai miei occhi, lo sei».

«Oh, papà, mi dispiace tanto!» Le lacrime iniziarono a formarsi nei suoi occhi.

Lui aggrottò la fronte. «Ti dispiace per cosa? Cosa c'è che non va, tesoro?»

«Peter», disse. «Avrei dovuto fare qualcosa. Io...» Una lacrima solitaria le scivolò lungo la guancia, lasciando una scia calda sulla pelle.

«Peter?» Sembrava sorpreso. «Ma tesoro, non avresti potuto evitare la sua morte, e nemmeno io o tua madre. Peter è morto per la sindrome della morte improvvisa del lattante. Anche se fossimo stati lì quella notte, non avremmo potuto fare nulla. Ci siamo sempre incolpati per averti lasciata a badare a lui. Non dimenticherò mai l'orrore sul tuo viso quella notte. Avrei voluto risparmiarti tutto questo. Non avresti mai dovuto vederlo morire. Eravamo così preoccupati per te».

«Ma la mamma era sempre così triste. Pensavo che mi incolpaste».

«Incolparti? Oh Dio, Delilah, no».

Si sporse in avanti sulla sedia, incrociando le mani. «Abbiamo incolpato noi stessi. Se non avessimo avuto te, io e tua madre non saremmo mai riusciti a superare quel periodo oscuro. Eri l'unica fonte di luce che avevamo. Eri il nostro unico raggio di sole, ma ci sentivamo così in colpa per i tuoi incubi, per le immagini che continuavi a rivedere di lui morto nella culla, sempre e sempre ancora. Non sapevamo cosa fare, così non ne abbiamo mai parlato. Abbiamo sempre pensato che il tempo avrebbe guarito tutte le ferite, e che i bambini dimenticassero. Col senno di poi, avremmo dovuto farti aiutare da un professionista, ma semplicemente non sapevamo come comportarci. Mi dispiace tanto di averti delusa. Ti prego, perdonaci». Gli occhi di suo padre si riempirono di lacrime.

Gli occhi di Delilah finalmente liberarono le lacrime che aveva trattenuto per tutti quegli anni. «Oh, papà. Non c'è nulla da perdonare. Ti voglio bene».

«Anch'io ti voglio bene, tesoro mio, e anche tua madre te ne vuole. Promettimi una cosa».

«Qualsiasi cosa», rispose lei senza esitazione.

«Smetti di vivere nel passato e pensa al futuro. Al tuo futuro».

«Te lo prometto».

«Ciao, Delilah», disse e i suoi occhi tornarono vuoti.

Delilah si accasciò sulla sedia e diede libero sfogo ai singhiozzi trattenuti. Suo padre la amava e non la incolpava per la morte di Peter. Era libera, finalmente libera dal senso di colpa che aveva portato con sé per così tanto tempo.

Braccia possenti la sollevarono e la portarono sul divano. Aprì gli occhi, pieni di lacrime, e guardò l'uomo che la teneva in braccio.

«Samson!»

«Non piangere, dolcezza», sussurrò, e si sedette con lei in grembo. Indossava un accappatoio lungo e sembrava più in forma che mai.

«Mi dispiace tanto, Samson. Ti ho messo in grave pericolo». Le lacrime continuarono a scorrerle copiose.

«Mi hai salvato la vita».

Lui le prese la testa tra le mani e abbassò le labbra sulle sue, baciandola dolcemente.

«Pensavo di averti perso», disse.

Samson scosse la testa e ridacchiò. «È difficile uccidermi, anche se questa volta ci sono andati molto vicini, troppo vicini. Senza il tuo sangue...»

Lei gli posò un dito sulle labbra. «Shh. Te lo dovevo».

Il sorriso di lui svanì. «Ti sentivi obbligata? È per questo che mi hai salvato?» Le sue spalle si afflosciarono, come se tutta l'energia fosse uscita dal suo corpo.

«Non potevo lasciarti morire. Ti ho messo io in quella situazione. Se non fossi scappata, non ti saresti mai ferito».

«Capisco».

37

Era tutto lì? Era stato solo il senso di colpa a guidare le sue azioni? Era tutto ciò che provava per lui?

Il cuore di Samson si contrasse dolorosamente. Percepiva il sangue di lei scorrergli nelle vene, percepiva l'essenza stessa di lei, eppure le sue parole, quelle maledette parole, lo tormentavano. Parole che non voleva sentire. Lo aveva salvato perché *glielo doveva*, si sentiva *in debito con* lui.

All'improvviso la spostò dal grembo e la posò sul divano, poi si alzò.

«Mi dispiace che tu la pensi così. Non mi devi nulla. Chiederò a Carl di organizzarti il ritorno a New York».

Non aveva nemmeno finito di parlare che era già corso fuori dalla stanza, salendo rapidamente le scale. Pochi secondi dopo, il rumore della porta della sua camera che si chiudeva con violenza riecheggiò per la casa.

Delilah non lo amava. Si era completamente sbagliato su di lei.

Com'era stato nobile da parte sua salvarlo.

Un sapore amaro si diffuse nella sua bocca. Doveva farla uscire dalla sua vita, subito, prima che gli strappasse il cuore e lo facesse bruciare sotto il sole. Tutto ciò che gli ricordava lei doveva sparire. Prese il blocco da disegno dalla scrivania.

Il disegno che aveva fatto di Delilah durante la loro prima notte insieme volò sul pavimento. Samson si chinò e passò la mano sopra il foglio, come se stesse accarezzando lei. Bramava quei momenti in cui l'aveva avuta tra le braccia.

«È bellissimo». La voce dolce di Delilah arrivò a lui come un sussurro.

Com'era riuscita a entrare senza che lui la sentisse? Doveva attribuirlo al suo stato di guarigione incompleto.

«Mi hai disegnata».

Non si voltò. «Stavi dormendo. Volevo catturare la tua bellezza». Sembrava passata un'eternità. «Se vuoi fare i bagagli, fai pure». Prese il disegno e si alzò, ma sentì la mano di lei sul braccio.

«Ti prego, guardami», disse lei, con voce dolce e gentile.

Samson obbedì, contro il suo buon senso.

«Se pensi che io dia il mio sangue a qualcuno e poi me ne vada, ti sbagli. Vuoi davvero sapere perché non ti ho lasciato morire? Lo vuoi sapere?» Fece una pausa. «Perché, per una volta, volevo qualcosa che fosse solo per me, e non mi importava delle conseguenze. Quando eri disteso a terra, in punto di morte, l'unica cosa a cui riuscivo a pensare ero io. Chiamami pure egoista, ma non potevo immaginare una vita senza di te al mio fianco. Ecco perché ti ho dato il mio sangue, perché ti volevo. E ti voglio ancora adesso».

La mascella di Samson si abbassò, e le sue dita lasciarono cadere il disegno, che scivolò a terra.

«Mi vuoi? A prescindere da tutto?»

Delilah annuì. «Ti amo, e se ciò significa che dovrai trasformarmi in vampira per poter stare assieme, così sia».

«Trasformarti...? No!» La tirò tra le sue braccia. «No. Ti amo troppo per trasformarti».

Affondò le labbra sulle sue, reclamandola. Non fu il bacio delicato che le aveva dato nel suo ufficio, ma il bacio possessivo di un vampiro che reclamava la sua compagna. Delilah era sua.

«Legati a me col sangue». Lui la guardò profondamente negli occhi.

«Per favore, spiegamelo di nuovo. L'altra volta non ero nella condizione mentale giusta per ascoltare».

«Significa che sarai mia per sempre, e io sarò tuo».

«Per sempre? Ma io invecchierò e tu no».

Samson sorrise. «No, non invecchierai. Una volta stretto il legame di sangue, attingerai alla mia essenza. Rimarrai umana, ma non invecchierai finché sarò vivo. Io berrò il tuo sangue e tu il mio. Sarai in grado di percepirmi perché il mio sangue ti scorrerà nelle vene. Saremo connessi. Saprai sempre cosa provo io e viceversa».

«Ma sarò ancora umana?»

«Sì, continuerai ad uscire alla luce del sole. Mangerai ancora cibo vero. Ma sarai mia moglie, la mia compagna per l'eternità, e io non ti lascerò mai. Una volta presa questa decisione, non si torna indietro. Diventeremo parte l'uno dell'altra, incompleti senza l'altra metà, due metà di un tutto».

Lei lo fissò negli occhi. Non esitò nella sua risposta. Spostò i capelli di lato e gli espose il collo. «Allora mordimi».

Un attimo dopo, la risata di Samson riempì la camera. Si sentì sollevato. A modo suo, Delilah aveva accettato.

«Dolcezza, c'è un po' di più in questo rituale che un semplice morso. E credimi, ti piacerà ogni momento».

La porta d'ingresso si chiuse rumorosamente. Istintivamente, Samson si bloccò. Diversi uomini erano entrati in casa sua.

«Abbiamo visite».

Si infilò rapidamente un paio di jeans e una maglietta, poi prese la mano di Delilah, intrecciando le dita con le sue.

Il trambusto nel soggiorno si fece più forte. Quando Samson raggiunse l'ingresso con Delilah al suo fianco, vide chi era riunito lì: Ricky, Amaury, Carl e Milo, quest'ultimo trattenuto da due robusti vampiri.

«Allora l'avete trovato». Samson entrò nella stanza, facendo un cenno ai suoi amici. Guardò Milo, che aveva un'espressione di disgusto sul volto.

«Tua sorella ti ha salutato prima di andare all'inferno», disse Samson.

Milo ringhiò a Delilah. «Puttana!»

«Se stai parlando di tua sorella, devo ammettere di essere d'accordo. Altrimenti, faresti meglio a tenere a freno la lingua, prima che te la tagli».

«Avanti, fallo. Tanto mi ucciderai comunque, quindi tanto vale farla finita». La voce di Milo era fredda e impassibile.

«Non ti ucciderò», disse Samson lentamente, osservando Milo mentre espirava, lasciandogli assaporare un breve momento di sollievo. «Farò in modo che sia Thomas a farlo. Si arrabbierebbe con me se lo privassi di quest'occasione».

Samson si compiacque dello shock sul volto di Milo. Per un attimo aveva chiaramente pensato di cavarsela senza conseguenze.

«È stata tutta opera di mia sorella. È stata lei a organizzare tutto. Mi ha costretto a farlo», si lamentò Milo. «L'avete già uccisa. Vi siete già vendicati».

La porta d'ingresso si aprì e si richiuse.

«Restituirò tutto il denaro. Ho accesso ai conti alle Cayman e restituirò tutto».

«Non sarà necessario». Thomas entrò dal corridoio. «Ho già annullato tutte le transazioni. Samson, il denaro è di nuovo al sicuro sul tuo conto».

«Grazie, Thomas».

«Come?» Milo sembrava confuso.

Thomas si avvicinò a lui, fermandosi a pochi centimetri di distanza. «Magari sei riuscito a ingannarmi sui tuoi sentimenti per me, ma quando si tratta di informatica, non hai nulla da insegnarmi. Ho annullato ogni singola transazione che hai fatto».

«Thomas», disse Samson.

Thomas lo guardò dritto negli occhi. «Sì, Samson?»

«Cosa vuoi farne di lui?»

«Io?»

«Sì, ti ha tradito. Sarai tu il suo giudice. Amaury si è occupato di Ilona. E grazie all'insistenza di Delilah nel darmi il suo sangue, sono sopravvissuto all'attacco di Ilona, quindi non ho più bisogno di vendetta. Ma tu puoi prenderti la tua».

Thomas rivolse a Delilah uno sguardo di ammirazione. «Samson è davvero un uomo fortunato».

Samson colse il timido sorriso che si formò sulle labbra di lei e le strinse la mano, annuendo. «Lo so bene, e ancora di più ora che Delilah ha accettato di stringere un legame di sangue con me».

Improvvisamente tutti iniziarono a parlare uno sopra l'altro.

L'eccitazione nell'aria era palpabile.

«Visto? Te l'avevo detto».

«Chi l'avrebbe mai detto?»

«Mi devi cento dollari, Carl!»

«Congratulazioni!»

«Sono così felice per voi due!»

«Quali cento dollari?»

«Abbiamo fatto una scommessa».

«Quando sarà il grande giorno?»

«Oh, dannazione, uccidetemi subito, prima che vomiti!» esclamò Milo, mettendo tutti a tacere.

«Sembra che qualcuno non condivida la nostra gioia per la vostra unione, Samson», disse Ricky.

«Per fortuna non me ne frega un cazzo di quello che pensa Milo». Samson si bloccò e guardò Delilah. «Scusa, dolcezza, non dovrei parlare così davanti a te».

Lei scoppiò a ridere. «Sei davvero divertente, lo sai? Davvero pensi che un paio di parolacce possano sconvolgermi dopo tutto quello che ho passato negli ultimi giorni? Se riesco a sposare un vampiro, penso di poter sopportare qualche parolaccia».

«Oh, che carina», disse Milo con sarcasmo.

«Chiudi il becco, idiota!» sbottò Delilah.

La stanza si riempì di risate, tranne che per Milo. Samson la strinse tra le braccia e sollevò il suo viso verso il suo. «So già che ci divertiremo molto durante la nostra vita insieme».

Si trattenne dal divorarla lì, davanti ai suoi amici. Quello che c'era tra loro era qualcosa di privato. Presto sarebbero stati soli, e lei sarebbe diventata sua per sempre.

«Hai preso una decisione, Thomas?»

Thomas annuì e si rivolse al suo ex amante.

«Ti sei guadagnato la mia fiducia sotto mentite spoglie. Mi hai tradito, mi hai derubato e mi hai ingannato. Mi hai quasi ucciso e hai ucciso degli umani innocenti. Le tue azioni hanno messo in pericolo le persone a me più care. Sei feccia, spazzatura. Rimpiango il giorno in cui ho posato gli occhi su di te. Il mondo sarebbe un posto migliore senza gente come te. Ma io non sono un assassino e non sarai tu a trasformarmi in tale. Non sei più il benvenuto qui. Avviserò ogni covo di vampiri negli Stati Uniti: se qualcuno ti darà rifugio, andrò a cercare loro e poi te. Se mai metterai piede in questo paese di nuovo, *ti distruggerò*».

Milo sembrava scioccato dal verdetto di Thomas. «Non mi ucciderai?»

Thomas si rivolse alle due guardie. «Accompagnatelo all'aeroporto e assicuratevi che lasci il paese».

Le due guardie guardarono Samson per avere conferma, e lui annuì. Pochi secondi dopo, scortarono Milo fuori dalla casa.

Samson posò la mano sulla spalla di Thomas. «È stata una decisione saggia. Ti ammiro per questo».

Thomas scosse la testa. «È stata la decisione di un codardo». Si voltò e Samson vide l'angoscia sul suo volto. «Non potevo ucciderlo perché lo amo ancora».

Thomas lasciò la casa senza aggiungere altro. Samson comprese il suo bisogno di elaborare la perdita di Milo e di fare i conti con la sua decisione da solo. Costringerlo a rimanere per celebrare la felicità di Samson sarebbe stato crudele.

«Si riprenderà», disse Amaury una volta che la porta si chiuse dietro Thomas. «Dategli un po' di tempo».

«Carl, che ne dici di portare qualcosa da bere per celebrare l'imminente unione di Samson e Delilah?» suggerì Ricky.

«Champagne?» chiese Carl.

«Sai bene che non beviamo champagne, Carl». Ricky rise.

«Sì, ma non credo sia educato in una compagnia mista trangugiare bicchieri di sangue». Carl lanciò uno sguardo cauto in direzione di Delilah.

«Carl, quando parli di compagnia mista, intendi uomini e donne, o ti riferisci a umani e vampiri?» chiese Delilah, sorridendo.

«Intendevo dire umani e vampiri».

«Porta pure il sangue, Carl, e un bicchiere di champagne per me. Non sono una damigella fragile, e non voglio che mi trattiate come tale. Non sverrò alla vista del sangue. Non più, almeno».

Carl si raddrizzò.

«Hai sentito la padrona di casa», disse Samson con un ghigno. Delilah si sarebbe inserita perfettamente nella sua vita.

«Sì, signore».

38

Delilah uscì dal bagno. Sembrava irradiare luce, il riflesso delle candele che Samson aveva acceso illuminava la sua pelle. Non aveva mai visto cosa più bella. Indossava una vestaglia, senza nulla sotto, proprio come lui le aveva chiesto di fare.

Finalmente erano soli in casa, i suoi amici se n'erano andati solo pochi minuti prima.

Samson la aspettava in piedi davanti al camino, anche lui vestito solo con una vestaglia, nudo sotto. Il suo cazzo si agitò impaziente alla vista di lei e al pensiero di ciò che stavano per fare. Non aveva mai immaginato come potesse essere, ma ora sapeva che non aveva mai provato niente nemmeno lontanamente paragonabile all'amore che provava per lei.

«Grazie per aver reso possibile la conversazione con mio padre».

«Farò sempre tutto ciò che è in mio potere per renderti felice. Qualunque cosa». Allungò le braccia verso di lei.

Delilah si avvicinò a lui, lentamente ma con decisione, e lui la strinse nel suo abbraccio.

«Sei pronta per iniziare il resto della tua vita?»

«Con te al mio fianco, sono pronta a tutto». La voce di Delilah era come musica per le orecchie di lui.

Samson accarezzò la pelle chiara del suo collo, sentendo l'arteria pulsare sotto le dita.

Lei sbatté le palpebre. «Farà male?»

«Non sentirai dolore, solo piacere. Ci legheremo al culmine dell'estasi, quando i nostri corpi saranno uniti. Berrai il mio sangue e io berrò il tuo. Saremo davvero una cosa unica, un corpo solo, un'anima. Sentirai tutto ciò che provo io e io percepirò tutto ciò che senti tu. Non ci saranno segreti tra noi. È questo che vuoi?»

Samson doveva darle un'ultima opportunità per cambiare idea, perché una volta stretto il legame di sangue, sarebbero stati uniti per sempre. Lui sapeva che era ciò che voleva. La certezza che provava era inebriante e spaventosa allo stesso tempo. Se lei lo avesse rifiutato in quel momento, gli avrebbe spezzato il cuore.

I suoi occhi verdi brillarono mentre lo fissava. «Samson, negli ultimi giorni ho percepito delle cose strane. Sentivo cose su di te che non avrei potuto sapere. Come il fatto che sei stato tu a dipingere quel quadro». Inclinò la testa verso il dipinto sopra il caminetto. «Quando lo guardo, vedo un bambino che mostra un disegno a sua madre».

«Quelli sono i miei ricordi, dolcezza».

«Ma non abbiamo ancora stretto il legame di sangue. Com'è possibile?»

Lui sorrise. «Coloro che sono veramente destinati a stare insieme hanno già un legame tra loro. È per questo che puoi già percepirmi, ed è per questo che io sapevo del campo di lavanda. Siamo già connessi».

«Allora vuoi rendere tutto ufficiale?» sussurrò Delilah, con le labbra gonfie e rosse.

Lentamente, le labbra di Samson scivolarono verso quelle di lei, fino a unirsi finalmente in un bacio di puro amore. Catturando le labbra di lei con le sue, riversò il suo cuore in lei, invadendo le cavità della sua bocca con la sua lingua. Non era lì per saccheggiare, ma per condividere. La lingua di lei incontrò la sua, offrendogli ciò che lui sapeva di non poter prendere: la sua fiducia. Era qualcosa che spettava a lei dare.

Le loro bocche si fusero in una resa appassionata l'una all'altra, nessuno dei due era il conquistatore o il conquistato. Compagni, uguali nell'amore.

Entrambi con uguale forza e debolezza l'uno per l'altra, entrambi potenti e impotenti allo stesso tempo.

Samson percepì le immagini invadere di nuovo la sua mente: il campo di lavanda, il sole, il prato. Lei si aprì a lui, trasportandolo in un luogo di pura felicità, un luogo senza preoccupazioni, un posto dove era solo un uomo, e non una bestia.

Senza mai interrompere il bacio, lui la sollevò tra le braccia e la portò sul suo letto, anzi sul *loro* letto. La adagiò sulle lenzuola pulite e si distese sopra di lei. L'unica cosa che li separava erano le loro sottili vestaglie, a malapena una barriera alla passione che li travolgeva.

CON MANI tremanti ma piene di desiderio, Delilah tirò i lembi della vestaglia di lui finché questa non si aprì, permettendole di sentire la pelle di lui sotto le dita. Mai, nemmeno nei suoi sogni più sfrenati, avrebbe immaginato di poter amare un uomo senza alcuna riserva, così come amava Samson. Un'eccitazione elettrizzante pulsava nelle vene di Delilah mentre sentiva le mani di lui liberarla dalla vestaglia.

Finalmente, la pelle nuda di Samson si posò sulla sua. Lei sentì il brivido che quel contatto creava, le scariche che attraversavano il suo corpo, l'anticipazione che si accendeva nella sua mente. L'erezione di Samson le premeva contro la coscia; non le stava ancora chiedendo di entrare, ma le ricordava il suo scopo.

Prenderla, possederla, condividere sé stesso con lei.

Le mani di Samson esploravano liberamente il corpo di lei, senza fretta, ma con una determinazione inarrestabile. Lei rispondeva con la stessa passione, con lo stesso fervore che lui le trasmetteva. Nessun centimetro del corpo di Samson sarebbe sfuggito al tocco di lei: né alle sue dita, né alla sua bocca o alla sua lingua.

Dove, solo poche ore prima, le sue ferite erano aperte e sanguinanti, ora si era formata nuova pelle, liscia e perfetta come il resto del corpo di lui. Si premette contro di lui, e Samson comprese ciò che lei voleva, rotolando sulla schiena e lasciandola prendere il controllo, sopra di lui.

Delilah si sollevò leggermente per guardarlo. Era bellissimo, se un uomo poteva essere definito tale. Le sue spalle erano larghe e muscolose, il suo petto privo di peli e scolpito con muscoli definiti. Lei fece scorrere le dita lungo il torso di lui. Da sotto le ciglia, notò che lui la osservava mentre lo esplorava. Negli occhi di lui, scoprì un desiderio profondo, ma lui non si mosse, permettendole di prendersi tutto il tempo che voleva.

Per la prima volta, avrebbe fatto l'amore con lui sapendo pienamente chi e cosa fosse.

Un vampiro. Una creatura soprannaturale.

Delilah non riusciva ancora a comprendere come si fossero innamorati così velocemente e completamente, ma non si poneva più domande. Quello che vedeva negli occhi di lui le diceva che l'amore di Samson era reale, proprio come il suo.

Samson era suo. Il suo uomo. Il suo vampiro. Il suo compagno.

La mano di Delilah percorse la valle del suo addome fino a trovare il nido di riccioli scuri che circondava il suo cazzo, fiero. Le labbra di lei seguirono il percorso che aveva tracciato precedentemente con le dita fino ad arrivare al suo cazzo, che sapeva bramare il suo tocco.

Samson inspirò bruscamente quando le dita di lei gli sfiorarono la cappella del cazzo, rotonda e vellutata. Pienamente consapevole dell'effetto che il suo tocco aveva su di lui, continuò a muoversi, facendo scorrere le dita dalla punta fino alla base. Lentamente, molto lentamente. Fece un respiro profondo e inspirò il profumo della sua eccitazione.

Poi si leccò le labbra, inumidendole.

«Ti voglio, Samson», sussurrò.

Con la lingua toccò la punta della sua erezione e iniziò a scendere lungo tutta la sua lunghezza, fino alla base.

«Delilah, sono tuo». La sua voce era quasi irriconoscibile. Profonda e roca.

SAMSON AFFONDÒ le unghie nelle lenzuola per impedirsi di spingersi verso di lei. La sensazione della lingua di lei sul suo cazzo gli fece quasi perdere il controllo. Cosa aveva mai fatto nella vita per meritarsi una donna come Delilah? Lei lo aveva accettato completamente, e con ogni tocco gli dimostrava il suo amore.

Il momento in cui lei lo prese nella sua bocca, lui, Samson, un vampiro forte e potente, divenne impotente tra le braccia di Delilah. Vulnerabile e alla sua mercé. Eppure, al sicuro.

Gemette e mosse i fianchi verso l'alto, chiedendole una penetrazione più profonda. Delilah accolse la sua richiesta e fece scivolare le labbra lungo il suo cazzo, finché non fu completamente sepolto nella bocca di lei. Il suo calore e la sua umidità lo avvolsero e lo cullarono. Nel rifugio della sua bocca, il suo cazzo si indurì ancora di più. Il succhiare e leccare di Delilah divennero più intensi, e Samson affondò la testa nel cuscino, cercando di sopprimere un urlo di piacere.

Samson sentì i canini formicolare, desiderosi del sangue di Delilah. Non sapeva come avesse fatto a trattenersi durante le notti che avevano trascorso insieme. Sentendola in quel modo, si rese conto di non aver mai avuto una vera possibilità di allontanarsi da lei dopo quel primo bacio.

Le sue zanne si allungarono e un ruggito gli uscì dal petto. «Delilah!»

Avvertì l'esitazione di Delilah nel lasciare andare il suo cazzo, ma Samson la tirò su e le guardò negli occhi. «Prendimi dentro di te, ora».

La mano di lei salì per toccargli il viso, poi mosse un dito lungo le sue zanne. Lui non vide paura negli occhi di lei, solo eccitazione.

Senza interrompere il contatto visivo, si posizionò sopra di lui si abbassò, lentamente e con fermezza. La punta della sua erezione toccò il centro umido di lei e Samson gemette. Il corpo di lei continuò a scendere, prendendolo dentro di sé, stringendosi attorno a lui, spingendolo sempre più in profondità finché non fu completamente sepolto dentro di lei.

Per un attimo non riuscì a muoversi per paura di venire immediatamente. Lei sembrò capire e rimase completamente ferma.

Samson girò la testa verso il comodino. Il pugnale cerimoniale brillava alla luce delle candele. Lo afferrò, gli occhi di Delilah seguirono i suoi movimenti. Si portò la lama alla spalla e la premette nel punto in cui il collo e la spalla si incontravano. Con un movimento deciso, tracciò un taglio sulla pelle.

Sentì immediatamente il sangue scorrere e posò il pugnale.

«Bevi da me».

DELILAH VIDE il sangue scorrere dal taglio e si abbassò sul torso di Samson.

«Ti amo, Delilah».

Senza esitazione, lei posò la bocca sulla pelle aperta e succhiò. Il liquido caldo le scivolò sulla lingua e giù per la gola, con un sapore sorprendentemente dolce. Lei si aggrappò ancora più forte alla spalla di lui, desiderandone di più. Sentì le braccia di Samson stringerla, premendola contro di lui, mentre il suo cazzo si muoveva dentro di lei, spingendo, pompando.

Con una mossa che notò appena, lui la girò, portandola sotto di sé e penetrandola più a fondo.

«Adesso ci leghiamo», disse lui, poi lei sentì la bocca di lui sul collo. Lui le leccò la pelle, facendola fremere, poi affondò le zanne, lacerando la pelle, seppellendosi in lei.

Non provò dolore, solo piacere, quando sentì il movimento di suzione, sapendo che il suo sangue si stava trasferendo dal suo corpo a quello di Samson. Un momento dopo, un gemito gutturale e profondo uscì dal petto di Samson, riverberando nel corpo di lei.

Un senso di leggerezza si diffuse dentro di lei, come se stesse fluttuando su una nuvola, e lei ne prese ancora. Il sangue di lui le scorreva in gola e la riscaldava dall'interno, risvegliando ogni cellula e facendole formicolare tutto il corpo. Le scorreva nelle vene, accendendo sensazioni mai provate prima, accendendo un fuoco dentro di lei.

Il grembo le si contrasse con desiderio, accogliendo e accettando il corpo e l'anima di Samson e offrendo, in cambio, il suo. Delilah avvertì la potenza primordiale di Samson mentre il suo cazzo la penetrava più a fondo, riempiendola e completandola.

Si mosse contro di lui, chiedendo di più. Il corpo di Samson si irrigidì ancora di più di fronte alla sua richiesta, e il suo cazzo si gonfiò nella cavità già stretta. Ad ogni movimento, mentre si ritraeva e poi tornava a spingere, lui solleticava ogni sua terminazione nervosa, facendo bruciare ancora più intensamente il fuoco dentro di lei.

Non c'era bisogno di parole, perché lei percepiva ogni cosa che lui provava: il bisogno bruciante del suo sangue, il desiderio del suo corpo di liberarsi e donarsi a lei, di piantare il proprio seme. Il suo stesso desiderio di accoglierlo cresceva con ogni secondo che passava.

Delilah sentì ogni cellula del suo corpo bruciare, trascinandola verso l'orgasmo. Lui era lì con lei, cadendo nell'abisso, mentre i loro corpi trovavano appagamento l'uno nell'altro. Fluttuando, trasportati l'un dall'altro, connessi.

Quando lei si staccò dalla sua spalla, sentì che anche lui fece lo stesso. Un attimo dopo, le passò la lingua sulla pelle.

«Oh, Samson!»

Lui la baciò, accogliendola mentre tornava lentamente dall'estasi. «Sono qui, dolcezza, sono qui».

Delilah respirava affannosamente. Aveva respirato per tutto quel tempo? Non riusciva a ricordarlo. «Non mi avevi detto che sarebbe stato così incredibile».

Samson ridacchiò dolcemente. «Più profondo è l'amore, più intenso è il legame».

Delilah sfiorò le labbra di lui con le sue. «Potevo sentirti».

«E io potevo sentire te. Il tuo cuore è puro. Sono onorato che tu me lo abbia donato». La baciò teneramente.

«Mi piacerà molto vivere qui con te», disse lei.

«Domani dovremmo chiedere ad Amaury di aiutarci a trovare una nuova casa. Questa diventerà troppo piccola», disse Samson.

Troppo piccola? La casa di Samson era una grande casa vittoriana. Il suo piccolo appartamento a New York poteva starci dentro almeno cinque volte. «Questa è abbastanza grande per noi. Siamo solo io e te. Non mi serve molto spazio».

Lei notò un sorriso piuttosto peccaminoso formarsi sulle labbra di Samson.

«Sì, ma non saremo solo io e te per sempre. Per cominciare, ci servirà una cameretta per i bambini e, poi, quando cresceranno un po', vorranno sicuramente una stanza tutta per loro e...»

«Bambini?»

«Sì, i nostri bambini. So che li desideri».

«Ma mi avevi detto che non puoi averne. I vampiri non possono avere figli».

«È vero, in generale. Ma c'è un'eccezione. Quando un vampiro maschio si lega a una donna umana, il rituale cambia il loro DNA. Una volta completato il tuo primo ciclo dopo il legame di sangue, potrò metterti incinta».

«Impossibile». Lei scosse la testa.

«Ti ricordi del sindaco?»

Delilah annuì.

«Ti ho detto che è un vampiro, ma non era tutta la verità. È un ibrido, un vampiro nato da una madre umana e un padre vampiro. Ce ne sono pochi, ma esistono. Hanno caratteristiche sia dei vampiri che degli umani. Possono nutrirsi di sangue ma anche di cibo umano. Possono stare al sole senza bruciarsi e possiedono la forza e la velocità di un vampiro. Hanno i punti di forza di entrambe le specie, e nessuna delle loro debolezze. I nostri figli cresceranno come bambini umani, e quando raggiungeranno la maturità, smetteranno di invecchiare, proprio come qualunque vampiro».

Gli occhi di Delilah si riempirono di lacrime. «Potremo avere dei figli?»

«Tutti quelli che vorrai. Amerò ognuno di loro».

Delilah singhiozzò. «Perché non me lo hai detto prima?»

Samson le baciò via le lacrime. «Volevo farti un'ultima sorpresa. D'ora in poi sarà piuttosto difficile sorprenderti».

Lei rise. Aveva ragione. Riusciva già a percepire cose su di lui, come se fosse dentro la sua mente. «Allora, quando celebreremo il matrimonio umano che stai organizzando?»

Samson rise. «Vedi cosa intendo? Non posso più nasconderti nulla. Come facevi a saperlo?»

«Quando hai menzionato il sindaco, la tua mente è tornata a ciò che ti aveva detto nello studio dello psicologo. Che voleva fare gli onori di casa. Si è offerto di celebrare la cerimonia nuziale, non è vero?»

«Se i nostri figli saranno intelligenti anche solo la metà di quanto lo sei tu, avremo una schiera Einstein per casa. Spero che tu sia pronta a questa evenienza».

«Sono pronta a tutto, con te». Lei sorrise e lo baciò.

«A tutto? Mi vengono in mente un paio di cose...» Il sorriso sensuale di lui, unito all'erezione che premeva contro di lei, lasciava ben pochi dubbi sulle sue intenzioni.

«Solo un paio di cose?» Delilah lo stuzzicò. «Credi che possano bastare?»

«Con te, mai».

Ma per quella notte, un paio di cose sarebbero state un ottimo inizio.

DESIDERIO MORTALE

UNA NOVELLA PREQUEL DELLA
SERIE VAMPIRI SCANGUARDS

DOVE SI COLLOCA QUESTA NOVELLA NELLA LINEA TEMPORALE DELLA SERIE VAMPIRI SCANGUARDS?

La storia si svolge diversi anni prima che il racconto di Samson dia il via alla serie *Vampiri Scanguards* a San Francisco con *La Graziosa Mortale di Samson*. Gli amati personaggi della Scanguards, Gabriel, Zane e Amaury, faranno la loro comparsa in questa breve novella.

1

Su un'isola del Golfo del Messico, dicembre 1991

Jake osservò l'uomo mentre legava il traghetto al molo delle barche, poi lo vide spostare la passerella per coprire lo spazio tra il molo e l'imbarcazione e fissarla saldamente, prima di gridare al capitano: «Tutto a posto, la barca è legata».

Il capitano ricambiò il saluto, poi spostò lo sguardo su Jake. «Ti auguro un buon soggiorno».

Jake attraversò la passerella e raggiunse il molo. Era l'unico passeggero sul traghetto serale. Supponeva che la maggior parte dei visitatori, diretti su questa piccola isola di appena mille abitanti, fosse arrivata con un traghetto precedente, ma lui non aveva avuto scelta. Viaggiare durante le ore diurne era impossibile per lui.

«Signor Stone?»

Quando qualcuno chiamò il suo nome, girò la testa e notò un ragazzino robusto, che non poteva avere più di vent'anni, che lo salutava accanto a una piccola capanna, probabilmente la capitaneria di porto. I capelli rossi del ragazzo erano come un faro nella notte, così come il profumo che emanava: sangue fresco e giovane.

Fortunatamente, Jake si era nutrito in abbondanza prima di lasciare la terraferma. Non voleva correre il rischio di cacciare su quella minuscola isola, dove ogni movimento sospetto sarebbe stato notato. Aveva anche messo nella sua borsa da viaggio una scorta di sangue che aveva rubato da una banca del sangue a New York, dove aveva vissuto nell'ultimo anno. Lì l'anonimato era un alleato prezioso, mentre nelle piccole città le persone si guardavano le spalle l'una con l'altra e intervenivano quando vedevano qualcosa di strano, come lui che succhiava il collo di un umano succulento.

«Sono Jake Stone», esclamò, avvicinandosi al ragazzo, il cui sangue aveva un odore puro e ricco, ma anche un po' troppo invitante.

Quando si fermò davanti al ragazzo, che teneva la sua borsa da viaggio in una mano, il giovane gli rivolse un ampio sorriso. «Io sono Carl. Benvenuto a Seeker's Island. Mi manda la signora Adams. Ti porterò al *Sunseekers Inn*».

Carl fece un movimento per prendere la borsa, ma Jake non la cedette. «Facci strada».

Il ragazzo indicò la strada che costeggiava il piccolo porto. «Ho parcheggiato proprio qui».

Jake alzò un sopracciglio. Non si aspettava che l'isola permettesse l'accesso alle auto. «Dove?»

Carl indicò un piccolo veicolo bianco parcheggiato sul marciapiede.

«Un golf cart», mormorò Jake. *Con un rametto di vischio che penzola dallo specchietto retrovisore?*

Il ragazzo annuì con entusiasmo. «Sull'isola non ci sono auto, ma posso usare uno dei golf cart per portare in giro i turisti. Insomma, è praticamente mio».

Jake abbozzò un sorriso forzato e lo seguì. Fantastico: Carl era un chiacchierone. Era proprio quello di cui aveva bisogno. Se avesse potuto scegliere, non sarebbe mai venuto su una piccola isola come questa, dove tutti conoscevano gli affari degli altri, ma non aveva avuto alternative. Questa era la sua ultima risorsa.

Mentre Jake si infilava nel sedile del passeggero e sistemava la borsa tra i piedi, Carl accese il motore elettrico e si immise sulla strada principale, che costeggiava la costa. Case e negozi si susseguivano lungo la pittoresca strada ed ebbe quasi l'impressione di essere entrato a Disneyland. Beh, Disneyland addobbata per il Natale, perché praticamente ogni negozio e ristorante era decorato con luci colorate, rosse e verdi in primis. E forse quest'isola era proprio come Disneyland, un luogo pieno di illusioni, credenze e desideri, tutte cose che per lui erano irraggiungibili.

«Sei qui per... sai?» continuò Carl.

Jake intuì subito a cosa si riferisse: la famosa sorgente termale dell'isola, di cui si diceva avesse poteri magici, ma invece di rispondere direttamente, lasciò vagare lo sguardo verso l'oceano e l'oscurità impenetrabile oltre la riva. «La... sai cosa... non funziona davvero, vero?»

Carl si raddrizzò sul sedile, come se volesse mostrare un'aria più autorevole. «Certo che sì!» Poi abbassò la voce e si avvicinò, sussurrando: «Sono cresciuto qui. Tutto quello che hai sentito è vero. Se bevi quell'acqua, ottieni ciò che desideri».

Jake soffocò l'impulso di deriderlo. Se la sorgente funzionava davvero, perché un giovane come Carl viveva ancora qui, svolgendo l'ingrato lavoro di autista e portando i turisti in giro per l'isola? «Certo, se lo dici tu».

Forse era solo il suo cinismo a parlare. Dopo tutto, quale vampiro di centoquarantasette anni non sarebbe stato cinico? O forse si stava semplicemente preparando al momento in cui avrebbe scoperto che la sorgente magica non aveva il potere di esaudire i desideri.

«Vedrai!» ribatté Carl con entusiasmo e fece fermare il golf cart. Indicò la grande casa vittoriana che si trovava dietro una staccionata bianca. «Siamo arrivati».

Jake tirò fuori dalla tasca una banconota da cinque dollari e la porse al ragazzo. «Grazie, Carl».

Il giovane sorrise mentre intascava i soldi. «E se hai bisogno di un mezzo di trasporto sull'isola, sarò felice di accompagnarti in giro».

Jake non aveva dubbi su questo. Era sicuro che le opportunità di guadagno sull'isola fossero poche e non particolarmente redditizie. «Ti farò sapere». Scese dal golf cart e si incamminò verso l'ingresso della casa, con la borsa da viaggio in mano.

Il motore elettrico non emise quasi alcun suono quando Carl partì.

Jake aprì la porta d'ingresso ed entrò. L'atrio era accogliente e ben illuminato. Un grande albero di Natale addobbato con decorazioni antiche occupava metà dell'ingresso. Doveva ammettere, nonostante la sua avversione per il Natale, che l'abete blu fresco era piuttosto bello e il profumo gli riportava alla mente i ricordi della sua infanzia. Ricordi di tempi più felici.

Una grande scala di legno conduceva ai piani superiori. Alla sua sinistra c'era un'area di ricevimento che aveva l'aspetto di una cabina con un alto bancone davanti e scaffali sul retro. Si avvicinò e posò la borsa sul pavimento. Non vedendo nessuno, ma intuendo di non essere solo, suonò il campanellino sul bancone.

Mentre il suono del ping risuonava nell'atrio, sentì improvvisamente un rumore e un istante dopo una donna si alzò da dietro il bancone, sistemandosi la manica del suo vestito colorato e facendogli un sorriso di scuse. Non l'aveva vista prima, né i suoi sensi avevano percepito il suo odore. Il profumo dell'albero fresco, del *potpourri* e delle candele profumate che sembravano trovarsi ovunque ci fosse un davanzale o una superficie disponibile, era troppo opprimente.

«Oh, cielo, ora mi hai beccata!» Lei ridacchiò e arrossì nervosamente. «Quelle maledette spalline non stanno mai al loro posto». Tirò fuori la mano da sotto la manica e si aggiustò il collo a palloncino.

Jake dedusse che stesse parlando delle spalline del reggiseno e cercò di non concentrarsi sul suo ampio petto. Invece, guardò il suo viso. Era ancora attraente, anche se sembrava avere più di sessant'anni. Se l'avesse incontrata venti o trent'anni prima, forse l'avrebbe persino sedotta.

«Signora Adams?»

«Sì, e lei deve essere il signor Stone». Lasciò che i suoi occhi vagassero sul suo viso e sul suo corpo, senza nascondere che lo trovava attraente.

Era abituato a quegli sguardi. Li riceveva da donne di tutte le età. Ma tutto ciò che vedevano era il suo involucro perfetto: i capelli scuri, il mento cesellato, il naso classico, i penetranti occhi azzurri e il corpo scolpito. Quello che non vedevano era l'uomo che c'era dentro, l'essere tormentato che desiderava una vita vera, mortale, e un'esistenza con uno scopo.

«Ho una stanza meravigliosa per lei. All'ultimo piano. Ha una splendida vista sulla baia dall'altra parte dell'isola». Si avvicinò al mazzo di chiavi dietro di lei e ne prese una, appoggiandola sul bancone.

«Perfetto». Jake sorrise e prese la chiave.

«La colazione è inclusa». Indicò una porta accanto alle scale. «La sala colazioni è da questa parte. Serviamo la colazione dalle sette alle nove e mezza».

«Non sarà necessario. Non sono una persona molto mattiniera. Anzi, le dispiacerebbe evitare di fare le pulizie in camera? Sono piuttosto nottambulo e dormo fino a tardi». Fino *al tramonto*. Dopotutto, la luce del giorno non gli piaceva. E trasformarsi in cenere non era mai stato nei suoi piani.

«Oh?» Lei gli lanciò un'occhiata sorpresa. «Beh, spero che la mancanza di vita notturna qui non la deluda troppo. Non c'è granché da fare la sera. Molti dei nostri visitatori sono qui per la sorgente termale». Si chinò in avanti, appoggiando le tette sul bancone. «Suppongo che lei sia venuto qui per lo stesso motivo, vero?»

Jake sospirò. Era sull'isola da meno di mezz'ora e già due persone erano riuscite a fargli la stessa domanda. Ma essendo un uomo estremamente riservato, non aveva intenzione di farsi trascinare in una conversazione sui suoi desideri più personali. Desideri che non poteva condividere con nessuno.

«Ho sentito dire che qui la pesca è buona».

Un velo di delusione attraversò il volto della signora Adams, che si raddrizzò di scatto. «Sì, sì, è così».

«L'ultimo piano, ha detto?» chiese Jake, indicando le scale e afferrando la sua borsa senza attendere una risposta.

«Camera numero ventuno. Giri a sinistra in cima alle scale».

Le scale scricchiolarono mentre saliva la prima rampa. Le passatoie coprivano i pavimenti usurati del pianerottolo. Jake lasciò vagare lo sguardo sui vecchi quadri appesi alle pareti e sull'antica credenza che adornava il corridoio del secondo piano. I suoi occhi si soffermarono ancora un attimo ad ammirarne la lavorazione raffinata, poi continuò a salire.

Si scontrò con qualcosa di morbido. Con un riflesso fulmineo alzò la testa, lasciando cadere la borsa. Contemporaneamente, allungò una mano per afferrare la persona contro cui si era imbattuto. Era una donna. Le sue braccia agitavano l'aria mentre cercava di riprendere l'equilibrio, ma la sua borsa scivolò e il contenuto si rovesciò sul pavimento. Jake riuscì ad afferrarla prima che cadesse.

«Ooops!» chiamò. «Presa!»

«Uhh!»

Lei respirava affannosamente e i suoi sensi superiori rilevarono il battito cardiaco accelerato.

«Mi dispiace tanto, non guardavo dove andavo», si scusò Jake.

«Non c'è problema», rispose lei, senza fiato. «È colpa mia. Stavo correndo dietro l'angolo senza guardare». Si liberò dalla sua presa e fece un passo indietro.

Lo sguardo di Jake cadde sul viso di lei. I suoi occhi erano azzurri come i suoi e i suoi lunghi capelli erano di una ricca tonalità ramata. La sua pelle era impeccabile, ma pallida, quasi come la porcellana, e faceva sembrare le sue labbra rosse come il sangue fresco. La fame gli salì dentro all'istante, nonostante fosse sazio. Si costrinse a respingerla, distogliendo lo sguardo . Guardò gli oggetti che erano caduti a terra e si chinò.

«Lascia che ti aiuti», le offrì e le porse la borsetta.

La prese e si accovacciò di fronte a lui, raccogliendo velocemente alcuni degli oggetti caduti: un rossetto, le chiavi, un piccolo blocco note.

Jake le restituì un fazzoletto e una penna, poi cercò sul tappeto qualsiasi altra cosa potesse essere caduta, ma non trovò nulla.

«Credo di avere tutto», disse lei e si alzò.

Si alzò dalla sua posizione ingobbita e offrì la mano in segno di saluto. «A proposito, io sono Jake».

Lei esitò, prima di stringergli la mano molto brevemente. «Claire». Poi indicò le scale. «Devo andare».

La guardò mentre si affrettava a scendere le scale. I suoi passi riecheggiarono nell'atrio mentre usciva di corsa dalla porta d'ingresso. Solo quando questa si chiuse con un forte tonfo, raccolse la sua borsa da viaggio e si diresse verso la sua stanza.

2

Dopo una doccia rinfrescante, Jake uscì dalla sua stanza. Era il momento di fare ciò per cui era venuto qui. Non aveva senso rimandare l'inevitabile. Scese la prima rampa di scale e raggiunse il punto in cui aveva incontrato la seducente Claire. Per un attimo si fermò lì. Lei aveva suscitato qualcosa in lui, risvegliando il desiderio di proteggerla, anche se non si era mai sentito così nei confronti di un umano. Jake era sempre stato un predatore, abituato a prendere ciò che voleva, senza preoccuparsi di chi rimaneva ferito. Ma ora era tutto diverso.

Aveva finito di essere il mostro che tutti temevano. Aveva chiuso con quella vita. C'erano troppe uccisioni nel suo passato, troppe azioni deplorevoli accumulate lungo il suo cammino. L'insensatezza di tutto ciò lo aveva spinto a un punto di non ritorno. La sua vita non aveva alcun significato; dopo centododici anni vissuti come vampiro, trasformato a trentacinque anni, lo aveva capito chiaramente.

Non poteva più farlo: non poteva più fare del male alle persone. Perché aveva sviluppato una coscienza. Una fottuta coscienza!

Jake abbassò lo sguardo sulle sue scarpe e imprecò silenziosamente. Chi aveva mai sentito parlare di un vampiro con degli scrupoli? Ma no, all'improvviso doveva desiderare una vita significativa, uno scopo. E sapeva che c'era solo un modo per ottenere l'esistenza che desiderava: doveva tornare umano.

Il suo malcontento per la vita da vampiro era cresciuto lentamente. Ogni volta che aveva visto gli umani celebrare i momenti importanti delle loro vite, un nuovo amore, un matrimonio o una nascita, si era sentito sempre più invidioso. Aveva iniziato a paragonare la sua misera vita alla loro e l'aveva trovata carente. Non c'erano eventi gioiosi nella sua vita: dormiva, cacciava, si nutriva. E si nascondeva, sempre. Ma soprattutto, non aveva nessuno che si preoccupasse per lui o a cui lui tenesse. Le emozioni umane, quelle tenere e genuine, gli erano completamente estranee. Eppure, le riconosceva negli altri, negli esseri umani, e voleva provare le stesse cose. E se non poteva riuscirci, allora preferiva non provare nulla.

Ecco perché era venuto sull'isola: per bere l'acqua della sorgente termale e chiedere ciò che il suo cuore desiderava più di tutto. E se la leggendaria sorgente lo avesse deluso, c'era solo un'altra cosa da fare. Se avesse avuto il coraggio di farlo.

Si lasciò sfuggire una risata amara quando notò un oggetto sotto la credenza che aveva ammirato prima. Per curiosità, si chinò e allungò la mano. Le sue dita si chiusero intorno a un flacone trasparente di colore arancione. Lesse l'etichetta e si bloccò.

Apparteneva a Claire Culver, la donna che aveva incontrato sulle scale. Il flacone doveva essere caduto dalla sua borsa e rotolato sotto la credenza, ed entrambi non ci avevano fatto caso. Lesse il nome del farmaco. Poiché come vampiro non era soggetto a nessuna malattia, non conosceva il nome, anche se ricordava di averlo sentito in un programma televisivo. A cosa serviva? Cercò di ricordare, ma non riuscì a far affiorare nulla.

Si rimproverò per la sua inopportuna curiosità e continuò a scendere le scale. Non erano affari suoi le medicine che Claire prendeva e a cosa servivano. Era un'estranea per lui e sarebbe rimasta tale.

Quando raggiunse l'atrio, la signora Adams stava chiudendo le tende nel corridoio. Si girò verso di lui.

«Fuori per il bicchiere della staffa?» chiese.

«Sì, pensavo di esplorare la vita notturna di cui mi parlava prima». Le fece l'occhiolino e si godette il fatto che lei arrossì ancora una volta.

«Luke gestisce un Tiki bar non lontano da qui. Potrebbe provarlo», suggerì.

«Sembra proprio il mio genere». Fece rotolare il flacone di pillole tra le dita. «Oh, e signora Adams, ho trovato questo sul pavimento al piano di sopra. Appartiene alla signorina Culver. Deve esserle caduto dalla borsa». Glielo porse e decise di non dirle che era lui il motivo per cui era caduto dalla borsetta di Claire. «Potrebbe restituirglielo quando la vede?»

«Oh, cielo». La signora Adams sospirò pesantemente, facendolo soffermare per un attimo.

«Qualcosa non va?»

«Beh», esordì, «è un vero peccato. Ed è anche così giovane e carina. Ha tutta la vita davanti a sé... o meglio, avrebbe potuto averla».

Un brivido freddo gli salì lungo la schiena. «Che cosa intende dire?»

Fece cenno al farmaco. «La signorina Culver». Si avvicinò di un passo e abbassò la voce. «Non dovrei dirle questo, ma visto che ha trovato le sue medicine, probabilmente sarebbe in grado di scoprirlo da solo. Lo so solo perché l'altro giorno ha avuto un attacco epilettico e ho dovuto chiamare il dottore, che è il marito di mia cugina. E sa, me l'ha detto lei. Mia cugina, intendo. Perché gliel'ha detto suo marito».

Jake fece un respiro profondo, esitando per un secondo. Doveva restare e permetterle di divulgare informazioni mediche private su Claire? Non sarebbe stato meglio se si fosse semplicemente allontanato senza farsi coinvolgere? Ma la signora Adams aveva parlato di crisi epilettiche e quella parola aveva suscitato il suo interesse.

«E quindi?»

Si avvicinò a lui. «Cancro al cervello. A quanto pare le è stato diagnosticato sei mesi fa. Non è operabile. I medici le hanno dato ancora qualche settimana o mese». Indicò il flacone. «Le prende per tenere a bada il dolore. Ma le crisi continuano e i medici si sono arresi. Ecco perché è qui. Sa, per la sorgente termale».

Annuì, scioccato dalla rivelazione. Non c'era da stupirsi che Claire fosse così pallida. Aveva percepito la sua malattia? Era quello il motivo per cui aveva sentito il bisogno di proteggerla? «È venuta a chiedere una cura».

Un sorriso triste aleggiò sulle labbra della signora Adams. «Ci va diverse volte al giorno. È lì anche adesso. Al ritorno si ferma al bar e annega i suoi dispiaceri. E domani farà di nuovo la stessa cosa. È così triste da guardare».

«Quindi la sorgente termale non ha alcun potere reale, vero?»

«Oh, no, i suoi poteri sono reali. Ma a volte... a volte non desideriamo la cosa giusta. A volte non sappiamo qual è il vero desiderio del nostro cuore. E la sorgente esaudisce solo i desideri più puri e sinceri».

«E cosa c'è di più puro che desiderare di guarire da un cancro?» mormorò tra sé.

«Non sto dicendo che i suoi desideri non siano puri. Ma, a volte, la sorgente ha bisogno di un sacrificio per funzionare», rispose in modo criptico.

Gli vennero in mente visioni di animali macellati, ma era sicuro che la signora Adams stesse parlando di altri tipi di sacrifici.

«Forse potrebbe dire alla signorina Culver che ha trovato lei il flacone di pillole. Non c'è bisogno che sappia che io sono al corrente della sua situazione. Sono sicuro che tiene molto alla sua privacy».

Senza aspettare la sua risposta, Jake uscì e si diresse verso la strada principale alla ricerca del Tiki bar. Dopo le informazioni che la signora Adams aveva condiviso con lui, non era nello stato d'animo giusto per recarsi alla sorgente, in quel momento.

3

***

Claire lanciò un ultimo sguardo alla sorgente termale. Quando era arrivata, più di un'ora prima, aveva raccolto un po' d'acqua fresca che sgorgava dalle rocce con i palmi delle mani e l'aveva bevuta. Allo stesso tempo aveva pregato per un miracolo. Proprio come faceva ogni giorno da quando era arrivata sull'isola, cinque giorni prima. Finora non era cambiato nulla. I suoi mal di testa erano dolorosi come sempre e venivano alleviati solo dai forti antidolorifici che le aveva prescritto l'oncologo. Ma anche quelli non attenuavano il dolore a lungo. Così, aveva iniziato a bere la sera per soffocare il martellamento nella sua testa.

Con il passare dei giorni, la speranza si affievoliva, sostituita da una realtà crudele e innegabile. La scienza si era arresa con lei già da tempo e il miracolo che sperava di ottenere esprimendo sempre lo stesso desiderio alla sorgente non stava accadendo. In pochi giorni, il dolore sarebbe stato così lancinante e le convulsioni così forti che molto probabilmente sarebbe caduta in un coma dal quale non si sarebbe più svegliata. Il suo tempo stava per scadere.

Mentre tornava sul sentiero sterrato che portava al villaggio, rifletteva sulla sua vita. Ma ripensarci le rendeva ancora più difficile sopportare ciò che l'aspettava. Non era pronta a morire. C'erano così tante cose che non aveva fatto, che non aveva visto, che non aveva sperimentato. Non era giusto. Era stata una brava persona, onesta, affidabile, rispettabile in tutto e per tutto. Non aveva mai fatto del male a nessuno.

Come le altre sere, si diresse verso il Tiki bar. Un po' di alcol avrebbe intorpidito la sua mente e le avrebbe impedito di speculare sul fatto che le cose sarebbero andate diversamente se solo fosse andata dal medico prima, quando era iniziato il mal di testa. Non voleva pensare a cose che non poteva cambiare.

Quando si avvicinò al bar, notò che era animato quanto la sera precedente. Non c'erano pareti: si trovava al centro di una capanna, aperta su tutti i lati, le cui serrande, che proteggevano il liquore dai furti durante il giorno, venivano sollevate e fissate al soffitto durante l'orario di apertura. Dagli altoparlanti proveniva una musica soft. Una coppia, abbracciata, ballava lentamente sulla piccola pista da ballo improvvisata. Altri erano seduti ai tavoli o al bar, bevendo e parlando. Ridevano. Lei si diresse verso il bar e prese l'unico sgabello libero accanto a un uomo alto dai capelli scuri che le dava le spalle mentre guardava una partita di calcio sul televisore muto che pendeva dal soffitto.

Claire fece cenno al proprietario del bar. Si era presentato la prima sera. «Buonasera, Luke».

«Ciao Claire. Il solito?»

Annuì e guardò come lui preparava il suo *Whiskey Sour* esattamente come piaceva a lei. Se doveva andarsene, pensò, tanto valeva farlo con stile. Quando Luke le mise il bicchiere davanti, lei lo sollevò alle labbra e bevve il primo sorso.

L'uomo accanto a lei si voltò. «Salute».

Quasi si strozzò e rimise velocemente il bicchiere sul bancone. L'uomo accanto a lei era Jake, che aveva urtato mentre correva giù per le scale del *Bed and Breakfast*.

«Oh!» Proprio come prima, non riusciva a formulare una frase coerente.

Questa volta non poteva dare la colpa della sua risposta monosillabica al fatto che si erano scontrati. No, doveva ammettere che era bloccata perché Jake emanava una mascolinità così pura che tutto il suo corpo si stava infiammando. Aveva avuto la sua dose di fidanzati, certo, anche di bell'aspetto, ma non era mai stata con un uomo come quello, che ora la guardava con un'intensità tale da farle desiderare di strapparsi i vestiti di dosso e offrirsi a lui.

Buon Dio! A cosa stava pensando? Stava chiaramente impazzendo. Sì, stava finalmente scivolando nella follia, incapace di controllare la sua mente.

«Ciao», disse rapidamente prima che il silenzio tra loro si prolungasse ulteriormente. «Immagino che questo sia l'unico bar della città». La frase le suonò sciocca appena le uscì di bocca, ma Jake le sorrise comunque, con una calma che sembrava quasi contagiosa.

«Non c'è molta vita notturna qui sull'isola, mi sembra di capire. Inoltre, è fuori stagione. Ma suppongo che non sia questo il motivo per cui la gente viene qui». Le rivolse uno sguardo di attesa.

«Sei stato alla sorgente termale?» gli chiese e bevve un altro sorso del suo drink in modo che le sue mani avessero qualcosa da fare e lui non si accorgesse che tremavano.

«Non ancora. Non ho fretta. Lo farò quando mi sentirò pronto».

Claire abbassò lo sguardo, osservando le bottiglie di liquore allineate sugli scaffali sospesi sopra il bancone. Annuì lentamente. «Stai ancora cercando di capire cosa vuoi?»

Jake scosse la testa. «No. So cosa voglio».

Claire si sorprese di sé stessa. Non era solita iniziare una conversazione sincera con uno sconosciuto, ma stranamente la sua apertura la invitava a parlare come se si conoscessero da tempo. Forse perché erano due sconosciuti solitari in un bar, entrambi con un desiderio da realizzare. Anche se non riusciva a immaginare cosa potesse desiderare Jake: un uomo come lui non aveva forse tutto? Aspetto, forza, potere? Donne che si gettavano ai suoi piedi?

«Ci credi?» gli chiese all'improvviso.

«Alla sorgente termale?»

Lei annuì.

«Non so cosa credere».

«È per questo che stai aspettando?» Lei girò la testa per guardarlo.

I suoi occhi azzurri incrociarono quelli di lei. «È per questo che ci vai ogni giorno? Perché non sai se crederci o meno?»

Il respiro di Claire si fece affannoso. «Sembra che tu sappia molte cose». Se fosse stata in una grande città, si sarebbe preoccupata, pensando che lui fosse uno stalker. Tuttavia, sapeva come funzionavano le cose su quell'isola: nulla rimaneva segreto per più di cinque minuti.

Jake scrollò le spalle e bevve un sorso del suo vino rosso. «Sembra che gli isolani tengano d'occhio chi visita la sorgente termale».

«Sono molto protettivi», concordò lei e mandò giù il resto del suo drink in un unico sorso. Fece un gesto per scendere dallo sgabello, ma un attimo dopo sentì la mano di Jake posarsi delicatamente sul suo avambraccio.

«Non andartene», disse a bassa voce. «Non volevo spaventarti».

Lei esitò, fissando la sua mano, poi alzò lentamente lo sguardo verso il suo viso. I suoi occhi erano caldi. Si lasciò coinvolgere dalle loro profondità azzurre.

«Balla con me», sussurrò Jake.

«Io... uh», balbettò lei.

«Cosa hai da perdere? È solo un ballo tra due sconosciuti. Me ne andrò in un paio di giorni e non dovrai più vedermi».

Aveva ragione. Non aveva nulla da perdere. E perché non avrebbe dovuto lasciarsi andare al ritmo della musica, con le braccia di uno sconosciuto che la stringevano per qualche minuto, facendole dimenticare i suoi dispiaceri?

«Un ballo», concordò Claire.

«Un ballo», ripeté e con facilità la sollevò dallo sgabello.

Un attimo dopo, si ritrovò sulla pista da ballo, con le braccia di Jake che la tenevano stretta, le cosce di lui che sfioravano le sue, la mano di lui sulla schiena di lei che la spingeva più vicino al suo busto, in modo che potesse sentire il calore del suo corpo che la avvolgeva. Chiuse gli occhi e si lasciò cadere nel sogno che la sua vita era solo all'inizio. Che non sarebbe finita.

4

———————

Jake avvicinò Claire e si mosse seguendo il ritmo della musica. Non ballava da molto tempo, ma i passi erano comunque radicati in lui. Aveva sempre amato ballare, aveva sempre amato la sensazione di tenere una donna tra le braccia.

Premendo la guancia sulla sua, parlò dolcemente. «Ho sentito dire che a volte la sorgente ha bisogno di un sacrificio per esaudire un desiderio».

Claire si tirò indietro quel tanto che bastava per guardarlo negli occhi. «Chi te l'ha detto?»

«La signora Adams».

Lei si appoggiò a lui. «Non mi ha mai parlato di questo».

«Forse non sei tu quella che deve offrire un sacrificio». Forse la signora Adams lo aveva pensato solo per lui, senza sapere quale fosse il suo desiderio, perché era lui a chiedere l'impossibile e il suo desiderio richiedeva un sacrificio.

«E se fosse tutta una bugia?» disse con un filo di voce. «E se la sorgente non facesse nulla? Cosa farai allora?»

«Cosa *farò*?»

«Sì, tu. Se stasera scoprissi che la sorgente non funziona, cosa faresti domani?»

Ci aveva pensato da quando aveva deciso di venire sull'isola. «Andrei sulla spiaggia e aspetterei lì il sorgere del sole». Non avrebbe cercato un riparo, ma avrebbe lasciato che il sole lo trasformasse in cenere e che le onde dell'oceano spazzassero via i suoi resti, come se non fosse mai esistito.

«Sì, la tua vita continuerebbe ad andare avanti. Vorrei che fosse lo stesso per me».

Jake non corresse la sua supposizione. Sentì le lacrime nella voce di Claire, ma non le permise di piangere. Non finché era con lui. Almeno per quella notte, voleva che provasse gioia e piacere.

«Vieni in spiaggia con me, adesso. E ti farò dimenticare le cose che vuoi dimenticare. Solo per questa notte. Solo io e te. Il resto del mondo non esiste. Il tempo non esiste».

Lei non si allontanò da lui, nonostante l'offerta apparentemente oltraggiosa. Al contrario, Jake la sentì annuire contro il suo petto. «Sì, fammi dimenticare, solo per un po'». Poi sollevò la testa e lo guardò. «Devi pensare che io sia una donna facile».

Jake scosse la testa da un lato all'altro. «*Mi* trovi facile, Claire?»

Chiaramente sorpresa dalla sua domanda, scosse la testa. «No».

«Allora perché dovrei *trovarti* facile? Solo perché hai il coraggio di dire sì a qualcosa che desideri? Io non giudico le persone che seguono i loro desideri». Jake abbassò la testa fino a posare le labbra sulle sue. «Hai ancora la possibilità di cambiare idea, ma una volta che ti avrò baciata...»

Non ebbe l'opportunità di finire la frase, perché Claire si avvicinò e lo baciò. Stupito ed euforico allo stesso tempo, assaporò le sue labbra morbide per un momento troppo breve, prima che lei si tirasse indietro.

«Non cambierò idea». Le sue parole sussurrate accarezzarono il suo viso.

Senza aspettare la fine della canzone, la prese per mano, la condusse verso il bancone, vi gettò sopra una banconota da venti e se ne andarono senza dire altro. Non importava cosa il barista pensasse di loro. Ritrovando l'orientamento, svoltarono nella strada secondaria successiva e si diressero verso nord-ovest.

La spiaggia era deserta. E proprio come pensava di aver visto dalla finestra della sua camera, c'era un piccolo capanno. Si avvicinò e lesse l'insegna: *Noleggio lettini.* Un piccolo lucchetto impediva l'accesso al contenuto del capanno. Si avvicinò al lucchetto.

«Cosa stai facendo? Non vorrai mica fare irruzione?»

Le fece l'occhiolino. «Viviamo il lato selvaggio per stanotte». Poi si spostò in modo che lei non potesse vedere come apriva la serratura: con la pura forza sovrumana dei vampiri.

Il capanno conteneva ciò che stava cercando: i cuscini per i lettini che erano ordinatamente impilati accanto al capanno. Ne tirò fuori due e li stese sulla sabbia, creando un letto improvvisato.

Quando notò lo sguardo stupito di Claire, le mise un braccio intorno alla vita e la attirò delicatamente contro di sé. «Fidati, così staremo entrambi più comodi».

«Non sono in cerca di comodità». I suoi occhi si spalancarono e le ciglia quasi sfiorarono le sopracciglia.

Dio, era bellissima. Lo colpì subito il fatto che questa bellezza sarebbe scomparsa molto presto da questo mondo. Questa consapevolezza gli strinse il cuore come un pugno di ferro. Il dolore era palpabile anche se non avrebbe dovuto provare alcun dolore fisico.

Jake avvicinò le labbra alle sue, quasi sfiorandole, ma non del tutto. «Cosa stai cercando?»

«Voglio sentirmi viva».

«Solo viva? Posso fare di meglio, tesoro».

Le sue labbra erano morbide e cedevoli quando lui fece scivolare la bocca su di esse e le catturò delicatamente. Non c'era fretta. Il sole non sarebbe sorto prima di sette ore. Aveva tempo per fare l'amore con lei con calma. Per darle tutto ciò di cui aveva bisogno, in modo che si sentisse ancora una volta amata.

Claire indossava un abito leggero e, premuto contro la sua camicia di cotone a maniche corte e i suoi pantaloni di lino, poteva sentire ogni curva del suo corpo. Non era certo voluttuosa, ma era ben proporzionata. Avvicinandola, fece scivolare la mano sul suo fondoschiena, palpando l'invitante rigonfiamento.

Un gemito sommesso le sfuggì dalla gola. Jake lo inghiottì proprio mentre le labbra di lei si aprivano, permettendogli di far penetrare la sua lingua all'interno per esplorarla. Assaggiando la sua dolce essenza, il suo corpo reagì immediatamente, irrigidendosi. Una parte di lui, in particolare, si indurì al punto da diventare dolorosamente evidente: il suo cazzo, che era già semi-eretto mentre ballava con lei, ora era completamente sveglio, pulsante contro di lei.

Non riuscì a resistere e spinse i fianchi con più forza verso il suo morbido centro, facendole sentire che effetto aveva su di lui. In risposta, lei abbassò le mani sul suo sedere. Le unghie di Claire affondarono leggermente nella carne attraverso il tessuto dei pantaloni, una sensazione che Jake trovò incredibilmente piacevole.

Aveva sempre adorato quando le sue amanti vampire affondavano gli artigli nella sua pelle, estraendo sangue mentre lui spingeva il suo cazzo dentro di loro. Ora desiderava la stessa cosa, un'esperienza d'amore feroce, senza esclusione di colpi.

Le sue zanne iniziarono a prudere al solo pensiero e le sentì allungarsi. Nel tentativo di non far emergere il suo lato vampiresco, staccò la bocca dalla sua e la sollevò dai piedi. Poi la fece sdraiare sui cuscini che aveva preparato sulla sabbia.

Cercò la cerniera del vestito e la abbassò. Come una timida vergine, lei distolse lo sguardo, ma lui non ne volle sapere.

«Claire», la incitò, riportando il suo sguardo su di lui. «Voglio che tu mi guardi mentre mi spoglio».

Lui la notò deglutire con forza, ma non disse nulla. Lentamente, aprì i bottoni della camicia e poi si liberò dell'indumento. Gli occhi di lei danzarono sul suo petto. Lei si morse il labbro inferiore, mostrandogli il suo apprezzamento. Quando lo sguardo di lei scese sui suoi pantaloni, il cuore di lui batté improvvisamente più forte. Claire stava guardando il rigonfiamento che si era formato dietro la cerniera, senza più alcuna timidezza.

Quando lei si inumidì le labbra con la lingua, un gemito involontario gli sfuggì dalle labbra.

Jake aprì i pantaloni e li lasciò scivolare a terra, restando solo con i boxer. Il tessuto aderente evidenziava la sua erezione ormai impossibile da ignorare. Abbassando lo sguardo, notò che una goccia di umidità era trasudata e traspariva dal tessuto.

Jake sapeva che anche Claire lo vedeva. La luce della luna era abbastanza intensa da illuminare ogni dettaglio, persino per gli occhi di un'umana. In piedi sopra di lei, infilò i pollici dei boxer e li abbassò fino a liberare il suo cazzo. L'aria fresca della notte soffiò contro la sua erezione, ma non fece nulla per placare il suo desiderio.

Claire lo stava ancora fissando, con gli occhi spalancati e le labbra aperte, quando lui si liberò dell'indumento. Il suo petto si sollevò e lui poté vedere i suoi capezzoli duri premere attraverso il tessuto del vestito.

«Ora tocca a te. Spogliati per me».

Si abbassò sulle ginocchia, abbastanza vicino perché nulla potesse sfuggire al suo occhio vigile.

Claire iniziò a muoversi con esitazione. Spinse giù una spallina, rivelando la pelle chiara e vellutata della spalla, poi fece scendere l'altra, esponendo ancora più pelle e facendo scivolare il tessuto lentamente verso il basso. La parte superiore dei suoi seni si svelò e, un secondo dopo, i monti perfettamente rotondi sormontati da capezzoli duri e rosei furono messi a nudo.

Jake aspirò una boccata d'aria. «Sei bellissima. Così perfetta».

Incoraggiata dalle sue parole, spinse il tessuto più in basso. Quando raggiunse i fianchi, si fermò.

«Mostrami di più», chiese.

Claire spinse il vestito sotto i fianchi e se ne liberò. Indossava le mutandine più minuscole che lui avesse mai visto, il triangolo di tessuto che copriva a malapena il nido di peli scuri, le stringhe che lo tenevano su così sottili che Jake sapeva che, se le avesse toccate, avrebbe strappato l'indumento a brandelli. Ed era esattamente quello che voleva fare.

Quando la sua mano si avvicinò alle mutandine, lui la fermò. «Aspetta».

Lei gli lanciò un'occhiata stupita. «Pensavo che volessi che mi spogliassi».

«Ho cambiato idea». Si mise sulle mani e sulle ginocchia e si avvicinò a gattoni. «Voglio fare il resto da solo, a meno che tu non ti opponga».

Lei si appoggiò sul cuscino con un sorriso. «Non mi oppongo».

Per un lungo momento, Jake si limitò a guardarla, beandosi della sua vista. «Potrei guardarti per sempre senza stancarmi».

Claire ridacchiò dolcemente e arrossì. «Non c'è bisogno di esagerare».

Si chinò su di lei. «Non sto esagerando. È la verità». Poi abbassò la testa sul suo seno e fece scorrere la lingua su uno dei suoi capezzoli, tracciando un cerchio lento e delicato.

Un gemito strozzato sfuggì dalle labbra di Claire, e il suo corpo si inarcò verso di lui.

«Proprio come immaginavo», sussurrò Jake contro la sua pelle calda. «Sei perfetta».

Poi catturò il capezzolo tra le labbra e lo succhiò, palpando e impastando l'altro seno, finché lei non si contorse sotto di lui, la sua eccitazione permeava ormai l'aria intorno a lui. Il sapore di Claire era giovane e puro, così incontaminato che quasi si dimenticò di ciò che la vita aveva in serbo per lei. Ma non voleva pensarci, non ora, non quando voleva darle più piacere di quanto ne avesse avuto in tutta la sua vita.

Questa notte era per Claire, anche se sapeva che anche lui avrebbe avuto la sua parte di piacere. Il solo guardare il modo in cui il suo corpo si muoveva e il suo cuore batteva all'impazzata gli riempiva il cuore di orgoglio e il suo cazzo di sangue, facendolo diventare duro come le rocce contro cui si infrangevano le onde del mare.

La luce della luna la inondava di una luce calda, come la luce del sole non avrebbe mai potuto fare. Conferiva al suo viso un bagliore quasi mistico, come se non fosse reale e fosse solo frutto della sua immaginazione. E forse lo era; forse stava sognando per cercare di sfuggire alla monotonia della sua lunga vita. Non importava, perché ciò che percepiva sotto le sue mani vaganti era reale: carne calda, pelle liscia, sangue caldo. Lei era la personificazione della perfezione.

Mentre continuava a ricoprire i suoi seni di baci e carezze, la sua mano si spostò più in basso, accarezzandole il busto fino a raggiungere le mutandine. Fece scivolare le dita tra il tessuto e la pelle, esplorando i peli ruvidi che proteggevano il suo sesso.

Un respiro affannoso sfuggì alle labbra di Claire quando lui si abbassò, ma, allo stesso tempo, i suoi fianchi si inclinarono verso di lui in segno di invito.

«Sì, tesoro, sono qui», la incoraggiò e scivolò più in basso, incontrando una carne calda e umida che sembrava liscia come la seta. Le sue dita si inumidirono immediatamente, bagnate dalla sua eccitazione, e Jake le portò alle labbra per assaporarne il sapore dolce.

«Oh, Dio!» esclamò lei.

Le sue dita esperte trovarono il piccolo organo gonfio protetto da un cappuccio. Tirò il cappuccio verso l'alto, esponendo completamente il clitoride e vi fece scorrere sopra un dito umido. Claire quasi si sollevò da terra e il suo battito cardiaco accelerò nello stesso istante.

Il suo stesso corpo si riscaldò quando il profumo della sua eccitazione divenne più intenso. Il suo cazzo premeva contro la sua coscia, aspettando con impazienza il suo turno. Ma avrebbe dovuto attendere ancora un po'.

Con movimenti lenti e costanti, girò intorno al fascio di nervi gonfi sotto le sue dita. Mantenne il suo tocco leggero, assaporando il momento. Ora era alla sua mercé. Con il suo tocco, poteva comandare il suo corpo e darle piacere. Non ci sarebbe stato scampo per lei ora. Non avrebbe potuto tornare indietro.

«Per questa notte sarai mia», mormorò contro i suoi seni. E avrebbe preso tutto quello che lei era disposta a dargli, e forse anche qualcosa di più, se ne rendeva conto ora. Perché lei aveva risvegliato in lui non solo il desiderio di sesso, ma anche qualcosa di più oscuro. Un desiderio che lei non avrebbe accettato liberamente.

Improvvisamente impaziente, staccò la mano dal suo sesso e afferrò le sue mutandine. Con un rapido movimento, gliele strappò di dosso.

«Fanculo», imprecò e si abbassò tra le sue gambe, allargandole prima di abbassare la testa verso la sua figa scintillante. Le fece passare le gambe sulle sue spalle, una per ogni lato, e affondò la bocca su di lei.

Il gemito di sorpresa di Claire riecheggiò nella notte. «Jake, oh mio Dio!» gridò lei. «Non devi...»

Ma la sua voce si spense quando la lingua di lui lambì la sua fessura, raccogliendo la sua eccitazione. Il suo sapore era inebriante e rinvigorente allo stesso tempo. Succhiava, mordicchiava e leccava, senza lasciare nessun punto inesplorato. Era bellissima sotto ogni punto di vista. Il suo corpo lo accolse e si aprì alle sue carezze, alle sue tenere attenzioni mentre lui leccava il suo clitoride e lo lambiva con tocchi delicati.

Jake adorava il modo in cui lei si abbandonava a lui, il modo in cui giaceva, distesa e vulnerabile, lasciandogli il completo controllo. La sua eccitazione aumentò quando sentì il corpo di lei tendersi e premere contro di lui con maggiore urgenza. I gemiti di piacere che provenivano da lei si intensificarono e lo spronarono a darle di più. Senza staccare le labbra e la lingua dal suo clitoride, portò la mano sul suo sesso e accarezzò le sue morbide pieghe. Allungò il dito medio e lo tastò, infilandolo dentro di lei con una spinta continua e lenta.

I suoi muscoli si strinsero intorno a lui, più di quanto si sarebbe aspettato. Da quanto tempo un uomo non la toccava così? Da quanto tempo un uomo non la toccava in quel punto? Il pensiero che nessuno l'avesse fatto da molto tempo, lo rese ancora più impaziente di entrare nella sua figa che si stringeva.

«Sì», gemette lei. «Oh, ti prego, sì».

La sua supplica lo fece tremare. Cazzo! Non avrebbe potuto trattenersi ancora a lungo se lei avesse continuato così.

Spingendo il dito più in profondità dentro di lei, risucchiò il suo clitoride nella sua bocca con una maggiore intensità e premette le labbra. Il corpo di lei esplose, le onde dell'orgasmo la attraversarono e si infransero contro le sue labbra. I suoi muscoli interni si restrinsero intorno al suo dito, afferrandolo così saldamente che pensò che non l'avrebbe mai rilasciato. Non che gli sarebbe importato. Amava stare dentro di lei.

Ci vollero alcuni minuti prima che il suo corpo si calmasse e che Jake togliesse le labbra dal suo dolce sesso. Quando lo fece e la guardò, i suoi occhi erano chiusi. Respirava affannosamente.

«Ora devo essere dentro di te», le disse e si posizionò tra le sue gambe, portando il suo cazzo davanti al sesso di lei.

Gli occhi di Claire si aprirono lentamente e un sorriso tenero si formò sulle sue labbra. «Sì», sussurrò senza fiato. «Lascia che ti senta».

«Mi hai fatto diventare così duro», disse Jake a denti stretti, lottando per trattenere le zanne che minacciavano di emergere. La fame stava prendendo il sopravvento, mischiandosi al desiderio bruciante che provava per lei.

Incapace di rallentare, si spinse dentro di lei con un unico potente movimento, privandola dell'aria nei polmoni. Quando lei riprese fiato, i suoi occhi si spalancarono.

«Oh, mio Dio, il tuo cazzo è enorme. E anche più duro di prima».

La maggior parte dei vampiri lo era. Il sesso era parte integrante di ciò che erano e, una volta trasformati, il loro sangue di vampiro assicurava che i loro cazzi fossero duri e grossi per dare piacere alle loro partner femminili e dare loro ciò di cui avevano bisogno. Ad ogni colpo diventava sempre più duro. Ricoperto dai suoi succhi e immerso nel suo corpo, tutto ciò che di maschile c'era in lui prendeva vita.

Gli occhi di Claire si rovesciarono all'indietro e la sua bocca si spalancò, mentre i suoi capezzoli tornarono a essere duri. «Oh Dio!»

«Te l'ho detto, ti sentirai più che viva». Lui le sorrise e continuò a penetrarla, aumentando la velocità. Il suo corpo trovò il proprio ritmo, scopandola con forza e velocità. Le tirò le gambe verso l'alto, allargandola, e si tuffò più a fondo. La sua figa lo stringeva ancora di più. Sul suo viso vide i segni del puro piacere. La sua pelle aveva assunto un tono sano, rendendola ancora più bella.

Avrebbe voluto continuare all'infinito, ma il sesso di lei si strinse intorno a lui ancora di più e il profumo della sua eccitazione lo fece quasi impazzire di lussuria. Sapendo che lei era vicina quanto lui, aumentò il ritmo e si lasciò andare.

Sentì l'impeto del suo sperma attraverso il suo cazzo proprio quando i muscoli interni di lei ebbero uno spasmo, mentre l'orgasmo si interrompeva. Si unì a lei, raggiungendo l'orgasmo con un ultimo colpo, riversandosi dentro di lei.

Respirando affannosamente, lasciò cadere la testa nell'incavo del suo collo. «Sei perfetta», ripeté ancora una volta e le baciò il collo, ma poi si rese conto che le sue zanne erano scese.

Sapeva cosa il suo lato vampiresco esigeva da lui ora. E non poteva negarsi ciò che aveva desiderato fin dalla prima volta che l'aveva toccata: il suo sangue.

«Claire», disse dolcemente, sussurrandole all'orecchio. «Non posso fermarmi».

Leccò lentamente la vena del suo collo, preparandosi, e lasciò che le sue zanne sfiorassero la pelle. Claire rabbrividì sotto di lui, ma non si ritrasse.

Usando i suoi poteri suggestivi, che ogni vampiro possiede, le inviò i suoi pensieri.

Senti il mio bacio. Senti le mie labbra che ti accarezzano, la mia lingua che ti lecca.

Poi affondò le zanne nel collo e le perforò la vena. Il sangue ricco gli scorreva sulla lingua e in gola, rivitalizzando il suo corpo. Per tutto il tempo Claire era pienamente cosciente e consapevole di tutto ciò che la circondava, il cazzo di lui che spingeva delicatamente dentro di lei, le mani di lui che la accarezzavano, tranne che per una cosa: credeva che lui le stesse baciando il collo, non che la stesse mordendo.

Claire gemette dolcemente.

«Sì. Prendi quello che ti serve», mormorò.

Lo shock lo attraversò. Era consapevole di ciò che stava facendo? O stava semplicemente annegando nell'ondata di beatitudine sessuale che il suo morso stava aumentando?

Poteva sentirlo? Dannazione, *voleva che* lei lo sentisse. Che sapesse che stava bevendo il suo sangue, anche se, forse, non era saggio. Voleva che lei sapesse cosa era: una creatura della notte, un uomo assetato di sangue umano; un vampiro.

Le inviò una domanda nella mente. *Claire, ti piace quello che sto facendo?* Succhiò più forte la sua vena, spingendo dentro e fuori il suo sesso.

«Ancora...»

Sì, tesoro, ti darò di più.

Perché anche lui voleva di più. Più di Claire.

5

___

Claire si svegliò nel suo letto, da sola, con il corpo che ancora ronzava per la notte d'amore con Jake. Con sua grande sorpresa, indossava la camicia da notte. Per un attimo rimase sdraiata a sognare ad occhi aperti. Non sentiva alcun rimpianto per essersi concessa a un estraneo che aveva conosciuto solo poche ore prima. Anzi, era stato liberatorio stare con un uomo che non sapeva nulla di lei. Poteva fingere di essere chi voleva essere: una giovane donna che aveva la vita davanti a sé.

Non riusciva a ricordare come fosse tornata nella sua stanza. E aveva fatto dei sogni strani: Jake che le mordeva il collo mentre faceva l'amore con lei per la seconda volta. Le era piaciuto, amava il modo in cui l'aveva fatta sentire. Scosse la testa, cercando di scacciare quell'immagine dalla mente, e si alzò dal letto.

Non appena si mise in piedi, le gambe vacillarono e una fitta di dolore le attraversò la testa. Una pulsazione violenta che sembrava volerle spaccare il cranio. «Oh Dio, no!» mugolò. Un altro attacco era imminente. Cercò la sua borsetta in camera e la trovò appoggiata su una sedia. Si precipitò verso di essa e la aprì, rovistando per cercare le sue pillole. Ma non riusciva a trovarle. Ansimando, rovesciò il contenuto della borsa sul letto, ma il suo flacone di pillole non c'era.

Un'altra pugnalata di dolore la assalì. Si aggrappò alla struttura del letto per sostenersi, cercando di resistere finché l'ondata non fosse passata. Poi corse verso la porta. Doveva chiedere alla signora Adams di chiamare il medico che l'aveva visitata qualche giorno prima.

Afferrò il pomello della porta con decisione, pronta a uscire dalla stanza, ma il suo sguardo cadde sulla cassettiera accanto al letto. E lì, proprio sopra, c'era il suo flacone di pillole, con un biglietto posato ordinatamente sotto di esso.

L'ho trovato nel corridoio, c'era scritto su una carta intestata del *Sunseekers Inn*.

Sollevata, prese il flacone, tolse il tappo e mise in bocca due pillole. Le mandò giù con l'ultimo sorso d'acqua rimasto nella bottiglia sul comodino.

Il suo cuore ora batteva all'impazzata e non le era rimasto nulla della beatitudine che aveva provato la sera prima. La sua malattia stava invadendo sempre di più la sua vita, cercando di cancellare ogni gioia che aveva.

Non voleva appassire e che l'ultima immagine della sua vita fosse quella di un dolore atroce. No, la cosa che voleva ricordare era il piacere che aveva provato facendo l'amore con Jake. Non avrebbe permesso alla sua malattia di oscurarlo. Ecco perché doveva prendere in mano la sua vita, o meglio, la sua morte.

Non aveva mai creduto veramente nel potere della sorgente termale. Aveva mentito a sé stessa, non volendo affrontare l'inevitabile. Ma ora era abbastanza forte. Aveva provato qualcosa di bello la notte precedente e voleva lasciare questo mondo mentre questo ricordo era ancora forte nella sua mente. Per qualche ora era stata felice. Era tutto ciò che poteva sperare.

Ignorando il dolore alla testa, posò la borsa sul letto e iniziò a fare i bagagli, anche se sapeva che dove stava andando non poteva portare nulla con sé.

———

JAKE SI SVEGLIÒ da un sonno inquieto. Durante l'intera giornata era rimasto intrappolato in un dormiveglia tormentato, una cosa insolita per lui. Ma gli eventi della notte precedente lo avevano scosso profondamente. La sua mente non riusciva a riposare, continuava a lavorare freneticamente, tormentata da mille pensieri. Non era giusto che Claire morisse così giovane, mentre lui stava pensando di togliersi la vita. Quanto era ironico? Lei voleva vivere, eppure sarebbe morta, mentre lui voleva morire e avrebbe vissuto per sempre. La vita era davvero crudele.

La sera prima, però, si era sentito necessario per la prima volta nella sua vita. Claire aveva avuto bisogno di lui. Era riuscito a darle piacere e a farla sentire desiderata perché la voleva veramente. Più di quanto avesse desiderato qualsiasi altra donna prima di allora. Ma perché? Era solo perché voleva salvarla? O c'era qualcosa di più? Aveva finalmente incontrato una donna che poteva dargli lo scopo della sua vita che desiderava così disperatamente? Aveva trovato una persona di cui prendersi cura, a cui dare la sua anima?

E che dire del motivo che lo aveva portato sull'isola? Se la sorgente termale aveva davvero dei poteri, allora perché non esaudiva il desiderio di Claire? O forse era vero ciò che gli aveva detto la signora Adams: che la sorgente aveva bisogno di un sacrificio. E se fosse stato *lui* a doverlo compiere?

Doveva parlare con Claire. Dopo la notte scorsa, si sentiva legato a lei e sperava che lei provasse lo stesso. Perché se così fosse stato, c'era qualcosa che lui poteva offrirle. Ma doveva essere lei a scegliere.

L'attesa che il sole tramontasse lo faceva impazzire. Si fece una doccia e si vestì in fretta, contando i minuti. Non appena l'ultimo raggio di luce scomparve sotto l'orizzonte, Jake uscì dalla sua stanza e si diresse verso quella di Claire. Bussò alla porta, ma non ricevette risposta. Provò la maniglia della porta e questa si girò. Quando guardò all'interno della stanza, sussultò involontariamente: il letto era fatto e la stanza era vuota. Tutti gli effetti personali di Claire erano spariti.

Preso dal panico, si precipitò al piano di sotto e trovò la signora Adams dietro il bancone della reception.

«Dov'è la signorina Culver?» chiese, senza nemmeno salutare.

La signora Adams alzò le sopracciglia e gli lanciò un'occhiata curiosa. «Ha fatto il check-out».

Il suo cuore si fermò. «Dov'è andata?»

«Non lo so».

«Che cosa le ha detto? Deve averle detto qualcosa». Non gli importava di sembrare disperato.

La signora Adams aggrottò la fronte. «Ora che ci penso, mi ha detto qualcosa. Ha detto che era pronta ad andarsene. Quando le ho chiesto dove fosse diretta, ha risposto *dove non c'è dolore*».

Il suo cuore si strinse. «E non ha cercato di fermarla?» Ma non aspettò la sua risposta e uscì dalla casa.

Jake fissò la notte. Dove poteva essere andata? Dove sarebbe andato lui, se fosse stato al suo posto? Per un attimo lasciò viaggiare la mente, poi riuscì a vedere il luogo in cui sarebbe andato per porre fine alla sua vita: l'ultimo posto in cui era stato felice.

Si mise a correre, ignorando ogni cosa intorno a lui. Non gli importava se qualcuno lo vedeva e si chiedeva come facesse a correre così velocemente, con la velocità di un'auto. Doveva raggiungere Claire. Le sue gambe lo portarono alla spiaggia dove avevano fatto l'amore la notte precedente. Passò davanti al capanno, con gli occhi che scrutavano la riva, quando percepì un movimento, dove le onde si infrangevano contro un piccolo affioramento di rocce.

Claire era in piedi su un cornicione di rocce, con le onde che si infrangevano sotto di lei. Guardava lontano, persa nell'oscurità dell'oceano.

«Claire!» urlò Jake, ma lei non si voltò. Probabilmente non riusciva a sentirlo a causa del rumore delle onde che si infrangevano sulle rocce. Aveva i vestiti inzuppati.

Si diresse di scatto verso le rocce, con i piedi che affondavano nella sabbia bagnata a ogni passo deciso. Ma non lasciò che questo lo rallentasse. Sapeva di doverla raggiungere, perché la sua intenzione era evidente dal modo in cui si sporgeva verso le onde. Da un momento all'altro sarebbe saltata e le onde l'avrebbero inghiottita e sbattuta contro le rocce.

Non poteva permettere che accadesse. E all'improvviso capì che c'era un modo per far sì che entrambi potessero realizzare il loro desiderio. Correndo verso di lei e arrampicandosi sulle rocce, capì finalmente qual era il vero desiderio del suo cuore. Non era quello di essere di nuovo mortale;

era quello di ritrovare la sua umanità, di sentirsi necessario, di sentirsi amato. Claire era la chiave. Ecco perché era qui. Non per la sorgente magica, ma per salvare lei.

E non poteva fallire ora. Non quando era così vicino. Non quando la posta in gioco era così alta.

Quando raggiunse la cima delle rocce, un'altra grande onda si abbatté su Claire.

Allungò le braccia e si diresse verso di lei, ma l'onda la travolse e le fece perdere l'equilibrio.

«Nooooooo!» L'urlo gli uscì dalla gola mentre si lanciava verso di lei con forza e velocità sovrumane. Le sue dita trovarono un punto d'appoggio, avvolgendo il braccio di lei. La strappò dalle grinfie dell'oceano scuro, trascinandola verso di sé, tenendola stretta a sé, mentre l'onda successiva si stava già formando. Ma quando si schiantò contro gli scogli, aveva già portato Claire al sicuro.

Lei sembrava stordita tra le sue braccia mentre lui la portava alla spiaggia e le faceva scendere sulla sabbia asciutta. Finalmente il sollievo lo invase e osò respirare di nuovo.

Un singhiozzo le sfuggì dalle labbra. «Perché non mi hai lasciata morire, Jake?»

«Shh, tesoro», disse.

Claire cercò di divincolarsi, spingendolo con le mani contro il petto. «Ho un cancro al cervello. Non riesco più a sopportare il dolore...»

La avvicinò al suo petto e le accarezzò i capelli bagnati. Lei rabbrividì. «Lo so, tesoro».

Lei appoggiò le mani al suo petto, spingendolo. «Lo sapevi?»

«Ho trovato il tuo flacone di pillole. La signora Adams mi ha raccontato il resto».

Un altro singhiozzo le strappò il petto. «È per questo che sei venuto a letto con me? Perché ti facevo pena?»

«No! Ho fatto l'amore con te perché ti desidero. Ti desidero più di ogni altra cosa in questa vita». Le sue parole erano sincere, anche se non riusciva ancora a spiegarsi come fosse successo. Forse era destino. O forse... la sorgente magica.

Altre lacrime le rigarono le guance. Lui le asciugò con il pollice.

«Claire, quello che ti sto per dire sembrerà assurdo, ma è la verità. Pensi di poter tenere la mente aperta?»

«A proposito di cosa?»

«Vuoi vivere, non è vero?»

Un singhiozzo, più forte del precedente, spezzò il silenzio della notte.

«Allora ho una soluzione per te. La sorgente ha funzionato, Claire. Perché ci ha fatti incontrare. Tu hai desiderato una cura. Io posso dartela».

I suoi grandi occhi azzurri lo fissarono, per metà con speranza e per metà con dubbio. «Come?»

«Sono un vampiro, Claire, sono immortale e posso darti l'immortalità».

Jake osservò la sua reazione, cercando un segno che le sue parole fossero arrivate fino a lei. Nei suoi occhi, l'incredulità prese il sopravvento. «No». Lei scosse la testa e si tirò indietro. «No».

«È vero. E tu lo sai. Nel profondo lo sai, vero?» Concentrò lo sguardo sul punto del collo in cui l'aveva morsa la sera prima.

Istintivamente, la mano di Claire si avvicinò per toccare quel punto.

«Lo sai perché l'hai sentito ieri sera. Hai percepito il mio morso».

Le sue labbra si aprirono come se volesse dire qualcosa, ma non uscì nulla. Poi si accarezzò il collo. «L'ho sognato».

«Non era un sogno. Quando ho fatto l'amore con te, la seconda volta, ho usato i miei poteri di suggestione per farti credere che il mio morso fosse solo un bacio. Ma credo di non aver usato i miei poteri fino in fondo, perché una parte di me voleva che tu sapessi. Volevo che sapessi cosa stavo facendo».

Claire sembrava confusa, ma lentamente la consapevolezza si fece strada sul suo viso. «Hai bevuto il mio sangue».

Lui annuì e le mise una mano sul collo, sfiorando il segno invisibile del morso. «E mi è piaciuto molto. Lascia che ti dia qualcosa in cambio. Lascia che ti aiuti».

«Come?» sussurrò e lo guardò dritto negli occhi.

«Posso trasformarti in una vampira. Questo spazzerà via ogni malattia o disturbo che hai. Sarai immortale e senza dolore».

«Immortale? E come vivrei? Nell'oscurità? Bevendo sangue?» Le sue labbra tremarono.

«Il buio può essere bello». Indicò la calotta di stelle nel cielo notturno. «Anche nel buio c'è la luce, c'è la bellezza».

«E il sangue?» sussurrò.

«Ci sono dei modi. Non dovrai nutrirti direttamente dagli umani, se non vuoi. Anche se potrebbe piacerti. Ma se non ti piace, ci sono sempre le banche del sangue».

Lei lo fissò a lungo, chiaramente contemplando le sue parole. «Ho paura».

Jake si avvicinò e le accarezzò la guancia. «Lo so. Ma sarò qui per te».

Claire abbassò leggermente lo sguardo, poi tornò a guardarlo negli occhi. «Perché stai facendo questo per me? Non sei venuto qui anche tu con un desiderio?»

Sorrise. «Sai cosa ho desiderato?»

Claire scosse la testa.

«Essere di nuovo mortale». Jake sospirò. «Ma ora so che non era quello il vero desiderio del mio cuore. Non volevo la mortalità».

«Come fai a esserne certo?»

«Lo so perché in questo momento sto stringendo tra le braccia il vero desiderio del mio cuore. Ora so che sono stato attirato su quest'isola per poterti incontrare e realizzare il tuo desiderio».

«Quindi la sorgente funziona davvero?»

Jake la baciò. «Sì, ma funziona solo per chi ha il coraggio di aprire gli occhi e credere nell'impossibile. Allora, Claire, ti fidi di me? Mi permetti di darti una seconda vita?»

Lentamente, annuì. «Mi fido di te. Non so perché, ma mi fido».

«Non ti farà male», promise. «Ti prosciugherò del tuo sangue umano e al tuo ultimo battito cardiaco ti darò il mio. Quando ti sveglierai, sarai come me, una creatura della notte».

«E se non dovesse funzionare?»

«Ti prometto che funzionerà».

Deglutì e la sua voce tremò quando pronunciò le parole successive.

«Quando mi sveglierò, ci sarai anche tu?» I suoi occhi scintillarono di speranza.

«Claire, voglio una vita con te. Se anche tu lo vuoi, sarò al tuo fianco per l'eternità come tuo amante. Se non lo vuoi, sarò al tuo fianco come amico. La scelta è tua».

Non c'era esitazione nella sua voce quando gli rispose: «Mordimi, mio amante». Chiuse gli occhi e sussurrò di nuovo: «Il mio amante per l'eternità».

Il cuore di Jake sussultò di gioia. Abbassò le labbra sul suo collo e trafisse la sua pelle con le zanne. Mentre il sangue di Claire fluiva sulla sua lingua, la sentì rabbrividire. Per rassicurarla che sarebbe stata al sicuro, la accarezzò teneramente e le inviò i suoi pensieri.

Tranquilla, tesoro. Andrà tutto bene. Fidati di me. Ti terrò al sicuro.

Più sangue le prelevava, più il suo battito cardiaco rallentava. Il suo stesso cuore ora batteva più velocemente. Era passato molto tempo da quando aveva trasformato un umano e il processo non era privo di rischi. Se le avesse dato il suo sangue troppo presto, la trasformazione non sarebbe avvenuta. Allo stesso modo, se avesse aspettato troppo, lei sarebbe morta, anche se sarebbe stato come se si fosse semplicemente addormentata. Nessuno dei due scenari era accettabile. Aveva bisogno che Claire vivesse. Glielo aveva promesso.

Le sussurrò: «Ti terrò al sicuro». Tolse le zanne dal collo di lei, per poi trafiggersi il polso. Il sangue cominciò a sgorgare.

«Ora», mormorò tra sé e sé.

6

———

L'oscurità intorno a lei si era improvvisamente dissolta, lasciando spazio al calore e alla luce. Non era sicura di quale fosse la fonte della luce, ma la percepiva brillare contro le sue palpebre chiuse. Intorno a lei c'era morbidezza. Le sue orecchie percepivano diversi suoni, alcuni lontani, altri vicini. Un prurito insistente alle gengive la disturbava, e senza pensarci digrignò i denti.

La nebbia che era stata sua costante compagna nell'ultimo anno e il dolore che aveva oscurato la sua vita erano spariti. Al suo posto sentiva forza e potenza, un'energia che sembrava irreale. Nemmeno prima della malattia si era mai sentita così.

«Claire».

Il suono del suo nome la colse di sorpresa. Come se qualcuno la chiamasse a lasciare il bellissimo mondo dei sogni in cui si trovava. Non voleva ascoltarlo, non voleva lasciare il luogo in cui non sentiva dolore.

«Claire, resta con me».

Riconobbe quella voce. La voce di Jake. Il suo amante della sera prima. Un estraneo, eppure non si era mai sentita così vicina a nessuno.

Le sue labbra si aprirono per parlare e solo allora si rese conto di non aver respirato. L'aria entrò improvvisamente nei suoi polmoni, riempiendoli ed espandendoli. Un rantolo le sfuggì alla prima espirazione. I suoi occhi si aprirono contemporaneamente. Il mondo si mise a fuoco lentamente, mentre i ricordi cominciavano a riaffiorare. I ricordi del suo corpo che veniva svuotato del sangue, del battito cardiaco che rallentava. Ricordi della sua nuova vita. Una seconda possibilità.

«Sono viva», mormorò, guardandosi intorno. Non era più sulla spiaggia. Era sdraiata su un letto, nuda sotto le lenzuola. Le persiane della finestra erano chiuse, ma percepiva che fuori era giorno.

Jake si sedette sul bordo del letto. «Sì, viva e immortale». I suoi occhi incredibilmente azzurri la fissarono, le sue labbra si incurvarono in un sorriso. «Ti ho portata nella mia stanza». Le scostò delicatamente una ciocca di capelli dalla fronte. «Ti ho spogliata e lavata. Eri fradicia». Fece un cenno al proprio torso nudo e all'asciugamano che lo avvolgeva nella parte inferiore. «E lo ero anch'io».

Claire annuì lentamente e, istintivamente, sollevò la mano per toccargli il petto. Appena le sue dita sfiorarono la sua pelle, una scintilla inaspettata sembrò attraversarla. Sorpresa, lo guardò negli occhi. «Ti sento diverso».

Jake le prese la mano e la premette contro il punto in cui batteva il suo cuore, forte e regolare. «Tutti i tuoi sensi sono più accentuati ora. Tutto ciò che tocchi sembra più reale, più intenso. Tutto ciò che vedi è più nitido, i colori più vivaci. Il tuo olfatto è migliore di quello di qualsiasi animale, il tuo udito è più sensibile che mai».

Poteva percepire tutto quello che lui stava descrivendo. E anche di più. Lentamente, fece scorrere la mano lungo il suo busto, fino a quando le dita non sfiorarono l'asciugamano. «E il mio appetito per il sesso?»

Jake si chinò più vicino, con un sorriso seducente sulle labbra. «Più insaziabile di quanto tu possa immaginare». Le fece l'occhiolino. «Ma sono felice di accontentarti».

Lui le prese la mano e la premette contro l'asciugamano. Sotto di essa, lei sentì la sagoma dura del suo cazzo.

«Mmm». Lei strinse la sua erezione e sentì il suo clitoride pulsare in risposta. «Ho bisogno di sentirti».

Si leccò le labbra e allo stesso tempo sentì le gengive prudere.

Prendendo un respiro affrettato, aprì di più la bocca. Sentiva le zanne scendere.

«Bellissima». Gli occhi di Jake si scurirono e lui passò l'indice sulle sue labbra, prima di accarezzare una zanna.

Una scarica di energia la attraversò e lei sussultò. Non aveva mai provato nulla di così intenso come Jake che la toccava in quel punto. «Oh Dio! Cosa sta succedendo?»

Lui si avvicinò e le sue labbra erano ormai a pochi centimetri dalla bocca di lei. «Le zanne sono la zona più erogena di un vampiro. Toccarti lì, leccarti lì, ti farà sentire come se stessi toccando e leccando la tua figa. Posso farti venire solo leccandoti le zanne». E a giudicare dal luccichio dei suoi occhi, voleva fare proprio questo.

Il pensiero la eccitava, le faceva venire in mente ogni tipo di idea desiderosa. Era questo che significava essere una vampira? Essere governata dai propri desideri, dai propri istinti più primordiali? Più di uno di questi istinti si era già manifestato. Deglutì con forza.

«Io...» Non sapeva come esprimere ciò di cui aveva bisogno.

«Hai sete? Lo so. È naturale. Ho del sangue umano per te». Indicò una sacca in un angolo della stanza. «Ma prima...» Tornò a guardarla, con un'intensità che le tolse il fiato. «Voglio che il primo sangue che berrai sia il mio. Voglio che tu ricordi il tuo primo morso come qualcosa di bellissimo».

Gli occhi di Claire si spalancarono. «Tu... sei stato morso? Da un'altra vampira?»

«Sì. È comune tra gli amanti. Aumenta il piacere. E tu mi vuoi come amante, vero? O hai cambiato idea?» Un guizzo di incertezza apparve negli occhi ipnotici di Jake.

Lei si affrettò a dissipare i suoi dubbi, toccandogli la guancia. «Ti voglio». Abbassò lo sguardo sull'arteria che pulsava sul suo collo e fece scorrere il dito sul punto più invitante. Come sarebbe stato morderlo e bere il suo sangue?

Un secondo dopo, Jake gettò l'asciugamano a terra, rivelando il suo cazzo eretto, e tirò indietro il piumone. Fece scorrere gli occhi sul suo corpo nudo e l'ammirazione e il desiderio in essi contenuti le fecero battere il cuore. Lo raggiunse e lo tirò verso di sé.

Sorpresa dalla sua stessa forza, sorrise. «Penso che mi piacerà».

Le accarezzò teneramente il collo, facendo scorrere le dita lungo la vena pulsante. «Anche io. Ora che sei forte come me, non dovrò più stare attento a non farti male. Quando ti ho presa la notte sulla spiaggia, ho dovuto trattenermi».

«Non sembrava che ti stessi trattenendo».

Ridacchiò. «Non hai ancora visto nulla».

Al pensiero di fare l'amore con Jake, sentì un brivido attraversarla, mentre le farfalle sembravano turbinare nel suo stomaco. «Allora fammi vedere. Voglio sperimentare tutto. Voglio vivere pienamente adesso. Senza trattenermi».

«Tutto quello che vuoi, tesoro».

Jake non perse tempo. Spinse il suo cazzo verso il sesso di lei, il contatto tra la sua carne dura e quella morbida di Claire fu elettrizzante, più intenso della prima volta. Ogni terminazione nervosa del suo corpo sembrava in fiamme, inviando ondate di piacere al suo cervello, sensazioni così intense che quasi non riusciva a credere che fossero sue.

Claire allargò le gambe per fargli spazio, e lui si tuffò dentro di lei in profondità, riempiendola completamente. Lei accolse l'invasione con un gemito, amando ogni centimetro di lui. Sebbene fosse sempre stata una persona che amava fare l'amore in modo lento e delicato, aveva la sensazione che sarebbe diventata molto presto dipendente dal sesso selvaggio e appassionato che Jake le stava promettendo.

Non c'era nulla di esitante o lento nel modo in cui la penetrava, il suo cazzo la impalava. Profondo e duro. Potente e veloce. Implacabile. Avvolse le gambe intorno a lui, le sue caviglie si bloccarono sotto il suo sedere e ogni volta che lui entrava in lei, lo tirava più a fondo, chiedendogli di darle di più.

I suoi occhi si posarono su di lui. Le iridi di Jake ora erano circondate da un bordo rosso, mentre un bagliore arancione sembrava pulsare nei suoi occhi. Le sue labbra erano leggermente aperte, rivelando la punta delle zanne. Dio, questa vista la eccitava. Lui era un vampiro, potente, immortale... e tutto suo.

«Mordimi», mormorò lui, inclinando la testa di lato e avvicinando il collo alle sue labbra. «Assaggiami». Continuò a muoversi dentro di lei, più forte, più profondo. Un ringhio gutturale le fece vibrare il petto. «E più tardi, quando sarai esausta per i tuoi orgasmi, scoperò la tua bella bocca».

L'immagine erotica spezzò l'ultimo filo del suo autocontrollo. Le sue zanne si allungarono completamente e, anche se avesse voluto, non sarebbe stata in grado di fermare la sua azione successiva. Appoggiò le zanne nel punto in cui il collo e la spalla di lui si congiungevano e leccò la pelle scintillante. Il sapore salato non fece altro che aumentare la sua sete e lei gli trafisse la vena con le punte affilate, conficcandole in profondità nella sua carne. Se avesse cercato di allontanarsi, i suoi canini affilati gli avrebbero strappato la carne, ma Jake non si tirò indietro. Al contrario, affondò il suo cazzo più a fondo, proprio mentre lei gli tirava la vena e assaggiava per la prima volta il suo sangue. Anche se l'aveva trasformata dandole il suo sangue, lei non ne aveva memoria.

Questo era il suo primo vero assaggio di Jake. Il suo sangue era ricco e denso; il suo sapore le fece vibrare ogni cellula del corpo, risvegliando tutto ciò che di femminile e vampiresco c'era in lei. Succhiò più intensamente, desiderosa di avere di più di quell'elisir coinvolgente che lui le offriva così liberamente.

«Cazzo!» esclamò lui, rabbrividendo. «È troppo bello!»

Lo sentì fremere dentro di lei, inondandola con la sua essenza, ma lui non rallentò, non fermò le sue spinte incessanti. Jake spostò la sua angolazione e continuò, con il cazzo duro come prima dell'orgasmo, mentre lei beveva il suo sangue e lasciava che le permeasse il corpo, trasmettendo un formicolio a tutte le sue cellule.

L'orgasmo di Claire arrivò senza alcun preavviso, semplicemente la colpì dal nulla e la inghiottì come un'onda dell'oceano. Ansimando, staccò le zanne dal collo di Jake, con il corpo in preda agli spasmi.

«Sì, così, tesoro!» disse lui lodando e spingendo dentro di lei ancora un paio di volte, prima di tirarsi fuori.

Prima che la delusione per la brusca interruzione avesse il tempo di diffondersi, lui l'aveva già fatta rotolare a pancia in giù e le aveva tirato il culo in aria. Un secondo dopo, era di nuovo dentro di lei, con il suo cazzo incredibilmente duro che la scopava da dietro.

Lei gridò di piacere e di sorpresa. «Jake!»

«Ti ho detto che non mi sarei trattenuto». Le afferrò i fianchi con forza e sbatté contro di lei.

«Ma sei già venuto», riuscì a dire, sollevandosi sui gomiti.

«Ho bevuto litri del tuo sangue. Mi rimarrà duro per molto tempo, non importa quanti orgasmi avrò».

La rivelazione fece ardere ancora di più il fuoco nel ventre di lei. Il suo amante vampiro avrebbe fatto l'amore con lei fino a quando entrambi non sarebbero riusciti a muovere un arto. E, in quel momento, la stava prendendo così forte, penetrandola da dietro, che una donna umana avrebbe urlato di agonia. Eppure, lei, Claire Culver, vampira appena trasformata, accoglieva ogni spinta del suo cazzo duro nel suo morbido centro, desiderando di più quanto più Jake le dava.

«Scopami, Jake!» gridò, senza preoccuparsi che qualcuno nel *Bed and Breakfast* potesse sentirli.

La strinse a sé, afferrandola così forte che, nonostante la sua nuova forza di vampira, non sarebbe stata in grado di sfuggirgli.

«Ti è piaciuto il mio sangue?» chiese senza fiato, con la voce che ora era un semplice ringhio.

«Mi è piaciuto molto». Era la verità.

«Bene».

Come se volesse ringraziarla per la sua risposta, fece scivolare una mano sul davanti e trovò il suo clitoride con una precisione infallibile. Strofinò il dito umido su di esso, una, due volte e lei venne ancora una volta. Un orgasmo più potente del primo la investì. Jake rabbrividì nello stesso momento, mentre altro sperma fuoriusciva dentro di lei, lubrificando ancora di più il suo sesso.

«Cazzo, sì!» gemette e rallentò, mentre la sua figa fremeva ancora.

Ancora scosso dal suo secondo orgasmo, Jake si tirò fuori con un movimento lento. Non ne aveva mai abbastanza di Claire. Ma non voleva nemmeno strusciarsi su di lei. Doveva assicurarsi che lei lo volesse davvero, che le piacesse davvero essere scopata in quel modo. Dopotutto, non poteva immaginare quanto si sarebbe scatenato a letto e quanto fosse insaziabile.

Con delicatezza, la girò di nuovo sulla schiena. I suoi occhi brillavano di soddisfazione, il battito cardiaco era accelerato e la sua pelle luccicava di sudore. Si avvicinò a lui. Lui si chinò verso di lei e la baciò, all'inizio con tenerezza, ma nel giro di pochi secondi il bacio si fece bollente. Con un gemito, staccò le labbra da lei.

«Dio, Claire, mi stai facendo impazzire». Si passò una mano tra i capelli umidi e gettò la testa all'indietro. «Le cose che voglio farti... Come voglio prenderti, farti mia...» Sospirò. «Se non mi fermi, ti prenderò in tutti i modi possibili. E intendo proprio *tutti*. Quindi, se vuoi fermarmi, questo è il momento».

Gli occhi di lei si fecero più intensi. Per Dio, era una vampira, in tutto e per tutto. Fino all'insaziabile desiderio di sesso. Lui le aveva fatto questo effetto. Ma lo aveva davvero voluto? Aveva davvero scelto questo?

Lei spalancò gli occhi, le ciglia si infransero contro le sopracciglia, un movimento così seducente che gli tolse il respiro. La sua lingua emerse, leccando il labbro inferiore. Sapeva esattamente come lo stava tentando. Attirandolo e stuzzicandolo.

«Quella notte in spiaggia», mormorò lei, facendo scivolare la mano sul suo sedere. «Quando mi hai morsa mentre facevi l'amore con me la seconda volta, ho sentito che volevi prendermi più forte, ma ti sei trattenuto».

«Mi hai fatto impazzire, il tuo sangue... non ha fatto altro che aumentare il mio desiderio di te».

«Mi è piaciuto. Tutto quanto. Il morso, il tuo cazzo dentro di me, sentire che mi volevi».

«Ti voglio ancora, Claire. Ora più che mai».

«Allora prendimi come vuoi, perché io voglio lo stesso. Voglio sperimentare tutto con te. Non trattenerti».

«Una donna secondo il mio cuore». Si sollevò da lei e scese dal letto, trascinandola con sé.

«Cosa stai facendo?»

La condusse verso il bagno. «Voglio fare la doccia con te e poi ti voglio in ginocchio davanti a me, a succhiare il mio cazzo come se fosse la cosa migliore che tu abbia mai avuto».

Quando gli occhi di lei iniziarono a brillare come quelli di una vampira, il cuore di lui sussultò di gioia.

«A una condizione».

Jake si bloccò. «Condizione?» Non era abituato alle richieste di una donna.

Claire si avvicinò a lui, premendo il suo corpo desideroso su quello di lui, avvicinando la bocca al suo orecchio. «Non tirarti fuori prima che io abbia finito con te. Non voglio perdere nemmeno una goccia».

Lui la incastrò tra il suo corpo e il telaio della porta. «Dio, donna! Cosa stai cercando di farmi?»

«Voglio solo accontentarti».

Lui affondò la sua bocca affamata su quella di lei, facendola tacere in modo che non potesse pronunciare altre parole seducenti, mentre la sollevava e la faceva scivolare sul suo cazzo. La portò lì, contro il muro, finché un altro orgasmo non lo calmò abbastanza da permettergli di procedere con il suo piano originale: guardare Claire inginocchiata di fronte a lui, con il suo cazzo nella sua bellissima bocca, mentre lui spingeva avanti e indietro, reclamando un'altra parte di lei.

7

T re mesi dopo - New York City
Jake imprecò e sbatté l'uomo contro il muro accanto a un cassonetto, notando con la coda dell'occhio che Claire si stava già occupando della giovane donna che l'uomo aveva aggredito e che aveva chiaramente intenzione di violentare.

Non importava quanto spesso lui e Claire si aggirassero per le strade di Manhattan di notte, sembrava che ci fosse sempre un numero infinito di criminali. Ma anche se lui all'inizio aveva giurato di non farsi coinvolgere nei problemi degli umani, bastava uno sguardo al volto implorante di Claire per capire che non poteva negarle nulla. Dio, come aveva imparato ad amare questa donna. Era arrivato il momento di dirle quanto.

«Sai che dobbiamo aiutarli», gli aveva detto Claire poco dopo il loro arrivo a New York, quando si erano imbattuti in un uomo che stava rapinando una coppia di anziani sotto la minaccia di una pistola. «Se non lo facciamo noi, chi lo farà?»

Già, chi?

Così lui aveva ceduto. E, a malincuore, dovette ammettere a sé stesso che gli piaceva aiutare le persone, salvare coloro che non potevano salvarsi da soli. E più umani lui e Claire salvavano, più lui sembrava riacquistare la sua umanità. La bontà del cuore di Claire era contagiosa e lei lo aveva chiaramente contagiato. Anche se non l'avrebbe mai ammesso a nessuno. Dopo tutto, chi aveva mai sentito parlare di un vampiro gentile?

«È ferita», gli disse Claire, mentre cercava di calmare la donna spaventata.

«Guariscila».

Nel frattempo, si sarebbe occupato dell'idiota, che ora si stava rimettendo in piedi e si stava girando, con i pugni pronti. Jake grugnì di soddisfazione. Adorava picchiare gli stronzi e, quando cercavano di opporre resistenza, era ancora più divertente. E la maggior parte delle volte non usava nemmeno i suoi poteri di vampiro per punirli. Gli dava più soddisfazione affrontarli con la pura forza fisica, lasciandoli credere, anche se solo per un po', di essere alla pari in termini di forza.

Jake sbatté il pugno sul viso dell'uomo, sentendo le ossa del naso di lui rompersi. Un grido di dolore rieccheggiò nella notte e l'odore del sangue pervase l'aria del vicolo buio. Involontariamente, le sue zanne si allungarono e non si preoccupò di nasconderle all'umano. Quell'idiota meritava di provare paura.

Jake fissò il suo avversario, aprendo la bocca per fargli vedere i suoi micidiali canini.

«Cazzo!» gracidò l'uomo e inciampò all'indietro.

Jake inclinò la testa di lato. «Sì, si può dire così». Lentamente, colmò la distanza, tirò indietro il braccio e assestò un pugno allo stomaco dell'uomo, facendolo quasi piegare in due.

«No! Ti prego», piagnucolò. «Non uccidermi!»

Non aveva intenzione di ucciderlo. Non sarebbe stata una punizione per quello che aveva fatto alla giovane donna. Per come l'aveva spaventata.

Jake spinse l'uomo contro il muro e portò il suo viso a pochi centimetri dal suo, con le zanne in mostra. «Non stasera. Ma se tocchi un'altra donna, se osi anche solo guardarne una, ti farò a pezzi». Ringhiò, facendo una pausa per lasciare che il suono risuonasse sulle pareti. «Ti terrò d'occhio. Non sarai mai al sicuro da me. Sappilo. Una sola mossa sbagliata e ti darò la caccia come un animale».

L'uomo tremava di paura. Ne aveva proprio l'odore.

«Hai capito?»

Con i denti digrignati, l'uomo riuscì ad annuire.

«Bene. Per quanto riguarda il tuo regalo di addio...»

Jake colpì lo spregevole umano, rompendogli la mascella e facendogli sanguinare gli occhi, prima di prenderlo a calci verso l'uscita del vicolo. «Scappa, se vuoi vivere».

Osservò con soddisfazione l'aggressore ferito che barcollava verso la strada successiva. Quando girò l'angolo, Jake ritrasse le zanne. Poi si girò e si diresse verso il luogo in cui Claire si stava prendendo cura della giovane donna.

Si accovacciò accanto a loro e valutò rapidamente le ferite dell'umana. Aveva lacerazioni sulle braccia e sulle mani, oltre che sul collo e sul viso. Ma le ferite non erano profonde. Lo shock e la paura erano chiaramente il problema maggiore.

Ma sembrava che Claire se ne stesse già occupando, perché gli occhi della vittima sembravano concentrarsi sul nulla, come se fosse in trance.

«Stai usando il controllo mentale?»

Claire lo guardò per un attimo. «Proprio come mi hai insegnato tu. Le sue ferite non sono gravi, ma non voglio che ricordi ciò che lui le ha fatto».

Jake annuì. «Sono d'accordo».

Claire tornò a guardare la donna e si concentrò su di lei. Lui la osservò, notando quanto fosse calma e sicura di sé. Mentre inviava i suoi pensieri nella mente della donna, cancellando il ricordo dell'aggressione, notò le unghie di Claire trasformarsi in artigli. Artigli bellissimi e letali. Artigli con cui gli lasciava tagli profondi sulla schiena ogni volta che facevano l'amore. Il solo pensiero glielo fece diventare duro.

«È pronta», annunciò Claire e si perforò il cuscinetto dell'indice con l'artiglio, prima di portare il dito sanguinante alle labbra della giovane donna e farle bere il suo sangue.

Mentre dava da bere all'umana il suo sangue da vampira, si guardò alle spalle. «Sono ancora affascinata dal potere curativo del nostro sangue. Riesci a immaginare le malattie e le ferite che potremmo guarire?»

Jake scosse leggermente la testa. Lasciare a Claire il compito di fare la buona samaritana era ormai una costante. «Se gli umani sapessero della nostra esistenza e di cosa è capace il nostro sangue, ci darebbero la caccia fino ai confini del mondo».

Claire indicò l'uscita del vicolo. «Non hai cancellato la memoria di quell'uomo. Cosa ti fa pensare che non dirà a tutti che è stato attaccato da un vampiro?»

«È troppo impegnato a farsi la pipì addosso e a guardarsi alle spalle per dire una parola su quello che è successo qui stasera. Conosco il suo tipo. Preda dei deboli. Non parlerà».

«No, non lo farà. Me ne sono assicurato».

Jake si alzò di scatto e allo stesso tempo si girò, con la mano già infilata nella giacca per estrarre il paletto. L'adrenalina lo attraversava, perché l'uomo che aveva parlato era senza dubbio un vampiro.

In controluce rispetto alle luci della strada principale, lo sconosciuto si trovava all'ingresso del vicolo. Istintivamente, Jake si fece forza. Non aveva solo la responsabilità di proteggere Claire, ma anche la giovane umana affidata alle loro cure temporanee.

Lo sconosciuto si muoveva verso di lui con un'andatura costante. Man mano che si avvicinava, Jake si posizionò in modo da prepararsi alla lotta. E ci sarebbe stato un combattimento, senza dubbio. Perché ora che poteva vedere il suo volto, sapeva che quest'uomo non era uno sprovveduto: mentre la coda di cavallo dei lunghi capelli castano scuro poteva dare l'impressione che fosse un tipo tranquillo, la lunga cicatrice che gli arrivava dall'orecchio al mento ne dava un'altra. Questo vampiro non si sarebbe tirato indietro di fronte a un combattimento: la sua cicatrice indicava che anche da umano aveva combattuto con ferocia.

«Porta la donna al sicuro, Claire», mormorò Jake, girando leggermente la testa.

Ma Claire era già saltata in piedi. «Non ti lascerò solo».

«Dannazione, fai come ti dico».

«Suggerirei che rimanga dov'è. Anche l'umana», disse il vampiro che si stava avvicinando, allargando le braccia. «I miei amici possono occuparsi di lei».

Alle sue spalle apparvero altri due uomini, entrambi diretti verso di loro.

«Merda!» imprecò Jake. Quello con la cicatrice avrebbe potuto sconfiggerlo, ma altri due? Se fosse stato da solo, non avrebbe esitato, ma doveva considerare la sicurezza di Claire e della donna umana.

Sollevò il mento. «Tu e i tuoi amici avete ucciso l'umano?»

Il vampiro sfregiato arricciò un lato della bocca in un ghigno sprezzante. «Ti sembro uno che uccide per piacere?»

«Sì, sembri proprio così». Anche gli altri due uomini gli davano la stessa impressione, ora che riusciva a vederli chiaramente.

Entrambi i vampiri erano alti. Mentre quello a sinistra era magro e calvo e sfoggiava un ghigno maligno, l'altro sembrava un carro armato, con una corporatura massiccia e capelli neri lunghi fino alle spalle.

Il carro armato ridacchiò. «Gabriel, non dovresti fare domande del genere. Lo stai solo spaventando».

Gabriel, quello con la cicatrice, lanciò una rapida occhiata alle sue spalle. «Chiudi il becco, Amaury. Mettiamoci al lavoro».

«Mi occuperò io dell'umana», si offrì il vampiro calvo.

Amaury, il carro armato, sollevò un sopracciglio. «Davvero, Zane?» Lui scosse la testa, sorridendo. «La spaventerai a morte. Non hai tatto con le donne. Sono decisamente più bravo io in queste cose».

«Nessuno toccherà l'umana», ringhiò Jake, facendo un passo verso i tre uomini. «È sotto la mia protezione».

«E sotto la mia!» intervenne Claire, mettendosi spalla a spalla con lui.

«Dannazione, Claire!» Quella donna non poteva ascoltare per una volta e mettersi in salvo come le aveva chiesto?

«Sembra che non riesca nemmeno a controllare la propria donna», commentò Zane, il calvo. «Gabriel, sei sicuro di volerlo fare?»

«Sono sicuro», rispose Gabriel, passando lo sguardo da Claire a Jake. «Abbiamo ripulito dopo di te nelle ultime notti».

«Ripulito? Vuoi dire che avete ucciso i criminali a cui stavo dando una lezione?»

«Non ho detto questo». Gabriel, che era chiaramente il leader dei tre, scambiò uno sguardo con i suoi due compagni. «Visto che non hai ritenuto necessario cancellare i loro ricordi, l'ho fatto io per te. E sta diventando un po' fastidioso. Quindi abbiamo pensato di coinvolgerti. Per metterti al corrente delle regole».

«Coinvolgermi?!» La mascella di Jake si serrò. «Sul mio cazzo di corpo carbonizzato».

«Decisamente testardo», intervenne Amaury. «Mi piace».

Con la fronte aggrottata, Jake gli lanciò un'occhiata. «Sì, beh, non mi piacete. Nessuno di voi».

«Che peccato», grugnì Zane. «E io che pensavo che fossimo diventati migliori amici».

«Neanche per sogno!» Dubitava che Zane fosse capace di amicizia. Quel tipo emanava un'aria di pura malvagità.

«Forse siamo partiti col piede sbagliato», disse Gabriel con calma. «Credo che le presentazioni siano d'obbligo. Io sono Gabriel Giles». Indicò il carro armato. «Ti presento i miei colleghi: Amaury». Poi indicò il calvo. «E Zane. Siamo guardie del corpo».

«Guardie del corpo? Mi stai prendendo per il culo». Chi aveva mai sentito parlare di vampiri come guardie del corpo?

Gabriel annuì. «Lavoriamo per una società chiamata Scanguards».

Jake scrollò le spalle. «Mai sentita nominare».

«È così che dovrebbe essere. Non pubblicizziamo esattamente i nostri servizi».

Impaziente, Jake chiese: «Cosa vuoi?»

Gabriel inclinò la testa verso l'umana. Immediatamente, Jake sollevò la mano, stringendo più forte il paletto, e ringhiò.

«Temperamento veloce», aggiunse Zane. «Mi piace».

Gabriel ignorò il commento del collega e fece un gesto calmante con la mano. «Mi hai frainteso. Non voglio l'umana. Ma mi piace che tu la stia proteggendo. Proprio come tu e la tua donna avete aiutato altri umani. Ecco perché voglio parlare con te».

«È una trappola, vero? Vuoi che mi rilassi così puoi uccidere me e Claire e poi uccidere l'umana».

Gabriel scosse la testa.

«Non è poi così intelligente», grugnì Zane.

Gabriel gli lanciò un'occhiata infastidita. «Non sei d'aiuto».

«Non pensavo di doverlo fare».

«Scusami, collega. Temo che Zane abbia difficoltà ad accettare le nuove persone che vogliamo assumere in azienda».

Aveva sentito bene? «Assumere?»

«Sì. Non possiamo gestire il crescente carico di lavoro con il numero di guardie del corpo che abbiamo attualmente. Samson, il nostro capo, ci ha incaricato di reclutare altri vampiri affini».

Avrebbe potuto essere vero? «Affini?» si ritrovò a chiedere.

Amaury diede una pacca sulla spalla a Gabriel, sorridendo. «Sì, sai, i vampiri teneri e gentili come noi...» A quelle parole indicò Zane e Gabriel. «Che si assicurano che il crimine non sfugga di mano. Abbiamo bisogno di persone come voi per aiutarci a proteggere gli innocenti». Fece una pausa per un momento. «E si viene anche ben pagati».

Jake scambiò uno sguardo con Claire, che sembrava sorpresa quanto lui. Poi tornò a fissare i tre vampiri. «Siete qui per reclutarmi?»

Gabriel annuì. «Vuoi il lavoro? Verresti pagato per quello che ovviamente stai già facendo. Pattugliare le strade di Manhattan e proteggere gli innocenti. Ci saranno anche altri incarichi. Lavoriamo per politici, celebrità, chiunque possa permettersi di lavorare con noi».

Sembrava sempre più interessante. Afferrò la mano di Claire e la guardò. «Lavoro in squadra».

«Ti affiancheremo a qualcuno», lo rassicurò Gabriel.

«Claire è la mia compagna. Siamo un pacchetto unico. Se assumi me, assumi anche lei».

«Solo perché è la tua amante...»

«È la donna che amo», lo interruppe Jake.

Gabriel scambiò uno sguardo con i suoi due compagni, mentre Claire gli strinse la mano, facendolo voltare verso di lei.

«Mi ami?» mormorò.

Jake si chinò più vicino a lei. «Più della mia stessa vita. E avrei dovuto dirtelo molto tempo fa».

All'improvviso, le sue braccia si avvolsero attorno al collo di Jake e le sue labbra sfiorarono le sue. «Ti amo, Jake».

Lui prese le sue labbra in un bacio profondo e appassionato.

«Beh, è semplicemente fantastico», borbottò Zane con tono sarcastico. «Sai, Gabriel, se insisti ad assumere entrambi, dovrai fare una regola che proibisca di baciarsi durante il lavoro».

Jake lasciò andare le labbra di Claire e si voltò verso i tre uomini della Scanguards.

Gabriel incontrò il suo sguardo. «Ok, entrambi avete un posto nella nostra squadra, ma ci saranno delle regole. È chiaro?»

«Chiarissimo».

«Bene, allora facciamo andare l'umana per la sua strada, e vi portiamo alla sede della società Scanguards per presentarvi a Samson». Gabriel attraversò la distanza che li separava con lunghe falcate, porgendo la mano. «Benvenuto alla Scanguards, Jake».

Jake gli strinse la mano. Tutto nella sua vita era perfetto ora. Claire lo amava e lui amava lei. E ora avrebbe fatto parte di un gruppo di vampiri che si erano assunti il compito di fare del bene.

Cosa poteva esserci di meglio?

Ordine di lettura delle serie Vampiri Scanguards e Guardiani Furtivi

Vampiri Scanguards

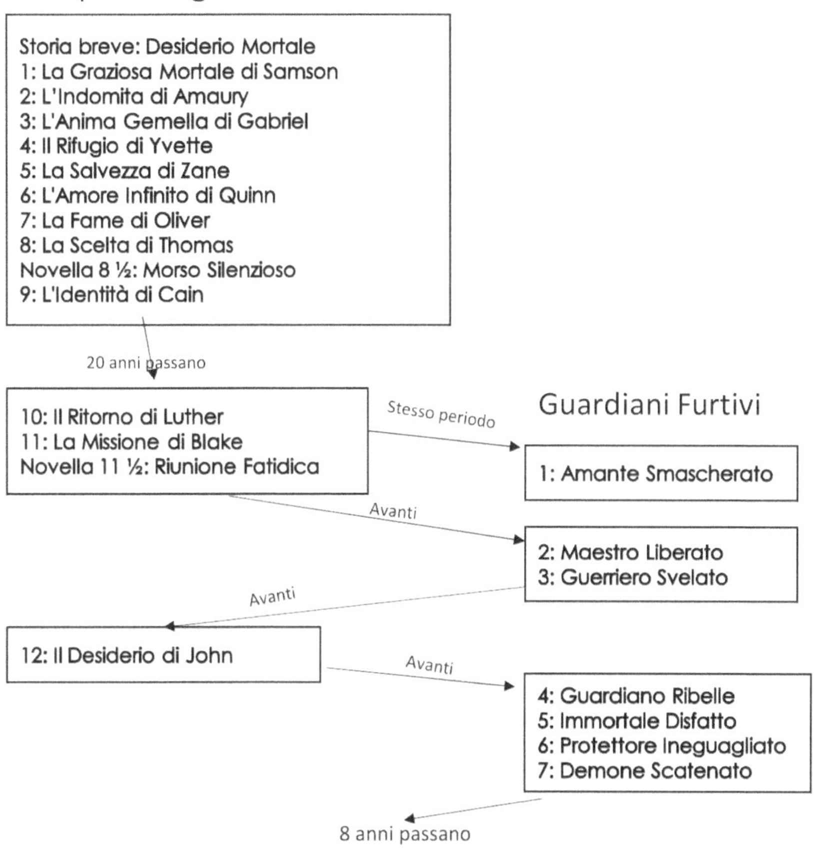

Ibridi Scanguards

Anche gli Ibridi Scanguards saranno numerati all'interno della serie
Vampiri Scanguards (VS 13 = IS 1) per preservare la continuità.

IS 1 (VS 13): La Tempesta di Ryder
IS 2 (VS 14): La Conquista di Damian
IS 3 (VS 15): La Sfida di Grayson
IS 4 (VS 16): L'Amore Proibito di Isabelle
IS 5 (VS 17): La Passione di Cooper
IS 6 (VS 18): Il Coraggio di Vanessa

INFORMAZIONI SULL'AUTRICE

Tina Folsom è nata in Germania e vive in paesi anglofoni dal 1991. È un'autrice bestseller del *New York Times* e di *USA Today*. La sua serie bestseller, *Vampiri Scanguards*, ha venduto oltre 2 milioni di copie in tutto il mondo. Tina ha scritto oltre 50 libri, pubblicati in inglese, tedesco, francese, italiano e spagnolo. Tina scrive di vampiri (serie *Vampiri Scanguards* e *Vampiri di Venezia*), divinità greche (serie *Fuori dall'Olimpo*), immortali e demoni (serie *Guardiani Furtivi*), agenti della CIA (serie *Nome in Codice Stargate*), viaggiatori nel tempo (serie *Time Quest*) e scapoli (serie *Il Club di Scapoli*).

Tina è sempre stata un'amante dei viaggi. Ha vissuto a Monaco (Germania), Losanna (Svizzera), Londra (Inghilterra), New York City, Los Angeles, San Francisco e Sacramento. Oggigiorno, ha fatto di una città balneare della California meridionale la sua casa permanente, assieme al marito e al loro cane.

Per saperne di più su Tina Folsom:
Visita il suo sito web:
https://tinawritesromance.com/language/italiano/
Seguila su Instagram:
https://www.instagram.com/authortinafolsom/
Iscriviti al suo canale YouTube:
https://www.youtube.com/c/TinaFolsomAuthor
Seguila su Facebook:
https://www.facebook.com/TinaFolsomFans/